Te regalaré las estrellas

Jojo Moyes

Te regalaré las estrellas

Traducción de
Eva Carballeira y Jesús de la Torre

Título origínal: *The Giver of Stars*

Primera edición: diciembre de 2019

© Jojo's Mojo Ltd., 2019
© 2019, Penguin Random House Grupo Editorial, S. A. U.
Travessera de Gràcia, 47-49. 08021 Barcelona
© 2019, de la presente edición en castellano:
Penguin Random House Grupo Editorial USA, LLC.
8950 SW 74th Court, Suite 2010
Miami, FL 33156
© 2019, Eva Carballeira y Jesús de la Torre, por la traducción

Adaptación del diseño original de cubierta de Roseanne Serra:
Penguin Random House Grupo Editorial / Begoña Berruezo
Pintura de la cubierta: © Renato Muccillo

www.megustaleerenespanol.com

ISBN: 978-1-644731-31-4

Impreso en Estados Unidos – *Printed in USA*

Penguin
Random House
Grupo Editorial

A Barbara Napier,
que me regaló las estrellas cuando las necesité

Y a los bibliotecarios de todo el mundo

PRÓLOGO

20 de diciembre de 1937

Escucha. Te encuentras a cinco kilómetros en las profundidades del bosque, justo por debajo de Arnott's Ridge y en medio de un silencio tan denso que es como si vadearas por él. No se oye ningún canto de pájaro después del alba, ni siquiera en pleno verano, y mucho menos ahora, con un aire frío tan húmedo que las pocas hojas que aún cuelgan animosas de las ramas permanecen inmóviles. Entre el roble y el pecán nada se revuelve: los animales salvajes están en el profundo subsuelo, sus suaves pieles entrelazadas en estrechas cuevas o troncos ahuecados. La nieve es tan profunda que las patas del mulo desaparecen por debajo de sus corvejones y, cada pocos pasos, el animal se tambalea y resopla con recelo, comprobando si hay piedras sueltas y agujeros por debajo del blanco infinito. Solo el estrecho riachuelo de abajo se mueve confiado, con su agua clara murmurando y burbujeando por encima del lecho rocoso, dirigiéndose hacia un final que nadie de por aquí ha visto nunca.

Margery O'Hare comprueba el estado de los dedos de sus pies dentro de las botas, pero hace tiempo que ha dejado de sentirlos y se estremece al pensar en lo mucho que le van a doler cuando se le vuelvan a calentar. Tres pares de calcetines de lana y, con este tiempo, es como si fuera con las piernas al aire. Acaricia el cuello del gran mulo retirándole los cristales que se le forman sobre el espeso pelaje con sus pesados guantes de hombre.

—Esta noche tendrás ración doble, pequeño Charley —le dice, y observa cómo sacude hacia atrás sus enormes orejas. Se remueve para ajustarle las alforjas, asegurándose de que el mulo está bien equilibrado mientras van bajando hacia el arroyo—. Melaza caliente para cenar. Puede que hasta yo tome un poco.

Seis kilómetros y medio todavía, piensa, arrepentida de no haber desayunado más. Pasa por el escarpe indio, sube por el sendero de los pinos ponderosa, dos «hondonadas» más y aparecerá la vieja Nancy, cantando himnos, como siempre, con su voz clara y fuerte resonando por el bosque mientras camina balanceando los brazos como una niña para reunirse con ella.

—No tiene por qué andar ocho kilómetros para recibirme —le dice a la mujer cada dos semanas—. Es nuestro trabajo. Por eso vamos a caballo.

—Ustedes ya hacen bastante, muchachas.

Sabe cuál es la verdadera razón. Nancy, como Phyllis, su hermana postrada en cama en la diminuta cabaña de troncos de Red Lick, no puede permitir perderse siquiera una ocasión de su ración de anécdotas. Tiene sesenta y cuatro años y tres dientes buenos y es fanática de un atractivo vaquero:

—Ese Mack Maguire hace que me aletee el corazón como una sábana limpia en un tendedero. —Da una palmada y levanta los ojos al cielo—. Tal y como Archer lo escribe, es como si saliese de las páginas de ese libro y me montara con él a lomos de su caballo. —Se inclina hacia delante con gesto de complicidad—. No solo me gustaría montar sobre ese caballo. ¡Mi marido decía que yo tenía muy buen trasero cuando era joven!

—No lo dudo, Nancy —responde Margery en cada ocasión y la mujer estalla en carcajadas a la vez que se da palmadas en los muslos como si fuera la primera vez que lo dice.

Se oye el chasquido de una rama y las orejas de Charley se mueven rápidamente. Con unas orejas así, es probable que pueda oír de ahí a medio camino de Louisville.

—Por aquí, pequeño —dice mientras lo aleja de un afloramiento rocoso—. La oirás en un minuto.

—¿Vas a algún sitio?

Margery gira la cabeza de repente.

Él se tambalea un poco, pero su mirada es serena y fija. Ve que tiene el rifle amartillado y lo lleva, como un loco, con el dedo en el gatillo.

—Así que ahora sí que me miras, ¿eh, Margery?

Ella mantiene la voz tranquila mientras la mente se le dispara.

—Le estoy viendo, Clem McCullough.

—«Le estoy viendo, Clem McCullough». —El hombre escupe tras repetir sus palabras, como un niño maleducado en el patio del colegio. Tiene el pelo levantado por un lado, como si hubiese dormido sobre él—. Me ves al mirarme por encima de esa nariz tuya. Me ves como si te vieras barro en el zapato. Como si fueses alguien especial.

Nunca ha sido muy miedosa, pero está lo bastante familiarizada con estos hombres de la montaña como para saber que no debe discutir con un borracho. Sobre todo, con uno que lleva un arma cargada.

Hace un rápido listado de memoria de las personas a las que podría haber ofendido. Dios sabe que pueden ser unas cuantas, pero ¿McCullough? Aparte de lo que es evidente, no se le ocurre ningún motivo.

—Cualquier problema que su familia tuviera con mi padre, este se lo llevó a la tumba. Solo quedo yo y no tengo ningún interés en ninguna disputa familiar.

McCullough está ahora bloqueándole el paso, con las piernas hundidas en la nieve y el dedo aún en el gatillo. Su piel presenta las manchas púrpura y azuladas del que está demasiado borracho como para ser consciente del frío que tiene. Probablemente demasiado borracho como para acertar en el tiro, pero ella no quiere correr el riesgo.

Margery endereza su peso y hace que el mulo se detenga a la vez que mira de reojo a los lados. Las orillas del arroyo son demasiado empinadas y están demasiado arboladas como para que pueda pasar por ellas. No le queda más remedio que convencerle de que se mueva o pasar por encima de él, y la tentación de hacer esto último es bastante fuerte.

El mulo mueve las orejas hacia atrás. En medio del silencio, ella puede oír los latidos de su propio corazón, un zumbido insistente en sus oídos. Piensa distraída que no está segura de haberlo oído nunca de una forma tan fuerte.

—Solo cumplo con mi deber, señor McCullough. Le agradecería que me deje pasar.

El hombre frunce el ceño, percibe el posible insulto en su modo excesivamente educado de dirigirse a él y, cuando mueve el arma, ella se da cuenta de su error.

—Tu deber... Te crees muy superior y poderosa. ¿Sabes qué necesitas? —Escupe ruidosamente mientras espera a que ella responda—. He dicho que si sabes lo que necesitas, niña.

—Sospecho que mi versión de lo que podría necesitar va a ser muy distinta de la suya.

—Vaya, tienes respuesta para todo. ¿Crees que no sabemos lo que habéis estado haciendo todas? ¿Crees que no sabemos qué es lo que has estado difundiendo entre las mujeres decentes y temerosas de Dios? Sabemos qué es lo que pretendes. Tienes al demonio dentro de ti, Margery O'Hare, y solo hay una forma de sacar al demonio de una muchacha como tú.

—Bueno, pues me encantaría pararme a averiguarlo, pero ahora estoy ocupada con mis entregas y quizá podamos continuar con esta...

—¡Cierra el pico!

McCullough levanta su arma.

—¡Cierra esa maldita boca que tienes!

Ella la cierra de golpe.

Él da dos pasos en su dirección y deja las piernas abiertas y bien apuntaladas.

—Bájate del mulo.

Charley se remueve inquieto. Ella siente el corazón como una piedra helada en la boca. Si se da la vuelta y echa a correr, él le pegará un tiro. La única salida que hay es seguir por el arroyo. El lecho del bosque es escabroso y la arboleda demasiado densa como para poder ver un camino por delante. Se da cuenta de que no hay nadie en varios kilómetros, nadie aparte de la vieja Nancy abriéndose camino despacio por la cumbre de la montaña.

Está sola y lo sabe.

Él baja la voz.

—He dicho que te apees del mulo.

Da dos pasos hacia delante, y sus pies hacen crujir la nieve.

Y esa es la única verdad para ella y para todas las mujeres que hay por allí. No importa lo inteligente, lo lista o lo independiente que seas. Siempre podrá contigo un estúpido con un arma. El cañón del rifle está ahora tan cerca que ella se ve mirando por el interior de dos agujeros negros e infinitos. Con un gruñido, él lo deja caer de pronto, haciendo que se balancee hacia atrás colgado de su correa, y agarra las riendas. El mulo se da la vuelta y ella se echa hacia delante torpemente sobre su cuello. Nota cómo McCullough la agarra del muslo mientras echa la otra mano hacia atrás para coger el rifle. Su aliento es agrio por el alcohol y su mano está áspera por la suciedad. Cada célula de su cuerpo siente repugnancia al notarla.

Y entonces, la oye. Es la voz de Nancy a lo lejos.

¡Oh, qué paz a menudo perdemos!
Oh, qué dolor tan innecesario soportamos...

Él levanta la cabeza. Ella oye un «¡No!», y una parte lejana de sí misma reconoce sorprendida que ha salido de su propia boca. Los dedos la agarran y tiran de ella, un brazo la rodea por la cintura y le hace perder el equilibrio. Entre sus manos fuertes y su fétido aliento, ella siente que su futuro se va convirtiendo en algo negro y terrible. Pero el frío hace que él se muestre torpe. Balbucea mientras trata de coger de nuevo su rifle, de espaldas a ella, y en ese momento ve que tiene una oportunidad. Mete la mano izquierda en su alforja y, mientras él gira la cabeza, ella suelta las riendas, coge el otro extremo con la mano derecha y balancea el pesado libro con todas sus fuerzas, golpeándole con él en la cara. El hombre suelta el arma, el sonido tridimensional de un fuerte estallido rebota en los árboles y ella nota que el cántico queda en silencio un momento y que los pájaros se elevan en el aire como una resplandeciente nube negra de alas en movimiento. Cuando McCullough cae al suelo, el mulo corcovea y da una sacudida hacia delante, asustado, tropezando con él y haciendo que ella ahogue un grito y tenga que agarrarse al cuerno de la silla de montar para no caerse.

Y, a continuación, se va por el lecho del riachuelo, mientras aguanta la respiración y el corazón le late con fuerza confiando en que las patas seguras del mulo sepan sostenerse en medio del chapoteo sobre el agua helada, sin atreverse a mirar atrás para ver si McCullough ha conseguido ponerse de pie para salir detrás de ella.

1

Tres meses antes

Mientras se abanicaban en la puerta de la tienda o pasaban bajo la sombra de los eucaliptos, todos coincidían en que hacía un calor poco habitual para estar en septiembre. La sala de juntas de Baileyville resultaba sofocante con los olores a jabón de sosa cáustica y perfume rancio, los cuerpos apelotonados con sus vestidos de popelina y sus trajes de verano. El calor había penetrado incluso en las paredes de tablones, de tal modo que la madera mostraba su protesta entre crujidos y suspiros. Apretada a la espalda de Bennett mientras este se abría paso por la fila de asientos ocupados, disculpándose cuando cada uno de los ocupantes tenía que levantarse de su asiento con un suspiro apenas disimulado, Alice habría jurado que podía notar cómo el calor de cada cuerpo se filtraba en el suyo mientras se inclinaban hacia atrás para dejarles pasar.

«Perdón. Perdón».

Bennett llegó por fin a dos asientos vacíos y Alice, con las mejillas encendidas por la vergüenza, se sentó sin hacer caso a las miradas de reojo de las personas que les rodeaban. Bennett bajó la mirada a su solapa para sacudirse una inexistente pelusa y, a continuación, le miró la falda.

—¿No te has cambiado? —murmuró.

—Has dicho que íbamos a llegar tarde.

—No era mi intención que salieras con la ropa de estar en casa.

Ella había tratado de preparar un típico pastel de carne inglés recubierto con puré de patatas para animar a Annie a poner algo en la mesa que no fuese comida sureña. Pero las patatas se le habían puesto verdes, no había sido capaz de medir el calor del fogón y la grasa le había salpicado por todo el cuerpo cuando dejó caer la carne sobre la plancha. Y cuando Bennett entró para buscarla (ella, naturalmente, había perdido la noción del tiempo), no fue capaz de entender por qué Alice no dejaba las tareas culinarias a la criada cuando estaba a punto de tener lugar una reunión importante.

Alice posó la mano encima de la mancha de grasa más grande que tenía en la falda y decidió mantenerla ahí durante una hora. Porque sería una hora. O dos. O, que Dios la asistiera, hasta tres.

Iglesia y reuniones. Reuniones e iglesia. A veces, Alice van Cleve se sentía como si simplemente hubiese cambiado una tediosa tarea rutinaria por otra. Esa misma mañana en la iglesia, el pastor McIntosh había pasado casi dos horas lanzando proclamas sobre los pecadores que, al parecer, estaban tramando llevar a cabo una escandalosa dominación sobre el pueblo y ahora se abanicaba y parecía alarmantemente dispuesto a empezar a hablar de nuevo.

—Vuelve a ponerte los zapatos —murmuró Bennett—. Podría verte alguien.

—Es este calor —respondió ella—. Son pies ingleses. No están acostumbrados a estas temperaturas. —Más que verla, sintió la tediosa reprobación de su marido. Pero estaba demasiado acalorada y cansada como para que le importase y la voz del orador tenía un tono narcótico que hacía que ella solo asimilara una de cada tres palabras aproximadamente —«germinando... vainas... cascarillas... bolsas de papel»— y le resultaba complicado interesarse por el resto.

La vida matrimonial, según le habían dicho, sería una aventura. ¡Viajar a un nuevo país! Al fin y al cabo, se había casado con un americano. ¡Comida nueva! ¡Una nueva cultura! ¡Nuevas experiencias! Se había imaginado en Nueva York, con un elegante traje de dos piezas en bulliciosos restaurantes y aceras atestadas. Escribiría a su familia presumiendo de sus nuevas experiencias. «Ah, ¿Alice Wright? ¿No es la que se casó con el atractivo americano? Sí, recibí una postal de ella. Estaba en la Ópera Metropolitana o el Carnegie Hall...». Nadie le había advertido de que aquello implicaría también tantas cháchares entre tazas de porcelana buena con ancianas tías, tantos zurcidos y confección de colchas sin sentido o, lo que era aún peor, tantos sermones mortalmente aburridos. Sermones y reuniones eternos que duraban décadas. ¡Ah, pero es que a estos hombres les encantaba el sonido de sus propias voces! Sentía como si la estuvieran riñendo durante horas cuatro veces a la semana.

Los Van Cleve se habían detenido en no menos de trece iglesias de camino hasta ahí y el único sermón que le había gustado a Alice había tenido lugar en Charleston, donde el predicador se había extendido tanto que los congregados habían perdido la paciencia y habían decidido, todos a una, «callarlo con un cántico», ahogar su voz cantando por encima hasta que se había dado por enterado y, bastante airado, había echado el cierre por ese día a su establecimiento religioso. Sus vanos intentos por hablar por encima de ellos, mientras elevaban sus voces con decisión, la habían hecho reír.

Lamentablemente, los congregados en Baileyville, Kentucky, según había observado hacía más de una hora, parecían embelesados.

—Vuelve a ponértelos de una vez, Alice. Por favor.

Cruzó la mirada con la señora Schmidt, en cuyo salón había estado tomando el té dos semanas antes, y volvió a mirar al frente, en un intento por no parecer demasiado amistosa por si la invitaba una segunda vez.

—Pues muchas gracias, Hank, por ese consejo sobre el almacenamiento de semillas. Estoy seguro de que nos has dado mucho que pensar.

Mientras Alice deslizaba los pies dentro de sus zapatos, el pastor añadió:

—No, no se pongan de pie, damas y caballeros. La señora Brady ha pedido que le dediquemos un momento.

Alice, haciendo caso a estas palabras, volvió a quitarse los zapatos. Una mujer bajita y de mediana edad avanzó hacia la parte delantera, ese tipo de mujer que su padre habría descrito como «bien guarnecida», con el firme relleno y las sólidas curvas que suelen relacionarse con un buen sofá.

—Es por la biblioteca itinerante —dijo ella mientras se daba aire en el cuello con un abanico blanco y se ajustaba el sombrero—. Ha habido mejoras de las que me gustaría informarles.

»Todos somos conscientes de los..., eh..., devastadores efectos que la Depresión ha traído a este gran país. Se ha prestado tanta atención a la supervivencia que muchos otros aspectos de nuestras vidas han tenido que dejarse en un segundo plano. Puede que algunos de ustedes conozcan los enormes esfuerzos que el presidente y la señora Roosevelt han realizado para recuperar la atención sobre la alfabetización y el aprendizaje. Pues bien, esta misma semana he tenido el privilegio de asistir a una merienda con la señora Lena Nofcier, presidenta de los Servicios Bibliotecarios de la Asociación de Padres y

Maestros de Kentucky, y nos ha contado que, dentro de estos servicios, la WPA, la Agencia para el Desarrollo del Empleo, ha establecido un sistema de bibliotecas itinerantes en varios estados e incluso un par de ellas aquí, en Kentucky. Quizá alguno de ustedes haya oído hablar de la biblioteca que han abierto en el condado de Harlan. ¿Sí? Pues ha resultado tener un éxito increíble. Con el patrocinio de la señora Roosevelt en persona y la WPA...

—Es episcopaliana.

—¿Qué?

—La señora Roosevelt. Es episcopaliana.

La mejilla de la señora Brady se movió con un tic.

—Bueno, no vamos a echarle eso en cara. Es nuestra primera dama y se está ocupando de hacer grandes cosas por nuestro país.

—De lo que debería ocuparse es de saber cuál es su sitio y no de ir sembrando cizaña por todas partes. —Un hombre con papada y traje claro de lino negó con la cabeza y miró a su alrededor buscando aprobación.

Al otro lado, Peggy Foreman se inclinó hacia delante para colocarse bien la falda justo en el momento en que Alice fijaba la vista en ella, lo que hizo que pareciera que Alice llevaba rato mirándola. Peggy frunció el ceño y levantó su diminuta nariz y, a continuación, murmuró algo a la muchacha que tenía al lado, que se inclinó hacia delante para lanzar a Alice la misma mirada de antipatía. Alice volvió a apoyar la espalda en su asiento mientras trataba de reprimir el sofoco que empezaba a elevarse por sus mejillas.

«Alice, no vas a adaptarte hasta que hagas algunas amistades», le decía siempre Bennett, como si ella pudiese influir en Peggy Foreman y su pandilla de caras amargadas.

—Tu novia está lanzándome maleficios otra vez —murmuró Alice.

—No es mi novia.

—Pues ella creía que lo era.

—Ya te lo dije. Solo éramos unos niños. Te conocí y..., en fin, ahí terminó todo.

—Ojalá se lo dijeras a ella.

Bennett se inclinó hacia ella.

—Alice, por esa contención con la que siempre te comportas, la gente está empezando a pensar que eres un poco... estirada.

—Soy inglesa, Bennett. No estamos hechos para mostrarnos... acogedores.

—Yo solo digo que, cuanto más te impliques, mejor será para los dos. Papá opina lo mismo.

—Conque sí, ¿eh?

—No te pongas así.

La señora Brady les fulminó con la mirada.

—Como decía, debido al éxito de esos esfuerzos en los estados vecinos, la WPA ha destinado fondos para que podamos crear nuestra propia biblioteca itinerante en el condado de Lee.

Alice contuvo un bostezo.

En el aparador de la casa había una fotografía de Bennett con su uniforme de béisbol. Acababa de conseguir un *home-run* y en su cara se veía una expresión de especial intensidad y alegría, como si en ese momento estuviese viviendo alguna experiencia trascendental. Alice deseaba que él volviera a mirarla así.

Pero cuando se puso a pensar en ello, Alice van Cleve se dio cuenta de que su matrimonio había sido la culminación de una serie de sucesos aleatorios que habían empezado con un perro de porcelana roto cuando ella y Jenny Fitzwalter habían jugado al bádminton dentro de casa (había estado lloviendo,

¿qué otra cosa se suponía que podían hacer?), a lo que se había sumado la pérdida de su plaza en la escuela de secretariado debido a su continua impuntualidad y, por último, su aparentemente indecoroso arrebato contra el jefe de su padre durante la fiesta por Navidad («¡Pero si me puso la mano en el trasero mientras yo servía las bandejas de volován!», había protestado Alice. «No seas ordinaria, Alice», había replicado su madre con un escalofrío). Esos tres sucesos, junto con un incidente relacionado con los amigos de su hermano Gideon, demasiado ponche de ron y una alfombra destrozada (¡No se había dado cuenta de que el ponche llevaba alcohol! ¡Nadie se lo había dicho!), habían provocado que sus padres sugirieran lo que llamaron un «período de reflexión», que equivalía a «no dejar salir a Alice». Les había oído hablando en la cocina: «Siempre ha sido así. Es como tu tía Harriet», había dicho su padre con tono desdeñoso, y su madre había estado sin hablarle dos días enteros, como si la idea de que Alice fuese una consecuencia de su linaje genético le hubiese parecido insoportablemente ofensiva.

Y así, durante el largo invierno, mientras Gideon asistía a una infinidad de bailes y cócteles, desaparecía durante largos fines de semana en casas de amigos o salía de fiesta en Londres, ella fue cayendo de las listas de invitados de sus amigas y se quedaba sentada en casa realizando rudimentarios bordados con poco entusiasmo, mientras sus únicas salidas eran para acompañar a su madre a visitar a parientes ancianos o a reuniones del Instituto de la Mujer, donde los temas de conversación solían ser la pastelería, los arreglos florales y *La vida de los santos.* Era como si literalmente estuviesen tratando de matarla de aburrimiento. Poco tiempo después, dejó de preguntar a Gideon, pues su información hacía que se sintiera peor. En lugar de ello, se dedicó a enfurruñarse con partidas de canasta, a hacer trampas malhumoradamente en el Monopoly y a sentarse a la mesa de la cocina con la cara apoyada en los brazos mientras escuchaba la radio, que le hablaba de un mundo lejano más allá de sus agobiantes preocupaciones.

Así que, dos meses después, cuando Bennett van Cleve apareció de forma inesperada una tarde de domingo en la fiesta de la primavera de la iglesia, con su acento americano, su mentón cuadrado y su pelo rubio, trayendo con él los aromas de un mundo que estaba a un millón de kilómetros de Surrey, la verdad es que podría haberse tratado del jorobado de Notre Dame y ella habría pensado que mudarse a un campanario era una grandísima idea, gracias.

Los hombres solían quedarse mirando a Alice y Bennett se quedó prendado de inmediato por aquella elegante y joven inglesa de enormes ojos y cabello rubio ondulado y corto cuya voz clara y entrecortada no se parecía a ninguna que hubiese escuchado antes allá en Lexington y que, como observó su padre, muy bien podría tratarse de una princesa británica a juzgar por sus exquisitos modales y su refinada forma de levantar la taza del té. Cuando la madre de Alice contó que podrían reclamar el título de duquesa por un matrimonio que se había celebrado en la familia dos generaciones atrás, el viejo Van Cleve a punto estuvo de morir de alegría. «¿Una duquesa? ¿Una duquesa real? Ay, Bennett, ¿no le habría encantado eso a tu querida madre?».

Padre e hijo estaban de visita en Europa con una comisión de la Iglesia Conjunta del Este de Kentucky ante Dios para estudiar el culto de los fieles fuera de Estados Unidos. El señor Van Cleve había financiado el viaje a varios de los asistentes en honor a su difunta esposa, Dolores, como le gustaba anunciar durante las pausas en las conversaciones. Quizá fuera un empresario pero eso no significaba nada, *nada,* si no trabajaba bajo el auspicio del Señor. Alice pensó que parecía un poco consternado por las pequeñas y bastante poco efusivas expresiones de fervor religioso en la iglesia comunal de St. Mary. Desde luego, los congregados se habían quedado atónitos ante los entusiastas bramidos del pastor McIntosh sobre el fuego y el azufre (a la pobre señora Arbuthnot la habían tenido que acompañar fuera por una puerta lateral para que tomara el aire). Pero la falta de devoción en los británicos, según observó el señor Van Cleve, quedaba más que compensada por sus iglesias, sus catedrales y toda su historia. ¿Y acaso no era eso una experiencia espiritual en sí misma?

Alice y Bennett, mientras tanto, estaban ocupados con su experiencia ligeramente menos sagrada. Se despidieron con las manos entrelazadas entre ardientes muestras de cariño, de esas que se intensifican ante la perspectiva de una separación inminente. Intercambiaron cartas durante las estancias de él en Reims, Barcelona y Madrid. Esas cartas alcanzaron un punto especialmente calenturiento cuando llegó a Roma y, en el camino de vuelta, solamente a los miembros más desvinculados de la casa les sorprendió que Bennett le propusiera matrimonio y Alice, con la celeridad de un pájaro al ver que la puerta de su jaula se abre, vaciló hasta medio segundo antes de decir que sí, que se casaría con su ahora enamoradísimo —y exquisitamente bronceado— americano. ¿Quién no iba a decir sí a un hombre atractivo de mentón cuadrado que la miraba como si estuviese hecha de seda hilada? Todos los demás habían pasado los últimos meses mirándola como si estuviese contaminada.

—Vaya, eres perfecta —le decía Bennett mientras rodeaba con el pulgar y el índice su estrecha muñeca cuando se sentaban en el columpio del jardín de sus padres, con los cuellos subidos para protegerse de la brisa mientras sus padres observaban complacientes desde la ventana de la biblioteca, los dos, cada uno por sus propios motivos, secretamente aliviados por aquella unión—. Eres tan delicada y refinada. Como un purasangre —Pronunció aquello con marcado acento sureño.

—Y tú eres disparatadamente atractivo. Como una estrella de cine.

—A mi madre le habrías encantado. —Le pasó un dedo por la mejilla—. Eres como una muñeca de porcelana.

Seis meses después, Alice estaba bastante segura de que ya no la veía como una muñeca de porcelana.

Se habían casado de inmediato, justificando las prisas por la necesidad del señor Van Cleve de volver a su trabajo. Alice sentía como si todo su mundo se hubiese puesto del revés; estaba tan feliz y excitada como desanimada se había sentido durante todo el largo invierno. Su madre le había preparado el baúl con el mismo placer ligeramente indecente con el que le había hablado a todo su círculo de amistades sobre el encantador marido americano de Alice y su rico padre empresario. Podría haber estado bien que se hubiera mostrado un poquito triste ante la idea de que su única hija se mudara a una parte de América que ninguno de sus conocidos había visitado jamás. Pero, por otro lado, era probable que Alice estuviese igual de ansiosa por marcharse. Solo su hermano se mostraba abiertamente triste, aunque estaba bastante segura de que se recuperaría con su próximo fin de semana fuera de casa.

—Claro que iré a verte —dijo Gideon. Los dos sabían que no lo haría.

La luna de miel de Bennett y Alice consistió en una travesía de cinco días de vuelta a Estados Unidos y, después, un viaje por carretera desde Nueva York hasta Kentucky. (Había buscado Kentucky en la enciclopedia y se había quedado encantada con todo lo de las carreras de caballos. Parecía como un Derby que durara todo el año). Daba chillidos de emoción con todo: su enorme coche, el tamaño del gran transatlántico, el colgante de diamante que Bennett le había regalado en una tienda de la Galería Burlington de Londres. No le importó que el señor Van Cleve les acompañara durante todo el viaje. Al fin y al cabo, habría resultado de mala educación dejarle solo y estaba demasiado abrumada por la emoción que le provocaba la idea de salir de Surrey, con sus silenciosas salas de estar los domingos y el constante ambiente de reprobación, como para que le importara.

Si Alice sintió una cierta insatisfacción por el modo en que el señor Van Cleve se pegaba a ellos como una lapa, la reprimía y hacía lo posible por mostrarse como la versión más encantadora de sí misma que aquellos dos hombres parecían esperar de ella. En el transatlántico entre Southampton y Nueva York, ella y Bennett consiguieron, al menos, pasear por las cubiertas a solas durante las horas posteriores a la cena mientras el padre se quedaba ocupándose de documentos de su negocio o hablando con los más mayores en la mesa del capitán. El brazo fuerte de Bennett la apretaba contra él y ella mantenía en alto la mano izquierda con su reluciente y nueva alianza de oro mientras se asombraba por el hecho de que ella, Alice, era una «mujer casada». Y cuando estuvieran de regreso en Kentucky, se dijo a sí misma, estaría casada *de verdad,* pues ya no tendrían que compartir camarote los tres, por muy dividido que estuviese el espacio por una cortina.

—No es el ajuar que yo tenía en mente —susurró vestida con su camiseta interior y sus pantalones del pijama. No se sentía cómoda con menos que eso después de que el señor Van Cleve padre, estando una noche medio dormido, confundiera la cortina de su doble camastro con la de la puerta del baño.

Bennett la besó en la frente.

—De todos modos, no estaría bien con papá tan cerca —le contestó entre susurros. Colocó la larga almohada entre los dos («Si no, es posible que no sea capaz de controlarme») y se tumbaron uno junto al otro, con las manos castamente agarradas en la oscuridad, respirando con fuerza mientras el enorme barco vibraba debajo de ellos.

Cuando echaba la vista atrás, aquella larga travesía estaba bañada de su deseo contenido, con besos furtivos tras los botes salvavidas y su imaginación viajando a toda velocidad mientras el mar se elevaba y caía debajo de ellos.

—Qué guapa eres. Todo será distinto cuando lleguemos a casa —le murmuraba él al oído y ella le miraba el rostro esculpido y enterraba el suyo en el dulce olor de su cuello mientras se preguntaba cuánto tiempo más podría soportarlo.

Y entonces, tras el interminable viaje en coche y las paradas con tal sacerdote y tal pastor durante todo el trayecto desde Nueva York hasta Kentucky, Bennett le había anunciado que no vivirían en Lexington, como ella había supuesto, sino en un pueblo algo más al sur. Pasaron con el coche por la ciudad y siguieron avanzando hasta que las carreteras se estrecharon y se volvieron polvorientas y los edificios asomaron escasos en agrupaciones aleatorias, a la sombra de enormes montañas cubiertas de árboles. No pasa nada, le tranquilizó Alice ocultando su decepción al ver la calle principal de Baileyville, con su puñado de edificios de ladrillo y sus calles estrechas que se extendían hacia la nada. A ella le gustaba bastante el campo. Y podrían hacer excursiones a la ciudad, como hacía su madre cuando iba al restaurante Simpson's in the Strand, ¿no? Trató de mostrar el mismo optimismo al descubrir que durante el primer año, al menos, vivirían con el señor Van Cleve («No puedo dejar a papá solo estando de luto por mamá. No por ahora, en cualquier caso. No pongas esa cara de abatimiento, cariño. Es la segunda casa más grande del pueblo. Y tendremos nuestra propia habitación»). Y luego, cuando por fin estuvieron en esa habitación, claro está, las cosas se torcieron un poco de un modo que ella no estaba siquiera segura de saber explicar.

Con el mismo apretar de dientes con que había soportado la época del internado y el club de hípica, Alice trató de adaptarse a la vida de aquel pueblo de Kentucky. Fue sin lugar a dudas un auténtico cambio cultural. Si se esforzaba podía ver cierta belleza escabrosa en el paisaje, con sus enormes cielos, sus caminos vacíos y su luz cambiante, sus montañas entre cuyos miles de árboles deambulaban osos salvajes de verdad y sobre cuyas copas de los árboles sobrevolaban águilas. Se quedó asombrada por el tamaño de todo, las enormes distancias que parecían siempre presentes, como si hubiese tenido que ajustar toda su perspectiva. Pero, en realidad, según escribía en sus cartas semanales a Gideon, todo lo demás le parecía bastante insufrible.

La vida en aquella casa grande le resultaba sofocante, aunque Annie, la criada casi muda, la liberaba de la mayor parte de las tareas de la casa. Sí que era una de las más grandes del pueblo, pero estaba llena de pesados muebles antiguos, cada superficie se hallaba cubierta con fotografías de la difunta señora Van Cleve, adornos o una variedad de imperturbables muñecas de porcelana sobre las que ambos hombres señalaban que era «la preferida de mamá» si alguna vez Alice trataba de mover alguna un centímetro. La devota y estricta influencia de la señora Van Cleve se tendía sobre la casa como un sudario.

«A mamá no le habría gustado que las almohadas se colocaran así, ¿verdad, Bennett?».

«No, no. Mamá tenía fuertes convicciones con respecto a la ropa de casa».

«A mamá le encantaban los libros de salmos bordados. ¿No decía el pastor McIntosh que no conocía a una mujer en todo Kentucky que hiciera un ganchillo más elegante?».

La constante presencia del señor Van Cleve la abrumaba; él decidía lo que hacían, qué comían, cada hábito diario. No podía mantenerse apartado de lo que fuera que estuviese ocurriendo, aunque solo se tratara de ella y Bennett poniendo música en el gramófono de su habitación y él entrara sin previo aviso: «Así que ahora tenemos música, ¿eh? Deberíais poner algo de Bill Monroe. No hay que olvidarse del bueno de Bill. Vamos, muchacho, quita ese ruido y pon al bueno de Bill».

Si se había tomado una o dos copas de bourbon, esas afirmaciones se volvían densas y rápidas y Annie buscaba excusas para ir a la cocina antes de que él se encolerizara y empezara a ponerle peros a la cena. Es que estaba triste, murmuraba Bennett. No se puede culpar a un hombre por no querer estar solo.

Descubrió rápidamente que Bennett jamás contradecía a su padre. En las pocas ocasiones en que ella había hablado para decir con tono calmado que no, que lo cierto era que nunca había sido muy aficionada a las chuletas de cerdo —o que la música de jazz le parecía bastante apasionante—, los dos hombres habían dejado caer sus tenedores y se habían quedado mirándola con el mismo asombro y desaprobación que si se hubiese quitado la ropa y se hubiese puesto a bailotear encima de la mesa del comedor.

—¿Por qué tienes que llevar siempre la contraria, Alice? —le susurraba Bennett cuando su padre salía para gritarle órdenes a Annie. Ella se dio cuenta enseguida de que era más seguro no expresar opinión alguna.

Fuera de la casa las cosas no iban mucho mejor. Entre los habitantes de Baileyville era observada con los mismos ojos escrutadores con que miraban cualquier cosa «forastera». La mayor parte de la gente del pueblo eran granjeros. Parecían pasar toda la vida dentro de un radio de pocos kilómetros y lo sabían todo unos de otros. Al parecer, había extranjeros en Minas Hoffman, que albergaba a unas quinientas familias dedicadas a la minería procedentes de todo el planeta bajo la supervisión del señor Van Cleve. Pero como la mayoría de los mineros vivían en casas que les proporcionaba la empresa, compraban en la tienda propiedad de la empresa, asistían a la escuela y al médico propiedad de la empresa y eran demasiado pobres como para tener vehículos o caballos, pocos entraban nunca en Baileyville.

Cada mañana, el señor Van Cleve y Bennett salían en el automóvil del señor Van Cleve hacia la mina y regresaban poco después de las seis. Mientras tanto, Alice mataba el tiempo en una casa que no era suya. Trató de hacer amistad con Annie, pero aquella mujer le había dejado claro, mediante una mezcla de silencios y quehaceres domésticos excesivamente briosos, que no tenía intención de entablar conversación. Alice se había ofrecido a cocinar, pero Annie le había dejado claro que el señor Van Cleve era muy especial con respecto a su dieta y solo le gustaba la comida sureña, suponiendo sin equivocarse que Alice no la conocía en absoluto.

La mayoría de las casas cultivaban sus propias frutas y verduras y había pocas que no tuviesen un cerdo o un corral de gallinas. Había una tienda de comestibles, con enormes sacos de harina y azúcar junto a la puerta y estantes llenos de latas. Y solo había un restaurante: el «Nice 'N' Quick», con su puerta verde, la norma estricta de que los clientes debían llevar zapatos y que servía cosas de las que ella nunca había oído hablar, como tomates verdes fritos y berzas y cosas a las que llamaban «galletas», pero que, en realidad, eran un cruce entre *dumplings* y *scones.* En una ocasión había tratado de cocinarlas, pero habían salido de los caprichosos fogones no tiernas ni esponjosas como las de Annie, sino lo bastante sólidas como para hacer un fuerte ruido al dejarlas caer en un plato (Alice habría jurado que Annie las había gafado).

La habían invitado varias veces a merendar algunas señoras del pueblo y había tratado de entablar conversación, pero había descubierto que tenía poco que contar, al no saber nada sobre la elaboración de colchas, que parecía ser la obsesión local, ni conocer tampoco los nombres de las personas sobre las que chismorreaban. Cada merienda después de la primera parecía tener que empezar con la historia de cómo Alice había ofrecido «galletas» con su té en lugar de «pastas» (a las otras mujeres esto les parecía desternillante).

Al final, resultó más fácil limitarse a sentarse en la cama de la habitación que compartía con Bennett para volver a leer las pocas revistas que se había traído de Inglaterra o escribir a Gideon otra carta más en la que trataba de no contarle lo infeliz que era.

Poco a poco, se había dado cuenta de que había cambiado una cárcel por otra. Algunos días no podía enfrentarse a otra noche mirando al padre de Bennett leyendo la Biblia desde la chirriante mecedora del porche («La palabra de Dios debería ser el único estímulo mental que necesitamos, ¿no era eso lo que decía mamá?»), mientras ella permanecía sentada respirando los trapos empapados en aceite que ponían a quemar para alejar a los mosquitos y zurciendo los remiendos de la ropa de él («A Dios no le gusta el despilfarro. Esos pantalones solo tienen cuatro años, Alice. Aún les queda mucha vida»). Alice refunfuñaba por dentro que si Dios hubiese tenido que sentarse a coser casi a oscuras los pantalones de otra persona, probablemente se habría comprado un par nuevo en la tienda de Arthur J. Harmon para caballeros de Lexington, pero esbozaba una sonrisa tensa y entrecerraba cada vez más los ojos para ver los puntos. Mientras tanto, Bennett solía mostrar la expresión de alguien que hubiese sido engañado y no supiese dilucidar en qué ni cómo había ocurrido.

—Y bueno, ¿qué diantres es una biblioteca itinerante? —Alice despertó de repente de su ensoñación con un fuerte codazo de Bennett.

—Tienen una en Misisipi, con barcos —gritó una voz casi en la parte posterior de la sala.

—Por nuestros arroyos no se pueden meter barcos. Son muy poco profundos.

—Creo que la idea es usar caballos —contestó la señora Brady.

—¿Van a meter caballos por el río? Qué locura.

El primer cargamento de libros había llegado desde Chicago, continuó explicando la señora Brady, y había más de camino. Contaría con una amplia selección de libros de ficción, desde Mark Twain hasta Shakespeare, y libros prácticos con recetas, consejos para el hogar y ayuda para la crianza de los niños. Incluso habría libros de historietas, una revelación que hizo que algunos de los niños lanzaran gritos de emoción.

Alice miró su reloj preguntándose cuándo podría tomarse el granizado. Lo único bueno de esas asambleas era que no estaban encerrados en la casa toda la noche. Ya se estaba temiendo cómo serían los inviernos, cuando les resultara más difícil encontrar excusas para escapar.

—¿Qué tipo de hombre tiene tiempo para salir a montar a caballo? Necesitamos trabajar, no hacer visitas con el último ejemplar de la revista *Ladies' Home Journal.* —Se oyó una pequeña oleada de carcajadas.

—Aunque a Tom Faraday le gusta ver la ropa interior de señora del catálogo de Sears. ¡Me han dicho que se pasa horas en el retrete leyéndolo!

—¡Señor Porteous!

—No son hombres. Son mujeres —dijo una voz.

Hubo un breve silencio.

Alice se dio la vuelta para mirar. Había una mujer apoyada en las puertas de atrás vestida con un abrigo de algodón azul oscuro remangado. Llevaba pantalones de montar de cuero y tenía las botas sucias. Podría andar entre los treinta y muchos y los cuarenta y pocos años, de rostro bonito y con su largo pelo oscuro atado en un rápido nudo.

—Son mujeres las que van a caballo para llevar los libros.

—¿Mujeres?

—¿Solas? —preguntó una voz de hombre.

—Por lo último que sé, Dios les dio dos brazos y dos piernas, igual que a los hombres.

Un breve murmullo recorrió el público. Alice miró con más atención, intrigada.

—Gracias, Margery. En el condado de Harlan tienen seis mujeres y todo un sistema en funcionamiento. Y, como digo, aquí contaremos con algo parecido. Ya tenemos dos bibliotecarias y el señor Guisler muy amablemente nos ha prestado un par de sus caballos. Me gustaría aprovechar esta oportunidad para darle las gracias por su generosidad.

La señora Brady hizo una señal a la mujer que había hablado para que se acercara.

—Muchos de ustedes conocerán también a la señorita O'Hare...

—Vaya que si conocemos bien a los O'Hare.

—Entonces, sabrán que ha estado trabajando estas últimas semanas para prepararlo todo. También contamos con Beth Pinker, que está colaborando con la señorita O'Hare... Ponte de pie, Beth. —Una chica con pecas, nariz respingona y pelo rubio oscuro se puso de pie incómoda y se sentó de inmediato otra vez—. Uno de los muchos motivos por los que he convocado esta reunión es porque necesitamos más señoras que tengan nociones básicas de literatura y de su organización para que podamos avanzar con este valioso proyecto cívico.

El señor Guisler, el tratante de caballos, levantó una mano. Se puso de pie y, tras vacilar un momento, habló con calmada seguridad:

—Bueno, yo creo que es una buena idea. Mi propia madre era una gran lectora de libros y he ofrecido mi viejo establo de ordeño para la biblioteca. Creo que todas las personas de bien deberían respaldarlo. Gracias. —Volvió a sentarse.

Margery O'Hare apoyó el trasero en la mesa que estaba en el frente y miró directamente al mar de rostros. Alice oyó un murmullo de leve descontento alrededor de la sala que daba la impresión de dirigirse a ella. También notó que Margery O'Hare parecía de lo más tranquila al respecto.

—Tenemos un amplio condado que cubrir —añadió la señora Brady—. No podemos hacerlo solamente con dos muchachas.

—¿Y qué implicaría? —gritó una mujer desde la parte delantera de la sala—. Me refiero a eso de la biblioteca a caballo.

—Pues consistiría en ir a caballo hasta algunas de nuestras casas más lejanas para proporcionar material de lectura a quienes, de lo contrario, no podrían trasladarse a las bibliotecas del condado debido a, por ejemplo, problemas de salud, debilidad o falta de transporte. —Bajó la cabeza para poder ver por encima de sus gafas de media luna—. Añadiría también que esto es para ayudar a difundir la educación, ayudar a llevar el conocimiento a esos lugares en los que ahora mismo es probable que falte. Nuestro presidente y su esposa creen que este proyecto puede llevar el conocimiento y el aprendizaje hasta la vida rural.

—Yo no voy a permitir que mi señora suba a caballo ninguna montaña —gritó alguien desde atrás.

—¿Es que tiene miedo de que no regrese, Henry Porteous?

—Pueden llevarse a la mía. ¡Estaré encantado de que se vaya cabalgando y no vuelva nunca a casa!

Un estallido de carcajadas recorrió la sala.

La señora Brady elevó la voz con tono de frustración.

—Señores. Por favor. Estoy pidiendo que algunas de nuestras damas colaboren con nuestra comunidad y se apunten. La WPA les proporcionará el caballo y los libros y lo único que se les exige es que se comprometan al menos cuatro días a la semana para hacer las entregas. Habrá que madrugar y las jornadas serán largas, dada la topografía de nuestro hermoso condado, pero creo que la recompensa será enorme.

—¿Y por qué no lo hace usted? —preguntó una voz desde detrás.

—Me presentaría voluntaria, pero, como muchos de ustedes saben, soy una mártir de mis caderas. El doctor Garnett me ha advertido que recorrer a caballo esas distancias será un desafío físico demasiado grande. Lo mejor sería encontrar voluntarias entre las señoras más jóvenes.

—No es seguro que una dama joven vaya sola. Voto en contra.

—No es apropiado. Las mujeres deberían estar cuidando de la casa. ¿Qué será lo siguiente? ¿Que las mujeres trabajen en las minas? ¿Que conduzcan los camiones madereros?

—Señor Simmonds, si no es capaz de ver la gran diferencia que hay entre un camión maderero y un ejemplar de *Noche de Reyes,* que el Señor ayude a la economía de Kentucky, pues no sé dónde vamos a terminar.

—Las familias deberían leer la Biblia. Nada más. ¿Quién va a vigilar lo que vayan haciendo por ahí? Ya se sabe cómo son por el norte. Pueden difundir todo tipo de ideas locas.

—Son libros, señor Simmonds. Los mismos que usted leyó cuando era niño. Aunque creo recordar que usted era más aficionado a tirar de las coletas de las niñas que a leer.

Otro estallido de carcajadas.

Nadie se movió. Una mujer miró a su marido, pero él le hizo un pequeño movimiento de cabeza para indicarle que no.

La señora Brady levantó una mano.

—Ah, he olvidado decirlo. Se trata de una oportunidad de tener un trabajo pagado. En esta zona la remuneración será de veintiocho dólares al mes. Así que ¿quién quiere apuntarse?

Hubo un breve murmullo.

—Yo no puedo —dijo una mujer con un llamativo pelo rojo lleno de horquillas—. No con cuatro críos por debajo de los cinco años.

—Yo es que no entiendo por qué nuestro gobierno desperdicia el dinero que tanto cuesta conseguir con los impuestos repartiendo libros entre personas que ni siquiera saben leer —dijo Jowly Man—. Además, la mitad de ellas ni siquiera van a la iglesia.

La voz de la señora Brady había adoptado un tono de ligera desesperación.

—Se puede probar un mes. Vamos, señoras. No puedo volver y decirle a la señora Nofcier que nadie de Baileyville se ha presentado voluntario. ¿Qué tipo de lugar se pensaría que somos?

Nadie habló. El silencio se alargó. A la izquierda de Alice se oía el zumbido perezoso de una abeja contra la ventana. La gente empezó a removerse en sus asientos.

La señora Brady, sin perder el ánimo, miró a los congregados.

—Vamos. Que no nos pase otra vez como con la recaudación de fondos para los huérfanos.

Al parecer, había muchos pares de zapatos que, de repente, requerían gran atención.

—¿Nadie? ¿En serio? En fin... En ese caso, Izzy será la primera.

Una muchacha pequeña y con forma de esfera casi perfecta, medio escondida entre el atestado público, se llevó las manos a la boca. Alice pudo ver, más que oír, cómo en la boca de la chica se formaba una protesta.

—¡Mamá!

—Ahí va una voluntaria. A mi pequeña hija no le va a dar miedo cumplir con su deber hacia nuestro país, ¿verdad, Izzy? ¿Alguien más?

Nadie habló.

—¿Ninguna de ustedes? ¿No creen que es importante la educación? ¿No creen que es necesario animar a nuestras familias menos afortunadas a ocupar un puesto en la educación? —Lanzó una mirada fulminante a los congregados—. En fin, no es la respuesta que me había esperado.

—Yo lo haré —dijo Alice, en medio del silencio.

La señora Brady entrecerró los ojos y colocó una mano sobre ellos a modo de visera.

—¿Es usted la señora Van Cleve?

—Sí, soy yo. Mi nombre es Alice.

—No puedes apuntarte —susurró Bennett con tono de urgencia.

Alice se inclinó hacia delante.

—Justo me estaba diciendo mi marido que está convencido de la importancia del deber con la comunidad, exactamente como le ocurría a su madre, así que estaré encantada de ofrecerme como voluntaria. —Sintió un hormigueo en la piel cuando los ojos del público se deslizaron hacia ella.

La señora Brady se abanicó con algo más de fuerza.

—Pero usted no conoce esta zona, querida. No creo que sea muy sensato.

—Sí —siseó Bennett—. No conoces esto, Alice.

—Yo se la enseñaré —dijo Margery O'Hare haciendo un gesto de asentimiento hacia Alice—. Recorreré las rutas a caballo con ella durante una o dos semanas. Podemos hacer que se mueva cerca del pueblo hasta que conozca mejor el entorno.

—Alice, yo... —susurró Bennett. Parecía aturdido y levantó los ojos hacia su padre.

—¿Sabe usted montar?

—Desde que cumplí los cuatro años.

La señora Brady se balanceó sobre sus tacones con gesto de satisfacción.

—Pues ya está, señorita O'Hare. Ya tiene otras dos bibliotecarias.

—Es un comienzo.

Margery O'Hare sonrió a Alice y esta le devolvió la sonrisa casi antes de darse cuenta de lo que estaba haciendo.

—Pues yo no creo que sea una buena idea en absoluto —insistió George Simmonds—. Y voy a escribir mañana al gobernador Hatch para decírselo. Creo que enviar a unas jóvenes por ahí solas es una forma segura de buscar un desastre. Y no veo en esta mala idea más que una forma de fomentar pensamientos impíos y mal comportamiento, por mucho que venga de la primera dama. Que tenga un buen día, señora Brady.

—Que pase un buen día, señor Simmonds.

El público empezó a ponerse de pie poco a poco.

—Te veré en la biblioteca el lunes por la mañana —dijo Margery O'Hare cuando salían a la luz del sol. Extendió una mano para estrechar la de Alice—. Puedes llamarme Marge. —Levantó los ojos al cielo, se caló un sombrero de cuero y ala ancha en la cabeza y se alejó en dirección a un mulo grande al que saludó con el mismo tono de sorpresa entusiasta que si se hubiese tratado de un viejo amigo con el que se acabara de tropezar por la calle.

Bennett se quedó mirándola mientras se iba.

—Señora Van Cleve, no sé qué te crees que estás haciendo.

Lo dijo dos veces antes de que ella recordara que ahora ese era, de hecho, su nombre.

2

Baileyville no se diferenciaba en nada de las demás localidades del sur de los Apalaches. Ubicado entre dos cadenas montañosas, estaba compuesto por dos calles principales con una mezcla titubeante de edificios de ladrillo y de madera, unidas en forma de uve, de las cuales salían una multitud de callejas y senderos serpenteantes que llevaban por la parte más baja a lejanas «hondonadas», que era como se llamaba a los valles pequeños, y, por la más alta, a varias casas de montaña esparcidas por los riscos cubiertos de árboles. Las casas que estaban en la cuenca alta del riachuelo albergaban tradicionalmente a las familias más ricas y respetables —pues era más fácil ganarse la vida legalmente en las zonas más llanas y también resultaba más fácil esconder alcohol en las partes más arboladas y elevadas—, pero, a medida que fue avanzando el siglo, la llegada de mineros y capataces y los sutiles cambios en la demografía del pueblo y su condado habían tenido como consecuencia que ya no fuese posible juzgar quién era quién simplemente por el tramo de la calle en que vivían.

La Biblioteca Itinerante de Baileyville de la WPA iba a tener su sede en la última cabaña de madera subiendo por el riachuelo de Split Creek, girando a la derecha desde la calle principal por una calle llena de trabajadores administrativos, dependientes de tiendas y otros que se ganaban la vida principalmente vendiendo lo que cultivaban. Era una casa construida directamente sobre el suelo, al contrario que muchos de los edificios más bajos, que estaban sostenidos sobre pilotes para protegerse de las inundaciones de la primavera. Medio cubierto por la sombra de un enorme roble que tenía a su izquierda, el edificio medía, aproximadamente, quince zancadas por doce. Desde la fachada se entraba por un pequeño tramo de desvencijados escalones y, por detrás, a través de una puerta de madera que antiguamente había sido lo suficientemente grande como para que entraran las vacas.

—Será para mí una forma de conocer a la gente del pueblo —les había dicho Alice a los dos hombres durante el desayuno cuando, una vez más, Bennett había cuestionado la sensatez de su esposa por haber aceptado el trabajo—. Eso era lo que tú querías, ¿no? Y no andaré molestando a Annie todo el día.

Había descubierto que, si exageraba su acento británico, les costaba más llevarle la contraria. En las últimas semanas había empezado a mostrar un tono verdaderamente regio.

—Y, por supuesto, podré ver así quién está necesitado de sustento religioso.

—Tiene razón —dijo el señor Van Cleve a la vez que se quitaba un trozo de ternilla de beicon de la comisura de la boca y lo colocaba con cuidado en el lateral de su plato—. Puede hacerlo hasta que empiecen a venir los niños.

Alice y su marido habían evitado deliberadamente mirarse.

Ahora, Alice se acercaba al edificio de una sola planta, levantando con sus botas la tierra de la calle. Se puso una mano a modo de visera y entrecerró los ojos. Un cartel recién pintado anunciaba: «BIBLIOTECA ITINERANTE DE ESTADOS UNIDOS, WPA» y del interior salía una sucesión intermitente de golpes de martillo. El señor Van Cleve había bebido la noche anterior con cierta excesiva ligereza y se había despertado con la firme decisión de encontrar faltas en todo lo que cualquiera estuviese haciendo en su casa. Incluido respirar. Ella se había movido sigilosa por la casa, se había embutido en sus pantalones de montar y, después, se había descubierto cantando en voz baja mientras recorría a pie la distancia de menos de un kilómetro hasta la biblioteca, solo por el placer de tener otro sitio en el que estar.

Retrocedió un par de pasos para tratar de ver el interior y, al hacerlo, notó el leve zumbido de un motor que se acercaba junto con otro sonido más irregular que no supo distinguir bien. Se dio la vuelta y vio la camioneta y la cara de asombro del conductor.

—¡Eh! ¡Cuidado!

Alice se giró justo cuando un caballo sin jinete llegaba galopando por la estrecha calle en dirección a ella, con sus estribos aleteando y las riendas enredadas en sus larguiruchas patas. Cuando la camioneta hizo un giro brusco para no chocar contra él, el caballo se asustó y dio un traspié, haciendo que Alice cayera al suelo despatarrada.

Fue vagamente consciente de un mono de trabajo que pasaba por su lado dando un salto, del estruendo de un claxon y del traqueteo de unos cascos.

—Eh..., eh, quieto. Quieto, amigo...

—Ay. —Alice se frotó el codo a la vez que sentía un zumbido en la cabeza por el golpe. Cuando por fin se incorporó, vio que a unos cuantos metros un hombre agarraba las bridas del caballo y le pasaba una mano por el cuello para tratar de tranquilizarlo. Se le habían puesto los ojos en blanco y las venas del cuello se le habían hinchado, como si fuese un mapa en relieve.

—¡Ese loco! —Una mujer joven corría hacia ellos por la calle—. El viejo Vance ha tocado su claxon a propósito y el caballo me ha tirado al suelo.

—¿Está bien? Ha sufrido una caída bastante fuerte. —Una mano se extendió para ayudar a Alice a levantarse. Ella se puso de pie parpadeando y se fijó en su propietario: un hombre alto vestido con un mono y una camisa de cuadros, con una suave expresión de preocupación en la mirada. Aún le sobresalía un clavo de la comisura de la boca. Se lo escupió en la mano y se lo guardó en el bolsillo antes de ofrecer esta para estrechar la de Alice—. Frederick Guisler.

—Alice van Cleve.

—La mujer británica. —Su mano estaba áspera.

Beth Pinker apareció entre ellos con la respiración entrecortada y, con un gruñido, cogió las riendas de las manos de Frederick Guisler.

—Scooter, no sé de qué te sirven esos malditos sesos con los que naciste.

El hombre la miró.

—Ya te lo dije, Beth. No puedes salir de aquí a galope con un purasangre. Se pone muy alterado. Ve al paso durante los primeros veinte minutos y estará bien todo el día.

—¿Quién tiene tiempo para ir tan lento? Tengo que estar en Paint Lick a mediodía. Mira, me ha hecho un agujero en los mejores pantalones que tengo. —Beth tiró del caballo para acercarlo al banco de montura, aún murmurando entre dientes y, a continuación, se giró de repente—. Ah, ¿tú eres la nueva? Marge me ha pedido que te diga que ahora viene.

—Gracias. —Alice levantó la palma de la mano antes de quitarse las pequeñas piedras que se le habían quedado incrustadas en ella. Mientras la miraban, Beth comprobó las alforjas, volvió a maldecir y dio la vuelta al caballo para salir de nuevo calle arriba a medio galope.

Frederick Guisler volvió a mirar a Alice mientras negaba con la cabeza.

—¿Seguro que está bien? Puedo traerle un poco de agua.

Alice trató de mostrarse despreocupada, como si el codo no le doliera y no se hubiese dado cuenta de que una fina capa de polvo le adornaba el labio superior.

—Estoy bien. Me... quedaré sentada en el porche.

—Es un escalón —dijo él con una sonrisa.

—Sí, eso.

Frederick Guisler la dejó allí. Estaba poniendo estanterías de pino en las paredes de la biblioteca, debajo de las cuales había cajas de libros esperando a ser colocados. Una pared se encontraba ya llena de una variedad de títulos cuidadosamente etiquetados y un montón que estaba en el rincón indicaba que algunos ya habían sido devueltos. A diferencia de la casa de los Van Cleve, este pequeño edificio tenía un aire de sentido práctico y daba la sensación de estar a punto de convertirse en algo útil.

Mientras estaba ahí sentada quitándose el polvo de la ropa, dos mujeres jóvenes pasaron por el otro lado de la calle, las dos con largas faldas de sirsaca y sombreros de ala ancha para protegerse del sol. La miraron desde la otra acera y, después, juntaron las cabezas para hablar. Alice sonrió y levantó una mano tímidamente para saludarlas, pero ellas fruncieron el ceño y se dieron la vuelta. Alice se dio cuenta con un suspiro de que probablemente eran amigas de Peggy Foreman. A veces, se le ocurría que podría confeccionar un cartel y colgárselo del cuello: «No, no sabía que él tuviese una novia».

—Fred dice que ya te has caído sin ni siquiera haber montado en el caballo. Eso sí que es difícil.

Alice levantó los ojos y vio que Margery O'Hare la miraba. Estaba subida en un caballo grande y feo con las orejas excesivamente largas y llevaba detrás un poni más pequeño de color marrón y blanco.

—Eh..., bueno, yo...

—¿Alguna vez has montado en un mulo?

—¿Eso es un mulo?

—Claro. Pero no se lo digas. Se cree que es un semental de Arabia. —Margery la miró con los ojos entrecerrados desde debajo de su sombrero de ala ancha—. Puedes probar con esta pequeña, Spirit. Es peleona, pero de paso tan firme como Charley, este de aquí, y no se detiene ante nada. La otra muchacha no va a venir.

Alice se levantó y acarició el hocico de la pequeña yegua. La poni apretó los ojos. Sus pestañas eran medio blancas y medio marrones y desprendía un olor dulce y a hierba. Alice regresó de inmediato a los veranos que pasaba montando a caballo en la finca de su abuela en Sussex, cuando tenía catorce años y tenía libertad para escaparse durante todo el día, en lugar de soportar que le tuvieran que decir constantemente cómo tenía que comportarse.

«Alice, eres demasiado impulsiva».

Se inclinó hacia delante y olió el pelo suave de las orejas de la yegua.

—Y bien, ¿vas a hacerle el amor? ¿O te vas a subir en ella?

—¿Ya? —preguntó Alice.

—¿Estás esperando a que la señora Roosevelt te dé permiso? Venga, tenemos que recorrer mucha distancia.

Sin más dilación, giró al mulo y Alice tuvo que subirse rápidamente mientras la pequeña yegua pinta salía detrás de él.

Durante la primera media hora, Margery O'Hare no habló mucho y Alice cabalgó en silencio detrás de ella mientras trataba de acostumbrarse a aquel estilo tan distinto de montar. Margery no mantenía la espalda rígida, los talones abajo y el mentón levantado, como las muchachas con las que ella cabalgaba en Inglaterra. Llevaba las piernas flexionadas, se mecía como un árbol joven mientras hacía que el mulo girara, subiera y bajara por pendientes, amortiguando cada movimiento. Le hablaba al mulo más que a Alice, reprendiéndole o cantándole, haciendo ocasionales giros de ciento ochenta grados en su silla para gritar hacia atrás, como si acabara de acordarse de que llevaba compañía:

—¿Todo bien por ahí atrás?

—¡Sí! —gritaba Alice mientras trataba de no tambalearse cuando la yegua intentaba girar de nuevo y salir corriendo de vuelta hacia el pueblo.

—Solo te está poniendo a prueba —dijo Margery después de que Alice soltara un grito—. Cuando le hagas saber que eres tú la que mandas, será suave como la melaza.

Alice, que notaba que la pequeña yegua se removía airada debajo de ella, no estaba convencida del todo, pero no quiso quejarse por si Margery decidía que no era apta para el trabajo. Atravesaron el pueblo, pasaron por frondosos huertos cercados llenos de maíz, tomates y verduras y Margery saludaba con un toque en el sombrero a las personas que pasaban por su lado a pie. La yegua y el mulo resoplaron y retrocedieron brevemente cuando un enorme camión cargado de troncos pasó por su lado, pero, luego, de repente, habían salido del pueblo y subían por un camino empinado y estrecho. Margery aflojó la marcha un poco cuando el camino se ensanchó y pudieron empezar a avanzar las dos juntas.

—Así que tú eres la chica de Inglaterra —dijo pronunciando el nombre del país con tono engolado.

—Sí. —Alice se encorvó para no darse con una rama baja—. ¿Has estado?

Margery mantenía la mirada al frente, así que a Alice le costaba oírla.

—Nunca he ido más allá del este de Lewisburg. Allí es donde vivía mi hermana.

—Ah, ¿y se ha mudado?

—Murió. —Margery extendió la mano para romper un trozo de rama y quitarle las hojas dejando caer las riendas sobre el cuello del mulo.

—Lo siento mucho. ¿Tienes más familia?

—Tenía. Una hermana y cinco hermanos. Pero ya solo quedo yo.

—¿Vives en Baileyville?

—Un poco apartada. En la misma casa en la que nací.

—¿Has vivido siempre en la misma casa?

—Sí.

—¿Y no sientes curiosidad?

—¿Por qué?

Alice se encogió de hombros.

—No sé. ¿Por cómo sería vivir en algún otro lugar?

—¿Para qué? ¿Es mejor tu país?

Alice pensó en el agobiante silencio de la sala de estar de sus padres, en el leve chirrido de la verja de entrada, en su padre sacándole brillo a su automóvil mientras silbaba entre dientes cada sábado por la mañana, en la minuciosa colocación de los cubiertos del pescado y las cucharas sobre el mantel de los domingos cuidadosamente planchado. Miró hacia los infinitos pastos verdes, las enormes montañas que se elevaban a ambos lados. Por encima de ella, un halcón daba vueltas y soltaba gañidos hacia el cielo vacío y azul.

—Probablemente no.

Margery aminoró el paso para que Alice quedara a su mismo nivel.

—Aquí tengo lo que necesito. Me manejo bien y, en general, la gente me deja tranquila. —Se echó hacia delante para acariciar el cuello del mulo—. A mí me gusta así.

Alice notó en sus palabras una ligera barrera y se quedó callada. Los siguientes tres kilómetros los recorrieron en silencio, con Alice siendo consciente de cómo la silla le estaba rozando ya la parte interna de las rodillas y cómo el calor del día se asentaba en su cabeza desnuda. Margery le hizo una señal para indicarle que iban a girar a la izquierda por un claro entre los árboles.

—Vamos a subir un poco por aquí. Más vale que te agarres, por si se te vuelve a girar.

Alice notó que la pequeña yegua salía disparada bajo sus piernas y empezaron a subir a medio galope por un largo sendero de pedernal que, poco a poco, se volvió más sombrío hasta que estuvieron en las montañas, los caballos con los cuellos extendidos y los hocicos bajados por el esfuerzo de abrirse camino por los empinados senderos de piedra entre los árboles. Alice inhaló el aire frío, con los dulces y húmedos aromas del bosque, el sendero moteado de manchas de luz por delante de ellas y los árboles formando una enorme bóveda de catedral muy por encima de sus cabezas de donde les llegaba el canto de los pájaros. Alice se echó sobre el cuello del caballo mientras avanzaban y, de repente, se sintió inesperadamente feliz. Cuando bajaron el ritmo del paso se dio cuenta de que lucía una amplia sonrisa sin ser consciente de ello. Era una sensación sorprendente, como si de forma repentina pudiese ejercitar un miembro que hubiese perdido.

—Esta es la ruta noreste. He pensado que sería mejor dividirlas en ocho.

—Dios santo, es precioso —dijo Alice. Se quedó mirando las enormes rocas color arena que parecían cernirse desde la nada formando refugios naturales. Por todo su alrededor surgían peñascos casi horizontales desde la ladera de la montaña en gruesas capas o formando arcos naturales de piedra, erosionados por siglos de viento y lluvia. Ahí arriba se sentía lejos del pueblo, de Bennett y de su padre, por algo más aparte de la geografía. Sentía como si hubiese aterrizado en otro planeta completamente distinto, donde la gravidez no funcionaba del mismo modo. Oía como nunca a los grillos entre la hierba, el silencioso y lento planear de los pájaros sobre su cabeza, el perezoso agitar de las colas de los caballos al ahuyentar a las moscas de sus flancos.

Margery obligó a pasar a su mulo bajo un saliente e hizo a Alice una señal para que la siguiera.

—¿Ves eso de ahí? ¿Ese agujero? Es un hueco para el afrecho. ¿Sabes lo que es eso?

Alice negó con la cabeza.

—Donde los indios molían el maíz. Si miras allí verás dos parches desgastados en la piedra donde el anciano jefe posaba las nalgas mientras las mujeres trabajaban.

Alice sintió que las mejillas se le enrojecían y contuvo una sonrisa. Levantó los ojos hacia los árboles y su sensación de tranquilidad se evaporó.

—¿Siguen..., siguen por aquí?

Margery se quedó un momento mirándola desde debajo del ala de su sombrero.

—Creo que estás a salvo, señora Van Cleve. Suelen irse a almorzar a estas horas.

Se detuvieron para comerse sus bocadillos bajo el cobijo de un puente del ferrocarril y, después, pasaron toda la tarde cabalgando entre las montañas, con sus senderos retorciéndose y curvándose de tal forma que Alice ya no estaba segura de dónde habían estado y adónde se dirigían. Resultaba difícil orientarse cuando las copas de los árboles se extendían muy altas sobre sus cabezas, ocultando el sol y ensombreciéndolo todo. Le preguntó a Margery dónde podrían parar para aliviarse y Margery movió una mano en el aire.

—En cualquier árbol que quieras. Escoge tú misma.

La conversación de su acompañante era poco frecuente, sucinta y, sobre todo, parecía girar en torno a quién había muerto y quién no. Ella misma, según dijo, tenía sangre cheroqui de antiguos antepasados.

—Mi bisabuelo se casó con una cheroqui. Yo tengo pelo cheroqui y una nariz bien recta. En nuestra familia teníamos todos la piel algo oscura, aunque mi prima nació albina.

—¿Y cómo es?

—No pasó de los dos años. Le picó una víbora cobriza. Todos pensaron que simplemente estaba irritable hasta que le vieron la picadura. Pero, claro, para entonces ya era demasiado tarde. Ah, vas a tener que estar alerta con las serpientes. ¿Sabes algo de serpientes?

Alice negó con la cabeza.

Margery pestañeó, como si le resultara impensable que alguien no supiera nada sobre serpientes.

—Pues las venenosas suelen tener la cabeza en forma de pala, ¿sabes?

—Entiendo. —Alice esperó un momento—. ¿De las cuadradas? ¿O de las que son para cavar y tienen el filo en punta? Mi padre hasta tiene una para drenaje, que...

Margery soltó un suspiro.

—Quizá sea mejor que te limites por ahora a mantenerte alejada de todas las serpientes.

Mientras subían, alejándose del riachuelo, Margery bajaba de vez en cuando de su mulo para atar un cordel rojo alrededor del tronco de un árbol, sirviéndose de una navaja para cortarlo o mordiéndolo y escupiendo los extremos. Así, según dijo, Alice vería cómo encontrar el camino de vuelta al sendero abierto.

—¿Ves la casa del viejo Muller allí, a la izquierda? ¿Ves el humo de la leña? Son él, su mujer y sus cuatro hijos. Ella no sabe leer, pero el mayor sí y le va a enseñar. A Muller no le gusta mucho la idea de que aprendan, pero está bajo la mina desde que amanece hasta que anochece, así que les he estado llevando libros de todos modos.

—¿A él no le importa?

—No lo sabe. Entra en casa, se lava, come lo que ella le haya preparado y para cuando el sol se esconde ya está dormido. Allí abajo las condiciones son duras y vuelven agotados. Además, ella guarda los libros en su baúl de la ropa. Él no mira ahí dentro.

Quedó claro que Margery llevaba ya varias semanas dirigiendo ella sola una pequeña biblioteca. Pasaron junto a unas casitas construidas sobre pilotes, unas cabañas diminutas y abandonadas con tejados de tablillas con aspecto de que un viento fuerte pudiera echarlas abajo, chabolas con destartalados puestos de frutas y verduras en la puerta, y en cada una de ellas Margery le señalaba y explicaba quién vivía allí, si sabían leer, qué material era el mejor para llevarles y de qué casas había que mantenerse alejada. Contrabandistas de alcohol en su mayoría. Alcohol ilegal que destilaban en alambiques ocultos en los bosques. Estaban los que lo fabricaban y pegaban un tiro a quien lo viera y aquellos que se lo bebían y a los que no era muy seguro acercarse. Parecía saberlo todo de todo el mundo y le iba proporcionando esa información tan valiosa con el mismo tono relajado y lacónico. Esa era la casa de Bob Gillman, que perdió un brazo con una de las máquinas de una fábrica de Detroit y había regresado para vivir con su padre. Aquella era la casa de la señora Coghlan, cuyo marido le daba palizas horribles hasta que un día volvió a casa con una buena trompa y ella le ató con la sábana y le empezó a dar con una vara hasta que le juró que nunca más volvería a hacerlo. Aquí era donde dos destiladoras clandestinas habían explotado con un estruendo que se pudo oír hasta en dos condados. Los Campbell aún culpaban a los Mackenzie y, en ocasiones, iban a pegar tiros a su casa cuando estaban un poco borrachos.

—¿Nunca sientes miedo? —preguntó Alice.

—¿Miedo?

—Aquí arriba, sola. Por lo que dices parece que pueda pasar cualquier cosa.

Margery la miró como si nunca se le hubiese ocurrido pensarlo.

—Llevo cabalgando por estas montañas desde antes de aprender a andar. Me mantengo alejada de los problemas.

Alice debió de poner una expresión de escepticismo.

—No es difícil. ¿Sabes cuando hay un grupo de animales alrededor de una poza?

—Eh..., la verdad es que no. En Surrey no hay muchas pozas.

—Si vas a África, verás al elefante bebiendo al lado del león, que está al lado de un hipopótamo y el hipopótamo bebe junto a una gacela. Y ninguno de ellos molesta al otro, ¿verdad? ¿Sabes por qué?

—No.

—Porque están observándose los unos a los otros. Y esa vieja gacela ve que el león está completamente tranquilo y que solo quiere echar un trago. Y el hipopótamo está relajado y, así, todos viven y dejan vivir. Pero, si les pones en una llanura al anochecer y ese mismo león está merodeando con un destello en la mirada..., esas gacelas saben que tienen que salir pitando y hacerlo rápido.

—¿Hay leones además de serpientes?

—Observa a la gente, Alice. Ves a alguien a lo lejos y es un minero que vuelve a casa y, por sus andares, sabes que está cansado y que lo único que quiere es llegar de una vez, llenarse el estómago y poner los pies en alto. Si ves a ese mismo minero en la puerta de un garito, con una botella de bourbon a medio beber un viernes y lanzándote una mirada asesina, sabes que tienes que quitarte de en medio, ¿no?

Cabalgaron en silencio durante un rato.

—Oye, Margery...

—¿Sí?

—Si nunca has ido más allá de... ¿dónde era? ¿Lewisburg? ¿Cómo sabes tanto sobre los animales de África?

Margery detuvo su mulo y se giró para observarla.

—¿Me estás haciendo esa pregunta en serio?

Alice se quedó mirándola.

—¿Y quieres que yo te convierta en bibliotecaria?

Fue la primera vez que veía a Margery reír. Empezó a soltar carcajadas como una lechuza y seguía riéndose cuando habían bajado la mitad del camino hasta Salt Lick.

—Y bien, ¿cómo te ha ido hoy?

—Ha ido bien, gracias.

No quería hablar de que el trasero y los muslos le dolían tanto que casi había gritado al sentarse en la taza del retrete. Ni de las diminutas cabañas junto a las que había pasado, donde había visto que las paredes del interior estaban cubiertas con hojas de periódico para, según le había dicho Margery, «evitar las corrientes de aire en invierno». Necesitaba tiempo para asimilar el tipo de territorio que había recorrido, la sensación, al tomar un sendero horizontal atravesando un paisaje vertical, de estar de verdad en la naturaleza por primera vez en su vida, los enormes pájaros, el ciervo que se había escabullido, las diminutas lagartijas azules. Pensó que no debía mencionar al hombre sin dientes que las había increpado por el camino ni a la madre joven y agotada con cuatro niños pequeños que corrían al aire libre, desnudos como cuando vinieron al mundo. Pero, sobre todo, el día había sido tan extraordinario, tan valioso, que lo cierto era que no quería compartir nada de él con aquellos dos hombres.

—Me han comentado que ibas a caballo con Margery O'Hare. —El señor Van Cleve dio un sorbo a su copa.

—Sí. Y con Isabelle Brady. —No mencionó que Isabelle no había aparecido.

—Más vale que te mantengas alejada de esa O'Hare. Es problemática.

—¿A qué se refiere?

Vio la mirada de advertencia de Bennett: «No repliques».

El señor Van Cleve apuntó su tenedor hacia ella.

—Haz caso de lo que te digo, Alice. Margery O'Hare procede de una mala familia. Frank O'Hare era el mayor contrabandista de aquí a Tennessee. Llevas demasiado poco tiempo aquí como para saber qué significa eso. Puede que ahora se adorne con libros y palabras elevadas, pero en el fondo sigue siendo la misma, igual de impresentable que el resto de los suyos. Hazme caso. Ninguna dama decente de por aquí tomaría el té con ella.

Alice trató de imaginarse a Margery O'Hare mostrando el más mínimo interés por tomar el té con alguna señora. Cogió el plato de pan de maíz de las manos de Annie y se puso un trozo en el suyo antes de pasarlo. Se dio cuenta de que tenía un hambre voraz, a pesar del calor.

—Por favor, no se preocupe. Solo me está enseñando adónde debo llevar los libros.

—Me limito a avisarte. Cuídate de no pasar mucho tiempo con ella. Más te vale que no se te peguen sus modales. —Cogió dos rebanadas de pan, se llevó media directamente a la boca y la estuvo masticando durante un minuto con la boca abierta. Alice hizo una mueca y miró para otro lado—. ¿Y qué tipo de libros son?

Alice se encogió de hombros.

—Son... libros, sin más. De Mark Twain y Louisa May Alcott, algunas aventuras de vaqueros, libros con consejos para el hogar, recetas y cosas así.

El señor Van Cleve negó con la cabeza.

—La mitad de esas personas de las montañas no saben leer una palabra. El viejo Henry Porteous cree que es una forma de malgastar el tiempo y el dinero de los impuestos y debo decir que estoy de acuerdo. Y, como he mencionado, cualquier asunto en el que ande metida Margery O'Hare tiene que ser algo malo.

Alice estuvo a punto de salir en defensa de Margery, pero un fuerte apretón de la mano de su marido por debajo de la mesa le advirtió que no lo hiciera.

—No sé. —El señor Van Cleve se limpió un poco de salsa de la comisura de la boca—. Estoy bastante seguro de que mi mujer no habría aprobado un plan como ese.

—Pero sí que creía en las muestras de caridad, por lo que me ha contado Bennett —dijo Alice.

El señor Van Cleve miró desde el otro lado de la mesa.

—Así es, sí. Era una mujer de lo más piadosa.

—Bueno —contestó Alice un momento después—. Yo creo que si podemos animar a familias impías a que lean, podremos fomentar que lean los Evangelios y la Biblia y eso sería bueno para todos. —Tenía una sonrisa dulce y amplia. Se inclinó por encima de la mesa—. ¿Se imagina a todas esas familias capaces por fin de entender la palabra de Dios con una adecuada lectura de la Biblia, señor Van Cleve? ¿No sería maravilloso? Estoy segura de que su esposa no haría otra cosa más que apoyar algo así.

Hubo un largo silencio.

—Bueno, sí —respondió el señor Van Cleve—. Puede que tengas razón. —Hizo un gesto de asentimiento para indicar que ese era el final de la conversación, al menos por el momento. Alice vio que su marido se desinflaba ligeramente, aliviado, y deseó no odiarle por ello.

Tres días después, Alice se dio cuenta rápidamente de que, fuera o no de una mala familia, prefería pasar el tiempo con Margery O'Hare antes que casi con cualquier otra persona de Kentucky. Margery no hablaba mucho. Mostraba un desinterés absoluto por los chismorreos, velados o no, que parecían alimentar a las mujeres durante las interminables meriendas y sesiones de confección de colchas en las que Alice había participado hasta entonces. No mostraba interés por el aspecto de Alice, ni por sus ideas ni por su pasado. Margery iba adonde le apetecía y decía lo que pensaba, sin esconder nada tras los elegantes eufemismos que resultaban tan útiles para todos los demás.

«Ah, ¿es esa la moda inglesa? Qué interesante».

«¿Y el hijo del señor Van Cleve está conforme con que su mujer salga a caballo sola por las montañas? Dios mío».

«Bueno, puede que le esté usted acostumbrando a los hábitos ingleses. Qué... original».

Alice se dio cuenta con un sobresalto de que Margery se comportaba «como un hombre».

Era una idea tan extraordinaria que se puso a estudiar a la otra mujer desde cierta distancia, tratando de averiguar cómo había llegado a ese estado de liberación tan asombroso. Pero no tenía la valentía suficiente —o quizá es que era aún demasiado inglesa— como para preguntárselo.

Alice llegaba a la biblioteca poco después de las siete de la mañana, con la hierba aún inundada de rocío, tras rechazar el ofrecimiento de Bennett de llevarla en el automóvil y dejarlo desayunando con su padre. Intercambiaba un saludo con Frederick Guisler, a quien, a menudo, encontraba hablando con un caballo, como Margery, y, a continuación, iba por detrás de la casa, donde estaban atados Spirit y el mulo, expulsando por la boca un vaho que se elevaba por el frío aire del amanecer. Los estantes de la biblioteca estaban ya casi terminados, llenos de libros donados desde lugares tan lejanos como Nueva York y Seattle. (La WPA había lanzado un llamamiento para la donación de bibliotecas y dos veces por semana llegaban paquetes envueltos en papel de estraza). El señor Guisler había arreglado una mesa vieja donada por una escuela de Berea para poder tener un sitio donde colocar el enorme libro de registro encuadernado en cuero donde se apuntaban los ejemplares entrantes y salientes. Sus páginas se fueron llenando rápidamente: Alice descubrió que Beth Pinker se iba a las cinco de la mañana y que, antes de ver a Margery cada día, esta ya había recorrido dos horas a caballo para dejar libros en casas remotas de las montañas. Examinaba la lista para ver dónde habían estado ella y Beth.

Miércoles 15
Los hijos de los Farley, Crystal: cuatro libros de historietas

Señora Petunia Grant, casa del maestro de Yellow Rock: dos ejemplares del *Ladies' Home Journal* (febrero y abril de 1937), un ejemplar de *Azabache,* de Anna Sewell (manchas de tinta en las páginas 34 y 35)

Señor F. Homer, en Wind Cave: un ejemplar de *Medicina popular,* de D. C. Jarvis

Hermanas Fritz, The End Barn en White Ash: un ejemplar de *Cimarrón,* de Edna Ferber, *Sublime obsesión,* de Lloyd C. Douglas (nota: faltan tres páginas del final, cubierta estropeada por el agua)

Los libros rara vez eran nuevos y vio que, a menudo, les faltaban páginas o las cubiertas cuando ayudaba a Frederick Guisler a colocarlos en los estantes. Era un hombre enjuto y curtido de casi cuarenta años que había heredado más de trescientas hectáreas de su padre y que, al igual que él, criaba y domaba caballos, incluida Spirit, la pequeña yegua que Alice había estado montando.

—Esta tiene su carácter —dijo él mientras acariciaba el cuello de la pequeña yegua—. Eso sí, nunca he conocido una yegua decente que no lo tuviera. —Su sonrisa era discreta y cómplice, como si en realidad no estuviera hablando de caballos.

Cada día de aquella primera semana, Margery planeaba la ruta que iban a seguir y salían a la quietud de la mañana, con Alice respirando el aire de la montaña a grandes bocanadas después del aire viciado y agobiante de la casa de los Van Cleve. Bajo el sol, a medida que avanzaba el día, el calor se levantaba entre centelleantes oleadas desde el suelo y era un alivio subir al interior de las montañas, donde las moscas y las criaturas mordientes no estaban zumbando sin cesar alrededor de su cara. En las rutas más remotas, Margery bajaba de su caballo para atar un cordel cada cuatro árboles de modo que Alice pudiese encontrar el camino de vuelta cuando trabajara sola, señalando puntos de referencia y visibles formaciones rocosas que le sirvieran de ayuda.

—Si no las ves, Spirit encontrará el camino por ti —dijo—. Es más lista que el hambre.

Alice estaba acostumbrándose ya a la pequeña yegua marrón y blanca. Sabía exactamente dónde Spirit iba a intentar darse la vuelta y dónde le gustaba aumentar la velocidad, y ya no lanzaba gritos, sino que se inclinaba sobre ella para acariciarle el cuello de tal forma que sus pequeñas orejas aleteaban hacia delante y hacia atrás. Tenía ya una idea bastante aproximada de qué caminos llevaban a qué sitios y había dibujado mapas de cada uno de ellos que se guardaba en sus pantalones de montar con la esperanza de encontrar el camino a cada casa sin ayuda. Sobre todo, había empezado a disfrutar del tiempo que pasaba en las montañas, de la inesperada quietud del vasto paisaje, de ver a Margery por delante de ella, agachándose para evitar las ramas bajas, señalando cabañas remotas que se elevaban como formaciones orgánicas en medio de los claros de los árboles.

—Mira hacia el exterior, Alice —decía Margery, su voz transportada por la brisa—. No tiene mucho sentido andar preocupada por lo que piensen de ti en el pueblo. No puedes hacer nada, de todos modos. Pero cuando miras hacia fuera... ¡Uf! Hay todo un mundo de cosas preciosas.

Por primera vez en casi un año, Alice sintió que nadie la observaba. No había nadie que hiciese ningún comentario de cómo vestía o de cómo se comportaba, nadie que le lanzara miradas curiosas ni que se acercara para oír su forma de hablar. Había empezado a entender la determinación de Margery por hacer que la gente «la dejara en paz». Salió de sus pensamientos cuando Margery se detuvo.

—Allá vamos, Alice. —Desmontó junto a una valla desvencijada donde unos pollos escarbaban con desgana entre la tierra junto a la casa y un cerdo grande olfateaba junto a un árbol—. Es hora de conocer a los vecinos.

Alice imitó sus pasos, desmontando y lanzando las riendas por encima del poste de la valla frontal. Los caballos bajaron de inmediato sus cabezas y empezaron a pastar mientras Margery levantaba una de las bolsas de la silla y le hacía una señal a Alice para que la siguiera. La casa estaba destartalada, con el revestimiento de madera caído a un lado, como una sonrisa torcida. Las ventanas estaban llenas de mugre, impidiendo ver el interior, y había una cafetera de hierro fuera, sobre las ascuas de una hoguera. Resultaba difícil creer que alguien viviera allí.

—¡Buenos días! —Margery se acercó a la puerta—. ¿Hola?

No se oyó nada; después, el crujido de una tabla y un hombre apareció en la puerta, con un rifle apoyado en el hombro. Llevaba puesto un mono de trabajo que no se había ocupado de lavar desde hacía tiempo y una pipa de barro que salía de su espeso bigote. Detrás de él, aparecieron dos niñas pequeñas, con las cabezas inclinadas para tratar de ver a sus visitantes. Él las miró con desconfianza.

—¿Cómo está usted, Jim Horner? —Margery entró en el pequeño cercado (apenas podía llamarse jardín) y cerró la valla cuando entraron. No parecía haber visto el arma o, si la había visto, no le hizo caso. Alice sintió que el corazón se le aceleraba un poco, pero la siguió, obediente.

—¿Quién es esta? —El hombre señaló con la cabeza a Alice.

—Es Alice. Me está ayudando con la biblioteca itinerante. Me preguntaba si podríamos hablar con usted de lo que traemos.

—No quiero comprar nada.

—Bueno, eso me parece muy bien, porque no vendemos nada. Solo necesito cinco minutos de su tiempo. ¿Podría traerme un vaso de agua? Qué calor hace aquí afuera. —Margery, con toda la calma, se quitó el sombrero y se abanicó con él la cabeza. Alice estaba a punto de protestar diciendo que se acababan de beber un jarro de agua entre las dos menos de un kilómetro atrás, pero se calló. Horner se quedó mirándola un momento.

—Esperen aquí fuera —dijo por fin señalándoles un largo banco en la fachada de la casa. Le murmuró algo a una de sus hijas, una niña muy flaca con trenzas en el pelo, que desapareció en la oscuridad del interior para salir con un cubo y el ceño fruncido por la tarea que le habían encargado—. Ella le traerá el agua.

—¿Te importaría traer también para mi amiga, por favor, Mae? —preguntó Margery asintiendo con la cabeza hacia la niña.

—Sería muy amable de tu parte, gracias —contestó Alice, y el hombre se sorprendió al oír su acento.

Margery movió la cabeza hacia ella.

—Es que es la que viene de Inglaterra. La que se casó con el chico de Van Cleve.

El hombre paseó su mirada impasible entre las dos. Seguía con el arma en el hombro. Alice se sentó con cuidado en el banco mientras Margery seguía hablando, en voz baja y con un soniquete relajado. Igual que hablaba con el mulo Charley cuando se ponía, como ella decía, «quisquilloso».

—Bueno, no estoy segura de si se ha enterado en el pueblo, pero hemos puesto en marcha una biblioteca. Es para la gente a la que le gustan las historias o para ayudar a educar un poco a los niños, sobre todo si no van a la escuela de la montaña. Y he venido porque me preguntaba si a usted le gustaría probar con algunos libros para sus hijas.

—Ya le dije que no leen.

—Sí que me lo dijo. Así que le he traído algunos de los fáciles, solo para ver qué tal les va. Estos de aquí tienen dibujos y todas las letras, de forma que pueden aprender solas. Ni siquiera tienen que ir a la escuela para hacerlo. Pueden aprender aquí mismo, en su casa.

Le pasó uno de los libros con dibujos. Él lo cogió con cuidado, como si le estuviese dando algo que pudiera explotar, y pasó algunas páginas.

—Necesito que las niñas me ayuden con la recogida y las conservas.

—No lo dudo. Es una época del año con mucho trabajo.

—No quiero que se distraigan.

—Lo entiendo. No puede haber nada que frene el envasado de las conservas. Tengo que decir que parece que el maíz va a ser bueno este año. No como el año pasado, ¿eh? —Margery sonrió cuando llegó la niña delante de ellos, inclinada hacia un lado por el peso del cubo a medio llenar—. Vaya, muchas gracias, cariño. —Extendió una mano mientras la niña le llenaba una vieja taza de latón. La bebió con ansia y, después, le pasó la taza a Alice—. Rica y fresca. Muchísimas gracias.

Jim Horner extendió el libro hacia ella.

—Querrán dinero para estas cosas.

—Bueno, eso es lo mejor de esto, Jim. Nada de dinero, ni de comprometerse a nada. La biblioteca se ha creado para que la gente pueda probar a leer un poco. Puede que aprendan algo si les llega a gustar.

Jim Horner se quedó mirando la cubierta del libro. Alice no había oído nunca a Margery hablar tanto y tan seguido.

—Le diré lo que vamos a hacer. ¿Qué le parece si le dejo estos aquí solo durante esta semana? No tiene por qué leerlos, pero puede echarles un vistazo. Volveremos el lunes que viene para recogerlos. Si le gustan, que las niñas me lo digan y traeré más. Si no le gustan, déjelos en un cajón junto al poste de la valla y no le molestaremos más. ¿Qué opina?

Alice miró detrás de ella. Una segunda carita desapareció de inmediato entre la penumbra de la casa.

—No me parece bien.

—Si le digo la verdad, me haría un favor. Eso significaría que no tendría que llevarme esas malditas cosas otra vez montaña abajo. ¡Nuestros bolsos vienen hoy muy cargados! Alice, ¿te has terminado el agua? No queremos robarle más tiempo a este caballero. Me alegro de verle, Jim. Y gracias, Mae. ¡Has crecido más que una judía verde desde la última vez que te vi!

Cuando llegaron a la valla, la voz de Jim Horner se elevó con un tono más duro.

—No quiero que venga nadie más por aquí a molestarnos. No quiero que me molesten a mí ni a mis hijas. Ya tienen bastante de lo que ocuparse.

Margery ni siquiera se giró. Levantó una mano en el aire.

—Ya le he oído, Jim.

—Y no necesitamos caridad alguna. No quiero que nadie del pueblo venga siquiera por aquí. No sé por qué ha tenido que venir.

—Voy a todas las casas desde aquí hasta Berea. Pero le he oído. —La voz de Margery recorrió la ladera de la montaña cuando llegaron a sus caballos.

Alice miró hacia atrás y vio que Horner había vuelto a apoyarse el rifle en el hombro. Sentía el zumbido de sus latidos en los oídos mientras echaba a andar. Tenía miedo de mirar hacia atrás de nuevo. Cuando Margery se subió al mulo, ella cogió las riendas, montó a Spirit con piernas temblorosas y, hasta que no calculó que estaban demasiado lejos como para que Jim Horner les disparara, no se permitió soltar el aire de los pulmones. Hincó los pies sobre la yegua para que avanzara hasta ponerse a la misma altura que Margery.

—Dios mío. ¿Siempre son tan desagradables? —Se dio cuenta de que las piernas se le habían quedado sin fuerzas.

—¿Desagradables? Alice, esto ha ido estupendamente.

Alice no estaba segura de haberla oído bien.

—La última vez que subí a Red Creek, Jim Horner me tiró el sombrero con un disparo. —Margery se giró hacia ella y movió el sombrero para que Alice pudiera ver el diminuto agujero que lo había chamuscado justo por arriba. Volvió a calárselo en la cabeza—. Vamos, démonos un poco de prisa. Quiero llevarte a conocer a Nancy antes de que hagamos un descanso para almorzar.

3

... y lo mejor de todo era que el sinfín de libros entre los cuales podía elegir a su gusto hacía de la biblioteca un verdadero paraíso para ella.

Louisa May Alcott, *Mujercitas*

Dos magulladuras púrpura en sus rodillas, otra en el tobillo izquierdo y ampollas en sitios donde no sabía que pudiera haber ampollas, un racimo de picaduras infectadas tras la oreja izquierda, uñas rotas (tenía que admitir que ligeramente sucias) y cuello y nariz quemados por el sol. Un rasguño de cinco centímetros de largo en el hombro derecho por haberse raspado con un árbol y una marca en el codo izquierdo donde Spirit la había mordido cuando ella había tratado de golpear a un tábano. Alice miró su rostro mugriento en el espejo y se preguntó qué pensaría la gente de esa vaquera llena de costras que le devolvía la mirada.

Habían pasado más de quince días y nadie había dicho nada de que Isabelle Brady aún no hubiese ido para unirse al pequeño equipo de bibliotecarias itinerantes, así que Alice no se atrevió a preguntar. Frederick no hablaba mucho, aparte de para ofrecerle café y su ayuda con Spirit; Beth —la mediana de ocho hermanos varones— entraba y salía con briosa energía masculina, saludando con un alegre movimiento de cabeza mientras tiraba su silla de montar al suelo y soltaba exclamaciones cuando no podía encontrar sus «malditas alforjas»; y el nombre de Isabelle simplemente no aparecía en las pequeñas tarjetas de la pared con las que registraban el comienzo y el final de sus jornadas. En algunas ocasiones, un automóvil grande de color verde oscuro pasaba con la señora Brady en el asiento delantero y Margery saludaba con un movimiento de cabeza, pero sin que se cruzara palabra alguna entre ellas. Alice empezaba a pensar que haber sacado a relucir el nombre de su hija había sido una estratagema de la señora Brady para animar a otras jóvenes a dar un paso al frente.

Así que le provocó cierta sorpresa que el coche aparcara un jueves por la tarde, con sus enormes ruedas salpicando arena y gravilla sobre los escalones al detenerse. La señora Brady era una conductora entusiasta, aunque se despistaba fácilmente y era dada a conseguir que la gente del pueblo se apartara cuando ella volvía la cabeza para saludar a algún peatón o hacía un giro exagerado para no atropellar a un gato por la calle.

—¿Quién es? —Margery no levantó la vista. Estaba ocupándose de dos montones de libros devueltos y trataba de decidir cuáles estaban demasiado estropeados para volver a sacarlos. Tenía poco sentido prestar un libro al que le faltaba la última página, como ya había ocurrido una vez. «Una pérdida de tiempo», había sido la respuesta del aparcero al que habían dejado *La buena tierra,* de Pearl S. Buck. «No pienso volver a leer un libro».

—Creo que es la señora Brady. —Alice, que había estado curándose una ampolla del talón, miró por la ventana, tratando de parecer discreta. Vio cómo la señora Brady cerraba la puerta del conductor y se detenía a saludar con la mano a alguien que estaba al otro lado de la calle. Y, entonces, observó que otra mujer más joven salía del asiento del pasajero, con su pelo rojo echado hacia atrás y recogido en unos rizos bien peinados. Isabelle Brady—. Vienen las dos —añadió Alice en voz baja. Se volvió a poner el calcetín con una mueca de dolor.

—Me sorprende.

—¿Por qué? —preguntó Alice.

Isabelle rodeó el lateral del coche hasta ponerse al lado de su madre. Fue entonces cuando Alice vio que caminaba con una fuerte cojera y que la parte inferior de la pierna izquierda la llevaba sujeta con un aparato ortopédico de cuero y metal, con el extremo del zapato ensanchado de forma que parecía un pequeño ladrillo negro. No usaba muleta, pero se giraba un poco al andar y la concentración —o posiblemente la incomodidad— podía verse claramente en su rostro lleno de pecas.

Alice se apartó, pues no quería que la vieran mirando mientras subían despacio los escalones. Oyó el murmullo de una conversación y, a continuación, la puerta al abrirse.

—¡Señorita O'Hare!

—Buenas tardes, señora Brady. Isabelle.

—Siento mucho el retraso con el que empieza Izzy. Ha tenido... otros asuntos que atender antes.

—Me alegra que hayan venido. Estamos casi listas para enviar a la señora Van Cleve sola, así que, cuantas más, mejor. Aunque tendré que buscarte un caballo, señorita Brady. No estaba segura de cuándo vendrías.

—No se me da bien montar a caballo —respondió Izzy en voz baja.

—Eso me preguntaba. Nunca te he visto encima de un caballo. Así que el señor Guisler te prestará su viejo caballo, Patch. Es un poco pesado pero dulce como ningún otro, no te asustará. Sabe lo que hace e irá a tu ritmo.

—No sé montar —insistió Izzy con cierto tono de nerviosismo en la voz. Miró a su madre con expresión de rebeldía.

—Eso es solo porque no lo has probado, querida —dijo su madre sin mirarla. Dio una palmada con las manos—. Entonces, ¿a qué hora venimos mañana? Izzy, tendremos que llevarte a Lexington para comprarte unos pantalones de montar nuevos. Los viejos están muy desgastados.

—Bueno, Alice prepara su caballo a las siete, así que ¿por qué no vienes entonces? Podríamos empezar un poco antes a dividirnos las rutas.

—No me estás escuchando —empezó a protestar Izzy.

—Nos vemos mañana. —La señora Brady miró a su alrededor por la pequeña cabaña—. Me alegra ver cómo han avanzado. Me ha dicho el pastor Willoughby que las hijas de McArthur leyeron el domingo pasado sus ejemplares de la Biblia sin que él tuviera que hacer otra cosa que animarlas un poco, gracias a los libros que les han llevado. Maravilloso. Buenas tardes, señora Van Cleve, señorita O'Hare. Les estoy muy agradecida a las dos.

La señora Brady se despidió con un movimiento de la cabeza y las dos mujeres se giraron para salir de la biblioteca. Oyeron el rugido del motor del automóvil cuando se puso en marcha y, después, un derrape y un grito de sobresalto cuando la señora Brady se incorporó a la calle.

Alice miró a Margery, que se encogió de hombros. Se quedaron sentadas en silencio hasta que el sonido del motor desapareció.

—Bennett. —Alice subió de un salto al porche donde su marido estaba sentado con un vaso de té helado. Echó un vistazo a la mecedora, que se encontraba inusualmente vacía—. ¿Dónde está tu padre?

—Cenando con los Lowe.

—¿Es esa que nunca deja de hablar? Dios mío, se pasará allí toda la noche. ¡Me sorprende que la señora Lowe pueda tomar aire el tiempo suficiente para poder comer! —Se apartó el pelo de la frente—. He pasado un día estupendo. Hemos ido a una casa en mitad de la nada más absoluta y te juro que ese hombre quería pegarnos un tiro. No lo ha hecho, claro...

Fue dejando de hablar al ver que él había ido bajando los ojos hasta sus botas sucias. Alice dirigió la mirada hacia ellas y el barro de sus pantalones de montar.

—Ah. Eso. Sí. He calculado mal el sitio por donde debía atravesar un riachuelo y mi caballo ha tropezado y me ha tirado por encima de su cabeza. En realidad, ha sido muy divertido. Ha habido un momento en que he pensado que Margery iba a desmayarse de tanto reír. Por suerte, me he secado enseguida, aunque espera a ver mis moretones. Soy literalmente de color púrpura. —Subió corriendo los escalones hasta donde él estaba y se agachó para darle un beso, pero él apartó la cara.

—Últimamente apestas a caballo —dijo—. Quizá deberías lavarte. Si no, se te puede... quedar.

Ella estaba segura de que no había tenido intención de ofenderla, pero lo había hecho. Se olió el hombro.

—Tienes razón —dijo forzando una sonrisa—. ¡Huelo como un vaquero! Te diré qué vamos a hacer. ¿Qué te parece si me refresco y me pongo algo bonito? Después, quizá podríamos ir en coche hasta el río. Puedo preparar una pequeña cesta con cosas ricas. ¿No había dejado Annie un poco de ese pastel de melaza? Y sé que aún tenemos lonchas de jamón. Di que sí, cariño. Solos tú y yo. Llevamos varias semanas sin salir de verdad a ningún sitio.

Bennett se levantó de su asiento.

—La verdad es que..., eh..., voy a juntarme con algunos amigos para jugar un partido. Solo estaba esperando a que llegaras a casa para decírtelo. —Estaba de pie delante de ella y se dio cuenta de que llevaba los pantalones blancos que se ponía para hacer deporte—. Vamos al campo de juegos que hay en Johnson.

—Ah. Muy bien. Iré a veros. Prometo que no tardaré en lavarme.

Él se pasó la palma de la mano por la cabeza.

—Es una cosa de hombres. Lo cierto es que no va ninguna esposa.

—No voy a decir nada, cariño, ni tampoco voy a molestarte.

—La cuestión no es esa...

—Es que me encantaría verte jugar. Te pones tan... contento cuando juegas.

Por su forma de mirarla y, después, apartar los ojos, Alice supo que había hablado demasiado. Se quedaron un momento en silencio.

—Como te he dicho, es una cosa de hombres.

Alice tragó saliva.

—Entiendo. Entonces, en otra ocasión.

—¡Claro! —Al verse liberado parecía, de repente, feliz—. Una merienda en el campo estaría muy bien. Quizá podríamos decírselo a alguno de los otros para que venga también. Como Pete Schrager. Su mujer te gusta, ¿verdad? Patsy es divertida. Las dos os vais a hacer buenas amigas, lo sé.

—Ah, sí. Supongo que sí.

Se quedaron incómodos uno delante del otro un momento más. A continuación, Bennett extendió una mano y se inclinó hacia delante como si fuera a besarla. Pero esta vez fue ella la que dio un paso atrás.

—No pasa nada. No tienes por qué hacerlo. ¡Dios mío, sí que apesto! ¡Qué desagradable! ¿Cómo puedes soportarlo?

Se alejó caminando hacia atrás y, después, se giró y subió corriendo los escalones de dos en dos para que él no viera que los ojos se le habían llenado de lágrimas.

Las jornadas de Alice habían entrado en una especie de rutina desde que había empezado a trabajar. Se levantaba a las cinco y media de la mañana, se lavaba y se vestía en el pequeño baño que había al otro lado del pasillo (se sintió agradecida por ello cuando no tardó en ver que la mitad de las casas de Baileyville aún tenían los retretes fuera... o algo peor). Bennett dormía como un muerto, sin apenas removerse mientras ella se ponía las botas y se inclinaba sobre él para darle un pequeño beso en la mejilla para, después, bajar de puntillas. En la cocina, recogía los bocadillos que había preparado la noche anterior, cogía un par de «galletas» que Annie dejaba en el aparador, las envolvía en una servilleta y se las comía mientras recorría a pie la distancia de menos de un kilómetro hasta la biblioteca. Algunos de los rostros con los que se cruzaba en su paseo habían empezado a resultarle conocidos: granjeros en sus carros tirados por caballos, camiones de troncos que se dirigían a los enormes depósitos de madera y algún que otro minero que se había quedado dormido y que iba con el balde del almuerzo en la mano. Había empezado a saludar a las personas a las que reconocía. La gente de Kentucky era mucho más educada que en Inglaterra, donde lo más probable era que te miraran con recelo si saludabas a algún desconocido con demasiada simpatía. Un par de personas habían empezado a hablarle desde el otro lado de la calle: «¿Qué tal va esa biblioteca?». A lo que ella respondía: «Ah, muy bien, gracias». Siempre sonreían aunque, a veces, ella sospechaba que le hablaban porque su acento les hacía gracia. En cualquier caso, resultaba agradable sentir que estaba empezando a formar parte de algo.

En ocasiones se cruzaba con Annie, que caminaba con paso enérgico y la cabeza agachada de camino a la casa —para su vergüenza, no estaba segura de dónde vivía su sirvienta— y la saludaba con un alegre movimiento de la mano, pero Annie se limitaba a saludar con la cabeza, sin sonreír, como si Alice hubiese traspasado alguna norma tácita del reglamento de patrona y empleada. Sabía que Bennett no se levantaría hasta que

Annie llegara a la casa, que lo despertaría con un café en una bandeja después de haberle llevado otro al señor Van Cleve. Para cuando los dos hombres estuviesen vestidos, les estarían esperando el beicon, los huevos y las gachas en la mesa del comedor, con la cubertería ya dispuesta poco antes. A las ocho menos cuarto se marcharían en el Ford descapotable de color burdeos del señor Van Cleve en dirección a Minas Hoffman.

Alice trataba de no pensar demasiado en la noche anterior. Su tía preferida le había dicho una vez que la mejor forma de pasar por la vida era no obsesionarse con las cosas, así que había almacenado esos sucesos en una maleta y la había guardado en el fondo de un armario de la mente, como había hecho con muchas otras maletas antes. No tenía sentido darle más vueltas al hecho de que Bennett simplemente se había ido a tomar unas copas mucho después de que terminara su partido de béisbol y, al regresar, se había quedado dormido en el sofá del vestidor desde donde le habían llegado sus convulsivos ronquidos hasta el amanecer. No tenía sentido darle muchas vueltas al hecho de que ya habían pasado más de seis meses, tiempo suficiente para que ella reconociera que quizá no fuera este el comportamiento normal en un recién casado. Como tampoco tenía sentido darle muchas vueltas al hecho de que resultaba evidente que ninguno de los dos tenía ni idea de cómo hablar de lo que estaba pasando. Sobre todo, porque ella no estaba segura de qué era lo que estaba pasando. Hasta entonces, nada en su vida le había aportado las palabras o la experiencia que habría necesitado. Y no había nadie a quien se lo pudiera confiar. Su madre consideraba que hablar de cualquier asunto del cuerpo —aunque fuera sobre limarse las uñas— resultaba vulgar.

Alice respiró hondo. No. Sería mejor concentrarse en el camino que la esperaba, en la larga y ardua jornada, con sus libros y sus anotaciones en el registro de la biblioteca, sus caballos y sus frondosos y verdes bosques. Sería mejor no darle muchas vueltas a nada que no fuera el largo y duro viaje a caballo, centrarse diligentemente en su nueva tarea, en la memorización de las rutas, en tomar nota de direcciones y nombres y en la clasificación de los libros para que a la hora de regresar a casa lo único que pudiese hacer fuera permanecer despierta el tiempo suficiente hasta la cena, darse un largo baño en la bañera y, por fin, caer dormida rápidamente.

Sabía que era una rutina que parecía venirles bien a los dos.

—Ha venido —dijo Frederick Guisler al pasar junto a ella cuando entró. Se alzó el sombrero en un gesto de saludo y arrugó los ojos.

—¿Quién? —preguntó ella mientras dejaba el balde con el almuerzo y miraba hacia la ventana de atrás.

—La señorita Isabelle. —Cogió su chaqueta y se dirigió hacia la puerta—. Dios sabe que dudo mucho de que vaya a participar en el derby de hípica de Kentucky próximamente. Hay café haciéndose ahí atrás, señora Van Cleve. He traído nata, pues he visto que es así como a usted le gusta.

—Es todo un detalle, señor Guisler. Tengo que decirle que no puedo tomarlo tan espeso como Margery. En el suyo casi puede quedarse clavada la cuchara.

—Llámeme Fred. Y, bueno, Margery hace las cosas a su modo, como ya sabe. —Se despidió con un gesto de la cabeza y cerró la puerta.

Alice se ató un pañuelo alrededor del cuello para protegérselo del sol, se sirvió una taza de café y, a continuación, dio la vuelta hasta la parte trasera, donde estaban atados los caballos en un pequeño cercado. Allí pudo ver a Margery doblada por la cintura, sujetando la rodilla de Isabelle Brady mientras la muchacha se agarraba a la silla de montar de un caballo zaino de apariencia robusta. Estaba quieto, moviendo la quijada de forma pausada alrededor de una mata de hierba, como si ya llevara un rato allí.

—Tienes que dar un pequeño brinco, Isabelle —decía Margery con los dientes apretados—. Si no puedes meter el zapato en el estribo, vas a tener que saltar hacia arriba. ¡Uno, dos, tres y arriba!

Nada se movió.

—¡Salta!

—Yo no doy brincos —respondió Isabelle con tono airado—. No estoy hecha de goma.

—Échate hacia mí y, después, uno, dos, tres y lanzas la pierna por encima. Vamos. Yo te agarro.

Margery tenía bien sujeta la pierna rígida de Isabelle. Pero la muchacha parecía incapaz de saltar. Margery levantó los ojos y vio a Alice. Su gesto era deliberadamente inexpresivo.

—No me sale —dijo la muchacha enderezándose—. No puedo hacerlo y no tiene sentido seguir intentándolo.

—Pues es una larguísima caminata por esas montañas, así que vas a tener que buscar la forma de subirte a él. —Disimuladamente, Margery se frotó la rabadilla.

—Le he dicho a mi madre que era una mala idea. Pero no me hace caso. —Isabelle vio a Alice y eso pareció enfadarla aún más. Se sonrojó y el caballo se movió. La muchacha soltó un grito al ver que casi le pisaba un pie y tropezó al tratar de apartarse—. ¡Qué animal más estúpido!

—Vaya, eso ha sido un poco grosero —dijo Margery—. No le hagas caso, Patch.

—No puedo subirme. No tengo fuerzas. Todo esto es ridículo. No sé por qué no me hace caso mi madre. ¿Por qué no puedo quedarme en la cabaña?

—Porque necesitamos que salgas a repartir libros.

Fue entonces cuando Alice vio las lágrimas en los ojos de Isabelle Brady, como si aquello no fuese solo una pataleta, sino algo que surgía de una angustia real. La muchacha se dio la vuelta y se secó la cara con una mano pálida. Margery también las había visto. Las dos intercambiaron una breve e incómoda mirada. Margery se frotó los codos para quitarse el polvo de la camisa. Alice dio un sorbo a su café. El sonido de la boca de Patch al masticar, sin parar y ajeno a lo demás, fue lo único que rompió el silencio.

—Isabelle, ¿puedo hacerte una pregunta? —preguntó Alice un momento después—. Si estás sentada o si caminas solo distancias cortas, ¿tienes que llevar la prótesis?

Hubo un repentino silencio, como si esa palabra estuviese prohibida.

—¿Qué quiere decir?

«Vaya, lo he vuelto a hacer», pensó Alice. Pero ya no había marcha atrás.

—Ese aparato ortopédico. Me refiero a que, si te lo quitamos, y las botas también, podrías ponerte... unas botas de montar normales. Podrías subirte desde el otro lado de Patch usando la otra pierna. Y quizá dejar caer los libros junto a las puertas en lugar de estar montando y desmontando, como nosotras. ¿O tal vez da igual si no tienes que caminar mucho?

Isabelle frunció el ceño.

—Pero nunca me quito la prótesis. Se supone que debo llevarla todo el día.

Margery la miró con gesto reflexivo.

—Pero no vas a tener que estar de pie, ¿no?

—Pues... no —respondió Isabelle.

—¿Quieres que mire si tenemos otras botas? —preguntó Margery.

—¿Quiere que me ponga las botas de otra persona? —contestó Isabelle, recelosa.

—Solo hasta que tu madre te compre un buen par en Lexington.

—¿Qué número tienes? Yo tengo un par de sobra —dijo Alice.

—Pero, aunque me las ponga, mi... En fin, una pierna es... más corta. No voy a estar bien equilibrada —dijo Isabelle.

Margery sonrió.

—Para eso tienen los estribos unas tiras de cuero ajustables. La mayoría de las personas de por aquí montan medio torcidas de todos modos, vayan borrachas o no.

Quizá fuera porque Alice era británica y se había dirigido a Isabelle con el mismo acento entrecortado con el que hablaba a los Van Cleve cuando quería conseguir algo, o quizá fuese por la novedad de que le dijeran que no tenía por qué llevar la prótesis, pero, una hora después, Isabelle Brady estaba sentada a lomos de Patch, con los nudillos blancos de apretar las riendas y el cuerpo rígido por el miedo.

—No va a ir rápido, ¿verdad? —preguntó con voz temblorosa—. De verdad que no quiero ir rápido.

—¿Vienes tú, Alice? Creo que es un buen día para que demos una vuelta por el pueblo, incluida la escuela. Mientras podamos evitar que nuestro Patch se nos quede dormido nos irá bien. ¿Estáis listas, chicas? Vámonos.

Isabelle no dijo apenas nada durante la primera hora de trayecto a caballo. Alice, que iba detrás de ella, oía algún que otro chillido cuando Patch tosía o movía la cabeza. Margery se echaba hacia atrás en su silla y le gritaba algo para animarla. Pero hicieron falta más de seis kilómetros para que Alice pudiera ver que Isabelle se permitía respirar con normalidad y, aun en esos momentos, parecía furiosa y triste, con lágrimas brillándole en los ojos, aunque apenas dejaron de avanzar a un ritmo adormecedor.

A pesar de haber conseguido subirla a un caballo, Alice no terminaba de ver cómo narices iba a funcionar aquello. Esa muchacha no quería estar ahí. No podía caminar sin la prótesis ortopédica. Estaba claro que no le gustaban los caballos. Por lo que sabían, ni siquiera le gustaban los libros. Alice se preguntaba si aparecería al día siguiente y, cuando alguna vez cruzó la mirada con Margery, supo que ella se preguntaba lo mismo. Echaba de menos cuando cabalgaban juntas, los cómodos silencios, la forma de sentir como si estuviese aprendiendo algo con cualquier cosa que dijera Margery. Echaba de menos los estimulantes galopes por los senderos más llanos, lanzándose gritos de ánimo la una a la otra sobre sus caballos, mientras buscaban la forma de cruzar ríos y vallas y también la satisfacción que producía saltar un hoyo lleno de piedras. Quizá sería más fácil si la chica no se mostrara tan huraña: su mal humor parecía empañar la mañana y ni la espléndida luz del sol ni la suave brisa podían aliviarla. «Lo más probable es que mañana volvamos a la normalidad», se dijo Alice, tranquilizada con esa idea.

Eran casi las nueve y media cuando se detuvieron en la escuela, un pequeño edificio de madera con una sola habitación, no muy diferente de la biblioteca. Fuera tenía una pequeña zona de césped casi pelado por el uso constante y un banco debajo de un árbol. Había unos niños sentados en la puerta con las piernas cruzadas y agachados sobre unas pizarras mientras en el interior otros repetían las tablas de multiplicar en un coro exaltado.

—Yo espero aquí fuera —dijo Isabelle.

—No —respondió Margery—. Entra en el patio. No tienes que bajarte del caballo si no quieres. ¿Señora Beidecker? ¿Está ahí?

Apareció una mujer en la puerta abierta seguida por un clamor de niños.

Mientras Isabelle, con expresión de fastidio, las seguía al interior del patio, Margery desmontó de su caballo y presentó a las dos a la maestra, una mujer joven con un cuidado cabello rubio rizado y con acento alemán que, según explicó despúes Margery, era la hija de uno de los capataces de la mina.

—Allí tienen a gente de todo el mundo —dijo—. De todos los idiomas que os podáis imaginar. La señora Beidecker habla cuatro idiomas.

La maestra, que se mostró encantada de verlas, sacó a los casi cuarenta niños de la clase para que saludaran a las mujeres, acariciaran los caballos y les hicieran preguntas. Margery extrajo de su alforja varios libros infantiles que habían llegado esa misma semana y les fue explicando el argumento de cada uno de ellos mientras se los iba entregando. Los niños se daban empujones para cogerlos, y agachaban las cabezas mientras se sentaban para examinarlos en grupos sobre la hierba. Uno de ellos, aparentemente sin miedo ante el mulo, metió el pie en el estribo de Margery y miró en el interior de la alforja vacía por si se había dejado alguno.

—¿Señorita? ¿Señorita? ¿Tiene más libros? —preguntó una niña de dientes mellados y el pelo recogido en dos trenzas con la mirada levantada hacia Alice.

—Esta semana no —respondió—. Pero te prometo que os traeremos más la semana que viene.

—¿Me puede traer un libro de historietas? Mi hermana leyó uno y era muy bueno. Tenía piratas, princesas y de todo.

—Haré lo que pueda —contestó Alice.

—Usted habla como una princesa —dijo la niña con timidez.

—Pues tú pareces una princesa —respondió Alice y la niña se rio y se alejó corriendo.

Dos niños de unos ocho años pasaron junto a Alice en dirección a Isabelle, que esperaba junto a la valla. Le preguntaron su nombre y ella se lo dijo, sin sonreír y sin añadir nada más.

—¿Es suyo el caballo, señorita?

—No —contestó Isabelle.

—¿No tiene caballo?

—No. No me gustan mucho. —Frunció el ceño, pero no pareció que los niños se dieran cuenta.

—¿Cómo se llama?

Isabelle vaciló.

—Patch —respondió por fin antes de mirar hacia atrás, como si se preparara para que le dijeran que se había equivocado.

Un niño empezó a hablarle animadamente al otro sobre el caballo de su tío que, al parecer, podía saltar por encima de un camión de bomberos sin esfuerzo y el otro le dijo que una vez había montado en un unicornio de verdad en la feria del condado y que tenía cuerno y todo. Después, tras acariciar el hocico lleno de pelos de Patch durante un rato, parecieron perder el interés y, tras despedirse de Isabelle con un movimiento de la mano, se fueron a mirar los libros con sus compañeros de clase.

—¿No os parece estupendo, niños? —gritó la señora Beidecker—. ¡Estas buenas señoras nos van a traer libros nuevos cada semana! Así que tendremos que asegurarnos de cuidarlos, de no doblarles los lomos y, William Bryant, de no tirárselos a nuestras hermanas. Aunque nos pinchen en el ojo. ¡Hasta la semana que viene, señoras! ¡Os estamos muy agradecidos!

Los niños se despidieron alegres, levantando las voces en un crescendo de adioses y, cuando Alice miró hacia atrás un rato después, aún había algunas caras blancas mirando desde las ventanas y moviendo las manos con entusiasmo. Alice vio que Isabelle les miraba y notó que tenía una media sonrisa en la cara. Era algo lenta y melancólica, casi sin alegría, pero una sonrisa al fin y al cabo.

Se alejaron en silencio hacia el interior de las montañas, siguiendo los estrechos senderos que bordeaban el arroyo y permaneciendo en fila india, Margery al frente y manteniendo un ritmo deliberadamente constante. De vez en cuando, decía algo y señalaba hacia los puntos de interés, quizá con la esperanza de que Isabelle se distrajera o, por fin, expresara un poco de entusiasmo.

—Sí, sí —dijo Isabelle con desdén—. Es la Roca de la Doncella, ya lo sé.

Margery se giró sobre su silla de montar.

—¿Conoces la Roca de la Doncella?

—Mi padre me obligaba a pasear con él por las montañas cuando empecé a recuperarme de la polio. Varias horas al día. Decía que si usaba mis piernas lo suficiente se igualarían.

Se detuvieron en un claro. Margery desmontó y sacó de su silla una botella de agua y unas manzanas, se las pasó y, después, dio un trago a la botella.

—Y no funcionó —dijo señalando con la cabeza la pierna de Isabelle—. Lo de los paseos.

Isabelle la miró con los ojos bien abiertos.

—Nada va a funcionar —contestó—. Soy una lisiada.

—Qué va. No eres eso. —Margery se frotó una manzana en la chaqueta—. Si lo fueras no podrías andar ni montar a caballo. Es evidente que puedes hacer las dos cosas, aunque eres un poco terca. —Margery le ofreció el agua a Alice, que bebió con ansia y, después, se la pasó a Isabelle, que negó con la cabeza.

—Debes de estar sedienta —señaló Alice.

Isabelle apretó la boca. Margery se quedó mirándola fijamente. Al final, sacó un pañuelo, limpió el cuello de la botella de agua y, después, se la pasó a Isabelle, a la vez que miraba brevemente a Alice con los ojos ligeramente en blanco.

Isabelle se la llevó a los labios y cerró los ojos mientras bebía. Le devolvió la botella, se sacó un pequeño pañuelo de encaje del bolsillo y se limpió la frente.

—Hoy hace un calor espantoso —admitió.

—Sí. Y no hay mejor lugar en el mundo que el frescor de las montañas. —Margery bajó hasta el arroyo para rellenar la botella y volvió a apretarle bien el tapón—. Concédenos a mí y a Patch dos semanas, señorita Brady, y te prometo que, con piernas o sin ellas, no vas a querer estar en ningún otro sitio de Kentucky.

Isabelle no parecía convencida. Las mujeres se comieron las manzanas en silencio, dieron a los caballos y a Charley los corazones y, después, volvieron a montar. Esta vez, advirtió Alice, Isabelle subió sola y sin quejarse. Estuvo un rato cabalgando detrás de ella, observándola.

—Te han gustado los niños. —Alice avanzó para colocarse a su lado cuando volvieron a ponerse en camino junto a un largo campo de hierba. Margery iba a cierta distancia por delante, cantando en voz baja para sí o quizá para el mulo. A menudo, costaba saberlo.

—¿Cómo dice?

—Parecías más contenta. En la escuela. —Alice sonrió, vacilante—. He pensado que a lo mejor te ha gustado esa parte del día.

El rostro de Isabelle se nubló. Cogió las riendas y se giró un poco.

—Perdona —añadió Alice un momento después—. Mi marido siempre me reprocha que digo las cosas sin pensar. Está claro que he vuelto a hacerlo. No quería parecer... entrometida ni grosera. Perdóname.

Tiró del caballo hacia atrás hasta quedar, de nuevo, por detrás de Isabelle Brady. Se maldijo en silencio y se preguntó si alguna vez iba a conseguir alcanzar un buen equilibrio con estas personas. Era evidente que Isabelle no quería comunicarse. Pensó en la pandilla de Peggy compuesta por mujeres jóvenes, a la mayoría de las cuales solo las reconocía en el pueblo por su forma de mirarla con el ceño fruncido. Pensó en Annie, quien la mitad de las veces la miraba como si hubiese robado algo. Margery era la única que no le hacía sentir como una extraña. Y eso que, a decir verdad, ella misma ya era un poco rara.

Habían recorrido menos de un kilómetro cuando Isabelle giró la cabeza por encima del hombro.

—Es Izzy —dijo.

—¿Izzy?

—Mi nombre. La gente que me gusta me llama Izzy.

Alice apenas había tenido tiempo de asimilar aquello cuando la muchacha volvió a hablar.

—Y he sonreído porque... ha sido la primera vez.

Alice se inclinó hacia delante mientras trataba de distinguir sus palabras. La muchacha hablaba con voz muy baja.

—¿La primera vez de qué? ¿De ir a caballo por las montañas?

—No. —Izzy enderezó un poco la espalda—. La primera vez que voy a una escuela y nadie se ríe de mí por mi pierna.

—¿Crees que va a volver?

Margery y Alice estaban sentadas en el escalón más alto de la puerta, espantando moscas y viendo cómo el calor se elevaba sobre el centelleante camino. Habían lavado a los caballos y les habían dejado sueltos en el pasto y las dos mujeres estaban tomando café a la vez que estiraban las piernas y los brazos haciéndolos crujir y trataban de recuperar energías para comprobar y anotar los libros del día en el registro.

—Es difícil de saber. No parece que le guste mucho.

Alice hubo de admitir que probablemente tenía razón. Vio cómo un perro jadeante caminaba por la calle y, después, se tumbaba cansado a la sombra de una leñera.

—Al contrario que tú.

—¿Yo?

—La mayoría de las mañanas eres como una prisionera que ha salido de la cárcel. —Margery le dio un sorbo a su café y miró hacia la calle—. A veces, pienso que amas estas montañas tanto como yo.

Alice dio una patada a una piedrecita con el tacón.

—Creo que me gustan más que ningún otro sitio del mundo. Me siento... más yo aquí arriba.

Margery la miró con una sonrisa cómplice.

—Es lo que la gente no ve, encerrada en sus ciudades, con el ruido y el humo y las diminutas cajas que tienen por casas. Allí arriba se puede respirar. No se oyen las continuas conversaciones de las ciudades. No hay ojos mirándote, salvo los de Dios. Solo estás tú, los árboles, los pájaros, el río, el cielo y la libertad... Lo que hay allí arriba es bueno para el alma.

«Una prisionera que ha salido de la cárcel». A veces, Alice se preguntaba si Margery sabía más sobre su vida con los Van Cleve de lo que parecía. Un estridente pitido la sacó de sus pensamientos. Bennett conducía el coche de su padre en dirección a la biblioteca. Se detuvo con una sacudida, de tal forma que el perro dio un salto, con el rabo entre las piernas. Le estaba haciendo señas con las manos, con una sonrisa ancha y relajada. Ella no pudo evitar devolverle la sonrisa: era tan atractivo como una estrella de cine en un anuncio de cigarrillos.

—¡Alice! Señorita O'Hare —dijo al verla.

—Señor Van Cleve —respondió Margery.

—He venido para llevarte a casa. Se me ha ocurrido que podríamos ir a esa excursión de la que hablabas.

Alice parpadeó.

—¿En serio?

—Ha habido un par de problemas con el volquete de carbón y no va a estar arreglado hasta mañana y papá está en el despacho tratando de organizarlo. Así que he ido corriendo a casa y le he dicho a Annie que nos prepare una merienda. He pensado que puedo llevarte rápidamente a casa en el coche para que te cambies y así salir directamente mientras aún sea de día. Papá dice que podemos quedarnos toda la noche con esta vieja señora que tiene por coche.

Alice se puso de pie, encantada. Entonces, su expresión se nubló.

—Ay, Bennett, no puedo. No hemos apuntado los libros ni los hemos ordenado y vamos muy retrasadas. Acabamos de terminar con los caballos.

—Vete —dijo Margery.

—Pero eso no es justo para ti. No después de que Beth se haya ido y luego Izzy haya desaparecido nada más volver.

Margery movió una mano en el aire.

—Pero...

—Vete ya. Nos vemos mañana.

Alice la miró para comprobar que lo decía en serio y, a continuación, recogió sus cosas y soltó un aullido mientras bajaba los escalones a toda velocidad.

—Es probable que huela otra vez como un vaquero —le advirtió mientras subía al asiento del pasajero y daba un beso en la mejilla a su marido.

Él sonrió.

—¿Por qué crees que llevo abierta la capota? —Dio marcha atrás a toda velocidad para hacer un cambio de sentido provocando que el polvo de la calle se levantara en el aire y Alice lanzó un chillido cuando el motor rugió de camino a casa.

No era un mulo dado a exageradas muestras de mal genio o mucha emotividad, pero Margery llevó a Charley a casa a paso lento. Él había trabajado duro y ella no tenía prisa. Margery suspiró al pensar en el día que había tenido. Una inglesa caprichosa que no conocía la zona, de la que quizá no fuera a fiarse la gente de la montaña y que probablemente fuese apartada por ese rebuznador fanfarrón que era el señor Van Cleve, y una niña que apenas podía andar, que no sabía montar a caballo y que no quería estar allí. Beth trabajaba cuando podía, pero su familia la necesitaría para la cosecha durante buena parte de septiembre. No era el comienzo más favorable para una biblioteca itinerante. No estaba segura de cuánto tiempo duraría ninguna de ellas.

Llegaron al destartalado establo donde el camino se dividía y dejó caer las riendas sobre el estrecho cuello del mulo, consciente de que este encontraría sin ayuda el camino a casa. Al hacerlo, su perro, un joven ejemplar de caza con manchas y ojos azules, salió corriendo hacia ella, con la cola entre las patas y la lengua colgando por el placer de verla.

—¿Qué narices haces aquí afuera, Bluey? ¿Eh? ¿Por qué no estás en el patio?

Llegó a la pequeña valla del cercado y bajó del mulo, notando un dolor en la parte inferior de la espalda y en los hombros, probablemente debido más a subir y bajar a Izzy Brady del caballo que a la distancia que había recorrido. El perro daba brincos alrededor de ella y no se calmó hasta que ella le arrugó el cuello entre las manos y le confirmó que sí, que era un buen chico, que sí, que lo era, momento en el cual volvió a entrar corriendo en la casa. Dejó suelto a Charley y vio cómo este caía al suelo doblando las patas por debajo de él y después se balanceaba hacia delante y hacia atrás sobre la tierra con un gruñido de satisfacción.

No le culpó: ella también sentía que le pesaban los pies mientras subía los escalones. Llegó a la puerta y, entonces, se detuvo. El pestillo no estaba echado. Se quedó mirándolo un momento, pensando, y, a continuación, se acercó despacio al barril vacío que había junto al establo y donde guardaba su otro rifle bajo un trozo de arpillera. Alerta, levantó el seguro y se lo llevó al hombro. Luego volvió a subir de puntillas los escalones, respiró hondo y, en silencio, abrió la puerta con la punta de la bota.

—¿Quién anda ahí?

Justo al otro lado de la habitación, Sven Gustavsson estaba sentado en su mecedora, con los pies apoyados en una mesita y un ejemplar de *Robinson Crusoe* en las manos. No se estremeció, sino que esperó un momento a que ella bajara el arma. Colocó el libro con cuidado sobre la mesita y se puso de pie despacio, colocándose las manos con una cortesía casi exagerada detrás de la espalda. Ella se quedó mirándolo un momento y, después, apoyó el rifle en la mesa.

—Me preguntaba por qué no había ladrado el perro.

—Sí, bueno. Él y yo... ya sabes cómo somos.

Bluey, ese traidor rastrero, estaba acurrucado ahora bajo el brazo de Sven, empujándole con su largo hocico, suplicándole que le acariciara.

Margery se quitó el sombrero y lo colgó en el perchero y, a continuación, se apartó el pelo sudado de la frente.

—No esperaba verte.

—Porque no estabas atenta.

Sin mirarle a los ojos, pasó junto a él hasta la mesa, donde quitó el pañito de encaje de una jarra de agua y se sirvió una taza.

—¿No vas a ofrecerme un poco?

—No sabía que bebieras agua.

—¿Y no me ofreces algo más fuerte?

Ella dejó la taza.

—¿Qué haces aquí, Sven?

Él la miró a los ojos. Llevaba puesta una camisa limpia de cuadros y desprendía un olor a jabón de alquitrán de hulla y a algo más que era característico en él, algo que evocaba el olor sulfuroso de la mina, humo y masculinidad.

—Te he echado de menos.

Sintió que algo se soltaba dentro de ella y se llevó la taza a los labios para disimularlo. Tragó saliva.

—A mí me parece que te va bastante bien sin mí.

—Los dos sabemos que me puede ir bien sin ti. Pero la cuestión es que no quiero.

—Ya hemos pasado por esto.

—Y sigo sin comprenderlo. Te dije que si nos casábamos no iba a intentar acorralarte. No voy a controlarte. Te permitiré vivir tal y como vives ahora, salvo que tú y yo...

—Que me lo vas a permitir, ¿no?

—Maldita sea, Marge, ya sabes qué quiero decir. —Tensó el mentón—. Te dejaré a tu aire. Podemos estar exactamente como estamos ahora.

—Entonces, ¿qué sentido tiene que pasemos por una boda?

—Que estaremos casados a los ojos de Dios, no escondiéndonos como un par de puñeteros niños. ¿Crees que esto me gusta? ¿Crees que quiero esconderme de mi propio hermano, del resto del pueblo, porque estoy colado por tus huesos?

—No voy a casarme contigo, Sven. Siempre te he dicho que no voy a casarme con nadie. Y cada vez que vuelves a insistir te juro que siento como si la cabeza me fuera a explotar igual que la dinamita de alguno de tus túneles. No quiero hablar contigo si vas a seguir viniendo aquí para repetirme lo mismo una y otra vez.

—No vas a hablar conmigo de todos modos. Así que ¿qué demonios se supone que debo hacer?

—Dejarme en paz. Como habíamos decidido.

—Como habías decidido tú.

Ella se dio la vuelta y se acercó al cuenco del rincón, donde había tapado unas judías que había recogido esa misma mañana. Empezó a pelarlas, una a una, cortándoles los extremos y lanzándolas a una sartén, mientras esperaba a que la sangre dejara de zumbarle en los oídos.

Sintió su presencia antes de verle. Él atravesó en silencio la habitación y se puso justo detrás de ella para que pudiese notar su aliento sobre el cuello desnudo. Margery supo sin mirar que la piel se le había ruborizado en los sitios donde le acariciaba su aliento.

—No soy como tu padre, Margery —murmuró—. Si no sabes ya eso de mí, de nada sirve que te lo diga.

Ella mantenía las manos ocupadas. Crac. Crac. Crac. «Guarda las judías. Tira la hebra». Los tablones del suelo crujieron bajo sus pies.

—Dime que no me echas de menos.

«Van diez. Quítale esa hoja. Crac. Y otra». Estaba ya tan cerca que ella podía notar su pecho contra ella al hablar.

Él bajó la voz.

—Dime que no me echas de menos y saldré de aquí ahora mismo. No volveré a molestarte. Te lo prometo.

Ella cerró los ojos. Dejó caer el cuchillo y colocó las manos en la superficie de trabajo, con las palmas hacia abajo, echando la cabeza hacia delante. Él esperó un momento y, a continuación, puso las suyas sobre las de ella con suavidad, de forma que quedaron cubiertas por completo. Ella abrió los ojos y las miró: manos fuertes, nudillos cubiertos de quemaduras en relieve. Unas manos que ella había amado durante casi una década.

—Dímelo —le susurró él al oído.

Entonces, ella se giró, tomó su cara rápidamente entre las manos y le besó, con fuerza. Ah, sí que había echado de menos la sensación de sus labios sobre los suyos, su piel contra la de ella. El calor aumentó entre los dos, la respiración se le aceleró y todo lo que ella se había dicho a sí misma, la lógica, los argumentos que había ensayado en su cabeza durante las largas horas de oscuridad, se derritieron cuando él deslizó el brazo alrededor de ella, atrayéndola hacia su cuerpo. Ella le besó una vez y otra y otra. El cuerpo de él le resultaba familiar y también desconocido, y la conciencia se le escapó con los dolores, sufrimientos y frustraciones de ese día. Oyó un estrépito cuando el cuenco cayó al suelo y, después, no había otra cosa que la respiración de él, sus labios, su piel sobre la de ella, y Margery O'Hare, que no iba a ser propiedad de nadie ni permitir que nadie le diera órdenes, se dejó enternecer y se entregó, con su cuerpo bajando centímetro a centímetro hasta que quedó clavado contra el aparador de madera por el peso de él.

—¿Qué tipo de pájaro es? Mira su color. Es precioso.

Bennett estaba tumbado boca arriba sobre la manta mientras Alice apuntaba por encima de ellos hacia las ramas del árbol. Alrededor, estaban los restos de su merienda.

—Cariño, ¿sabes qué pájaro es? Nunca he visto nada tan rojo. ¡Mira! Incluso el pico es rojo.

—No he leído mucho sobre pájaros y cosas de esas, cielo. —Ella vio que Bennett tenía los ojos cerrados. Él se dio un cachete sobre un insecto que tenía en la mejilla y extendió la mano para coger otra cerveza de jengibre.

Margery sí conocía todos los tipos de aves, pensó Alice mientras movía la mano hacia el cesto. Decidió preguntarle a la mañana siguiente. Mientras iban a caballo, Margery le hablaba a Alice sobre el algodoncillo y la vara de oro, apuntando hacia una arisema y las diminutas y frágiles flores de las mimosas, de modo que donde Alice había visto antes un mar de color verde, ella había retirado un velo para mostrarle una dimensión completamente nueva.

Por debajo de ellos, el arroyo fluía tranquilamente; el mismo arroyo que, según le había advertido Margery, se convertiría en un torrente destructivo durante la primavera. Parecía imposible. Ahora, la tierra estaba seca, la hierba era una suave paja bajo sus cabezas, los grillos un constante zumbido por el prado. Alice le pasó a su marido la botella y aguardó mientras él se apoyaba sobre un codo para darle un sorbo, casi esperando a que él se inclinara hacia ella y la abrazara. Cuando se tumbó, ella se acomodó en su brazo y colocó la mano sobre la camisa de él.

—Podría quedarme así todo el día —dijo Bennett con tono apacible.

Ella le echó el brazo por encima. Su marido olía mejor que ningún hombre que hubiera conocido antes. Era como si llevara en él el dulzor de la hierba de Kentucky. Otros hombres sudaban y se ponían rancios y mugrientos. Bennett siempre regresaba de la mina como si acabara de salir de un anuncio de revista. Miró su cara, el fuerte contorno de su mentón, la forma en que su pelo de color miel se le quedaba sujeto justo alrededor de las orejas.

—¿Crees que soy guapa, Bennett?

—Ya sabes que creo que lo eres. —Su voz sonaba adormilada.

—¿Te alegra que nos hayamos casado?

—Claro que sí.

Alice pasó un dedo alrededor de un botón de su camisa.

—Entonces, ¿por qué...?

—No nos pongamos serios, Alice, ¿eh? No hace falta hablar todo el tiempo de algunas cosas, ¿verdad? ¿No podemos limitarnos a pasar un rato agradable?

Alice levantó la mano de su camisa. Se giró y se tumbó sobre la manta de tal modo que solo se tocaban por los hombros.

—Claro.

Se quedaron tumbados en la hierba, uno junto al otro, con los ojos elevados al cielo, en silencio. Cuando él volvió a hablar, su voz sonó tierna.

—¿Alice?

Ella le miró. Tragó saliva y el corazón empezó a golpearle contra la caja torácica. Colocó su mano sobre la de él, tratando de transmitirle ánimo de forma tácita, decirle sin palabras que iba a apoyarle, que no pasaba nada, fuera lo que fuese lo que iba a decir. Al fin y al cabo, era su esposa.

Esperó un momento.

—¿Sí?

—Es un cardenal —dijo—. El pájaro rojo. Estoy bastante seguro de que es un cardenal.

4

... el matrimonio, dicen, reduce a la mitad tus derechos y duplica tus obligaciones.

LOUISA MAY ALCOTT, *Mujercitas*

El primer recuerdo que tenía Margery O'Hare era el de estar sentada bajo la mesa de la cocina de su madre y ver entre sus dedos cómo su padre aporreaba a su hermano Jack, de catorce años, por toda la habitación, partiéndole dos dientes de la boca cuando este trató de evitar que pegara a su madre. La madre, que había recibido un buen número de palizas pero que no toleraba ese destino para sus hijos, se apresuró a lanzar una silla de la cocina sobre la cabeza de su marido, dejándole con una dentada cicatriz en la frente que siguió luciendo hasta su muerte. Él le respondió con la pata rota de la silla, claro, una vez que fue capaz de ponerse de pie, y la pelea no terminó hasta que el abuelo O'Hare fue tambaleándose desde la casa de al lado con el rifle al hombro y ojos de asesino y amenazó con volarle la maldita tapa de los sesos a Frank O'Hare si no paraba. No es que el abuelo pensara que el hecho de que su hijo pegara a su esposa estuviese mal, según supo Margery un tiempo después, sino que la abuela había estado tratando de escuchar la radio y media «hondonada» no podía oír nada por los gritos. Durante el resto de su infancia, hubo un agujero en la pared de madera de pino en el que Margery podía meter el puño entero.

Jack se fue para siempre ese día, con una bola de algodón ensangrentado en la boca y su única camisa buena en el petate, y la siguiente vez que Margery supo de él (el abandono estaba considerado como un acto de deslealtad a la familia tan grave que desapareció de hecho del historial familiar) fue ocho años después, cuando recibió un telegrama que decía que Jack había muerto atropellado por una vagoneta de ferrocarril en Misuri. Su madre derramó lágrimas saladas de desconsuelo sobre su delantal, pero su padre le lanzó un libro y le dijo que se tranquilizara de una maldita vez o que le daría un buen motivo para llorar y se fue a su alambique. El libro era *Azabache* y Margery nunca le perdonó que le hubiese arrancado la cubierta posterior al tirárselo y, en cierto modo, su amor por su hermano fallecido y su deseo de escapar al interior de un mundo de libros se mezclaron para convertirse en algo violento y obstinado en ese ejemplar con la contraportada rota.

«No os caséis con un tonto de estos», les susurraba su madre a ella y a su hermana cuando las acostaba en la gran cama de heno de la habitación de atrás. «Aseguraos de alejaros todo lo que podáis de esta maldita montaña. En cuanto os sea posible. Prometédmelo».

Las niñas habían asentido con solemnidad.

Virginia sí que se había ido, había llegado hasta Lewisburg, pero para casarse con un hombre que resultó ser igual de diestro con los puños que su padre. Su madre, gracias a Dios, no vivió para verlo, pues había contraído una neumonía seis meses después de la boda y había muerto a los tres días. El mismo destino habían corrido tres de los hermanos de Margery. Sus tumbas estaban marcadas con pequeñas piedras sobre una colina que daba a la «hondonada».

Cuando su padre murió, asesinado en una pelea a tiros con Bill McCullough —el más reciente de los lamentables episodios de una disputa entre clanes que había durado varias generaciones—, los habitantes de Baileyville vieron que Margery O'Hare no derramaba ni una sola lágrima. «¿Por qué iba a hacerlo?», dijo ella cuando el pastor McIntosh le preguntó si estaba bien. «Me alegro de que se haya muerto. Ya no podrá hacer más daño a nadie». El hecho de que Frank O'Hare fuese denostado en el pueblo y de que todos supieran que ella tenía razón no evitó que decidieran que la hija superviviente de los O'Hare era tan rara como los otros y que, francamente, cuanta menos simiente hubiera de ellos, mejor.

—¿Puedo preguntarte por tu familia? —le había dicho Alice mientras ensillaban los caballos poco después del amanecer.

Margery, con sus pensamientos perdidos en algún lugar entre el cuerpo fuerte y duro de Sven, necesitó que se lo repitiera dos veces antes de darse cuenta de lo que Alice le estaba diciendo.

—Pregúntame lo que quieras. —Levantó los ojos—. Deja que adivine. ¿Alguien te ha dicho que no deberías estar cerca de mí por lo de mi padre?

—Pues sí —respondió Alice después de una pausa. El señor Van Cleve le había dado un sermón sobre ese mismo asunto la noche anterior, acompañado de mucho farfullar y señalar con el dedo. Alice había enarbolado el buen nombre de la señora Brady como escudo, pero la conversación había resultado incómoda.

Margery asintió, como si no le sorprendiera. Colgó la silla de montar sobre la barandilla y pasó los dedos por el lomo de Charley, buscándole algún bulto o úlcera.

—Frank O'Hare abastecía de alcohol casero a medio condado. Le pegaba un tiro a cualquiera que tratara de pisarle el terreno. Les disparaba si creía siquiera que pensaban hacerlo.

Mató a más gente de la que me pueda imaginar y dejó cicatrices en todo aquel que se acercaba a él.

—¿En todos?

Margery vaciló un momento y, después, dio un par de pasos hacia Alice. Se levantó la manga de la camisa por encima del codo y le enseñó una cicatriz cerosa con forma de moneda en la parte superior del brazo.

—Me disparó con su rifle de caza cuando tenía once años porque le respondí. Si mi hermano no me llega a apartar, me habría matado.

Alice tardó un momento en hablar.

—¿No hizo nada la policía?

—¿La policía? —Lo pronunció acentuando cada sílaba—. Aquí arriba la gente soluciona las cosas a su modo. Cuando mi abuela descubrió lo que había hecho, le dio con una fusta. Solo había dos personas a las que él tuviese miedo: su madre y su padre.

Margery agachó la cabeza de tal modo que su espeso pelo negro le cayó por delante. Se pasó ágilmente los dedos por la cabeza hasta que encontró lo que buscaba y se apartó el pelo a un lado para dejar al aire un hueco de dos centímetros de piel desnuda.

—Esto es de cuando me subió dos tramos de escaleras tirándome del pelo tres días después de que mi abuela muriera. Me arrancó un puñado de pelos. Dicen que aún tenía un trozo de cuero cabelludo pegado cuando lo tiró al suelo.

—¿Tú no te acuerdas?

—No. Me dejó inconsciente antes de hacerlo.

Alice se quedó en silencio, estupefacta. La voz de Margery sonaba tan normal como siempre.

—Lo siento mucho —dijo titubeando.

—No lo sientas. Cuando murió hubo dos personas en todo el pueblo que acudieron a su funeral y una de ellas lo hizo solamente porque sentía pena por mí. Ya sabes lo mucho que a este pueblo le gustan las reuniones. Imagina lo mucho que le odiaban para ni siquiera aparecer en el funeral de alguien.

—Entonces... no le echas de menos.

—¡Ja! Alice, por aquí hay muchas criaturas nocturnas. Son chicos buenos de día pero, cuando llega la noche, se ponen a beber y prácticamente se convierten en un par de puños buscando pelea.

Alice pensó en las diatribas del señor Van Cleve provocadas por el bourbon y sintió un escalofrío, a pesar del calor.

—En fin, mi padre ni siquiera era de esos. No necesitaba beber. Era frío como un témpano. No tengo un solo recuerdo bueno de él.

—¿Ni uno solo?

Margery se quedó pensando un momento.

—No, tienes razón. Sí que hay uno.

Alice esperó.

—Sí. El día en que el sheriff se pasó por casa para decirme que estaba muerto.

Margery se dio la vuelta y las dos mujeres terminaron su tarea en silencio.

Alice no sabía qué sentir. De cualquier otro, se habría compadecido. Margery parecía necesitar menos compasión que nadie que hubiese conocido nunca.

Quizá Margery detectara alguno de estos pensamientos o puede que creyera que había sido un poco dura, porque miró a Alice y, de repente, le sonrió. Alice se sorprendió al ver que era, en realidad, bastante guapa.

—Hace un tiempo me preguntaste si alguna vez sentía miedo allí arriba, en las montañas, estando sola.

La mano de Alice se quedó inmóvil sobre la hebilla de la cincha del caballo.

—Pues te voy a decir una cosa. No he sentido miedo por nada desde el día en que mi padre murió. ¿Ves eso de allí?

—Apuntó hacia las montañas que se cernían a lo lejos—. Con eso era con lo que soñaba de niña. Charley y yo allí arriba, ese es mi paraíso, Alice. Yo puedo vivir en mi paraíso todos los días.

Soltó una larga exhalación y, mientras Alice seguía asimilando la forma en que su rostro se había enternecido, la extraña luminosidad de su sonrisa, ella se giró y dio una palmada sobre la parte posterior de su silla de montar.

—Muy bien. ¿Lo tienes todo listo? Es un gran día para ti. Un gran día para todas.

Era la primera semana que las cuatro mujeres se habían separado para hacer sus propias rutas. Planearon verse en la biblioteca al principio y al final de cada semana para emitir sus informes, tratar de mantener en orden los libros y comprobar el estado de los que se devolvían. Margery y Beth hacían las rutas más largas, dejando a menudo sus libros en una segunda base, una escuela a quince kilómetros de distancia, y trayéndolos de vuelta cada quince días, mientras Izzy y Alice hacían las rutas más cercanas al pueblo. Izzy se mostraba ya más confiada y, en varias ocasiones, Alice había llegado cuando ella ya estaba saliendo, con sus relucientes botas nuevas y pulidas de Lexington, y su tarareo pudiéndose oír por toda la calle principal.

—Buenos días, Alice —decía con un tímido movimiento de mano, como si aún no estuviese muy segura de la respuesta que iba a recibir.

Alice no quería admitir lo nerviosa que se sentía. No era solo por su miedo a perderse o a quedar como una tonta, sino por la conversación que había oído a escondidas entre Beth y la señora Brady la semana anterior, mientras quitaba a Spirit la silla de montar.

—Sois todas maravillosas. Pero confieso que la muchacha inglesa me inquieta.

—Lo está haciendo bien, señora Brady. Marge dice que se conoce bastante bien la mayoría de las rutas.

—No es por las rutas, querida Beth. La razón de servirnos de chicas del pueblo para esta tarea es que la gente a la que visitan las conoce. Confían en que no se les va a mirar con menosprecio ni a dar a sus familias algo que no sea conveniente que lean. Si tenemos a una chica que va hablando con acento extraño y que actúa como la reina de Inglaterra, en fin, van a ponerse en guardia. Me da miedo que perjudique todo el programa.

Spirit había soltado un resoplido y las dos se habían quedado de pronto en silencio, como si se hubieran dado cuenta de que podía haber alguien ahí fuera. Alice, agachada tras la ventana, había sentido un espasmo de ansiedad. Comprendió que, si la gente de allí no aceptaba sus libros, no le dejarían seguir con el trabajo. De repente, se imaginó de nuevo dentro de la casa de los Van Cleve, con su silencio abrumador, con la mirada taimada y recelosa de Annie sobre ella y una década que se extendería ante ella a cada hora. Pensó en Bennett y en el muro de su espalda al dormir, su negativa a tratar de hablar sobre lo que estaba pasando. Pensó en el enfado del señor Van Cleve por el hecho de que aún no le hubiesen dado un «nietecito».

«Si pierdo este trabajo», pensó a la vez que algo sólido y pesado se asentaba en su estómago, «me quedaré sin nada».

—¡Buenos días!

Durante todo el camino montaña arriba Alice había estado ensayando. Había murmurado una y otra vez a Spirit: «¡Eh, buenos días! ¿Qué tal se encuentra en este día tan bonito?», redondeando la boca en cada vocal para no sonar tan entrecortada e inglesa.

Una mujer joven, probablemente no mucho mayor que Alice, salió de una cabaña y la miró protegiéndose los ojos con una mano. Bajo la luz del sol, en un trozo de césped delante de la casa, dos niños levantaron la vista hacia ella. Reanudaron su desganada pelea por un palo mientras un perro les observaba atentamente. Había un cuenco de maíz dulce sin desenvainar, como si esperara a que se lo llevaran, y un montón de colada dispuesta sobre una sábana en el suelo. También un cúmulo de hierbas arrancadas tiradas junto al pequeño huerto, aún con tierra en las raíces. La casa parecía rodeada de tareas a medio terminar. En el interior, Alice pudo oír un bebé que lloraba con un lamento furioso y desconsolado.

—¿Señora Bligh?

—¿Qué desea?

Alice respiró hondo.

—¡Muy buenos días! Soy de la biblioteca itinerante —dijo cuidando el acento de forma exagerada—. Y me preguntaba si querría algún libro para usted y sus niños. Para que aprendan un poco.

La sonrisa de la mujer se desvaneció.

—No se preocupe. No cuesta nada —añadió Alice con una sonrisa. Sacó un libro de la alforja—. Puede quedarse con cuatro y vendré a recogerlos la semana que viene.

La mujer se quedó en silencio. Entrecerró los ojos, apretó los labios y bajó la mirada a sus zapatos. Entonces, se limpió las manos en el delantal y volvió a levantar la vista.

—Señorita, ¿se está burlando de mí?

Alice la miró con los ojos abiertos de par en par.

—Usted es la inglesa, ¿verdad? ¿La que está casada con el hijo de Van Cleve? Porque si quiere burlarse de mí puede largarse ahora mismo por esa montaña abajo.

—No me estoy burlando —se apresuró a decir.

—Entonces, ¿le pasa algo en la boca?

Alice tragó saliva. La mujer la miraba con el ceño fruncido.

—Lo siento mucho —contestó—. Me han dicho que la gente no se iba a fiar de mí lo suficiente como para aceptar mis libros si mi acento le parecía demasiado inglés. Yo solo... —Fue bajando la voz.

—¿Estaba intentando parecer como si fuese de aquí? —preguntó la mujer bajando el mentón.

—Ya lo sé. Dicho así parece un poco..., yo... —Alice cerró los ojos y gimió por dentro.

La mujer estalló en carcajadas. Alice abrió los ojos de repente. La mujer empezó a reírse de nuevo, doblada sobre su delantal.

—Quería parecer como si fuese de aquí. Garrett, ¿la has oído?

—La he oído —se escuchó la voz de un hombre seguido de un golpe de tos.

La señora Bligh se agarró los costados y estuvo riendo hasta que tuvo que secarse los ojos. Los niños, al verla, empezaron también a reír, con las expresiones animadas y desconcertadas de quienes no saben bien de qué se ríen.

—Ay, Dios mío. Ay, señorita, no sé ni cuánto tiempo llevaba sin reírme así. Venga aquí. Le aceptaría esos libros aunque viniera del otro lado del mundo. Soy Kathleen. Pase. ¿Quiere agua? Aquí fuera hace un calor como para freír a una serpiente.

Alice ató a Spirit al árbol más cercano y sacó unos cuantos libros de la alforja. Siguió a la joven a la cabaña tras fijarse en que no había cristales en las ventanas, solo cierres de madera, y se preguntó distraída cómo sería eso en invierno. Esperó en la puerta mientras sus ojos se acostumbraban a la oscuridad y, poco a poco, se fue revelando el interior. La cabaña parecía estar dividida en dos habitaciones. Las paredes de la de delante estaban cubiertas de papel de periódico y en el otro extremo había un gran horno de leña, al lado del cual había una pila de troncos. Por encima de la chimenea colgaba una cuerda con velas atadas y un gran rifle de caza sobre la pared. En el rincón había una mesa con cuatro sillas y un bebé en un cajón grande a su lado, golpeando el aire con sus pequeños puños mientras lloraba. La mujer se detuvo, lo recogió con cierto aire de agotamiento y el llanto cesó.

Fue entonces cuando Alice vio al hombre en la cama que había al otro lado de la habitación. Con la colcha subida hasta el pecho, era joven y atractivo, pero su piel tenía la palidez cerosa de los enfermos crónicos. El aire no se movía a su alrededor y olía a rancio, a pesar de estar las ventanas abiertas, y casi cada treinta segundos tosía.

—Buenos días —dijo ella cuando vio que él la miraba.

—Buenas —respondió él con voz débil y áspera—, Garrett Bligh. Siento no poder levantarme para...

Ella negó con la cabeza como si no tuviera importancia.

—¿Tiene alguna de esas revistas femeninas de *Woman's Home Companion?* —preguntó la mujer—. Este bebé es un demonio y cuesta tranquilizarlo y no sé si tendrían algo que me pudiera servir. Sé leer bastante bien, ¿verdad, Garrett? La señorita O'Hare me trajo algunas hace un tiempo y venían consejos de todo tipo. Creo que son los dientes, pero no quiere morder nada.

Alice dio un respingo y volvió a ponerse en acción. Empezó a buscar entre los libros y revistas y, por fin, sacó dos que le entregó a la mujer—. ¿Querrán algo los niños?

—¿Tiene de esos libros de dibujos? Pauly sabe el alfabeto pero su hermana solo mira los dibujos. Le encantan.

—Claro. —Alice encontró dos cartillas y se las dio.

Kathleen sonrió mientras las colocaba con reverencia sobre la mesa y le pasó a Alice una taza de agua.

—Tengo algunas recetas. Tengo una de pastel de manzana y miel que me pasó mi madre. Si la quiere, estaré encantada de escribírsela.

Por lo que le había advertido Margery, la gente de las montañas era orgullosa. Muchas personas no se sentían cómodas recibiendo sin dar algo a cambio.

—Me encantaría. Muchas gracias. —Alice se bebió el agua y le devolvió la taza. Se dispuso a marcharse mientras murmuraba que se le hacía tarde cuando se dio cuenta de que Kathleen y su marido intercambiaban una mirada. Se puso de pie, preguntándose si se había perdido algo. Ellos la miraban y la mujer le sonrió alegre. Ninguno dijo nada. Alice esperó un momento hasta que la situación se volvió incómoda.

—Bueno, me ha encantado conocerles. Les veré dentro de una semana y me aseguraré de buscar más artículos sobre los dientes de los bebés. Estaré encantada de buscarle cualquier cosa que quiera. Cada semana llegan libros y revistas nuevas. —Recogió el resto de los libros.

—Entonces, hasta la semana que viene.

—Le estamos muy agradecidos —se oyó la voz susurrante desde la cama y, a continuación, las palabras se perdieron con otro golpe de tos.

El exterior parecía increíblemente luminoso tras la penumbra de la cabaña. Alice entrecerró los ojos mientras se despedía de los niños con un movimiento de la mano y recorría el camino de vuelta por la hierba hasta Spirit. No se había dado cuenta de lo alta que era esa parte en la que estaban: podía ver hasta medio condado. Se detuvo un momento para deleitarse con las vistas.

—¿Señorita?

Se giró. Kathleen Bligh corría hacia ella. Se detuvo a pocos metros de Alice y, a continuación, apretó brevemente los labios, como si tuviera miedo de hablar.

—¿Necesita algo más?

—Señorita, a mi marido le encanta leer, pero no ve muy bien en la oscuridad y, para ser sinceros, le cuesta concentrarse por culpa de la enfermedad del pulmón. La mayoría de los días sufre dolor. ¿Podría leerle usted un poco?

—¿Leerle?

—Así se distrae. Yo no puedo porque tengo que ocuparme de la casa y el bebé y tengo que cortar la leña. No se lo pediría, pero Margery lo hizo la otra semana y, si usted tuviera media hora apenas para leerle un capítulo de algo..., bueno, para los dos significaría mucho.

El rostro de Kathleen, fuera de la vista de su marido, había cedido al agotamiento y el estrés, como si no se atreviera a mostrar delante de él cómo se sentía. Los ojos le brillaban. Levantó de repente el mentón, como si le avergonzara pedir nada.

—Por supuesto, si está muy ocupada...

Alice extendió una mano y la colocó sobre su brazo.

—¿Por qué no me cuenta un poco qué le gusta? Tengo aquí un libro nuevo de relatos cortos que quizá pueda ser justo lo que le convenga. ¿Qué le parece?

Cuarenta minutos después, Alice reanudó su camino montaña abajo. Garrett Bligh había cerrado los ojos mientras le leía y, efectivamente, cuando llevaba veinte minutos de lectura —un emocionante relato de un marinero que ha naufragado en alta mar—, ella le miró desde su banqueta junto a la cama y observó que los músculos de su cara, que habían estado tensos por las molestias, se habían relajado, como si se hubiese ido a otro lugar completamente distinto. Ella mantenía la voz baja, en un murmullo, e incluso el bebé pareció tranquilizarse por su sonido. Fuera, Kathleen era una pálida e imprecisa ráfaga de actividad, cortando leña, recogiéndola, organizándola y transportándola, mientras ponía fin a discusiones y regañaba de forma alterna. Cuando terminó el relato, Garrett estaba dormido y su respiración sonaba áspera en su pecho.

—Gracias —dijo Kathleen mientras Alice cargaba sus alforjas. Sacó dos manzanas grandes y un papel en el que había escrito con cuidado una receta—. Es la que le he dicho antes. Estas manzanas son buenas para asar porque no se hacen papilla. Pero no las cueza de más. —Su rostro se había vuelto a iluminar y parecía que había recuperado su expresión resuelta.

—Es muy amable. Gracias —respondió Alice antes de meterlas cuidadosamente en sus bolsillos. Kathleen asintió, como si hubiese saldado una deuda, y Alice montó en su caballo. Le dio las gracias de nuevo y se fue.

—¿Señora Van Cleve? —gritó Kathleen cuando Alice había recorrido unos veinte metros por el sendero.

Alice se giró en su silla.

—¿Sí?

Kathleen cruzó los brazos sobre su pecho y levantó el mentón.

—Creo que su voz suena muy bonita tal cual es.

El sol brillaba con fuerza y las beatillas picaban sin parar. A lo largo de la tarde, Alice, entre cachetadas en el cuello y maldiciones, agradeció llevar el sombrero de lona que Margery le había prestado. Había conseguido dejarles un libro de iniciación al bordado a unas hermanas gemelas que vivían arroyo abajo y que hasta eso parecían verlo con recelo, desde una casa grande la había perseguido un perro de aspecto malvado y había dejado un libro sobre la Biblia a una familia de once miembros que vivían en la casa más pequeña que había visto jamás y en cuyo suelo del porche yacían varios colchones de heno.

—Mis niños no leen otra cosa que no sea la Biblia —había dicho la madre desde detrás de una puerta medio cerrada y con gesto resuelto, como preparándose a ser rebatida.

—Entonces, le buscaré más historias de la Biblia para traérselas la semana que viene —había respondido Alice a la vez que sonreía con más alegría de la que sentía cuando la puerta se cerró.

Tras la pequeña victoria en la casa de los Bligh, había empezado a desanimarse. No estaba segura de si era a los libros o a ella a lo que la gente miraba con recelo. No dejaba de oír la voz de la señora Brady, sus dudas sobre si podría hacer bien el trabajo, dada su condición de foránea. Estaba tan distraída por este pensamiento que pasó un rato hasta que se dio cuenta de que había dejado de ver los cordeles rojos de Margery en los árboles y se había perdido. Se detuvo en un claro para tratar de calcular en sus mapas dónde se suponía que estaba, esforzándose por ver la posición del sol a través de las oscuras copas verdes de los árboles. Spirit se quedó petrificada, con la cabeza caída bajo el calor de media tarde que se las arreglaba para atravesar las ramas.

—¿No se supone que tenías que buscar el camino a casa? —preguntó Alice con tono gruñón. Se vio obligada a reconocer que no tenía ni idea de dónde estaba. Tendría que volver sobre sus pasos hasta encontrar el camino de vuelta a algún punto de referencia. Hizo girar al caballo y, con desaliento, empezó a subir por la ladera de la montaña.

Pasó media hora hasta que reconoció algo. Había tratado de ignorar su creciente sensación de pánico al ir dándose cuenta de que fácilmente podía terminar haciéndosele de noche en la montaña, a oscuras, con serpientes y pumas y Dios sabía qué más peligros a su alrededor o, lo que resultaba igual de preocupante, llegando a alguna casa en la que bajo ningún concepto debía detenerse: «la de Beever, en Frog Creek (loco como una cabra); la casa de los McCullough (contrabandistas de alcohol, casi siempre borrachos, y no se sabe mucho de las muchachas, pues nunca las ve nadie); los hermanos Garside (borrachos que se ponen irascibles con el alcohol)». No estaba segura de si le daba más miedo la posibilidad de que le pegaran un tiro por entrar en una propiedad privada o la reacción de la señora Brady cuando se supiera que, al final, la inglesa no tenía ni idea de qué narices estaba haciendo.

A su alrededor, el paisaje parecía haberse ampliado, mostrando su enormidad y su propia ignorancia del lugar que ocupaba dentro de él. ¿Por qué no había prestado más atención a las instrucciones de Margery? Miraba hacia las sombras con los ojos entrecerrados, tratando de averiguar dónde podría estar según su dirección y, después, maldecía cuando las nubes o el movimiento de las ramas las hacían desaparecer. Se sintió tan aliviada al ver el nudo rojo sobre el tronco del árbol que tardó un momento en identificar la casa a la que se acercaba ahora.

Alice pasó con el caballo por la valla delantera con la mirada en el suelo y la cabeza agachada. La casa de maderas desgastadas estaba en silencio. La cafetera de hierro estaba fuera sobre un montón de cenizas frías y había un hacha grande abandonada en un tocón de árbol. Dos ventanas de cristales sucios la miraban impasibles. Y ahí estaban, cuatro libros en un montón ordenado junto al poste, exactamente donde Margery le había dicho a Jim Horner que los dejara si decidía que, al final, no quería libros en su casa. Detuvo a Spirit y desmontó, con un ojo atento a la ventana mientras recordaba el agujero del tamaño de una bala en el sombrero de Margery. No parecía que los libros se hubiesen tocado. Se los llevó bajo un brazo, los metió con cuidado en las alforjas y, a continuación, comprobó la cincha de la yegua. Tenía un pie en el estribo y el corazón le latía con incómoda rapidez cuando oyó la voz del hombre resonar por toda la «hondonada».

—¡Eh!

Se quedó quieta.

—¡Eh! ¡Usted!

Alice cerró los ojos.

—¿Es la muchacha de la biblioteca que vino hace unos días?

—No quería molestarle, señor Horner —gritó—. Solo... Solo he venido a recoger los libros. Me iré en un santiamén. Nadie más vendrá por aquí.

—¿Nos mintió?

—¿Qué?

—Dijo que nos iba a traer más.

Alice parpadeó. El hombre no sonreía, pero tampoco llevaba un arma en la mano. Estaba en la puerta, con las manos caídas a ambos lados del cuerpo, y levantó una de ellas para apuntar hacia el poste.

—¿Quiere más libros?

—Eso he dicho, ¿no?

—Ay, Dios mío. Claro. Eh... —Los nervios la habían vuelto torpe. Buscó dentro de la alforja, sacando y rechazando lo que su mano cogía—. Sí. Bien. He traído algo de Mark Twain y un libro de recetas. Ah, y esta revista trae consejos para conservas. Ustedes se dedican todos a hacer conservas, ¿verdad? Puedo dejársela si quiere.

—Quiero un libro de ortografía. —Movió la mano ligeramente, como si así lo evocara—. Para las niñas. Quiero uno solo con palabras y un dibujo en cada página. Nada muy elaborado.

—Creo que tengo algo así... Un momento. —Alice rebuscó en su alforja y, por fin, sacó un libro de lectura infantil—. ¿Como este? Tiene mucha popularidad entre...

—Déjelos junto al poste.

—¡Hecho! ¡Ahí los tiene! ¡Qué bien! —Alice se detuvo para colocar los libros en un montón ordenado y, a continuación, retrocedió para subir a su caballo de un salto—. Bueno. Me..., me voy ya. Asegúrese de decirme si hay algo en particular que quiera que le traiga la semana que viene.

Levantó una mano. Jim Horner estaba de pie en la puerta, dos niñas detrás de él, mirándola. Aunque el corazón seguía latiéndole con fuerza, cuando llegó al final del camino de tierra notó que estaba sonriendo.

5

Cada mina o grupo de minas se convirtió en un centro social sin ninguna propiedad privada salvo la mina, y sin ningún lugar público ni carreteras públicas salvo el lecho del riachuelo, que fluía entre las paredes de la montaña. Estos grupos de pueblos salpican las laderas de la montaña bajando por los valles del río y solo necesitan castillos, puentes levadizos y torreones para reproducir el aspecto de la época feudal.

COMITÉ FEDERAL DEL CARBÓN DE ESTADOS UNIDOS, 1923

A Margery le costaba admitirlo, pero la pequeña biblioteca de Split Creek se estaba volviendo caótica, se enfrentaba a cada vez mayores peticiones de libros y ninguna de las cuatro tenía tiempo para hacer mucho más al respecto. A pesar del recelo inicial de algunos habitantes del condado de Lee, se corrió la voz de que existían estas señoras de los libros, como se las conocía ya, y en pocas semanas empezó a ser más común que las recibieran sonrisas entusiastas que puertas que se cerraban rápidamente en sus narices. Las familias reclamaban material de lectura, desde las revistas femeninas de *Woman's Home Companion* hasta *The Furrow* para hombres. Todo, desde Charles Dickens hasta los ejemplares de *Dime Mystery Magazine*, se lo arrancaban de las manos nada más sacarlo de las alforjas. Los libros de historietas, muy populares entre los niños del condado, eran los que más sufrían, manoseados hasta el destrozo o con sus frágiles páginas arrancadas cuando los hermanos se peleaban por cogerlos. En ocasiones, las revistas se devolvían con alguna página arrancada discretamente. Y, aun así, seguían pidiendo: «Señorita, ¿tiene algún libro nuevo para nosotros?».

Cuando las bibliotecarias regresaban a su base en la cabaña de Frederick Guisler, en lugar de verlas cogiendo libros rigurosamente organizados de sus estantes hechos a mano, era más común encontrarlas en el suelo, rebuscando entre los innumerables montones los títulos que les habían pedido, gritándose unas a otras cuando resultaba que alguna se había sentado encima del que la otra necesitaba.

—Supongo que somos víctimas de nuestro éxito —dijo Margery, mirando a su alrededor los montones apilados en el suelo.

—¿No deberíamos empezar a clasificarlos? —Beth estaba fumando un cigarrillo. Su padre la habría azotado de haberla visto y Margery fingía no hacerlo.

—No tiene sentido. Apenas nos daría tiempo a nada esta mañana y seguirá igual de mal cuando volvamos. No, he estado pensando que necesitamos a alguien aquí a tiempo completo para organizarlo todo.

Beth miró a Izzy.

—Tú querías quedarte aquí, ¿no? Y ella no es la mejor de las jinetes.

Izzy se enfureció.

—No, gracias, Beth. Mis familias me conocen. No les gustaría que otra persona se quedara con mis rutas.

Tenía razón. A pesar de las maliciosas indirectas de Beth, Izzy Brady, en solo seis semanas, se había convertido en una jinete, como poco, competente, tras haber compensado el equilibrio sobre su pierna más débil y resultando ahora invisible esa diferencia bajo las botas de piel caoba que siempre limpiaba hasta hacerlas relucir. Se había acostumbrado a llevar su bastón en la parte posterior de la silla de montar para ayudarse cuando tenía que recorrer a pie los últimos escalones de una casa y le venía muy bien para golpear ramas, mantener alejados a los perros rabiosos y despachar a alguna que otra serpiente. La mayoría de las familias que vivían por Baileyville sentían cierta admiración por la señora Brady y, cuando Izzy se presentaba, era normalmente bien recibida.

—Además, Beth —añadió Izzy, jugando astutamente su mejor baza—, ya sabes que si me quedo aquí vas a tener a mi madre entrometiéndose todo el tiempo. Lo único que la mantiene alejada ahora es pensar que estoy fuera todo el día.

—Pues yo preferiría no quedarme —dijo Alice cuando Margery la miró—. A mis familias también les va bien. La hija mayor de Jim Horner se leyó entera *La chica americana*. Él estaba tan orgulloso que incluso se olvidó de gritarme.

—Supongo que, entonces, tendrá que ser Beth —dijo Izzy.

Beth apagó su cigarrillo en el suelo de madera con el tacón de su bota.

—A mí no me miréis. Odio tener que ordenar. Ya hago suficiente por mis malditos hermanos.

—¿Es necesario que maldigas? —preguntó Izzy con un resoplido.

—No se trata solo de ordenar —dijo Margery a la vez que cogía un ejemplar de *Los papeles póstumos del Club Pickwick*, cuyas entrañas salieron desparramadas sin fuerza—. Para empezar, estos ya estaban rotos y ahora se desarman. Necesitamos a alguien que cosa la encuadernación y quizá saque álbumes de recortes de estas páginas sueltas. Es lo que están haciendo en Hindman y son muy populares. Han incluido en ellos recetas, relatos y de todo.

—Yo coso de espanto —se apresuró a decir Alice y las demás coincidieron también en que se les daba muy mal.

Margery las miró con gesto de exasperación.

—Pues yo no lo voy a hacer. Más que manos, tengo garras. —Se quedó pensando un momento—. Pero tengo una idea. —Se levantó de detrás de la mesa y fue a coger su sombrero.

—¿Cuál? —preguntó Alice.

—¿Adónde vas? —quiso saber Beth.

—A Hoffman. Beth, ¿puedes hacer alguna de mis rondas? Os veo luego a todas.

Podían oírse los amenazantes sonidos de Minas Hoffman desde unos tres kilómetros antes de que se viera: el estruendo de los camiones con el carbón, el lejano zumbido de las explosiones que hacía que el suelo vibrara, el sonido metálico de la campana de la mina. Para Margery, Hoffman era una visión del infierno, con sus hoyos introduciéndose en el interior de las deformadas y vaciadas laderas que rodeaban Baileyville, como verdugones gigantes, llenos de hombres con resplandecientes ojos blancos en medio de sus rostros ennegrecidos saliendo de sus intestinos y el leve zumbido industrial de la naturaleza al ser despojada y devastada. Alrededor del asentamiento, el aire llevaba el sabor a polvo de carbón, con una sensación permanente de mal presagio, explosiones que cubrían el valle con un filtro gris. Incluso Charley retrocedía ante él. Cierto tipo de hombre miró esta tierra de Dios, pensó Margery cuando se iba acercando, y en lugar de un lugar bello y maravilloso, lo único que vio fueron signos del dólar.

Hoffman era una pequeña ciudad con sus propias normas. El precio a cambio de tener un sueldo y un techo sobre la cabeza era una deuda cada vez mayor con el economato, el miedo permanente a un error en la medida de la dinamita, una pierna perdida por una vagoneta desbocada o algo peor: el final de todo, varios cientos de metros por debajo del suelo con pocas posibilidades de que tus seres queridos pudieran recuperar un cadáver sobre el que llorar.

Y, desde hacía un año, todo esto había quedado impregnado por un ambiente de desconfianza cuando llegaron los antisindicalistas para contener a todos los que se atrevían a hacer campaña por unas condiciones mejores. A los jefes de la mina no les gustaban los cambios y no lo habían demostrado con argumentos y puños en alto, sino con mafias, armas y, ahora, familias de luto.

—¿Eres Margery O'Hare? —El guardia dio dos pasos hacia ella con una mano levantada para protegerse los ojos del sol mientras Margery se acercaba.

—Claro que sí, Bob.

—¿Sabes que Gustavsson anda por aquí?

—¿Ha pasado algo? —Ella notó en su boca el familiar sabor metálico cada vez que escuchaba el nombre de Sven.

—Va todo bien. Creo que han ido a comer algo antes de marcharse. La última vez que los vi fue por el Bloque B.

Ella desmontó del mulo y lo ató y, a continuación, atravesó la valla sin hacer caso de las miradas de los mineros que salían. Caminó con paso enérgico junto al economato, cuyas ventanas anunciaban varias ofertas que todos sabían que no eran ninguna ganga. Estaba en la ladera al mismo nivel que el enorme depósito de almacenamiento y carga. Por encima, se encontraban las casas grandes y en buen estado de los jefes de la mina y sus capataces, la mayoría con jardines traseros bien cuidados. Ahí era donde Van Cleve habría vivido si Dolores no se hubiese negado a irse de su casa familiar de Baileyville. No era uno de los asentamientos de carbón más grandes, como el de Lynch, donde había unas diez mil casas esparcidas por las laderas. Aquí, un par de cientos de casuchas de mineros se extendían por los senderos, con sus tejados cubiertos con tela asfáltica, apenas revisados en sus casi cuarenta años de existencia. Unos niños, la mayoría sin calzar, jugaban en la tierra junto a un cerdo que escarbaba en el suelo con el hocico. Había piezas de coche y cubos para lavar tirados junto a las puertas y entre ellas unos perros callejeros trotaban sin ningún rumbo. Margery giró a la derecha, alejándose de las calles residenciales, y atravesó con paso brioso el puente que llevaba a las minas.

Primero, vio su espalda. Estaba sentado en un cajón dado la vuelta, con el casco apoyado entre los pies mientras se comía un trozo de pan. Le habría reconocido en cualquier lugar, pensó. La forma de su cuello al juntarse con los hombros, su cabeza inclinada un poco a la izquierda cuando hablaba. Tenía la camisa cubierta de hollín y el tabardo con las palabras «BRIGADA DE INCENDIOS» en la espalda estaba ligeramente torcido.

—Hola.

Él se giró al oír su voz, se puso de pie y levantó las manos cuando sus compañeros de trabajo empezaron a soltar una serie de silbidos, como si tratara de aplacar un fuego.

—¡Marge! ¿Qué haces aquí? —La agarró del brazo para alejarla de los silbidos y dobló con ella la esquina.

Ella miró las manos ennegrecidas de Sven.

—¿Están todos bien?

Él levantó las cejas.

—Esta vez sí. —Lanzó una mirada hacia las oficinas de administración lo bastante elocuente como para que ella no necesitara más explicaciones.

Margery levantó una mano y le limpió una mancha de la cara con el dedo pulgar. Sven la detuvo y se llevó la mano a los labios. Siempre conseguía que algo se pusiera del revés dentro de ella, aunque no dejaba que se le notara en la cara.

—Entonces, ¿me has echado de menos?

—No.

—Mentirosa.

Los dos se sonrieron.

—He venido en busca de William Kenworth. Necesito hablar con su hermana.

—¿El negro William? Ya no está aquí, Marge. Resultó herido y le dieron de baja hace tiempo, nueve meses.

Ella pareció sorprenderse.

—Creía que te lo había contado. A uno de los dinamiteros se le enredaron los cables y él estaba en medio cuando hicieron estallar el túnel por Feller's Top. Una roca le cortó la pierna de cuajo.

—¿Y dónde está ahora?

—Ni idea. Pero lo puedo averiguar.

Ella esperó en la puerta de las oficinas de administración mientras Sven entraba y engatusaba a la señora Pfeiffer, cuya palabra preferida era «no», pero rara vez la usaba con Sven. En los cinco asentamientos de minas de carbón del condado de Lee, todo el mundo quería a Sven. Además de unos hombros fuertes y unos puños del tamaño de un jamón, tenía un aire de serena autoridad, un brillo en la mirada que transmitía a los hombres que era uno de ellos y a las mujeres que podían contar con su aprecio, y no solo en *ese* sentido. Era bueno en su trabajo, amable cuando consideraba que había que serlo, y le hablaba a todo el mundo con la misma cortesía tan poco común, ya fuera un chico de pantalones raídos de la «hondonada» de al lado o los jefes más importantes de la mina. La mayoría de los días, ella podía recitar de un tirón toda una lista de cosas que le gustaban de Sven Gustavsson. Pero eso no se lo diría nunca.

Sven bajó los escalones de la oficina con un papel en la mano.

—Está junto a Monarch Creek, en la casa de su difunta madre. Dicen que lo ha estado pasando bastante mal. Resulta que solo le trataron durante el primer par de meses en el hospital de aquí y, después, le echaron.

—Qué amables.

Sven ya sabía la mala opinión que ella tenía de Hoffman.

—¿Y para qué lo quieres?

—Quería buscar a su hermana. Pero, si está enfermo, no sé si debo molestarlo. Lo último que supe de ella es que estaba trabajando en Louisville.

—Ah, no. La señora Pfeiffer acaba de decirme que es su hermana la que le está cuidando. Lo más seguro es que si vas hasta allí te la encuentres también.

Cogió el papel y levantó la mirada hacia él. Sven tenía los ojos fijos en ella y su rostro se enterneció por debajo de la capa negra que lo cubría.

—¿Y cuándo te voy a ver?

—Eso depende de que dejes de insistir en que nos casemos.

Él miró hacia atrás por encima de su hombro y, a continuación, la llevó al otro lado de la esquina, la puso de espaldas a la pared y se colocó cerca de ella, todo lo cerca que pudo.

—Muy bien. ¿Qué te parece esto, Margery O'Hare? Te prometo solemnemente que nunca me casaré contigo.

—¿Y?

—Y que no hablaré de casarme contigo. Ni entonaré canciones sobre ello. Y ni tan siquiera pensaré en casarme contigo.

—Eso está mejor.

Él miró a su alrededor y, después, bajó la voz tras poner la boca junto a su oído de tal forma que ella se retorció un poco.

—Pero pasaré por tu casa y le haré cosas pecaminosas a ese bonito cuerpo que tienes. Si me lo permites.

—¿Cómo de pecaminosas? —susurró ella.

—Ah, pues malas. Escandalosas.

Ella deslizó la mano por dentro del mono de él y sintió el leve brillo de sudor sobre su cálida piel. Por un momento, no hubo nada más que ellos dos. Los sonidos y los olores de la mina se desvanecieron y lo único que ella podía sentir eran los latidos de su corazón y el pulso de la piel de él contra la de ella, el permanente redoble de tambor de su necesidad de él.

—A Dios le encantan los pecadores, Sven. —Levantó la cabeza y le besó y, después, le dio un breve mordisco en el labio inferior—. Pero no tanto como a mí.

Él soltó una carcajada y, para sorpresa de ella, mientras volvía hacia el mulo y la brigada de seguridad seguía con sus silbidos, sus mejillas se habían vuelto más que sonrosadas.

Había sido un día largo y cuando llegó a la pequeña cabaña de Monarch Creek, tanto ella como el mulo estaban agotados. Desmontó y echó las riendas por encima del poste.

—¿Hola?

No salió nadie. Había un pequeño huerto de verduras a la izquierda de la cabaña y un minúsculo cobertizo al lado con dos cestos colgados en el porche. Al contrario que la mayoría de las casas que había por esa «hondonada», esta estaba recién pintada, con la hierba recortada y la maleza mantenida a raya. Había una mecedora roja junto a la puerta mirando hacia la ribera.

—¿Hola?

Apareció el rostro de una mujer en la mosquitera de la puerta. Miró hacia fuera, como si comprobara algo, y, después, se dio la vuelta para hablar con alguien de dentro.

—¿Es usted, señorita Margery?

—Hola, Sophia. ¿Cómo estás?

La mosquitera se abrió y la mujer se hizo a un lado para dejar pasar a Margery, con las manos en la cintura y gruesas trenzas de pelo oscuro sujetas a la cabeza. Levantó el rostro como si la examinara con atención.

—Vaya, llevo sin verla desde hace... ¿cuánto? ¿Ocho años?

—Algo así. Pero tú no has cambiado nada.

—Pase por aquí.

Su cara, tan delgada y seria en reposo, mostró una encantadora sonrisa y Margery respondió con otra igual. Durante varios años, Margery había acompañado a su padre en sus viajes de contrabando de alcohol hasta Hoffman, una de sus rutas más lucrativas. Frank O'Hare suponía que nadie prestaría mucha atención a una niña que iba con su padre realizando entregas en el asentamiento y suponía bien. Pero mientras él recorría la zona residencial, vendiendo frascos y sobornando a los guardias de seguridad, ella se dirigía en secreto a la sección de los negros, donde la señorita Sophia le prestaba sus libros de la pequeña colección familiar.

A Margery no le habían dejado asistir a la escuela. Frank se había encargado de ello. No creía que los libros enseñaran nada, por mucho que su madre se lo suplicara. Pero la señorita Sophia y la madre de esta, la señorita Ada, le habían inculcado un amor por la lectura que, muchas noches, la había transportado a millones de kilómetros de la oscuridad y violencia de su hogar. Y no eran solo los libros: la señorita Sophia y la señorita Ada siempre tenían un aspecto inmaculado, con las uñas perfectamente limadas y el pelo recogido en trenzas con una precisión quirúrgica. La señorita Sophia era solo un año mayor que Margery, pero su familia representaba para ella una especie de orden, una idea de que la vida podía vivirse de una forma muy distinta al ruido, al caos y al temor que había en la suya.

—¿Sabe? Siempre pensé que se iba a comer esos libros de tanto como los ansiaba. Nunca he conocido a una niña que leyera tantos y tan rápido.

Se sonrieron. Y entonces, Margery miró a William. Estaba sentado en una silla junto a la ventana y la pierna izquierda de sus pantalones estaba bien recogida por debajo del muñón.

Intentó que no se le notara en lo más mínimo en la cara el impacto al ver aquello.

—Buenas tardes, señorita Margery.

—Lamento mucho lo de tu accidente, William. ¿Te duele mucho?

—Es soportable —respondió él—. Pero no me gusta estar sin trabajar, eso es todo.

—Está de lo más irascible —dijo Sophia poniendo los ojos en blanco—. Odia más estar en casa que el hecho de haber perdido la pierna. Siéntese y le traigo algo para beber.

—Me dice que hago que la casa parezca sucia. —William se encogió de hombros.

Margery pensó que la cabaña de los Kenworth era la más limpia en treinta kilómetros. No había ni una mota de polvo ni una cosa fuera de su sitio, testimonio de las temibles aptitudes organizativas de Sophia. Margery se sentó a beber un vaso de zarzaparrilla y escuchó cómo William le contaba que la mina le había despedido después de su accidente.

—El sindicato ha tratado de defenderme pero desde los tiroteos... En fin, ya nadie quiere jugarse el pellejo, mucho menos por un negro. ¿Entiende lo que quiero decir?

—Dispararon a dos sindicalistas más el mes pasado.

—Eso he oído. —William meneó la cabeza.

—Los hermanos Stiller destrozaron a tiros las ruedas de tres camiones que salían del depósito. La siguiente vez que entraron en el economato de Friars para organizar a algunos hombres, una panda de matones les atrapó allí dentro y tuvieron que venir muchos otros de Hoffman para sacarlos. Les está lanzando una advertencia.

—¿Quién?

—Van Cleve. Ya se sabe que él está detrás de casi todo esto.

—Todos lo saben —confirmó Sophia—. Todos saben lo que está pasando en ese lugar, pero nadie quiere hacer nada.

Los tres se quedaron sentados en silencio tanto rato que Margery casi se olvidó del motivo por el que había ido. Por fin, dejó el vaso en la mesa.

—Esto no es solo una visita de cortesía —comentó.

—No me diga —respondió Sophia.

—No sé si te has enterado, pero he abierto una biblioteca en Baileyville. Tenemos cuatro bibliotecarias, muchachas del pueblo, y un montón de libros y revistas que nos han donado, algunos en mal estado. En fin, necesitamos que alguien nos organice y arregle los libros porque no se puede pasar una quince horas al día montada en el caballo y encargarse también del resto.

Sophia y William se miraron.

—No estoy segura de qué tiene eso que ver con nosotros —dijo Sophia.

—Bueno, me preguntaba si podrías venir a ayudarnos con la organización. Tenemos presupuesto para cinco bibliotecarias y el sueldo es decente. Lo paga la WPA y hay dinero para, al menos, un año.

Sophia apoyó la espalda en su silla.

Margery insistió:

—Sé que te encantaba trabajar en la biblioteca de Louisville. Y podrías estar aquí de vuelta cada día en una hora. Sería un placer contar contigo.

—Es una biblioteca para negros. —La voz de Sophia se endureció. Cruzó las manos sobre su regazo—. La biblioteca de Louisville. Es para gente de color. Eso ya lo debe de saber, señorita Margery. No puedo trabajar en una biblioteca de blancos. A menos que me esté pidiendo que vaya a caballo con usted y le aseguro que no pienso hacer eso.

—Es una biblioteca itinerante. La gente no va allí a pedir libros prestados. Somos nosotras las que se los llevamos.

—¿Y?

—Y nadie tiene por qué saber siquiera que vas a estar allí. Mira, Sophia, necesitamos tu ayuda con desesperación. Necesito que alguien de confianza arregle los libros y nos organice y tú eres, se mire por donde se mire, la mejor bibliotecaria de los tres condados.

—Se lo voy a repetir. Es una biblioteca para blancos.

—Las cosas están cambiando.

—Dígaselo a los hombres con capucha que llaman a nuestra puerta.

—¿Y qué haces aquí?

—Cuido de mi hermano.

—Eso ya lo sé. Te pregunto qué haces para ganar dinero.

Los dos hermanos intercambiaron una mirada.

—Esa es una pregunta muy personal. Incluso viniendo de usted.

William soltó un suspiro.

—No nos va muy bien. Vivimos de lo que tenemos ahorrado y de lo que nuestra madre nos dejó. Pero no es mucho.

—¡William! —le reprendió Sophia.

—Bueno, es la verdad. Conocemos a la señorita Margery. Ella nos conoce.

—¿Y quieres que vaya a que me rompan la cabeza por trabajar en una biblioteca para blancos?

—No voy a permitir que eso pase —dijo Margery con voz calmada.

Fue la primera vez que Sophia no respondió. Ser hija de Frank O'Hare tenía pocas ventajas, pero la gente que le había conocido sabía que, si Margery prometía algo, era del todo probable que así se hiciera. Si había sobrevivido a una infancia con Frank O'Hare, no había muchas cosas más que pudieran suponer un obstáculo.

—Ah, y son veintiocho dólares al mes —dijo Margery—. El mismo sueldo que tenemos las demás.

Sophia miró a su hermano y, después, bajó los ojos a su regazo. Por fin, levantó la cabeza.

—Vamos a tener que pensarlo.

—De acuerdo.

Sophia apretó los labios.

—¿Sigue usted siendo tan desordenada como antes?

—Probablemente, un poco más.

Sophia se puso de pie y se alisó la falda.

—Como he dicho, lo vamos a pensar.

William la acompañó a la puerta. Había insistido, tras levantarse con esfuerzo de la silla mientras Sophia le pasaba su muleta. Hizo una mueca de dolor por el esfuerzo de arrastrarse hasta la puerta y Margery intentó que no se le notara que lo había visto. Se quedaron en la puerta y miraron hacia la relativa paz del riachuelo.

—¿Sabe que están pensando quitar un trozo de la parte norte de la cumbre?

—¿Qué?

—Me lo contó Big Cole. Van a volar seis agujeros en su interior. Creen que ahí dentro hay buenas vetas.

—Pero esa parte de la montaña está ocupada. Hay unas catorce o quince familias un poco más abajo del lado norte.

—Lo sabemos nosotros y lo saben ellos. Pero ¿cree que eso les va a detener cuando huelan el dinero?

—Pero... ¿qué va a pasar con esas familias?

—Lo mismo que pasa siempre. —Se rascó la frente—. Kentucky, ¿eh? El lugar más hermoso de la tierra, y el más cruel. A veces, creo que Dios ha querido enseñarnos todos sus caminos a la vez.

William se echó sobre el marco de la puerta y se colocó bien la muleta bajo la axila mientras Margery digería todo eso.

—Me alegro de verla, señorita Margery. Cuídese.

—Y tú también, William. Y dile a tu hermana que venga a trabajar a la biblioteca.

Él levantó una ceja.

—¿Cómo? Ella es como usted. Ningún hombre le va a decir lo que tiene que hacer.

Margery oyó cómo se reía mientras cerraba la mosquitera.

6

A mi madre no le gustaban los pasteles del día anterior, a no ser que fueran de carne. Era capaz de levantarse una hora antes para hornear una tarta antes del desayuno, pero nunca hacía los flanes, los pasteles de frutas, ni siquiera los de calabaza, el día antes de servirlos. Y, si lo hubiera hecho, mi padre no los habría comido.

DELLA T. LUTES, *Farm Journal*

Durante sus primeros meses en Baileyville, Alice casi había disfrutado de las cenas parroquiales semanales. Tener a una cuarta o quinta persona sentada a su mesa animaba un poco el ambiente de aquella casa tan lúgubre y, además, la comida que se servía era mejor que los alimentos grasientos que ponía Annie habitualmente. El señor Van Cleve solía mostrar su mejor cara y el pastor McIntosh, su invitado más asiduo, no era un mal tipo, aunque fuera un tanto aburrido. Alice había observado que lo más divertido de la sociedad de Kentucky era la cantidad de historias que contaban: las desgracias familiares, los cotilleos sobre los vecinos... Tenían una forma maravillosa de contar las anécdotas y lo hacían con tal gracia que todos los comensales se partían de risa. Si había más de un contador de historias a la mesa, aquello se convertía de inmediato en un deporte de competición. Pero lo más importante era que aquellos relatos tan animados permitían que Alice se comiera su comida sin que apenas nadie se fijara en ella o la molestara.

O, al menos, así solía ser.

—A ver, ¿cuándo piensan bendecir estos jovenzuelos a mi viejo amigo con uno o dos nietos, eh?

—Yo tampoco dejo de preguntárselo. —El señor Van Cleve señaló con el cuchillo a Bennett y luego a Alice—. Una casa no es un hogar sin un pequeño correteando por ella.

«Tal vez cuando nuestro cuarto no esté tan pegado al suyo como para oír su respiración», respondió Alice mentalmente, mientras removía con la cuchara el puré de patata que tenía en el plato. «Tal vez cuando pueda ir al baño sin tener que cubrirme hasta los tobillos. Tal vez cuando no tenga que escuchar esta conversación, como mínimo, dos veces por semana».

Pamela, la hermana del pastor McIntosh, que había ido de visita desde Knoxville, comentó, como siempre hacía alguien, que su hijo había dejado encinta a su nueva esposa el mismo día de la boda.

—Justo nueve meses después llegaron los gemelos. ¿No es increíble? Eso sí, lleva la casa como si fuera un reloj. Ya verán, al día siguiente de destetar a esos dos, estará encinta otra vez.

—¿No es usted una de esas bibliotecarias itinerantes, Alice? —preguntó el marido de Pamela, que miraba el mundo con recelo por debajo de sus espesas cejas.

—Sí, lo soy.

—¡Se pasa todo el día fuera de casa! —exclamó el señor Van Cleve—. Hay noches que vuelve tan cansada que apenas puede mantener los ojos abiertos.

—Con lo buen mozo que es usted, Bennett. Para empezar, ¡la joven Alice debería estar demasiado agotada como para subirse a un caballo!

—¡Aunque debería tener las piernas arqueadas como las de un vaquero!

Los dos hombres se rieron a carcajadas. Alice esbozó una tímida sonrisa forzada. Observó a Bennett, que removía concentrado las alubias negras del plato. Luego dirigió la vista a Annie, que sostenía la bandeja de boniato y la contemplaba con cara de satisfacción, para su incomodidad. Alice la miró con dureza, hasta que la otra mujer apartó la vista.

«Había manchas del mes en sus pantalones de montar», le había comentado Annie a Alice la noche anterior, entregándole un montón de ropa limpia doblada. «No he conseguido eliminarlas por completo, así que aún queda algún rastro», había continuado, antes de hacer una pausa y añadir: «Como el mes pasado».

A Alice se le habían puesto los pelos de punta al imaginarse a aquella mujer controlando sus «meses». De repente, había tenido la sensación de que medio pueblo comentaba que no conseguía quedarse embarazada. No podía ser culpa de Bennett, por supuesto. Él era su campeón de béisbol. Su chico de oro.

—¿Sabe? Mi prima, la de Berea, no conseguía quedarse encinta de ninguna manera. Y eso que su marido parecía un conejo. Fue a una de esas iglesias que tienen serpientes. Pastor, sé que lo desaprueba, pero tiene que oír esto. Le pusieron una culebra rayada alrededor del cuello y, a la semana siguiente, estaba preñada. Mi prima dijo que el bebé tenía los ojos dorados como los de una víbora cobriza. Claro que ella siempre ha sido un poco fantasiosa. Y mi tía Lola, igual. El pastor tenía a toda la congregación rezándole a Dios para que colmara su útero. Tardaron un año, pero ya tienen cinco hijos.

—Por favor, no se sientan obligados a hacer eso —dijo Alice.

—Yo creo que es por montar tanto a caballo. No es bueno para una mujer estar a horcajadas todo el día. El doctor Freeman dice que sacude las entrañas de las mujeres.

—Sí, yo también he leído lo mismo —comentó el señor Van Cleve y, acto seguido, cogió el salero y lo agitó entre los dedos—. Es como si se agita demasiado una botella de leche, que acaba agriándose. O cortándose, por así decirlo.

—Mis entrañas no están cortadas, gracias —dijo Alice, fríamente—. Pero me encantaría echarle un vistazo a ese artículo —añadió, al cabo de unos instantes.

—¿Qué artículo? —preguntó el pastor McIntosh.

—El que han mencionado. Donde dice que las mujeres no deberían montar a caballo. Por riesgo de «sacudimiento». No estoy familiarizada con ese término médico. —Los dos hombres se miraron. Alice cortó con el cuchillo su trozo de pollo, sin levantar la vista del plato—. La información es importantísima, ¿no les parece? En la biblioteca solemos decir que, sin información, no somos nada. Si estoy poniendo mi salud en riesgo por montar a caballo, creo que lo más responsable por mi parte sería leer el artículo del que hablan. Tal vez podría traerlo el próximo domingo, pastor. —Levantó la cabeza y dedicó una sonrisa radiante a los comensales.

—Bueno, no sé si podré hacerme con él tan fácilmente —respondió el pastor McIntosh.

—El pastor tiene muchos papeles —lo justificó el señor Van Cleve.

—Lo curioso es que, en Inglaterra, prácticamente todas las damas de alta cuna montan a caballo. Salen a cazar y saltan zanjas, vallas, de todo. Es casi obligatorio. Y aun así paren hijos con extraordinaria eficiencia. Hasta la Familia Real. ¡Uno y otro y otro! ¡Como si desgranaran guisantes! ¿Saben cuántos hijos tuvo la reina Victoria? Y siempre iba a caballo. No había quien la bajara de él.

Se hizo el silencio en la mesa.

—Vaya... —repuso el pastor McIntosh—. Eso es... de lo más interesante.

—Aun así, no puede ser bueno, querida —dijo la hermana del pastor, amablemente—. En el mejor de los casos, la actividad física intensa no es buena para las jovencitas.

—Dios santo. Será mejor que se lo diga a algunas de las muchachas de las montañas que veo a diario. Esas mujeres cortan leña, cultivan huertos, limpian la casa para hombres que están demasiado enfermos o son demasiado vagos como para levantarse de la cama. Y, curiosamente, ellas también suelen tener un montón de bebés, uno detrás de otro.

—Alice —murmuró Bennett.

—No puedo imaginarme a muchas de ellas mariposeando, haciendo arreglos florales y tirándose a la bartola. O puede que sean biológicamente diferentes. Debe de ser eso. Tal vez haya alguna razón médica que yo también ignore.

—Alice —repitió Bennett.

—A mí no me pasa nada —susurró Alice, enfadada. El hecho de que le temblara la voz la enfureció aún más. Justo lo que necesitaban. El señor Van Cleve y el pastor intercambiaron miradas condescendientes.

—No te alteres, querida. No te estamos criticando —dijo el señor Van Cleve, mientras extendía su rechoncha mano sobre la mesa y la posaba sobre la de ella.

—Sabemos que puede resultar decepcionante no ser bendecida por el Señor de inmediato. Pero es mejor no obsesionarse demasiado con el tema —comentó el pastor—. Rezaré una pequeña oración por los dos la próxima vez que vayan a la iglesia.

—Es muy amable de su parte —le agradeció el señor Van Cleve—. A veces, las jóvenes no saben qué es lo que más les conviene. Y para eso estamos aquí, Alice, para proteger tus intereses. Vamos, Annie, ¿dónde está ese boniato? Se me está enfriando la salsa de carne.

—¿Por qué has hecho eso? —le preguntó Bennett a Alice, sentándose a su lado en el balancín, mientras los dos hombres más mayores permanecían en el salón, vaciando una botella del mejor bourbon del señor Van Cleve. Sus voces iban y venían, interrumpidas por carcajadas.

Alice estaba sentada con los brazos cruzados. Las noches eran cada vez más frías, pero aun así ella permaneció en un extremo del balancín, a más de veinte centímetros del calor del cuerpo de Bennett, con un chal sobre los hombros.

—¿A qué te refieres?

—Lo sabes perfectamente. Papá solo se preocupa por ti.

—Bennett, sabes que montar a caballo no tiene nada que ver con el hecho de que no me quede embarazada. —Él se quedó callado—. Me encanta mi trabajo. Me gusta muchísimo. Y no pienso dejarlo porque tu padre crea que mis entrañas se están sacudiendo. ¿Te ha dicho alguien que juegas demasiado al béisbol? No. Claro que no. Pero tus partes se sacuden a base de bien tres veces por semana.

—¡Baja la voz!

—Vaya, lo olvidaba. No podemos hablar en voz alta, ¿verdad? No sobre tus partes sacudiéndose. No podemos hablar de lo que está pasando en realidad. Pero todo el mundo habla de mí. Es a mí a quien tratan como si fuera estéril.

—¿Por qué te importa tanto lo que diga la gente? De todos modos, actúas como si te dieran igual la mayoría de las personas de por aquí.

—¡Me importa porque tu familia y tus vecinos insisten en lo mismo una y otra vez! ¡Y van a seguir así a menos que les expliques lo que está pasando! O que... hagas algo al respecto.

Había ido demasiado lejos. Bennett se levantó con brusquedad del balancín y se alejó rápidamente, antes de cerrar de golpe la puerta mosquitera tras él. De pronto, se hizo el silencio en el salón. Mientras las voces masculinas volvían a alzarse de nuevo poco a poco, Alice siguió sentada en el balancín, escuchando a los grillos y preguntándose cómo podía estar en una casa llena de gente y, a la vez, en el lugar más solitario del mundo.

No había sido una buena semana en la biblioteca. Las montañas cambiaban el verde exuberante por el naranja ardiente, las hojas formaban una gruesa alfombra cobriza sobre el suelo que amortiguaba el sonido de los cascos de los caballos, las «hondonadas» se llenaban de densas nieblas matinales y Margery se dio cuenta de que la mitad de sus bibliotecarias estaban enfadadas. Observó la mandíbula apretada y los ojos ensombrecidos de Alice, algo nada habitual en ella. En otro momento, puede que hubiera hecho un esfuerzo para hacerle cambiar de humor, pero ella misma estaba nerviosa porque aún no había obtenido ninguna respuesta de Sophia. Por las noches, intentaba arreglar los libros más estropeados del catálogo, pero la pila era ya tan alta que se tambaleaba y el mero hecho de pensar en todo aquel trabajo o en todos aquellos libros inutilizados la desanimaba aún más. No tenía tiempo para hacer nada que no fuera volver a subirse al mulo con un nuevo cargamento.

El interés por los libros se había vuelto insaciable. Los niños las seguían por la calle, rogándoles que les dejaran algo para leer. Las familias a las que visitaban cada quince días les pedían que lo hicieran semanalmente, como a las de las rutas más cortas, y las bibliotecarias tenían que explicarles que solo eran cuatro y que ya se pasaban fuera todo el día. Los caballos cojeaban de vez en cuando por las largas horas de trabajo y los senderos pedregosos («Como tenga que volver a hacer subir de costado a Billy a Fern Gully, va a acabar con dos patas más largas que las otras»), y a Patch le habían salido llagas por el roce de las cinchas, así que había tenido que dejar de trabajar varios días.

Pero nada era suficiente y la tensión estaba empezando a aflorar. El viernes por la noche, tras aumentar el desorden de la biblioteca con el barro y las hojas que traían adheridos a las botas, Izzy le había gritado a Alice por tropezarse con su alforja y romperle la correa.

—¡Ten cuidado!

Alice se agachó para recogerla, bajo la atenta mirada de Beth.

—No deberías haberla dejado en el suelo, ¿no crees?

—Era solo un minuto. Estaba intentando bajar los libros y necesitaba el bastón. ¿Qué voy a hacer ahora?

—No lo sé. ¿Decirle a tu mamá que te compre otra?

Izzy se tambaleó como si le hubieran dado una bofetada y fulminó con la mirada a Beth.

—Retira eso.

—¿Que retire qué? Es la maldita verdad.

—Izzy, lo siento —dijo Alice, al cabo de un rato—. Ha sido... De verdad que ha sido un accidente. Intentaré buscar a alguien que la arregle el fin de semana.

—No hacía falta ser tan cruel, Beth Pinker.

—Caray. Eres más delicada que el ala de una libélula.

—¿Podéis dejar de discutir y traer vuestros libros? Me gustaría salir de aquí antes de medianoche.

—No puedo traer los míos porque tú no has traído los tuyos, y si yo pongo los míos se van a mezclar con los que tienes a tus pies.

—Los libros que están a mis pies, Izzy Brady, son los que tú dejaste ayer por no molestarte en colocarlos.

—¡Te dije que mi madre tenía que recogerme temprano para poder ir al grupo de confección de colchas!

—Ah, bueno. No vamos a entrometernos en un maldito grupo de confección de colchas, ¿no?

Las chicas habían empezado a levantar la voz. Beth miró a Izzy desde un rincón del cuarto, donde acababa de vaciar sus alforjas. Además, había sacado una fiambrera y una botella de limonada vacía.

—Caramba. ¿Sabéis qué necesitamos?

—¿Qué? —preguntó Izzy, con recelo.

—Soltarnos un poco el pelo. Demasiado trabajo y poca diversión —contestó la muchacha, sonriendo—. Creo que necesitamos hacer una reunión.

—Esto ya es una reunión —dijo Margery.

—No esta clase de reunión. —Beth salió dando zancadas y sorteando con cuidado los libros. Abrió la puerta y salió fuera, donde su hermano pequeño la esperaba sentado en los escalones. De vez en cuando, le compraban a Bryn una bolsa de caramelos por hacerles los recados, y el chico levantó la vista, esperanzado—. Bryn, ve a decirle al señor Van Cleve que Alice tiene que quedarse hasta tarde en una reunión de política bibliotecaria y que la acompañaremos a casa cuando hayamos acabado. Luego ve a casa de la señora Brady y dile lo mismo. Espera, no le digas que es sobre política bibliotecaria. Aparecerá aquí antes de que podamos decir «Lena B. Nofcier». Dile... Dile que estamos limpiando las sillas de montar. Luego dile lo mismo a mamá y te compraré un paquete de Tootsie Rolls.

Margery entornó los ojos.

—Espero que esto no sea...

—Ahora vuelvo. Por cierto, Bryn. ¡Bryn! Como le digas a papá que he estado fumando, te arranco las malditas orejas, una detrás de la otra. ¿Me has oído?

—¿Qué está pasando? —preguntó Alice, mientras oían los pasos de Beth alejarse por la carretera.

—Yo podría preguntar lo mismo —dijo una voz.

Margery levantó la vista y vio a Sophia de pie en la puerta, con las manos entrelazadas y el bolso bajo el brazo. La mujer alzó una ceja al ver aquel caos.

—Santo cielo. Me advirtió que la cosa estaba mal, pero no que me iban a entrar ganas de volver gritando a Louisville —dijo Sophia. Alice e Izzy se quedaron mirando a aquella mujer alta, de vestido azul inmaculado. Ella las miró a los ojos—. No sé qué hacen ahí, cazando moscas. ¡Deberían estar trabajando! —Sophia posó el bolso y se desató la bufanda—. Se lo he dicho a William y se lo repito a ustedes. Trabajaré por las noches y lo haré a puerta cerrada, así que nada de airear que estoy aquí. Esas son mis condiciones. Y quiero el sueldo del que hablamos.

—Por mí bien —dijo Margery. Las dos muchachas más jóvenes, desconcertadas, se volvieron para mirarla. Margery sonrió—. Izzy, Alice, esta es la señorita Sophia. Nuestra quinta bibliotecaria.

Sophia Kenworth, les comentó Margery mientras empezaban a enfrentarse a las pilas de libros, había pasado ocho años en la biblioteca para gente de color de Louisville, en un edificio tan grande que tenían que dividir los libros no solo por secciones, sino por pisos enteros. La utilizaban los profesores y los académicos de la Universidad Estatal de Kentucky, y disponía de un sistema de tarjetas y sellos muy profesional que se usaba para apuntar las fechas de entrada y de salida de los libros. Sophia había recibido formación oficial y había realizado prácticas; dejó de trabajar allí porque su madre había muerto y William había tenido un accidente, todo en un breve plazo de tres meses, y eso la había obligado a marcharse de Louisville para cuidarlo.

—Eso es lo que necesitamos aquí —dijo Sophia, examinando los libros concienzudamente y fijándose en sus lomos—. Necesitamos sistemas. Dejádmelo a mí.

Una hora más tarde, las puertas de la biblioteca estaban cerradas con llave, la mayoría de los libros ya no se encontraban por el suelo y Sophia hojeaba con rapidez las páginas del registro, emitiendo suaves sonidos de desaprobación. Beth, entretanto, había vuelto y sostenía un tarro enorme de un líquido oscuro ante los ojos de Alice.

—No sé yo... —dudó esta.

—Dale un trago. Venga. No te va a matar. Es licor de tarta de manzana.

Alice miró a Margery, que ya lo había rechazado. A nadie pareció sorprenderle que ella no bebiera licor.

Alice se llevó el tarro a los labios, vaciló y volvió a echarse atrás.

—¿Qué pasará si llego a casa bebida?

—Bueno, pues que llegarás a casa bebida, supongo —dijo Beth.

—No sé... ¿Puede probarlo otra antes?

—Bueno, Izzy no creo que lo haga, ¿no?

—¿Quién ha dicho eso? —replicó Izzy.

—Madre mía. Vamos allá —dijo Beth riéndose. Luego le quitó el tarro a Alice y se lo pasó a Izzy. Con una sonrisa pícara, Izzy sujetó el tarro con ambas manos y se lo llevó a la boca. Bebió un sorbito y empezó a toser en medio de un ataque de risa, abriendo los ojos de par en par, mientras intentaba devolverle el tarro a Beth—. ¡No hace falta bebérselo de un trago! —comentó esta, antes de beber un poco—. Como sigas bebiendo así, el martes te habrás quedado ciega.

—Pásamelo —dijo Alice. Bajó la vista para observar el contenido y respiró hondo. «Eres demasiado impulsiva, Alice».

Bebió un trago y sintió que el alcohol le quemaba la garganta como si fuera mercurio ardiente. Apretó los ojos con fuerza, esperando a que dejaran de llorarle. La verdad era que estaba delicioso.

—¿Bien? —Beth la miró con picardía, mientras ella volvía a abrir los ojos.

Alice asintió en silencio y tragó saliva.

—Sorprendentemente, sí —comentó con voz ronca—. Déjame tomar un poco más.

Algo cambió dentro de Alice aquella noche. Estaba harta de que todo el pueblo la observara, no soportaba más que la controlaran, que hablaran de ella y que la juzgaran. No soportaba estar casada con un hombre a quien todos los demás consideraban Dios Todopoderoso y que apenas se atrevía a mirarla.

Alice había recorrido medio mundo para descubrir que, para variar, allí también la consideraban imbécil. Pues bien, si aquello era lo que todo el mundo pensaba, se comportaría como tal.

Bebió otro sorbo y luego otro, y le apartó las manos a Beth con brusquedad cuando le recomendó que tuviera cuidado. Se sentía, tal y como les dijo cuando finalmente les devolvió el tarro, «agradablemente achispada».

—¡Agradablemente achispada! —repitió Beth, y las chicas se echaron a reír a carcajadas.

Margery sonrió, muy a su pesar.

—Pero ¿qué tipo de biblioteca es esta? —dijo Sophia, desde un rincón.

—Solo necesitan aliviar un poco la presión —comentó Margery—. Han estado trabajando duro.

—¡Hemos estado trabajando duro! ¡Y ahora, necesitamos música! —dijo Beth, levantando una mano—. Vamos a por el gramófono del señor Guisler. Seguro que nos lo deja.

Margery negó con la cabeza.

—No metas a Fred en esto. No tiene por qué presenciarlo.

—Querrás decir que no tiene por qué ver a Alice totalmente embriagada —dijo Beth, maliciosamente.

—¿Qué? —preguntó Alice, alzando la vista.

—No te metas con ella —dijo Margery—. Además, está casada.

—En teoría —susurró Alice, que ya casi veía doble.

—Ya. Pues sé como Margery y haz lo que te dé la gana, cuando te dé la gana —señaló Beth, mirándola de reojo—. Y con quien te dé la gana.

—¿Quieres que me avergüence por cómo vivo mi vida, Beth Pinker? Porque parece que tú estás esperando a que el cielo se desplome.

—Oye —replicó Beth—. Si un hombre tan guapo como Sven Gustavsson viniera a hacerme la corte, haría que me pusiera un anillo en el dedo tan rápido que ni se daría cuenta de cómo había llegado a la iglesia. Si tú quieres darle un mordisco a la manzana antes de meterla en la cesta, es cosa tuya. Pero asegúrate de sujetar bien la cesta.

—¿Y si no quiero una cesta?

—Todo el mundo quiere una cesta.

—Yo no. Nunca la he querido y nunca la querré. Nada de cesta.

—¿De qué estáis hablando? —preguntó Alice, antes de echarse a reír.

—Yo me he perdido en lo del señor Guisler —confesó Izzy, antes de soltar un suave eructo—. Santo cielo, me siento fenomenal. Creo que no me sentía así desde que me subí a la noria tres veces seguidas en la feria del condado de Lexington. Eso sin contar... No. Eso no acabó bien.

Alice se inclinó hacia Izzy y le puso una mano en el brazo.

—Siento mucho lo de la correa, Izzy. No pretendía romperla.

—Bah, no te preocupes. Le pediré a mi madre que me compre otra —contestó la muchacha. Por alguna razón, aquello les pareció a ambas graciosísimo.

Sophia miró a Margery y levantó una ceja.

Margery encendió las lámparas de aceite que había en la parte superior de cada estantería, intentando no sonreír. En realidad no era muy dada a los grupos grandes, pero aquello le gustaba mucho: las bromas, la alegría y la forma en que se podían ver surgir nuevas amistades en aquella habitación, como brotes verdes.

—¡Chicas! —dijo Alice, cuando logró controlar la risa—. ¿Qué haríais si pudierais hacer cualquier cosa que quisierais?

—Ordenar esta biblioteca —murmuró Sophia.

—En serio. Si pudierais hacer cualquier cosa, o ser cualquier cosa, ¿qué haríais?

—Yo viajaría por el mundo —dijo Beth, que ya se había hecho un respaldo de libros y se disponía a hacer unos reposabrazos a juego—. Iría a la India, a África y a Europa, y tal vez a Egipto a echar un vistazo. No tengo intención de quedarme aquí toda la vida. Si por mis hermanos fuera, seguiría cuidando de mi padre hasta que se le cayera la baba. Quiero ver el Taj Mahal y la Gran Muralla china, y ese lugar donde construyen cabañitas redondas con bloques de hielo, y un montón de sitios más que salen en las enciclopedias. Iba a decir que iría a Inglaterra a conocer al rey y a la reina pero, como tenemos a Alice, ya no nos hace falta. —Las otras mujeres se echaron a reír.

—¿Izzy?

—Bah, es una locura.

—¿Más que lo de Beth y su Taj Mahal?

—Venga —la animó Alice.

—Pues... Bueno, sería cantante —dijo Izzy—. Cantaría en la radio o grabaría discos de gramófono. Como Dorothy Lamour o... —miró a Sophia, que intentó por todos los medios no alzar demasiado las cejas— Billie Holiday.

—Seguro que tu padre puede conseguir que lo hagas. Él conoce a todo el mundo, ¿no? —dijo Beth.

De repente, Izzy pareció sentirse incómoda.

—Las personas como yo no se hacen cantantes.

—¿Por qué? —dijo Margery—. ¿No sabes cantar?

—Con eso basta —añadió Beth.

—Ya sabéis a qué me refiero.

Margery se encogió de hombros.

—La última vez que te vi, no parecías necesitar la pierna para cantar.

—Pero la gente no me escucharía. Estarían distraídos mirando mi prótesis.

—Vamos, no te hagas la interesante, Izzy. Por aquí hay un montón de gente con aparatos ortopédicos. O simplemente... —Margery hizo una pausa—. Ponte un vestido largo.

—¿Qué canta, señorita Izzy? —preguntó Sophia, que estaba ordenando los lomos por orden alfabético.

Izzy volvía a estar sobria. Tenía la piel un tanto ruborizada.

—Pues me gustan los himnos, el *bluegrass*, el *blues*, todo, la verdad. Una vez, hasta probé a cantar un poco de ópera.

—Ponte a cantar ahora mismo —dijo Beth, antes de encender un cigarro y soplarse los dedos cuando la cerilla ardió demasiado—. Vamos, chica, enséñanos lo que sabes hacer.

—Ah, no —respondió Izzy—. En realidad, solo canto para mí misma.

—Pues la sala de conciertos va a estar un poco vacía —declaró Beth.

Izzy las miró. Luego se puso de pie. Tomó aire entrecortadamente y empezó a cantar:

En polvo se ha convertido el arrullo de mi amado
Y sus cariñosos besos en óxido se han transformado
Lo llevaré en mi corazón por muy lejos que se encuentre
Y como una estrella nocturna mi amor perdurará siempre

Con los ojos cerrados, la muchacha llenó la pequeña habitación con una voz suave y dulce, como si estuviera recubierta de miel. Izzy empezó a transformarse ante ellas en alguien nuevo, mientras alargaba el torso y abría más la boca para llegar a las notas. En ese momento, estaba en un lugar muy distante, en un sitio al que amaba. Beth se balanceaba suavemente y empezó a sonreír. En su rostro se reflejaba un placer puro y transparente, derivado de aquel giro inesperado que habían dado los aconteci-mientos. Dejó escapar un «¡Sí, señor!», como si no fuera capaz de contenerlo. Y entonces Sophia, al cabo de un rato, como mo-vida por un impulso irrefrenable, se unió a Izzy con una voz más profunda, siguiendo el camino de esta y complementándolo. Izzy abrió los ojos y las dos mujeres se sonrieron mientras cantaban, elevando sus voces y meciéndose al ritmo de la música, mientras el aire de la pequeña biblioteca se elevaba con ellas.

> Aunque su luz es distante, me sigue reconfortando
> Y a mil kilómetros del cielo, aquí seguiré esperando
> A que mi amado regrese y mi gozo sea tan radiante
> Como el brillo de las estrellas sobre las colinas de Kentucky

Alice las miraba con el licor corriendo por las venas. La calidez y la música entonaban su espíritu y sintió que algo cedía en su interior, algo primigenio relacionado con el amor, la pérdida y la soledad. Miró a Margery, cuya expresión se había relajado y estaba perdida en su propia ensoñación per-sonal, y pensó en los comentarios de Beth sobre un hombre que Margery no había desmentido. Tal vez consciente de que estaba siendo observada, Margery se volvió hacia ella y sonrió, y Alice se dio cuenta, horrorizada, de que las lágrimas corrían a raudales por sus mejillas.

Margery arqueó las cejas, en una pregunta silenciosa.

«Solo es un poco de nostalgia», se dijo Alice en respues-ta. Y en realidad era cierto. Lo que no tenía muy claro era que hubiera estado ya en ese lugar que tanto añoraba.

Margery la agarró del codo y salieron afuera en la oscuridad para bajar al cercado, donde los caballos pastaban tranquilamente al lado de la valla, ajenos al ruido del interior.

Margery le tendió un pañuelo a Alice.

—¿Estás bien?

Alice se sonó la nariz. El aire frío del exterior hizo que empezara a recuperar la sobriedad de inmediato.

—Sí. Sí... —Levantó la vista hacia el cielo—. En realidad, no. No lo estoy.

—¿Puedo ayudarte?

—No creo que nadie pueda hacerlo.

Margery se recostó contra el muro y alzó la vista hacia las montañas que había detrás de ellas.

—No hay muchas cosas que no haya visto u oído en estos treinta y ocho años. Estoy segurísima de que lo que tienes que decir no me va a sorprender.

Alice cerró los ojos. Si lo verbalizaba, se convertiría en algo real, en algo auténtico y verdadero, y tendría que hacer algo al respecto. Volvió a mirar a Margery y apartó de nuevo la vista.

—Y si crees que soy de las que van hablando por ahí, Alice van Cleve, es que no me conoces en absoluto.

—El señor Van Cleve no para de preguntar por qué no tenemos hijos.

—Ya, es lo normal por aquí. En cuanto te pones un anillo en el dedo, todos empiezan la cuenta atrás.

—De eso se trata. Es Bennett —dijo Alice, retorciéndose las manos—. Ya han pasado meses y... él no...

Margery dejó reposar las palabras. Esperó, como para comprobar que había oído bien.

—¿Él no...?

Alice respiró hondo.

—Todo empezó muy bien. Llevábamos tanto tiempo esperando, con lo del viaje y todo, y en realidad fue maravilloso y luego justo cuando las cosas... estaban a punto de... Bueno... El señor Van Cleve gritó algo desde el otro lado de la pared, creo que él pensó que lo estaba animando, y ambos nos quedamos un poco azorados, y luego todo se cortó y yo abrí los ojos y Bennett ni siquiera me estaba mirando y parecía muy molesto y distante, y cuando le pregunté si iba todo bien él me dijo que... —Alice tragó saliva—. Que era impropio de una dama preguntar eso. —Margery esperó a que continuara—. Así que volví a tumbarme y aguardé. Y él... Bueno, creí que entonces aquello iba a pasar. Pero oímos al señor Van Cleve paseando ruidosamente por la habitación de al lado y bueno... Eso fue todo. Y yo intenté susurrarle algo, pero él se molestó y actuó como si fuera culpa mía. Pero en realidad yo no lo sé. Porque nunca... Así que no puedo saber a ciencia cierta si estoy haciendo algo mal yo o si es él, pero, en cualquier caso, su padre está siempre en la habitación de al lado y las paredes son tan finas que..., bueno, Bennett... Actúa como si no quisiera volverse a acercar a mí nunca más. Y no es una de esas cosas de las que se puedan hablar. —Las palabras le salieron de forma atropellada, sin control. Notó que su rostro se ruborizaba—. Quiero ser una buena esposa. En serio. Pero me parece algo... imposible.

—A ver si lo he entendido bien. Entonces, no has...

—¡No lo sé! ¡Porque no sé cómo se supone que tiene que ser! —Alice negó con la cabeza y se cubrió la cara con las manos, como si le horrorizara estar pronunciando aquellas palabras en voz alta.

Margery bajó la vista, con el ceño fruncido.

—Espérame aquí —dijo.

Desapareció dentro de la cabaña, donde las chicas cantaban cada vez más alto. Alice aguzó el oído, preocupada, temiendo que las voces cesaran de repente, lo que implicaría que Margery la había traicionado. Pero, en lugar de ello, la canción sonó aún con más fuerza, un pequeño aplauso festejó una floritura musical y Alice escuchó cómo Beth reprimía un grito de alegría. Luego la puerta se abrió, las voces se hicieron más intensas por un instante y Margery volvió a bajar los escalones con un librito azul, que le entregó a Alice.

—Vale, esto no está en el registro. Se lo dejamos a mujeres que necesitan un poco de ayuda con algunos de los temas que has mencionado.

Alice se quedó mirando el libro, encuadernado en piel.

—Solo es un poco de información. Le prometí a una mujer de Miller's Creek que se lo dejaría en la ruta del lunes, pero puedes echarle un vistazo el fin de semana y ver si hay algo que te sirva de ayuda.

Alice hojeó el libro y se alarmó al leer palabras como «sexo», «desnudo» y «útero». La muchacha se ruborizó.

—¿Esto va con los libros de la biblioteca?

—Digamos que es parte extraoficial de nuestro servicio, ya que tiene un historial un tanto accidentado en los tribunales. No está en el registro, ni en nuestras estanterías. Es algo que queda entre nosotras.

—¿Lo has leído?

—De principio a fin y más de una vez. Y puedo asegurarte que me ha reportado una buena dosis de regocijo. —Margery arqueó una ceja y sonrió—. Y no solo a mí, precisamente.

Alice parpadeó. Le resultaba impensable que su situación actual pudiera ser motivo de regocijo, por mucho que lo intentara.

—Buenas noches, señoras.

Las dos mujeres se volvieron y vieron a Fred Guisler bajando el sendero hacia ellas, con una lámpara de aceite en la mano.

—Parece que hay una fiesta.

Alice vaciló y le devolvió bruscamente el libro a Margery.

—Mejor... Mejor no.

—Solo es información, Alice. Nada más.

Alice pasó rápidamente por delante de ella y volvió a la biblioteca. —Puedo solucionarlo sola. Gracias. —Subió las escaleras a todo correr y cerró la puerta de golpe tras entrar.

Fred se detuvo al llegar al lado de Margery. Ella percibió un leve gesto de decepción en su cara.

—¿He dicho algo malo?

—No van por ahí los tiros, Fred —respondió Margery, posando una mano sobre su brazo—. Pero ¿por qué no entras y te unes a nosotras? Salvo por esos cuatro pelos que tienes en la barbilla, bien podrías ser nuestra bibliotecaria honorífica.

Más tarde, Beth dijo que apostaría lo que fuera a que aquella había sido la mejor reunión de bibliotecarias que jamás había tenido lugar en el condado de Lee. Izzy y Sophia habían cantado todas las canciones que recordaban, se habían enseñado la una a la otra las que no sabían y se habían inventado algunas sobre la marcha, con unas voces cada vez más descontroladas y estridentes a medida que iban ganando confianza, pataleando y gritando, mientras las chicas aplaudían al compás. Habían convencido a Fred Guisler, que, efectivamente, les había dejado con gusto su gramófono, para que bailara con todas ellas, y su estilizada figura tuvo que encorvarse para adaptarse a Izzy, que disimuló su cojera con algunos giros de lo más oportunos, perdiendo la vergüenza y riendo hasta que las lágrimas le rodaron por las mejillas. Alice sonreía y daba golpecitos al ritmo de la música, pero evitaba mirar a Margery a los ojos, como si todavía le avergonzara haber hablado de más, y Margery se dio cuenta de que lo mejor era no decir nada y esperar a que su sensación de vulnerabilidad y humillación, aunque fuera injustificada, desapareciera. En medio de todo aquello, Sophia cantaba y balanceaba las caderas, como si ni siquiera su rigor y su cautela pudieran resistirse a la música.

Fred, que había declinado todos los ofrecimientos para que bebiera licor, las llevó a casa en la oscuridad, apiñadas en el asiento de atrás de su camioneta. Primero dejó a Sophia, bajo la supervisión del resto, y todos vieron cómo se alejaba, todavía canturreando, por el camino de entrada de su pulcra casita de Monarch Creek. Luego llevaron a Izzy. Los neumáticos del automóvil recorrieron el enorme camino de acceso y todos vieron la cara de sorpresa de la señora Brady al ver el cabello empapado en sudor de su hija y su cara sonriente. «Nunca había tenido unas amigas como vosotras», había exclamado Izzy mientras iban a toda velocidad por la carretera oscura, aunque sabían que en parte era el licor el que hablaba. «En serio, ni siquiera se me había pasado por la cabeza que pudieran caerme bien otras chicas, hasta que me hice bibliotecaria». La muchacha las había abrazado una por una, con un vertiginoso entusiasmo infantil.

Alice estaba ya completamente sobria cuando la dejaron en casa, y apenas dijo nada. Los dos hombres Van Cleve estaban sentados en el porche, a pesar del aire frío y de lo tarde que era, y Margery percibió una clara renuencia en la forma de caminar de la joven, mientras esta recorría lentamente el sendero hacia ellos. Ninguno de los dos se levantó. Nadie sonrió bajo la parpadeante luz del porche, ni se acercó a saludarla.

Margery y Fred hicieron el resto del camino hasta la cabaña de ella en silencio, cada uno enfrascado en sus propios pensamientos.

—Saluda a Sven de mi parte —dijo el hombre, mientras ella abría la cancela y Bluey bajaba la cuesta dando saltos para recibirla.

—Lo haré.

—Es un buen hombre.

—Tú también. Tienes que buscarte a otra, Fred. Ya ha pasado mucho tiempo.

Él abrió la boca, como si fuera a decir algo, pero volvió a cerrarla.

—Que tengas una buena noche —dijo finalmente. Luego inclinó la frente, como si aún llevara puesto el sombrero, giró el volante y volvió a la carretera.

7

A finales del siglo XIX y principios del XX, los agentes de las empresas que buscaban terrenos recorrían las montañas [de Kentucky] comprando derechos de explotación minera a los residentes, a veces por solo 50 céntimos el acre [...]. Las extensas escrituras a menudo transferían los derechos de «verter, depositar y abandonar en dichos terrenos cualquier tipo de escombros, huesos, esquisto, agua u otros residuos», de usar y contaminar las corrientes de agua de cualquier forma y de hacer todo aquello que fuera «necesario y conveniente» para extraer los minerales del subsuelo.

CHAD MONTRIE,
«The Environment and Environmental
Activism in Appalachia»

El príncipe le dijo que era la muchacha más bella que había visto jamás y luego le pidió que se casara con él. Y fueron felices y comieron perdices —leyó Mae Horner, antes de cerrar de golpe el libro, satisfecha.

—Lo has hecho muy bien, Mae.

—Ayer lo leí cuatro veces, después de recoger la leña.

—Se nota. Desde luego, lees igual de bien que cualquier otra chica del condado. —Es muy lista. —Alice levantó la vista y vio a Jim Horner en la puerta—. Como su madre. Su madre aprendió a leer a los tres años. Se crio en una casa llena de libros, cerca de Paintsville.

—Yo también sé leer —señaló Millie, que estaba sentada a los pies de Alice.

—Lo sé, Millie —dijo la joven—. Y también lees muy bien. Sinceramente, señor Horner, creo que nunca había conocido a dos niñas tan aplicadas como las suyas.

El hombre disimuló una sonrisa.

—Cuéntale lo que has hecho, Mae —la animó el hombre. La niña lo miró como pidiendo su consentimiento—. Vamos.

—He hecho un pastel.

—¿Un pastel? ¿Tú sola?

—Con una receta. De la revista *Country Home* que nos dejó. Un pastel de melocotón. Le ofrecería un trozo, pero nos lo hemos comido todo.

Millie se rio.

—Papá se comió tres pedazos.

—Yo estaba de caza en North Ridge y ella encendió el viejo fogón y todo. Cuando entré por la puerta, olía... —El hombre levantó la nariz y cerró los ojos, recordando el aroma. Su rostro perdió por un instante su dureza habitual—. Entré y ahí estaba ella, con el pastel sobre la mesa. Había seguido las instrucciones al dedillo.

—Aunque se me quemaron un poquito los bordes.

—Bueno, a tu madre siempre le pasaba lo mismo.

Los tres guardaron silencio un instante.

—Un pastel de melocotón —dijo Alice—. No sé si seremos capaces de seguirle el ritmo a la joven Mae. ¿Qué puedo dejaros esta semana, niñas?

—¿Ha llegado ya *Azabache*?

—¡Sí! Y he recordado que lo queríais, así que lo he traído. ¿Qué os parece? Eso sí, en este las palabras son un poco más largas, así que puede que os resulte un poco más difícil. Y tiene partes tristes. —A Jim Horner le cambió la cara—. Me refiero a los caballos. Hay partes tristes para los caballos. Los caballos hablan. No es fácil de explicar.

—A lo mejor puedo leértelo, papá.

—Mis ojos no están muy allá —explicó el hombre—. Ya no enfoco como antes. Pero vamos tirando.

—Ya veo —comentó Alice, sentada en el medio de aquella cabañita que antes tanto miedo le daba. Aunque Mae solo tenía once años, parecía haberse hecho cargo de ella, de barrerla y organizarla, así que lo que en su día había sido lúgubre y oscuro, era ahora claramente hogareño. Incluso había un cuenco con manzanas en medio de la mesa y una colcha sobre la silla. Alice recogió los libros y confirmó que todos estaban satisfechos con lo que les había llevado. Millie se abrazó a su cuello con fuerza. Hacía tiempo que nadie la abrazaba y aquello le hizo tener sentimientos extraños y encontrados.

—Pasarán siete días enteros hasta que la volvamos a ver —anunció la niña con solemnidad. El pelo le olía a madera quemada y a algo dulce que solo existía en el bosque. Alice inhaló el olor.

—Tienes toda la razón. Y estoy deseando ver cuánto habrás leído hasta entonces.

—¡Millie! ¡Este también tiene dibujos! —exclamó Mae, desde el suelo. Millie soltó a Alice y se agachó al lado de su hermana. Alice las observó unos instantes, antes de ir hacia la puerta y ponerse el abrigo, una chaqueta de *tweed* que en su día había estado de moda y que ahora estaba llena de musgo, polvo e hilos sueltos y mugrientos que se habían enganchado en arbustos y ramas. Esos días hacía bastante más frío en la montaña, como si el invierno estuviera asentando sus cimientos.

—¿Señorita Alice?

—¿Sí?

Las niñas estaban inclinadas sobre *Azabache* y Millie recorría con el dedo las palabras, mientras su hermana leía en voz alta.

Jim miró hacia atrás, como para cerciorarse de que estaban concentradas en otra cosa.

—Quería pedirle disculpas. —Alice, que se estaba poniendo la bufanda, se quedó parada—. Tras la muerte de mi mujer, hubo un tiempo en que no era yo mismo. Me sentía como si el cielo se me cayera encima, ¿sabe? Y no fui muy... «hospitalario», la primera vez que vino. Pero en estos últimos dos meses, he visto a las niñas dejar de llorar por su madre, ilusionarse por algo cada semana, y ha sido... Bueno, solo quería decirle que se lo agradezco mucho.

Alice entrelazó las manos delante de ella.

—Señor Horner, puedo decirle sinceramente que me hace tanta ilusión ver a sus hijas como a ellas mis visitas.

—Es bueno para ellas ver a una dama. Hasta que mi Betsy se fue, no me daba cuenta de lo que una cría extraña el lado... más femenino de las cosas. —El hombre se rascó la cabeza—. Hablan sobre usted, ¿sabe? Sobre su forma de hablar y todo eso. Mae dice que quiere ser bibliotecaria.

—¿Sí?

—Me he dado cuenta de que no puedo retenerlas a mi lado para siempre. Quiero algo más que esto para ellas, ¿sabe? Las dos son tan listas. —El hombre guardó silencio un instante, antes de continuar—. Señorita Alice, ¿qué opina de esa escuela? La de la dama alemana.

—¿La señora Beidecker? Señor Horner, creo que sus hijas la adorarían.

—Ella... ¿No usará la vara con los niños? Se oyen algunas cosas... A Betsy le pegaban muchísimo en la escuela, por eso nunca quiso que las niñas fueran.

—Sería un placer presentársela, señor Horner. Es una mujer amable y, al parecer, los estudiantes la adoran. Me resulta imposible imaginarla poniéndole la mano encima a ningún niño.

El hombre lo sopesó.

—Es duro tener que ocuparse de todo esto —dijo el hombre, mirando hacia las montañas—. Creí que solo tendría que hacer el trabajo de un hombre. Mi propio padre se limitaba a traer comida a casa, y luego se tiraba a la bartola mientras mi madre hacía el resto. Y ahora, tengo que ser madre además de padre. Y tomar este tipo de decisiones.

—Mire a esas niñas, señor Horner. —Ambos miraron hacia donde estaban las niñas, tumbadas boca abajo, fascinadas por algo que acababan de leer. Alice sonrió—. Creo que lo está haciendo bien.

Finn Mayburg, Upper Pinch Me - un número de la revista *The Furrow*, de mayo de 1937
Dos números de la revista *Weird Tales*, de diciembre de 1936 y febrero de 1937

Ellen Prince - Eagles Top (última cabaña) - *Mujercitas*, de Louisa May Alcott
De la granja a la mesa, de Edna Roden

Nancy y Phyllis Stone, Arnott's Ridge - *Mack Maguire y la muchacha india*, de Amherst Archer
La caída de Mack Maguire, de Amherst Archer (nota: ya han leído todas las ediciones disponibles, preguntan si podemos averiguar si hay más)

Margery le echó un vistazo al registro, donde la elegante caligrafía de Sophia transcribía con claridad la fecha y las rutas en la parte superior de cada página. Al lado de aquel había un montón de libros recién reparados, con los ribetes cosidos y las ajadas cubiertas remendadas con páginas de libros que no tenían salvación. Junto a todo eso había un nuevo álbum de recortes —*La gaceta de Baileyville*—, que comprendía cuatro páginas de recetas de números estropeados de la revista *Woman's Home Companion,* un relato corto titulado «Lo que ella no quiso decir» y un largo artículo sobre la recogida de helechos. La biblioteca estaba ahora inmaculada y tenían un sistema de etiquetado que consistía en marcar el lomo de cada uno de los libros de las estanterías, para que les resultara fácil encontrar su sitio. Además, los libros estaban meticulosamente ordenados por categorías.

Sophia solía llegar sobre las cinco de la tarde y, normalmente, ya había trabajado un par de horas cuando las chicas volvían de sus rutas. Los días eran cada vez más cortos, así que tenían que volver antes porque se hacía de noche. A veces, simplemente se sentaban y charlaban entre ellas mientras descargaban las bolsas y compartían lo que habían hecho durante el día, antes de irse a sus casas. Fred había estado instalando una estufa de leña en un rincón en su tiempo libre, aunque todavía no estaba lista: el hueco que había alrededor del tubo de la salida de humos aún estaba lleno de trapos, para evitar que entrara la lluvia. A pesar de ello, todas las mujeres parecían encontrar razones para quedarse cada día un poco más y Margery sospechaba que, una vez que la estufa funcionara, tendría problemas para persuadirlas de que se fueran a casa.

La señora Brady se había quedado un tanto asombrada cuando Margery le había explicado la identidad de la última incorporación al equipo, pero, tras haber visto lo cambiado que estaba el pequeño edificio, se limitó —lo cual dijo mucho a su favor— a apretar los labios y a llevarse los dedos a las sienes.

—¿Se ha quejado alguien?

—Nadie la ha visto, así que no han podido quejarse. Entra por la puerta de atrás, por la casa del señor Guisler, y hace lo mismo para irse a casa.

La señora Brady meditó sobre ello unos instantes.

—¿Sabe lo que dice la señora Nofcier? Conoce a la señora Nofcier, por supuesto. —Margery sonrió. Todos conocían a la señora Nofcier. La señora Brady metería con calzador su nombre en una conversación sobre linimento para caballos, de darse el caso—. Pues bien, hace poco tuve la suerte de asistir a una charla para profesores y padres que la buena mujer dio, en la que dijo... Un momento, lo tengo apuntado: «Todo el mundo debería tener acceso a una biblioteca, tanto la población rural como la urbana, tanto la gente de color como la blanca». Eso es. «Tanto la gente de color como la blanca». Eso fue lo que ella dijo. Creo que deberíamos ser tan conscientes de la importancia del progreso y la igualdad como lo es la señora Nofcier. Así que, por mi parte, no tengo ningún reparo en que contrate a una mujer de color —comentó la señora Brady, antes de frotar una marca del escritorio y mirarse el dedo—. Aunque a lo mejor... no deberíamos hacerlo público todavía. No hay necesidad de crear controversia, dado que nuestra colaboración es aún muy reciente. Estoy segura de que me comprende.

—Opino exactamente lo mismo, señora Brady —dijo Margery—. No me gustaría causarle problemas a Sophia.

—Hace un gran trabajo. Eso lo reconozco —comentó la señora Brady, mirando a su alrededor. Sophia había hecho un bordado que estaba colgado en la pared, al lado de la puerta, en el que se leía: «Procurar conocimientos es expandir nuestro propio universo», y la señora Brady le dio unos golpecitos, con aire de satisfacción—. He de decir, señorita O'Hare, que estoy orgullosísima de lo que han logrado en solo unos cuantos meses. Ha superado todas nuestras expectativas. Le he escrito a la señora Nofcier para contárselo en diversas ocasiones y estoy segura de que, en algún momento, le trasladará dichas opiniones a la mismísima señora Roosevelt. Es una auténtica lástima que no toda la gente de nuestro pueblo opine lo mismo. —La mujer apartó la vista, como si hubiera decidido no añadir más a ese respecto—. Pero, como le he dicho, creo que esta es una biblioteca itinerante modélica. Y deberían estar orgullosas de ustedes mismas.

Margery asintió. Probablemente, era mejor no hablarle a la señora Brady de la iniciativa extraoficial de la biblioteca: cada día ella se sentaba a su escritorio, desde que llegaba por la noche hasta el amanecer, y escribía, siguiendo una plantilla, media docena más de las cartas que estaba distribuyendo entre los habitantes de North Ridge.

Estimado vecino:
Ha llegado a nuestros oídos que los dueños de Hoffman pretenden crear nuevas minas en su vecindario. Ello implicaría la eliminación de cientos de hectáreas de bosque, la voladura de nuevas canteras y, en muchos casos, la pérdida de hogares y sustentos. Le escribo en confianza, dado que por todos es sabido que en las minas contratan a individuos arteros y hostiles en aras de salirse con la suya, pero en mi opinión es ilegal e inmoral que hagan lo que pretenden, algo que no traería más que miseria abyecta y pobreza.

Para tal fin, según los libros de legislación que hemos consultado, parece que existe un precedente para detener tal violación indiscriminada de nuestro paisaje y proteger nuestros hogares, y le animo a leer el texto adjunto o, si dispone de los medios, a consultar al representante legal del juzgado de Baileyville, con el fin de poner los obstáculos necesarios para evitar su destrucción. Entretanto, le recomendaría que se abstuviera de firmar cualquier ESCRITURA DE DERECHO DE EXPLOTACIÓN DE MINERALES, *ya que, a pesar del dinero y las garantías ofrecidos, otorgará el derecho a los dueños de las minas a excavar bajo su propia casa.*

Si necesita ayuda en relación con dichos documentos, las bibliotecarias itinerantes se la prestarán de buen grado y, por supuesto, con discreción.
Confidencialmente,
Un amigo

Al acabar, Margery dobló las cartas con cuidado y guardó una en cada alforja, salvo en la de Alice. Ya entregaría ella misma la que sobraba. No tenía sentido complicarle más aún las cosas a la muchacha.

El niño por fin había dejado de llorar y su voz sonaba como una serie de gemidos contenidos a duras penas, como si se hubiera recordado a sí mismo que estaba entre hombres hechos y derechos. Tenía la ropa y la piel igualmente negros a causa del carbón que casi lo había sepultado; solo el blanco de sus ojos era visible y lo traicionaba, revelando su conmoción y su dolor. Sven observó cómo los camilleros lo levantaban con cuidado. La escasa distancia que había hasta el techo dificultaba su trabajo y, encorvados, empezaron a arrastrarse hacia fuera, gritándose instrucciones por el camino los unos a los otros. Sven se recostó contra la áspera pared para dejarlos pasar y luego alumbró a los mineros que estaban apuntalando la zona donde el techo se había desplomado, maldiciendo mientras se esforzaban por colocar los pesados maderos en su sitio.

Era carbón de veta baja, las galerías de las minas eran tan reducidas en algunos puntos que los hombres apenas podían ponerse de rodillas. Era el peor tipo de minería. Sven tenía amigos que se habían quedado tullidos a los treinta años, o que necesitaban bastones simplemente para sostenerse en pie. Odiaba aquellas madrigueras de conejos, donde la mente te jugaba malas pasadas en la semioscuridad y te hacía creer que la negrura que se cernía sobre ti estaba cada vez más cerca. Había visto demasiados derrumbamientos de techo repentinos, en los que solo quedaban a la vista un par de botas indicando dónde podía estar el cuerpo.

—Jefe, puede que quiera echarle un vistazo a esto.

Sven se volvió, una maniobra ya bastante complicada de por sí, y miró hacia donde señalaba el guante de Jim McNeil. Las galerías subterráneas estaban interconectadas, en lugar de tener accesos individuales desde el exterior, algo bastante común en una mina en la que para el dueño primaban más los beneficios que la seguridad. El hombre atravesó como pudo el paso para ir a la siguiente galería y se ajustó la luz del casco. Había unos ocho puntales en un hueco poco profundo, todos ellos visiblemente combados por el peso del techo que sostenían. Sven movió la cabeza lentamente, examinando aquel espacio vacío, mientras la superficie negra brillaba a su alrededor al ser rozada por la luz de la lámpara de carburo.

—¿Puedes ver a cuántos han sacado?

—Parece que aún queda la mitad.

Sven maldijo.

—No sigáis más adelante —dijo, y se volvió hacia los hombres que tenía detrás—. Nadie va a entrar en la Número Dos, ¿entendido?

—Dígaselo a Van Cleve —señaló una voz a sus espaldas—. Hay que cruzar la Número Dos para llegar a la Número Ocho.

—Pues entonces nadie entrará en la Número Ocho. Al menos hasta que todo esté bien apuntalado.

—No le hará caso.

—Pues tendrá que hacérmelo. —El aire era denso a causa del polvo y Sven escupió hacia atrás, con la espalda ya dolorida. Luego se volvió hacia los mineros—. Necesitamos, al menos, diez puntales más en la Siete antes de volver a entrar.

Y que el jefe de bomberos compruebe si hay metano antes de que nadie regrese al trabajo.

Se oyó un murmullo de aprobación. Gustavsson era uno de los pocos hombres con autoridad que los mineros sabían a ciencia cierta que estaba de su lado, y Sven condujo a su equipo a la galería de carga y luego hacia el exterior, agradeciendo ya la perspectiva de volver a ver la luz del sol.

—¿Cuáles son los daños, Gustavsson?

Sven estaba de pie en la oficina de Van Cleve, con el olor del azufre todavía en las fosas nasales, mientras sus botas dejaban una fina huella polvorienta sobre la gruesa alfombra roja, esperando a que Van Cleve, vestido con un traje claro, levantara la cabeza de sus papeles. Al fondo de la habitación estaba el joven Bennett, observándolos desde su escritorio. Llevaba puesta una camisa azul de algodón cuyas mangas estaban perfectamente planchadas con raya. El joven nunca había parecido sentirse muy a gusto en la mina. Raras veces salía del edificio administrativo, como si la tierra y su naturaleza impredecible le resultaran repugnantes.

—Bueno, ya hemos sacado al chico, aunque ha estado cerca. Tiene la cadera bastante dañada.

—Excelentes noticias. Muchas gracias a todos.

—He hecho que lo lleven al médico de la empresa.

—Sí, sí. Muy bien.

Al parecer, Van Cleve consideraba que aquel era el fin de la conversación. El hombre le dedicó una sonrisa a Sven, alargándola un poco de más, como para preguntarle por qué seguía allí todavía, y luego revolvió sus papeles con energía.

Sven esperó un rato.

—Tal vez le interese saber por qué se ha venido abajo el techo.

—Ah. Sí. Desde luego.

—Al parecer, quitaron los puntales que sostenían el techo de la zona agotada Número Dos para apuntalar la nueva galería de la Siete. Eso desestabilizó toda la zona.

En la cara de Van Cleve, cuando este finalmente volvió a levantar la vista, se dibujó exactamente la expresión de falsa sorpresa que Sven esperaba.

—Vaya. Los hombres no deberían reutilizar los puntales. Se lo hemos dicho infinidad de veces. ¿No es cierto, Bennett?

Bennett, sentado tras su escritorio, bajó la vista. Era demasiado cobarde hasta para mentir. Sven se tragó las palabras que quería decir y eligió cuidadosamente las que pronunció en su lugar.

—Señor, también me gustaría señalar que la cantidad de polvo de carbón que hay en el suelo de todas sus minas es un peligro. Tiene que echar más piedras no combustibles sobre él. Y mejorar la ventilación, si quiere evitar más accidentes. —Van Cleve garabateó algo en un pedazo de papel. No parecía que siguiera escuchándolo—. Señor Van Cleve, de todas las minas en las que trabajan nuestros equipos de seguridad, he de informarle de que las condiciones de Hoffman son, con diferencia, las menos... satisfactorias.

—Sí, sí. Ya se lo he comentado a los hombres. Solo Dios sabe por qué no solucionan los problemas. Pero no le demos más importancia de la que tiene, Gustavsson. Es un descuido temporal. Bennett llamará al capataz y lo solucionaremos. ¿Verdad, Bennett? —Sven bien podría haber señalado, y con razón, que Van Cleve había dicho exactamente lo mismo la última vez que las sirenas habían sonado, hacía dieciocho días, debido a una explosión en la entrada de la Número Nueve, causada por un joven picador que no sabía que no debía entrar con la luz encendida. El muchacho había tenido la suerte de escapar con quemaduras superficiales. Pero los trabajadores salían baratos, a fin de cuentas—. En fin, todo ha ido bien, gracias a Dios. —Van Cleve se levantó de la silla con un gruñido para rodear su enorme escritorio de caoba y dirigirse hacia la puerta, lo que significaba que la reunión había finalizado—. Gracias a usted y a sus hombres por sus servicios, como siempre. Se merecen hasta el último céntimo que nuestra mina le paga a su equipo.

Sven no se movió.

Van Cleve abrió la puerta. Se produjo un largo y penoso silencio.

Sven lo miró a la cara.

—Señor Van Cleve, sabe que no soy un hombre de política. Pero debe entender que este tipo de condiciones son las que dan origen a las luchas sindicales.

El rostro de Van Cleve se oscureció.

—Espero que no esté insinuando que...

Sven levantó las palmas de las manos.

—Yo no estoy afiliado. Solo quiero que sus trabajadores estén a salvo. Pero he de decirle que sería una lástima que esta mina fuera considerada demasiado peligrosa para que mis hombres vinieran aquí. Estoy seguro de que eso no sería bien recibido en el pueblo.

La sonrisa de Van Cleve, que ya era poco entusiasta, se desvaneció por completo.

—Bien, puede estar seguro de que le agradezco su consejo, Gustavsson. Y como le he dicho, haré que mis hombres se ocupen de ello de inmediato. Ahora, si no le importa, tengo asuntos urgentes que atender. El capataz les dará a usted y a su equipo toda el agua que necesiten.

Van Cleve continuó sujetando la puerta. Sven asintió. Y, mientras se iba, le tendió al dueño de la mina una mano ennegrecida que este, tras unos instantes de vacilación, se vio obligado a aceptar. Después de estrechársela con la firmeza suficiente como para asegurarse de que, al menos, le había dejado alguna marca, Sven la soltó y se alejó por el pasillo.

Con la primera helada en Baileyville, llegó el momento de la matanza del cerdo. El mero hecho de oír hablar de ella hacía que Alice, que no era capaz de matar ni a una mosca, se sintiera un poco mareada, sobre todo cuando Beth le describió, con deleite, lo que pasaba en su propia casa cada año: cómo reducían al cerdo mientras chillaba de pánico, cómo le cortaban el cuello mientras los muchachos se sentaban sobre él, la forma en que pateaba con furia, la sangre caliente y oscura que manaba sobre la tabla de despiece. La joven emuló con gestos cómo los hombres vertían agua hirviendo sobre el cerdo, le rasuraban el pelo con cuchillas planas y reducían al animal a carne, cartílago y huesos.

—Mi tía Lina estará allí esperando, con el mandil abierto, preparada para coger la cabeza. Hace el mejor escabeche de lengua, oreja y pata de este lado de Cumberland Gap. Pero mi momento favorito del día, desde que era niña, es cuando papá mete las entrañas en un balde y elegimos la mejor parte para asar. Yo les daba codazos en los ojos a mis hermanos para conseguir aquel preciado hígado. Luego lo pinchaba en un palo y lo asaba en el fuego. Madre mía, no hay nada igual. Hígado de cerdo fresco asado. Mmmm.

La muchacha se echó a reír mientras Alice se tapaba la boca con la mano y negaba con la cabeza, en silencio.

Pero, al igual que Beth, todo el pueblo parecía esperar con ansia aquel momento, con un deleite que rozaba lo indecoroso, y allá donde iban las bibliotecarias les ofrecían una loncha de beicon salado y, hasta en una ocasión, huevos revueltos con sesos de cerdo, una exquisitez de las montañas. A Alice todavía se le revolvía el estómago solo de pensarlo.

Pero no era únicamente la matanza del cerdo lo que estaba causando tal revuelo y emoción en el pueblo: Tex Lafayette iba a ir. Los carteles de aquel vaquero vestido de blanco, látigo en mano, estaban por todas partes, clavados con descuido en los postes y admirados por igual por niños pequeños y mujeres con mal de amores. En todos los asentamientos, el nombre del Vaquero Cantor se pronunciaba como si fuera una deidad, seguido de frases como: «¿Es cierto? ¿Irás a verle?».

La demanda era tal que ya no iba a actuar en el teatro, como se había planeado inicialmente, sino en la plaza del pueblo, donde estaban construyendo un escenario con palés viejos y tablones por el que, durante los días previos, los niños corrían dando gritos de alegría, haciendo que tocaban el banjo y agachando la cabeza al pasar, para evitar las collejas de los trabajadores malhumorados.

—¿Podríamos acabar antes hoy? Total, nadie va a estar leyendo. Toda la gente de quince kilómetros a la redonda está yendo hacia la plaza —dijo Beth, mientras sacaba el último libro de la alforja—. Vaya. Mirad qué le han hecho los niños de los Mackenzie al pobre *La isla del tesoro.* —La muchacha se agachó para recoger las páginas esparcidas por el suelo, maldiciendo.

—No veo por qué no —respondió Margery—. Sophia lo tiene todo bajo control y, de todos modos, ya es de noche.

—¿Quién es Tex Lafayette? —preguntó Alice.

Las cuatro mujeres se volvieron para mirarla.

—¿Que quién es Tex Lafayette? ¿No has visto *Qué verde es mi montaña* o *Echa el lazo a mi corazón?*

—Me encanta *Echa el lazo a mi corazón.* La canción del final me mata —dijo Izzy, exhalando un enorme suspiro de felicidad—. «No tuviste que atraparme...».

—«Porque ya soy tu feliz prisionero...» —se le unió Sophia.

—«No necesitas ninguna cuerda para echar el lazo a mi corazón...» —cantaron ambas al unísono, cada una de ellas sumida en su ensoñación.

Alice seguía sin enterarse de nada.

—¿Es que no vas al cinematógrafo? —preguntó Izzy—. Tex Lafayette sale en todas las películas.

—Puede arrancarle a un hombre con el látigo el cigarro encendido de la boca, sin rozarlo.

—Está como un queso.

—La mayoría de las noches estoy demasiado cansada para ir. Bennett va, a veces.

En realidad, a Alice se le habría hecho demasiado raro estar con su marido en la oscuridad. Y sospechaba que a él le pasaría lo mismo. Llevaban semanas esmerándose para que sus vidas se cruzaran lo menos posible. Ella se iba mucho antes de desayunar y, a la hora de la cena, él solía estar haciendo recados para el señor Van Cleve, o jugando al béisbol con sus amigos. Bennett dormía la mayoría de las noches en el diván del vestidor, así que incluso su figura se había vuelto poco familiar para ella. Y, si al señor Van Cleve el comportamiento de ambos le resultaba extraño, no lo comentaba. Él solía quedarse hasta bien entrada la noche en la mina y parecía enormemente preocupado por lo que fuera que estuviera pasando allí. Alice odiaba aquella casa con todas sus fuerzas, su tristeza y su historia opresiva. Estaba tan agradecida por no tener que pasar las veladas encerrada en la oscura salita con ellos dos que ni se preocupaba en cuestionar nada de aquello.

—Pero vendrás a ver a Tex Lafayette, ¿no? —le preguntó Beth, mientras se peinaba y se ajustaba la blusa delante del espejo. Al parecer, le gustaba uno de los chicos de la gasolinera, pero le había mostrado su afecto dándole un par de puñetazos fuertes en el brazo y ahora no tenía ni idea de qué hacer a continuación.

—No creo. Ni siquiera lo conozco.

—Mucho trabajo y poca diversión, Alice. Venga. Irá todo el pueblo. Hemos quedado con Izzy delante de la tienda y su madre le ha dado un dólar enterito para comprar algodón de azúcar. Si quieres sentarte, son solo cincuenta céntimos. O puedes quedarte de pie atrás y verlo gratis. Nosotras vamos a hacer eso.

—No sé. Bennett tiene que trabajar hasta tarde en Hoffman. Creo que debería irme a casa.

Sophia e Izzy empezaron a cantar otra vez e Izzy se sonrojó, como solía pasarle cuando cantaba delante de alguien.

Tu sonrisa me rodea como un lazo,
ha sido así desde que me encontraste.
No tuviste que perseguirme para echar el lazo a mi corazón...

Margery le quitó el espejito a Beth y comprobó si tenía la cara manchada. Luego, se frotó las mejillas con un pañuelo húmedo hasta que se quedó satisfecha.

—Bueno, Sven y yo vamos a ir al Nice 'N' Quick. Ha reservado una mesa arriba, para poder ver bien. Si quieres, puedes unirte a nosotros.

—Tengo cosas que hacer aquí —se excusó Alice—. Pero gracias. Puede que me reúna con vosotras más tarde.

Lo dijo para apaciguarlas y ellas lo sabían. En realidad, solo deseaba sentarse tranquilamente en la pequeña biblioteca. Le gustaba quedarse allí sola por las noches, leer apaciblemente bajo la tenue luz de la lámpara de aceite, escaparse a la blancura tropical de la isla de Robinson Crusoe, o a los mohosos pasillos de la escuela Brookfield del señor Chip. Si al llegar Sophia aún seguía allí, la mujer solía dejarla tranquila e interrumpirla solo para pedirle que pusiera un dedo sobre un trozo de tela mientras daba un par de puntadas, o para preguntarle si le parecía bien cómo había arreglado la cubierta de algún libro. Sophia no era una mujer que necesitara público, pero parecía sentirse mejor en compañía, así que, aunque hablaban poco entre ellas, aquel acuerdo había sido beneficioso para ambas durante las últimas semanas.

—Bueno. ¡Nos vemos luego, entonces!

Con un alegre gesto de despedida con la mano, las dos mujeres cruzaron las tablas del suelo pisando fuerte y luego bajaron las escaleras de fuera, todavía en pantalones de montar y botas. Mientras la puerta se abría, una ráfaga de ruido por anticipado entró en la pequeña habitación. La plaza ya estaba abarrotada, las risas y los silbidos llenaban el aire y había un grupo de música local tocando para animar a la multitud.

—¿Tú no vas a ir, Sophia? —preguntó Alice.

—Saldré a escuchar un poco a la parte de atrás, más tarde —dijo Sophia—. El viento viene en esta dirección —comentó, mientras enhebraba una aguja y cogía otro libro estropeado—. No me vuelven loca las multitudes —añadió luego, en voz baja.

Tal vez como una especie de claudicación, Sophia abrió la puerta de atrás y la sujetó con un libro para oír la música de la banda. Le resultaba imposible no seguir el ritmo con el pie, de vez en cuando. Alice se sentó en la silla del rincón, con el papel de escribir sobre el regazo, intentando redactar una carta para Gideon, pero la pluma seguía inmóvil en su mano. No tenía ni idea de qué contarle. En Inglaterra, todos creían que estaba disfrutando de una emocionante vida cosmopolita en Estados Unidos, llena de coches enormes y de momentos maravillosos. No sabía cómo transmitirle a su hermano su verdadera situación.

Detrás de ella, Sophia, que parecía conocer todas las canciones, tarareaba al son de los violines, a veces dejando que su voz hiciera de contrapunto y a veces añadiendo alguna letra. Tenía una voz suave, aterciopelada y tranquilizadora. Alice dejó la pluma y pensó con cierta melancolía en lo agradable que sería estar allí fuera con su antiguo esposo, el que la estrechaba entre sus brazos y le susurraba palabras de amor al oído, y cuyos ojos le habían prometido un futuro lleno de risas y romanticismo, en lugar de aquel al que sorprendía mirándola confuso de vez en cuando, como si no entendiera cómo ella había llegado allí.

—Buenas noches, señoras. —La puerta se cerró con suavidad detrás de Fred Guisler. Llevaba puesta una camisa azul perfectamente planchada y unos pantalones de traje, y se había quitado el sombrero para saludarlas. Alice se quedó un poco sorprendida al verlo sin su habitual camisa de cuadros y su mono—. He visto la luz encendida, pero he de decir que no esperaba encontrarlas aquí esta noche. Por el espectáculo que hay en el pueblo, me refiero.

—La verdad es que no soy admiradora suya —dijo Alice, cerrando el cuaderno de escribir.

—¿No podría convencerla? Aunque no le gusten las habilidades de los vaqueros, Tex Lafayette tiene un buen chorro de voz. Y hace una noche preciosa. Demasiado bonita como para quedarse aquí.

—Es muy amable, pero estoy bien aquí. Gracias, señor Guisler.

Alice, que esperaba que le dijera lo mismo a Sophia, se dio cuenta, un tanto asqueada, de lo que, por supuesto, era obvio para todos salvo para ella, de por qué las demás tampoco le habían insistido para que las acompañara. Una plaza llena de muchachos blancos borrachos y pendencieros no era un lugar seguro para Sophia. De pronto, Alice se percató de que tampoco tenía muy claro qué lugar podía ser seguro para Sophia.

—Bueno, voy a dar un paseíto para echar un vistazo. Pero después me pasaré por aquí y la llevaré a casa, señorita Sophia.

Hay bastante licor pululando por esa plaza esta noche y no estoy seguro de que vaya a ser un lugar agradable para una dama pasadas las nueve.

—Gracias, señor Guisler —dijo Sophia—. Se lo agradezco.

—Debería usted ir —le dijo Sophia, sin levantar la vista de su labor, mientras las pisadas de Fred se desvanecían en la calle oscura.

Alice removió unas cuantas hojas de papel sueltas.

—Es complicado.

—La vida es complicada. Por eso divertirse un poco cuando se puede es importante. —La mujer miró con el ceño fruncido una de las puntadas, antes de deshacerla—. Es difícil ser diferente a todos los demás de por aquí. Eso lo entiendo. De verdad. En Louisville, yo llevaba una vida muy distinta —comentó Sophia, y exhaló un suspiro—. Pero esas muchachas se preocupan por usted. Son sus amigas. Y aislarse de ellas no le va a facilitar las cosas.

Alice observó cómo una polilla revoloteaba alrededor de la lámpara de aceite. Al cabo de un rato, incapaz de soportarlo más, la cogió con cuidado entre las manos, cruzó la puerta entreabierta y la soltó.

—Se quedaría aquí sola.

—Ya soy mayorcita. Y el señor Guisler vendrá a recogerme.

Alice oyó cómo la música empezaba a sonar en la plaza y el rugido de satisfacción que anunciaba que el Vaquero Cantor había subido al escenario. La joven miró por la ventana.

—¿De verdad cree que debería ir?

Sophia dejó a un lado su labor.

—Por Dios, Alice, ¿necesita que escriba una canción sobre ello? ¡Eh! —le gritó la mujer, mientras Alice iba hacia la puerta delantera—. Deje que le arregle el pelo antes de salir. Las apariencias son importantes.

Alice se apresuró a volver y cogió el espejito. Se frotó la cara con el pañuelo, mientras Sophia le pasaba un cepillo por el pelo, se lo sujetaba con horquillas y chasqueaba la lengua mientras trabajaba con dedos ágiles. Cuando Sophia acabó, Alice buscó el carmín en el bolso y se pintó los labios de color coral, haciendo un mohín antes de frotarlos entre sí. Satisfecha, bajó la vista y se sacudió la camisa y los pantalones de montar.

—Mi indumentaria no tiene mucho remedio.

—Pero la mitad superior es hermosa como un sol. Y eso es lo que verá la gente.

Alice sonrió.

—Gracias, Sophia.

—Vuelva para contármelo todo. —La mujer regresó a su mesa y empezó de nuevo a dar golpecitos con el pie, ya medio perdida en la música distante.

Alice iba a mitad de camino, cuando aquel animalillo apareció. Cruzó furtivamente la sombría carretera y la mente de la muchacha, que ya estaba medio kilómetro por delante, en la plaza, tardó un rato en darse cuenta de que había algo delante de ella. Alice aminoró la marcha. ¡Era una ardilla de tierra! Se sentía rara, como si de tanto hablar de cerdos asesinados una niebla de tristeza se hubiera cernido sobre ella esa semana y se hubiera sumado a su ligera depresión. Para vivir en plena naturaleza, los habitantes de Baileyville no la respetaban en absoluto. Alice se detuvo, esperando a que la ardilla cruzara por delante de ella. Era muy grande, con una cola enorme y gruesa. En aquel momento, la luna se asomó por detrás de una nube y Alice cayó en la cuenta de que, al final, no era una ardilla, sino algo más oscuro y grande, con rayas blancas y negras. Observó al animal con el ceño fruncido, perpleja, y entonces, justo cuando la joven iba a dar un paso hacia delante, el bicho le dio la espalda, levantó la cola y la roció con un líquido. En un segundo, aquella sensación fue sustituida por el hedor más asqueroso que jamás había olido. Alice se quedó sin aliento y sintió náuseas, e intentó cubrirse la boca con la mano, resoplando. Pero no había escapatoria: tenía las manos, la camisa y el pelo llenos de aquel líquido. El bicho se alejó tranquilamente en medio de la noche, dejando a Alice sacudiéndose la ropa, como si agitando las manos y gritando pudiera hacer que aquello desapareciera.

El piso de arriba del Nice 'N' Quick estaba lleno de personas apiñadas contra la ventana repartidas en tres hileras, algunas gritando de emoción al ver al vaquero vestido de blanco que estaba abajo. Margery y Sven eran los únicos que seguían sentados en un reservado, uno al lado del otro, como les gustaba. Entre ellos estaban los restos de dos tés helados. Dos semanas antes, un fotógrafo local había pasado por allí y había persuadido a las bibliotecarias, que estaban en sus caballos delante del cartel de la Biblioteca Itinerante de la WPA, y las cuatro, Izzy, Margery, Alice y Beth, habían posado, una al lado de la otra, sobre sus monturas. Una copia de esa fotografía, con las cuatro mirando a la cámara, ocupaba ahora un lugar de honor en la pared de la cafetería, decorada por una hilera de banderines, y Margery no podía dejar de mirarla. No recordaba haber estado tan orgullosa de algo en toda su vida.

—Mi hermano está pensando en comprarse algunos de los terrenos de North Ridge. Bore McCallister dice que le hará un buen precio. Tal vez debería ir a medias con él. No puedo trabajar en las minas para siempre.

Margery volvió a centrarse en Sven.

—¿De cuánto terreno estás hablando?

—De unas ciento sesenta hectáreas. Hay mucha caza.

—Así que no te has enterado.

—¿De qué?

Margery extendió el brazo para sacar la plantilla de las cartas del bolso. Sven la abrió con cuidado y la leyó, antes de volver a dejarla en la mesa, delante de ella.

—¿Dónde has oído esto?

—¿Sabes algo al respecto?

—No. Dondequiera que vamos, ahora mismo solo se habla de acabar con la influencia del Sindicato de Mineros de Estados Unidos.

—He descubierto que ambas cosas van de la mano. Daniel McGraw, Ed Siddly, los hermanos Bray, todos esos sindicalistas viven en North Ridge. Si la nueva mina echa a esos hombres y a sus familias de sus hogares, será mucho más difícil para ellos organizarse. No querrán acabar como en Harlan, con una maldita guerra entre los mineros y sus patrones.

Sven se recostó en el asiento. Resopló y analizó la cara de Margery.

—Supongo que la carta es tuya —dijo Sven. Ella le sonrió con dulzura. El hombre se pasó la palma de la mano por la frente—. Por Dios, Marge. Ya sabes cómo son esos matones. ¿Es que llevas los problemas en la sangre? No, no me contestes a eso.

—No puedo quedarme de brazos cruzados mientras destrozan estas montañas, Sven. ¿Sabes qué hicieron en Great White Gap?

—Sí, lo sé.

—Volaron el valle entero, contaminaron el agua y desaparecieron de la noche a la mañana cuando se agotó el carbón. Todas esas familias se quedaron sin trabajo y sin casa. No permitiré que hagan lo mismo aquí.

Sven cogió la carta y volvió a leerla.

—¿Alguien más lo sabe?

—Hay dos familias que ya han acudido al consultorio jurídico. He encontrado libros de Derecho en los que pone que los propietarios de las minas no pueden volar los terrenos si las familias no han firmado esos contratos genéricos que ceden todos los derechos a las minas. Casey Campbell ayudó a su padre a leer todo el papeleo. —Suspiró satisfecha y dio un golpe en la mesa con el dedo—. No hay nada más peligroso que una mujer armada con algunos conocimientos. Aunque tenga doce años.

—Si alguien en Hoffman descubre que eres tú, habrá problemas. —Ella se encogió de hombros y le dio un trago a su bebida—. En serio. Ten cuidado, Marge. No quiero que te suceda nada. Van Cleve tiene a hombres en nómina detrás de esta lucha sindical. Hombres de fuera del pueblo. Ya has visto lo que ha ocurrido en Harlan. No podría... No podría soportar que te pasara algo.

Margery levantó la vista hacia él.

—No irás a ponerte sentimental conmigo, ¿verdad, Gustavsson?

—Lo digo en serio. —El hombre se volvió hasta que su cara estuvo a solo unos centímetros de la de ella—. Te quiero, Marge.

Ella estuvo a punto de hacer una broma, pero captó algo poco familiar en la cara de Sven, cierta seriedad y vulnerabilidad, y las palabras se apagaron en sus labios. Los ojos de Sven buscaron los de ella y sus dedos envolvieron los de Margery, como si su mano pudiera decir lo que él no podía. Margery lo miró a los ojos hasta que se oyó un clamor en la cafetería y, entonces, apartó la vista. Allá abajo, Tex Lafayette empezó a cantar *Yo nací en el valle,* entre gritos de emoción.

—Madre mía, esas muchachas se van a volver locas —murmuró Margery.

—Creo que lo que has querido decir es: «Yo también te quiero» —contestó Sven, al cabo de un instante.

—Esos cartuchos de dinamita deben de haberte hecho algo en los oídos. Estoy segura de habértelo dicho hace siglos

—replicó Margery y, negando con la cabeza, Sven la atrajo de nuevo hacia él y la besó hasta que ella dejó de sonreír.

Mientras intentaba abrirse camino a través de la plaza atestada del pueblo, Alice pensó que daba igual dónde hubiera quedado con sus amigas: aquello estaba tan oscuro y lleno de gente que las posibilidades de encontrarlas eran escasas. El aire olía a la cordita de los petardos, a humo de tabaco, a cerveza y al azúcar quemado del algodón de los puestos que habían montado para esa noche, aunque ella apenas podía distinguir ninguno de esos olores. Allá donde iba, la gente aguantaba la respiración ruidosamente, retrocedía frunciendo el ceño y se tapaba la nariz.

—¡Señora, la ha rociado una mofeta! —le gritó un muchacho pecoso, cuando pasó a su lado.

—No me digas —le espetó ella, malhumorada.

—Santo Dios —exclamaron dos chicas, mientras se apartaban y hacían un mohín mirando a Alice—. ¿Esa es la esposa inglesa de Van Cleve?

Alice notaba que las personas se apartaban como olas a su alrededor, a medida que se iba acercando al escenario.

Al cabo de unos instantes, lo vio. Bennett estaba de pie, cerca de la esquina del bar provisional, sonriendo y con una cerveza Hudepohl en la mano. Ella se quedó mirándolo, observando su sonrisa distendida y sus hombros sueltos y relajados bajo su camisa azul buena. Alice se fijó, distraídamente, en que parecía estar mucho más a gusto cuando no estaba con ella. La sorpresa que le causó que él no estuviera en realidad trabajando se vio reemplazada por una especie de melancolía, por el recuerdo del hombre del que se había enamorado. Mientras lo observaba, preguntándose si debería acercarse para hablarle de su desastrosa noche, una muchacha que estaba justo a la izquierda de Bennett se volvió y levantó una botella de refresco de cola.

Era Peggy Foreman. La joven se acercó a él y le dijo algo que le hizo reír. El hombre asintió, todavía con la mirada puesta en Tex Lafayette. Luego miró a la chica y en su cara se dibujó una sonrisa bobalicona. A Alice le entraron ganas de ir corriendo hacia él y quitar de en medio a esa muchacha. De ocupar su lugar en los brazos de su marido, de que él le sonriera con dulzura, como hacía antes de que se casaran. Pero mientras seguía allí parada, la gente se alejaba de ella riéndose o murmurando: «Una mofeta». Los ojos se le llenaron de lágrimas y, cabizbaja, empezó a abrirse camino de nuevo para retroceder entre la multitud.

—¡Eh!

Alice apretó la mandíbula mientras caminaba entre los cuerpos que se empujaban entre sí, ignorando las burlas y las risas que parecían aumentar a su alrededor, mientras la música se desvanecía a lo lejos. Agradeció que la oscuridad impidiera que vieran quién era, mientras se secaba las lágrimas.

—Dios santo. ¿Habéis olido eso?

—¡Eh! ¡Alice!

Giró la cabeza y vio a Fred Guisler, que se abría camino entre la multitud para llegar hasta ella, con un brazo extendido.

—¿Se encuentra bien? —le preguntó el hombre, que tardó un par de segundos en reparar en el olor. Ella vio la sorpresa dibujada en su rostro, como un «puaj» silencioso, y, casi de inmediato, su resuelto intento de ocultarlo. Fred le rodeó los hombros con un brazo y la guio con decisión entre la multitud—. Venga. Volvamos a la biblioteca. ¿Queréis moveros? Tenemos que pasar.

Les llevó diez minutos volver andando por la oscura carretera. En cuanto dejaron atrás el centro del pueblo, lejos de la multitud, Alice abandonó el cobijo de su brazo y se alejó hacia un extremo de la calzada.

—Es muy amable. Pero no es necesario.

—No pasa nada. En realidad, casi no tengo sentido del olfato. El primer caballo que domé me dio una coz en la nariz con una de las patas traseras y, desde entonces, no he vuelto a ser el mismo.

Alice sabía que estaba mintiendo, pero le dedicó una sonrisa taciturna por su amabilidad.

—No la pude ver bien, pero creo que era una mofeta. Se paró delante de mí y...

—Era una mofeta, desde luego. —El hombre intentó no reírse.

Alice lo miró, con las mejillas encendidas. Estaba a punto de echarse a llorar, pero algo en la expresión de Fred pudo con ella y, para su sorpresa, en lugar de ello se echó a reír.

—Es lo peor del mundo, ¿verdad?

—¿Sinceramente? Ni se acerca.

—Vale, ahora estoy intrigado. ¿Qué es lo peor, entonces?

—No puedo decírselo.

—¿Dos mofetas?

—Deje de reírse de mí, señor Guisler.

—No pretendía herir sus sentimientos, señora Van Cleve. Es que es tan inverosímil... Una muchacha como usted, tan bonita y refinada y todo eso... Y ese olor...

—Eso no ayuda.

—Lo siento. Oiga, pase por mi casa antes de ir a la biblioteca. Puedo darle ropa limpia para que, al menos, pueda volver a casa sin que se arme un revuelo.

Caminaron en silencio los últimos metros y abandonaron la carretera principal para subir por el sendero que conducía a la casa de Fred Guisler. Alice se percató de que, como estaba detrás de la biblioteca y alejada de la carretera, apenas se había fijado en ella hasta entonces. Había luz en el porche y la muchacha subió las escaleras de madera detrás de él, mirando hacia la izquierda, donde, a unos cien metros de distancia, la luz de la biblioteca aún seguía encendida, solo visible desde ese lado de la carretera a través de una pequeña grieta en la puerta. Se imaginó a Sophia dentro, trabajando duro remendando libros viejos para dejarlos como nuevos, canturreando al son de la música. Entonces, Fred abrió la puerta y se apartó para dejarla entrar.

Por lo que había visto hasta el momento, los hombres que vivían solos en Baileyville llevaban una vida muy austera, sus cabañas eran funcionales y apenas tenían muebles, sus hábitos eran frugales y, a menudo, su higiene cuestionable. La casa de Fred tenía el suelo de madera pulida, encerada y brillante por los años de uso; había una mecedora en una esquina, una alfombra azul de jarapa delante de ella, y una gran lámpara de latón que emitía un suave resplandor sobre una estantería repleta de libros. La pared estaba llena de cuadros y, enfrente de ella, había una silla tapizada con vistas a la parte de atrás de la cabaña y al gran establo de Fred, abarrotado de caballos. El gramófono estaba sobre una mesa de caoba pulidísima y una intrincada colcha antigua de retales estaba pulcramente doblada a su lado.

—Pero ¡si esto es precioso! —exclamó Alice, dándose cuenta al momento del insulto que implicaban sus palabras.

Fred no pareció darse por aludido.

—No todo es cosa mía —admitió el hombre—. Pero intento mantenerlo bonito. Un momento.

Alice se sentía mal por llenar con su hedor aquel hogar cómodo y de olor dulce. Se cruzó de brazos y frunció el ceño mientras el hombre corría escaleras arriba, como si aquello pudiera contener el mal olor. Fred volvió en unos minutos, con dos vestidos sobre el brazo.

—Debería servirle alguno.

Ella levantó la vista.

—¿Tiene vestidos?

—Eran de mi esposa. —Alice parpadeó—. Deme su ropa y la pondré en vinagre. Eso ayudará. Cuando se la lleve a casa, dígale a Annie que la meta en la bañera con bicarbonato y jabón. Ah, y hay una toallita limpia en la repisa.

Alice se volvió y Fred señaló un baño, en el que ella entró. Se desnudó, sacó la ropa entreabriendo la puerta y se lavó la cara y las manos, frotándose la piel con la toallita y con jabón de sosa. Aquel olor acre se negaba a abandonarla y casi le causaba náuseas dentro de la cálida y pequeña habitación, así que se frotó lo más fuerte que pudo sin desollarse. Después cayó en la cuenta de que debía echarse una jarra de agua por la cabeza y frotarse el pelo con jabón; luego lo aclaró y se lo secó vigorosamente con una toalla. Finalmente, se deslizó dentro del vestido verde. Era lo que su madre habría llamado un vestido de tarde, con las mangas cortas, estampado floral y cuello de encaje blanco. Le quedaba un poco flojo en la cintura, pero al menos olía a limpio. Había un frasco de perfume sobre un armarito. Lo olió y se echó un poco sobre el pelo mojado.

Salió unos minutos después y se encontró a Fred de pie, al lado de la ventana, observando la plaza del pueblo iluminada. El hombre se volvió, claramente con la mente en otra parte, y se sobresaltó, probablemente al ver el vestido de su mujer. Pero se recuperó con rapidez y le ofreció un vaso de té helado.

—He pensado que le vendría bien.

—Gracias, señor Guisler. —Alice bebió un sorbo—. Me siento como una tonta.

—Fred, por favor. Y no se sienta mal. Ni por un instante. A todos nos ha pasado.

Alice se quedó parada unos instantes. De repente, se sentía rara. Estaba en casa de un desconocido y llevaba puesto el vestido de su difunta esposa. No sabía qué hacer con las manos.

Se oyó un estruendo procedente del pueblo y la turbación se dibujó en su rostro.

—Madre mía, no solo he atufado su preciosa casa, sino que además le he hecho perderse a Tex Lafayette. Lo siento muchísimo.

Él negó con la cabeza.

—No pasa nada. No podía dejarla así, con esa...

—¡Caray con las mofetas! —exclamó Alice alegremente, pero Fred seguía con cara de preocupación, como si supiera que el olor no era lo único que la había hecho sentirse tan mal—. Aun así, si volvemos, seguro que le da tiempo a ver el resto. Tenía razón. Es muy bueno. No es que haya oído mucho, entre una cosa y otra, pero no me extraña que sea tan popular. Desde luego, parece que la gente lo adora.

—Alice...

—Dios mío. Mire qué hora es. Será mejor que me vaya. —La joven pasó por delante de él para ir hacia la puerta, con la cabeza gacha—. Usted debería regresar a ver el espectáculo. Yo iré andando a casa. Está muy cerca.

—La llevaré en coche.

—¿Por si aparece otra mofeta? —preguntó Alice, con una risa aguda y nerviosa. Aquella voz tampoco parecía la suya—. De verdad, señor Guisler..., Fred. Ya ha sido muy amable conmigo y no quiero causarle más problemas. De verdad. No...

—La llevaré —zanjó el hombre con firmeza. Acto seguido, cogió la chaqueta que había dejado sobre el respaldo de una silla y luego una mantita que estaba sobre el respaldo de otra, para ponérsela a Alice sobre los hombros—. Ha refrescado.

Salieron al porche. De repente, Alice se fijó en cómo la miraba Frederick Guisler, como si quisiera ver más allá de lo que ella decía o hacía, para descubrir su verdadero significado. Resultaba curiosamente turbador. La joven se tropezó con los escalones del porche y el hombre extendió una mano para sujetarla. Alice se aferró a ella y la soltó de inmediato, como si pinchara.

«Por favor, que no diga nada más», pensó. Tenía de nuevo las mejillas en llamas y se sentía confusa. Pero, cuando levantó la vista, el hombre no la estaba mirando.

—¿La puerta estaba así cuando entramos? —Fred estaba observando la parte de atrás de la biblioteca. La puerta, que antes estaba entreabierta para que pudiera entrar el sonido de la música, estaba ahora abierta de par en par. Se oyeron una serie de golpes distantes e irregulares, que venían de dentro. El hombre se quedó inmóvil y luego se volvió hacia Alice. Ya no estaba tan tranquilo como antes—. Espere aquí.

Fred volvió a entrar rápidamente y, al cabo de un instante, salió de la casa con un enorme rifle de dos cañones. Alice se apartó para dejarlo pasar y se quedó mirándolo mientras él iba hacia la biblioteca. Entonces, incapaz de contenerse, lo siguió a unos pasos de distancia, caminando de puntillas sobre la hierba del camino de atrás, sin hacer ruido.

—¿Qué está pasando aquí, muchachos?

Frederick Guisler se detuvo en el umbral de la puerta. Detrás de él, Alice, con el corazón en un puño, solo alcanzaba a ver los libros tirados por el suelo y una silla volcada. Había dos, no, tres jóvenes en la biblioteca, vestidos con tejanos y camiseta. Uno tenía una botella de cerveza en la mano y otro un montón de libros que dejó caer con provocadora deliberación al ver a Fred. Alice vislumbró a Sophia de pie, agarrotada, en una esquina, mirando fijamente un punto indeterminado del suelo.

—Hay una mujer de color en su biblioteca —farfulló uno los chicos con voz nasal, a causa de la bebida.

—Así es. Y aquí estoy tratando de comprender qué te importa a ti eso.

—Este sitio es para blancos. Ella no debería estar aquí.

—Eso —dijeron los otros dos jóvenes en tono burlón, envalentonados por la cerveza.

—¿Ahora eres tú el director de esta biblioteca? —preguntó Fred, con voz glacial. Alice nunca lo había oído hablar en aquel tono.

—No voy a...

—Te he preguntado si eres tú quien gestiona esta biblioteca, Chet Mitchell.

El chico miró hacia los lados, como si el hecho de escuchar su propio nombre le hubiera recordado las consecuencias que podría tener aquello.

—No.

—Entonces, te recomiendo que te vayas. Fuera los tres. Antes de que se me resbale el rifle y haga algo de lo que me arrepienta.

—¿Me está amenazando por una mujer de color?

—Te estoy explicando lo que pasa cuando un hombre encuentra a tres idiotas borrachos en su propiedad. Y, si quieres, también puedo explicarte lo que pasa cuando esos idiotas no se van en cuanto les echan. Aunque no creo que te haga mucha gracia.

—No sé por qué la defiende. ¿Le va el chocolate, o qué?

Rápido como un rayo, Fred agarró al muchacho por el cuello y lo estrujó contra la pared, apretando tanto el puño que los nudillos se le pusieron blancos. Alice retrocedió, conteniendo la respiración.

—No me provoques, Mitchell.

El chico tragó saliva y levantó las manos.

—Solo era una broma —dijo, medio asfixiado—. ¿Ya no se puede bromear con usted, señor Guisler?

—No veo que nadie más se esté riendo. Fuera de aquí ahora mismo. —Fred soltó al muchacho, a quien le temblaban

las rodillas. Éste se frotó el cuello, miró nervioso a sus amigos
y luego, cuando Fred dio un paso hacia delante, se escabulló
por la puerta de atrás. Alice, con el corazón desbocado, retrocedió mientras los tres salían a trompicones, colocándose la
ropa con silenciosa bravuconería, antes de alejarse sin abrir
boca por el sendero de gravilla. Los muchachos recuperaron el
valor cuando estuvieron fuera de su alcance.

—¿Le va el chocolate, Frederick Guisler? ¿Por eso se fue
su mujer?

—De todos modos, su puntería es una mierda. ¡Lo he
visto cazando!

A Alice le entraron ganas de vomitar. Se recostó sobre la
pared del fondo de la biblioteca. Una fina capa de sudor le
empapaba la espalda. Su corazón solo se calmó cuando los muchachos desaparecieron al doblar la esquina. Oyó a Fred dentro, recogiendo libros y poniéndolos sobre la mesa.

—Lo siento, señorita Sophia. Debería haber venido antes.

—Tranquilo. La culpa es mía, por haber dejado la puerta
abierta.

Alice subió lentamente los escalones. Sophia ni se había
inmutado, o eso parecía. Estaba inclinada recogiendo libros
y comprobando si habían sufrido daños, limpiando el polvo
de sus cubiertas y chasqueando la lengua al ver las etiquetas
rotas. Pero cuando Fred se volvió para colocar una estantería
que se había salido de los anclajes, Alice vio que Sophia extendía la mano para apoyarse en el escritorio, apretando fugazmente los nudillos sobre el borde. La joven decidió entrar
y, sin mediar palabra, empezó también a recoger. Los álbumes
de recortes que Sophia había estado haciendo con tanto esmero estaban hechos trizas delante de ella. Los libros cuidadosamente remendados estaban de nuevo rotos y esparcidos
por la habitación, con las páginas sueltas todavía revolotean-
do en su interior.

—Me quedaré hasta más tarde esta semana y le ayudaré a arreglarlos —dijo Alice—. Es decir..., si decide volver —añadió, al ver que Sophia no respondía.

—¿Cree que un puñado de mocosos engreídos me va a impedir hacer mi trabajo? Todo irá bien, señorita Alice. —La mujer hizo una pausa y esbozó una sonrisa tensa—. Pero me vendría bien su ayuda, gracias. Hay mucho que hacer.

—Hablaré con los Mitchell —dijo Fred—. No pienso tolerar que esto vuelva a suceder.

Su voz se fue suavizando y su cuerpo se fue tranquilizando mientras se movía por la pequeña cabaña. Pero Alice se fijó en que, cada pocos minutos, volvía a mirar por la ventana y solo se relajó cuando las dos mujeres estuvieron en el coche, listas para que las llevara a casa.

8

Dada la rapidez con que se propagaban las noticias en Baileyville, donde los chismes empezaban como un goteo y acababan extendiéndose entre sus habitantes como un torrente incontenible, los comentarios sobre el puesto de Sophia Kenworth en la Biblioteca Itinerante y los destrozos que habían causado en ella tres hombres del lugar se consideraron de inmediato suficientemente serios como para justificar la celebración de una reunión en el pueblo.

Alice estaba de pie al fondo, en una esquina, con Margery, Beth e Izzy, mientras la señora Brady se dirigía a la concurrencia. Bennett estaba sentado en la segunda fila, al lado de su padre.

—¿No te sientas, muchacha? —le había preguntado el señor Van Cleve, mirándola de arriba abajo al entrar.

—Estoy bien aquí, gracias —había respondido ella, viendo cómo el hombre se volvía hacia su hijo con cara de desaprobación.

—Siempre nos hemos enorgullecido de ser un pueblo amable y pacífico —estaba diciendo la señora Brady—. No queremos convertirnos en el tipo de lugar donde los camorristas campan a sus anchas. He hablado con los padres de los jóvenes involucrados y les he dejado claro que no podemos tolerar esto. Una biblioteca es un lugar sagrado. Un templo del aprendizaje. Y no debería convertirse en una diana solo porque sus empleadas sean mujeres.

—Me gustaría añadir algo, señora Brady. —Fred dio un paso al frente. Alice recordó la forma en que la había mirado la noche del espectáculo de Tex Lafayette, la extraña intimidad de su baño, y notó que su piel se enrojecía, como si hubiera hecho algo de lo que avergonzarse. Le había dicho a Annie que el vestido verde era de Beth. Y esta había elevado la ceja izquierda hacia el cielo—. La biblioteca está en mi viejo establo —dijo Fred—. Eso significa, en caso de que alguien tenga alguna duda, que se encuentra dentro de mi propiedad. Así que no me hago responsable de lo que les pueda pasar a los intrusos. —El hombre recorrió la sala con la mirada, lentamente—. Todo aquel que crea que puede entrar ahí dentro sin mi permiso o sin el de estas damas, tendrá que responder ante mí.

Fred miró a Alice mientras volvía a sentarse y la joven notó que volvía a ruborizarse.

—Entiendo que quiera defender su propiedad, Fred —dijo Henry Porteous, poniéndose en pie—. Pero hay problemas más importantes que tratar aquí. Muchos de nuestros vecinos, yo entre ellos, estamos preocupados por el impacto que esta biblioteca está teniendo en nuestro pueblo. Hay rumores de que las mujeres ya no se hacen cargo de la casa porque están demasiado ocupadas leyendo revistas de moda o novelitas baratas. Hay niños que aprenden conceptos perturbadores en los libros de historietas. Nos resulta difícil controlar el tipo de influencias que entran en nuestras casas.

—¡Solo son libros, Henry Porteous! ¿Cómo cree que aprendieron los grandes eruditos de antaño? —La señora Brady cruzó los brazos sobre el pecho formando una repisa sólida e infranqueable.

—Apostaría un dólar contra diez centavos a que esos grandes eruditos no leían *El apasionado jeque de Arabia,* o con lo que fuera que mi hija estuviera perdiendo el tiempo el otro día. ¿De verdad queremos que sus mentes se contaminen con esas cosas? A mí no me hace ninguna gracia que mi hija crea que puede fugarse con un egipcio.

—Su hija tiene tantas posibilidades de volverse loca por un jeque de Arabia como yo de convertirme en Cleopatra.

—Nunca se sabe.

—¿Quiere que revise todos los libros de la biblioteca en busca de cosas que le puedan resultar folletinescas, Henry Porteous? Hay más historias controvertidas en la Biblia que en una revista como el *Pictorial Review,* y lo sabe.

—Vaya, empieza usted ya a sonar igual de sacrílega.

La señora Beidecker se levantó.

—¿Puedo hablar? Me gustaría dar las gracias a las señoras de los libros. Nuestros alumnos disfrutan mucho de los nuevos libros y del material didáctico, y los libros de texto han demostrado ser muy útiles para ayudarles a progresar. Yo hojeo todos los libros de historietas antes de dárselos, solo para conocer su contenido, y no he descubierto absolutamente nada que pueda preocupar ni siquiera a las mentes más sensibles.

—Pero ¡usted es extranjera! —la interrumpió el señor Porteous.

—La señora Beidecker ha entrado a formar parte de nuestra escuela con unas referencias inmejorables —exclamó la señora Brady—. Y lo sabe perfectamente, Henry Porteous. ¿O es que su propia sobrina no asiste a sus clases?

—Bueno, tal vez no debería.

—¡Calma! ¡Calma! —El pastor McIntosh se puso en pie—. Nos estamos alterando. Y sí, señora Brady, es cierto que algunos de nosotros tenemos nuestras reservas sobre el impacto de esta biblioteca sobre las mentes en desarrollo, pero...

—Pero ¿qué?

—Obviamente, aquí hay otro problema subyacente... Que es el hecho de emplear a una persona de color.

—¿Y por qué iba a ser eso un problema, pastor?

—Puede que usted esté a favor de los aires progresistas, señora Brady, pero mucha gente de este pueblo no cree que las personas de color deban entrar en nuestras bibliotecas.

—Eso es verdad —dijo el señor Van Cleve, levantándose y escrutando aquel mar de rostros blancos—. La Ley de Vivienda Pública de 1933 autoriza, y cito textualmente: «La creación de bibliotecas segregadas para las diferentes razas». La chica de color no debería estar en nuestra biblioteca. ¿Cree estar por encima de la ley, Margery O'Hare?

A Alice le dio un vuelco el corazón, pero Margery dio un paso hacia delante, sumamente tranquila.

—No.

—¿No?

—No. Porque la señorita Sophia no está usando la biblioteca. Solo trabaja allí. —Margery le sonrió con dulzura a Van Cleve—. Le hemos dejado muy claro que bajo ningún concepto puede abrir nuestros libros para leerlos.

Se oyeron unas risas ahogadas.

El rostro del señor Van Cleve se ensombreció.

—No puede dar trabajo a una mujer de color en una biblioteca para blancos. Va contra la ley y va contra natura.

—Así que no cree que debamos darles trabajo.

—No lo digo yo. Lo dice la ley.

—Me sorprenden enormemente sus quejas, señor Van Cleve —replicó Margery.

—¿Qué quiere decir con eso?

—Pues que dado el número de empleados de color que tiene en su mina...

La concurrencia contuvo el aliento.

—Eso no es cierto.

—Conozco a la mayoría de ellos personalmente, como la mitad de la gente de bien de este pueblo. Que los registre como mulatos en sus libros no cambia los hechos.

—Vaya —dijo Fred entre dientes—. Le ha dado donde más le duele.

Margery se inclinó hacia atrás contra la mesa.

—Los tiempos están cambiando y las personas de color están empezando a trabajar en todo tipo de ámbitos. La señorita Sophia está plenamente capacitada y hace que cierto material publicado, que de otra forma no podría estar en las estanterías, pueda seguir usándose. ¿Les suena *La Gaceta de Baileyville*? ¿A todos les gusta, verdad? Con sus recetas, sus historias y todo eso. —Se oyó un murmullo de aprobación—. Pues todo eso es trabajo de la señorita Sophia. Coge libros y revistas estropeados y cose todo aquello que puede salvar, para crear libros nuevos para ustedes. —Margery se inclinó hacia delante para sacudirse algo de la chaqueta—. Yo no sé coser así y mis chicas tampoco y, como bien saben, apenas tenemos voluntarios. La señorita Sophia no sale a caballo, no visita a las familias y ni siquiera elige los libros. Simplemente hace las tareas del hogar para nosotras, por así decirlo. Así que, hasta que no haya una norma para todos, señor Van Cleve, para usted y sus minas y para mí y mi biblioteca, seguirá siendo mi empleada. Espero que esto les resulte aceptable a todos.

Margery asintió y cruzó el centro de la sala camino de la salida con paso tranquilo y la cabeza bien alta.

La puerta mosquitera se cerró de golpe tras ellos, con un fuerte ruido. Alice no había abierto la boca en todo el viaje de vuelta de la sala de reuniones. Iba caminando bastante por detrás de ambos hombres y podía oír el tipo de improperios ahogados que sugerían una explosión volcánica inminente. No tuvo que esperar mucho.

—¿Quién diablos se cree que es esa mujer, intentando avergonzarme delante de todo el pueblo?

—No creo que nadie pensara que tú... —empezó a decir Bennett, pero su padre lanzó el sombrero sobre la mesa y lo interrumpió.

—¡No ha dado más que problemas durante toda su vida! Y antes que ella, el delincuente de su padre. ¿Y ahora se planta ahí, intentando hacerme quedar como un idiota delante de mi propia gente?

Alice se detuvo en la puerta de entrada, preguntándose si podría escabullirse arriba sin que nadie se diera cuenta. Sabía por experiencia que las rabietas del señor Van Cleve raras veces se consumían rápido: las alimentaba con bourbon y continuaba gritando y vociferando hasta bien entrada la noche.

—A nadie le importa lo que diga esa mujer, papá —insistió Bennett.

—¡Esos negros están registrados como mulatos en mi mina porque tienen la piel clara! ¡Clara! ¡Es así!

Alice pensó en la piel oscura de Sophia y se preguntó cómo era posible que, siendo hermana de un minero, tuvieran cada uno un color de piel totalmente distinto. Pero no dijo nada.

—Creo que me voy arriba —dijo en voz baja.

—No puedes quedarte ahí, Alice.

«Por Dios, que no me haga sentarme con él en el porche», pensó la joven.

—Pues me iré...

—Me refiero a esa biblioteca. No trabajarás más allí, con esa chica.

—¿Qué?

Alice sintió como si aquellas palabras se enroscaran alrededor de ella, asfixiándola.

—Presentarás tu renuncia. No quiero que mi familia esté en contacto con la de Margery O'Hare. Me da igual lo que piense Patricia Brady: ella ha perdido la cabeza, como el resto. —Van Cleve fue hacia el mueble bar y se sirvió un gran vaso de bourbon—. Además, ¿cómo diablos ha visto esa chica lo que pone en los libros de la mina? No me extrañaría que se hubiera colado a hurtadillas. Le prohibiré acercarse a Hoffman.

Se hizo el silencio. Y, entonces, Alice escuchó su propia voz.

—No.

Van Cleve levantó la vista.

—¿Qué?

—Que no. No pienso dejar la biblioteca. No estoy casada con usted, no puede decirme lo que tengo que hacer.

—¡Harás lo que yo te diga! ¡Estás viviendo bajo mi techo, jovencita!

Alice ni pestañeó.

El señor Van Cleve la miró fijamente, luego se volvió hacia Bennett y le hizo un gesto con la mano.

—¿Bennett? Mete en vereda a tu mujer.

—No voy a dejar la biblioteca.

El señor Van Cleve se puso lívido.

—¿Necesitas un bofetón, muchacha?

Fue como si el aire de la habitación desapareciera. Alice miró a su marido. «No te atrevas a ponerme la mano encima», le dijo con la mirada. La cara del señor Van Cleve estaba tensa y respiraba entrecortadamente. «Ni se te ocurra». La mente de Alice se aceleró, mientras se preguntaba, de pronto, qué haría si él le levantaba la mano. ¿Devolvérsela? ¿Había por allí algo que pudiera usar para protegerse? «¿Qué haría Margery?», pensó. Se fijó en el cuchillo que había sobre la tabla de cortar pan y en al atizador que estaba al lado de la estufa. Pero Bennett bajó la mirada y tragó saliva.

—Debería seguir en la biblioteca, papá.

—¿Qué?

—Le gusta estar allí. Está haciendo... un buen trabajo. Ayudando a la gente y todo eso.

Van Cleve miró fijamente a su hijo. Los ojos se le salían de las órbitas en aquella cara roja como un tomate, como si alguien le estuviera apretando el cuello.

—¿Tú también has perdido la maldita cabeza? —Los miró a los dos con las mejillas en llamas y los nudillos blancos, como preparándose para una explosión que nunca llegó. Finalmente, se bebió el resto del bourbon de un trago, posó el vaso de golpe y se fue de la casa, dejando la puerta mosquitera oscilando sobre las bisagras a su paso.

Bennett y Alice se quedaron de pie en la silenciosa cocina, escuchando cómo el señor Van Cleve ponía en marcha el Ford Sedan y este se alejaba, rugiendo.

—Gracias —dijo Alice. Bennett exhaló un largo suspiro y le dio la espalda. La joven se preguntó si habría cambiado algo. Si el hecho de enfrentarse a su padre podría alterar lo que fuera que iba tan mal entre ellos. Pensó en Kathleen Bligh y en su marido, en cómo Kathleen le acariciaba la cabeza al pasar, o ponía las manos sobre las de él, incluso mientras Alice le leía. La forma en que Garrett, aun enfermo y frágil como estaba, extendía la mano hacia ella y su rostro vacío encontraba siempre aunque fuera la más leve de las sonrisas para su esposa. Alice dio un paso hacia Bennett, preguntándose si podría cogerle la mano. Pero, como si le leyera la mente, él se guardó las dos en los bolsillos—. Bueno, te lo agradezco —susurró la joven, volviendo a retroceder. Y entonces, como él no decía nada, le sirvió una copa y se fue arriba.

Garrett Bligh murió dos días después, tras semanas vagando por un territorio extraño y recóndito, mientras sus seres queridos intentaban adivinar si le fallarían antes los pulmones o el corazón. La noticia se extendió por la montaña y la campana dobló treinta y cuatro veces, para que todos los vecinos supieran quién se había ido. Al finalizar la jornada laboral, los hombres del vecindario se reunieron en casa de los Bligh con varias prendas de ropa buena, por si Kathleen no tenía ninguna, dispuestos a preparar, lavar y vestir al cadáver, como era costumbre en el lugar. Otros empezaron a construir el ataúd, que iría forrado de algodón y seda.

La noticia llegó a la Biblioteca Itinerante con un día de retraso. Margery y Alice, por acuerdo tácito, repartieron sus rutas entre Beth e Izzy lo mejor que pudieron, y luego salieron juntas hacia la casa. Las montañas, en lugar de impedir el paso del viento cortante, hacían las veces de embudo, y Alice recorrió todo el camino a caballo con la barbilla pegada al cuello, preguntándose qué diría al llegar a la pequeña casa y deseando haber tenido una postal adecuada que ofrecerles o, tal vez, un ramillete de flores. En Inglaterra, una casa en duelo era un lugar silencioso, de conversaciones veladas, oscurecido por un manto de tristeza, o de incomodidad, dependiendo de cuánto se conocía o se quería al difunto. A Alice, que siempre se las arreglaba para decir algo equivocado, aquellos momentos de silencio le resultaban opresivos, como una trampa en la que sin duda acabaría cayendo.

Sin embargo, cuando llegaron a lo alto de Hellmouth Ridge, no encontraron nada que sugiriera silencio: empezaron a dejar atrás coches y carros que habían tenido que ser abandonados al borde del camino porque ya era imposible pasar y, cuando llegaron a la casa, vieron asomar en el granero las cabezas de varios caballos de desconocidos resoplándose entre ellos, mientras un cántico amortiguado llegaba del interior.

Alice se fijó en una pequeña ladera de pinos donde había tres hombres cavando, vestidos con abrigos gruesos, mientras sus picos llenaban el aire de sonidos metálicos al golpear la roca. Tenían los rostros amoratados y exhalaban pálidas nubes grises.

—¿Lo va a enterrar aquí? —le preguntó a Margery.

—Sí. Toda su familia está ahí arriba.

Alice se fijó entonces en una serie de losas de piedra, unas grandes y otras desgarradoramente pequeñas, que contaban la historia familiar de los Bligh en la montaña desde hacía generaciones.

El interior de la cabaña estaba lleno hasta la bandera. Habían puesto la cama de Garrett Bligh a un lado y la habían cubierto con una colcha, para que la gente pudiera sentarse. No había ni un centímetro que no estuviera lleno de niños pequeños, bandejas de comida o matriarcas cantando. Estas saludaron con la cabeza a Alice y Margery cuando entraron, para no interrumpir su canción. Las ventanas que, por lo que Alice recordaba, carecían de cristales, tenían los postigos echados y solo las lámparas de carburo y las velas iluminaban la penumbra, así que era difícil saber desde dentro si era de día o de noche. Uno de los niños de los Bligh estaba sentado en el regazo de una mujer de barbilla prominente y mirada amable, y los otros estaban acurrucados con Kathleen, que tenía los ojos cerrados y también estaba cantando, aunque era la única del grupo que se encontraba muy lejos de allí. Habían puesto una mesa de borriquetas sobre la que se hallaba un ataúd de pino y Alice vio el cuerpo de Garrett Bligh en su interior, con la cara relajada de la muerte. Por un instante, se preguntó si realmente era él. Sus pómulos se habían suavizado en cierto modo y tenía la frente lisa y el cabello suave y negro. Solo se le veía la cara, ya que el resto estaba tapado con una intrincada colcha de retales y cubierto de flores y hierbas que aromatizaban el aire. Alice nunca había visto un cadáver, pero lo cierto era que allí, rodeada por las canciones y por la calidez de la gente, era difícil sentirse impactada o incómoda por su proximidad.

—Lamento muchísimo su pérdida —dijo Alice. Era la única frase que había conseguido ensayar para decirle a la viuda y allí parecía hueca e inútil. Kathleen abrió los ojos y, tras tomarse unos segundos para reconocerla, esbozó una ligera sonrisa. Tenía los ojos con los bordes rosáceos y oscurecidos por el cansancio.

—Era un buen hombre y un buen padre —dijo Margery, apartándola para darle un fuerte abrazo a la mujer. Alice no estaba segura de haber visto a Margery abrazar a nadie nunca.

—Ya había sufrido lo suficiente —murmuró Kathleen, y los niños que tenía en los brazos la miraron, impasibles, con los pulgares metidos en la boca—. No podía desear que se quedara más tiempo. Ahora está con el Señor.

Su mandíbula floja y sus ojos tristes no reflejaban la convicción de sus palabras.

—¿Conocía a Garrett? —Una anciana con dos chales de ganchillo puestos sobre los hombros dio un par de golpecitos a los diez centímetros de cama libres que había a su lado, de manera que Alice se sintió obligada a apretujarse allí también.

—Bueno, un poco. Yo... solo soy la bibliotecaria. —La anciana la observó, frunciendo el ceño—. Solo lo conocía de mis visitas —añadió la joven, a modo de disculpa, como si en realidad supiera que no debería estar allí.

—¿Es la mujer que leía para él?

—Sí.

—¡Ay, niña! Era un gran consuelo para mi hijo. —La mujer extendió los brazos para atraer a Alice hacia ella. La joven se puso rígida y luego se dejó llevar—. Kathleen me comentaba a menudo lo mucho que Garrett anhelaba sus visitas. Le hacían olvidarse de sí mismo.

—¿Era su hijo? Dios mío. Lo siento muchísimo —dijo Alice, con sinceridad—. Parecía un hombre maravilloso, de verdad. Y él y Kathleen se querían muchísimo.

—Le estoy muy agradecida, señorita...

—Señora Van Cleve.

—Mi Garrett era un gran muchacho. Claro, usted no lo había conocido antes. Tenía los hombros más anchos de este lado de Cumberland Gap, ¿verdad, Kathleen? Cuando Kathleen se casó con él, debía de haber cien chicas llorando de aquí a Berea. —La joven viuda sonrió al recordarlo—. Yo solía decirle que no tenía ni idea de cómo lograba meterse en esa mina, con un cuerpo como el suyo. Por supuesto, ahora deseo que no lo hubiera hecho. Aun así... —La anciana tragó saliva y levantó la barbilla—. Aun así no somos dignos de cuestionar el plan divino. Ahora está con su propio padre y con el Padre Dios. Y nosotros debemos acostumbrarnos a estar aquí abajo sin él, ¿verdad, cielo? —La mujer extendió una mano para estrechar la de su nuera.

—Amén —dijo alguien.

Alice había dado por hecho que presentarían sus respetos y se irían, pero, cuando la mañana se convirtió en tarde y la tarde rápidamente dio paso al crepúsculo, la cabañita empezó a llenarse cada vez más. Los mineros habían acabado sus turnos, sus mujeres traían pasteles, escabeches y mermeladas de frutas y, a medida que el tiempo pasaba y se estancaba bajo la tenue luz, cada vez se iba amontonando más gente sin que nadie se fuera. Delante de Alice apareció un pollo, luego bizcochos y salsa de carne, patatas fritas y más pollo. Alguien compartió un poco de bourbon y se oyeron algunas carcajadas, lágrimas y canciones, y el aire en la pequeña cabaña se volvió cada vez más cálido y denso por los aromas de las carnes asadas y el licor dulce. Alguien sacó un violín y empezó a tocar melodías escocesas que hicieron que Alice se sintiera ligeramente nostálgica. Margery la miraba de vez en cuando, como para comprobar que estaba bien, pero Alice, rodeada de gente que le daba palmadas en la espalda y le agradecía sus servicios, como si fuera un militar y no una simple mujer inglesa que repartía libros, estaba extrañamente feliz allí sentada, asimilándolo todo.

Así que Alice van Cleve se abandonó a los extraños ritmos de la noche. Permaneció sentada a escasos metros de un hombre muerto, se comió la comida, bebió un traguito de licor, cantó himnos que apenas conocía y estrechó las manos de desconocidos que ya no parecían desconocidos. Y, cuando la noche cayó y Margery le susurró al oído que ya era hora de irse, porque iba a caer una buena helada, Alice se sorprendió al descubrir que se sentía como si estuviera abandonando su hogar, no como si se dirigiera hacia él, y aquel pensamiento le resultó tan desconcertante que eclipsó a todos los demás a lo largo del lento y frío camino de vuelta montaña abajo iluminado por el farol.

9

Numerosos médicos varones reconocen actualmente que muchas enfermedades nerviosas y de otra índole en las mujeres están asociadas a la falta de alivio fisiológico de los impulsos sexuales naturales o provocados.

DRA. MARIE STOPES, *Amor conyugal*

Según las parteras de la zona, había una razón por la que la mayoría de los bebés nacían en verano, y era que no había absolutamente nada que hacer en Baileyville una vez que se iba la luz. En el cinematógrafo solían poner las películas meses después de haberlas estrenado y retirado en todos los demás sitios. Y aunque la gente decidiera ir, el señor Rand, que era quien lo dirigía, era tan amante del licor que nunca podían estar seguros de que verían el final de la película sin que una bobina se arrugara y se quemara en la pantalla, víctima de una de las siestas improvisadas del hombre, lo que provocaba abucheos y enfado entre el público. La fiesta de la cosecha y la matanza del cerdo ya habían pasado y aún faltaba mucho para Acción de Gracias, lo que dejaba un largo mes sin nada que esperar, salvo cielos cada vez más oscuros, el aumento del olor a madera quemada en el aire y el frío invasor.

Aun así, era evidente para cualquiera que se fijara en tales cosas (y los residentes de Baileyville eran expertos en fijarse en todo) que, ese otoño, un gran número de hombres del lugar parecían estar demasiado contentos. Se iban corriendo a casa en cuanto podían y se pasaban el día silbando, con los ojos hinchados por la falta de sueño, pero desprovistos de su mal genio habitual. A Jim Forrester, que trabajaba como chófer en el almacén de madera de los Mathew, apenas se le veía en las cantinas, donde solía pasar sus horas muertas. Sam Torrance y su mujer iban por ahí cogidos de la mano y sonriéndose el uno al otro. Y a Michael Murphy, cuya boca llevaba sellada en una fina línea de insatisfacción la mayor parte de sus treinta y pico años, lo habían visto cantándole a su mujer en el porche. Cantándole, literalmente.

Aquellos no eran hechos de los que la gente mayor del pueblo pudiera quejarse, la verdad, pero sin duda eran algo más que sumar, como se confesaban los unos a los otros ligeramente desorientados, a la sensación de que las cosas estaban cambiando de una manera que no podían entender.

Las integrantes de la Biblioteca Itinerante no estaban tan perplejas. El librito azul —que se había vuelto más popular y más útil que cualquier éxito de ventas y requería una reparación casi constante— se prestaba y se devolvía semana tras semana, bajo montones de revistas, con sonrisas fugaces de agradecimiento acompañadas de susurros ahogados del tipo: «¡Mi Joshua ni siquiera había oído hablar de eso, pero no hay duda de que le encanta!», o: «Esta primavera, nada de bebés. No se imaginan qué alivio». A muchas de esas confidencias solían acompañarlas un rubor de recién casados, o un evidente brillo en los ojos. Solo una mujer lo devolvió impertérrita, amonestándolas porque, según ella, «nunca había visto la obra del diablo impresa hasta entonces». Pero incluso en ese caso Sophia se percató de que habían marcado varias páginas, doblándolas con cuidado.

Margery volvía a guardar el librito en su sitio, en el arcón de madera donde estaban los productos de limpieza, el lini-

mento para las ampollas y las cinchas de repuesto para los estribos y, uno o dos días después, ya se había corrido la voz a
otra cabaña remota y volvían a pedírselo, con indecisión, a otra
bibliotecaria: «Por cierto..., antes de que se vaya: mi prima de
Chalk Hollow dice que tienen un libro que habla de temas un
tanto... delicados...», y este volvía a ponerse en circulación.

—¿Qué hacéis, chicas?

Izzy y Beth salieron corriendo del rincón en el que estaban, cuando Margery entró sacudiéndose el barro de los tacones de las botas de una forma que, más tarde, enfurecería a
Sophia. Beth estaba muerta de la risa e Izzy tenía las mejillas
coloradas. Alice estaba en el escritorio, agregando sus libros al
registro y fingiendo ignorarlas.

—Chicas, ¿estáis mirando lo que yo creo que estáis mirando?

Beth levantó el libro.

—¿Esto es verdad? ¿Que «algunas hembras del reino animal pueden llegar a morir si se les niega el acto sexual»? —preguntó Beth, boquiabierta—. Porque yo no estoy con ningún
hombre y no parece que vaya a desplomarme, ¿no?

—Pero ¿de qué mueres? —preguntó Izzy, horrorizada.

—A lo mejor el agujero se te cierra y no puedes respirar
bien. Como los delfines.

—¡Beth! —exclamó Izzy.

—Si respiras por ahí, Beth Pinker, no es la falta del acto
sexual lo que debe preocuparnos —dijo Margery—. De todos
modos, no deberíais estar leyendo eso. Ni siquiera estáis casadas.

—Ni tú, y lo has leído dos veces.

Margery hizo una mueca. La muchacha tenía razón.

—Dios santo, ¿qué es «la materialización natural de las
funciones sexuales de una mujer»? —Beth se echó a reír de
nuevo—. Madre mía, mira esto: aquí dice que las mujeres in-
satisfechas pueden llegar a sufrir una verdadera crisis nerviosa.

¿No es increíble? Pero si están satisfechas, «todos los órganos de su cuerpo se ven afectados y estimulados para desempeñar su papel, mientras que sus ansias, tras elevarse a las vertiginosas alturas del éxtasis, son arrastradas al olvido».

—¿Mis órganos tienen que ser arrastrados? —preguntó Izzy.

—Beth Pinker, ¿puedes callarte cinco minutos? —Alice dio un golpe con el libro sobre la mesa—. Algunas estamos intentando trabajar.

Se hizo un breve silencio. Las mujeres se miraron de reojo.

—Solo estoy bromeando con vosotras.

—Pues algunas no queremos oír esos chistes tan malos. ¿Te importaría parar? No tienen ninguna gracia.

Beth miró a Alice con el ceño fruncido. Luego se quitó distraídamente un pedacito de algodón de los pantalones de montar.

—Disculpe, señorita Alice. Lamento haberla incomodado —dijo la muchacha con solemnidad, y en su cara se dibujó una sonrisa pícara—. No irás a sufrir una crisis nerviosa, ¿verdad?

Margery, que era rápida como el rayo, consiguió interponerse entre ambas justo antes de que el puño de Alice alcanzara su objetivo. Levantó las manos, separándolas, y le señaló la puerta a Beth.

—Beth, ¿por qué no vas a ver si los caballos tienen agua fresca? Izzy, vuelve a meter ese libro en el arcón y ven a limpiar este caos. La señorita Sophia regresa mañana de la casa de su tía y ya sabes qué dirá si ve esto así.

Luego miró a Alice, que había vuelto a sentarse y observaba concentrada el registro. Su actitud advertía a Margery que no dijera ni una palabra más. Se quedaría allí hasta mucho después de que todas las demás se hubieran ido a casa, como todos los días que trabajaban. Y Margery sabía que no leería ni una sola palabra.

Alice esperó a que Margery y las demás se marcharan, y levantó la cabeza para despedirse de ellas con un susurro. Sabía que hablarían de ella cuando se fueran, pero le daba igual. Bennett no la echaría de menos: estaría por ahí, con sus amigos. El señor Van Cleve llegaría tarde de la mina, como la mayoría de las noches, y Annie se molestaría porque las tres cenas se habían quedado resecas y pasadas al fondo del horno.

A pesar de la compañía de las otras mujeres, se sentía tan aislada que todo el peso que llevaba encima le hacía tener ganas de llorar. Se pasaba la mayor parte del tiempo sola en las montañas y, algunos días, hablaba más con su caballo que con cualquier otro ser vivo. Los vastos parajes que en su día le habían hecho sentirse libre ahora no hacían más que acentuar su sensación de aislamiento. Se subía el cuello para protegerse del frío, metía los dedos en los guantes y se enfrentaba a kilómetros de senderos pedregosos con la única distracción del dolor de sus músculos. A veces tenía la sensación de que su cara estaba hecha de piedra, salvo cuando por fin paraba para entregar los libros. Cuando las hijas de Jim Horner corrían hacia ella para abrazarla, hacía todo lo posible para no aferrarse a ellas y ahogar un sollozo involuntario. Nunca se había considerado una persona que necesitara contacto físico, pero el hecho de pasarse noche tras noche a kilómetros de distancia del cuerpo dormido de Bennett le hacía sentirse como si, poco a poco, se estuviera convirtiendo en mármol.

—¿Aún sigue aquí?

Alice se sobresaltó.

Fred Guisler acababa de asomar la cabeza por la puerta.

—Solo venía a traer una cafetera nueva. Marge me dijo que la vieja goteaba.

Alice se secó los ojos y sonrió de oreja a oreja.

—¡Ah, sí! Puede entrar.

El hombre vaciló en el umbral.

—¿Estoy... interrumpiendo algo?

—¡En absoluto! —exclamó la joven con una voz forzada y excesivamente alegre.

—No tardaré ni un minuto. —Fred fue hacia un lateral para cambiar la cafetera de metal y comprobar si había provisiones en la lata. Les suministraba café a las mujeres todas las semanas sin que nadie tuviera que pedírselo y les llevaba leña para que mantuvieran el fuego encendido y pudieran calentarse entre ronda y ronda. «Frederick Guisler es un verdadero santo», declaraba Beth cada mañana, tras chasquear los labios mirando su primera taza de café—. También les he traído algunas manzanas, para que se puedan llevar un par de ellas cada una al trabajo. Tendrán más apetito, ahora que los días son más fríos. —El hombre sacó una bolsa de debajo del abrigo y la dejó a un lado. Aún llevaba puesta la ropa de trabajo y tenía las suelas de las botas llenas de barro. A veces, al llegar, Alice lo oía fuera hablando con sus potros, animándolos con un: «¡Venga!», o un: «Vamos, campeón, tú puedes hacerlo mejor», como si fueran tan amigos suyos como las mujeres de la cabaña, o lo veía de brazos cruzados, al lado de algún elegante propietario de caballos de Lexington, apretando los labios mientras discutían sobre las condiciones y el precio.

—Estas son Bellezas de Roma. Maduran un poco más tarde que las demás. —Fred se metió las manos en los bolsillos—. Siempre me gusta... tener algo que esperar.

—Es muy amable por su parte.

—De eso nada. Trabajan muy duro... y no siempre obtienen el reconocimiento que merecen.

La joven pensó que ya se iba, pero el hombre se detuvo delante del escritorio, mordiéndose el labio. Ella bajó el libro y esperó a que hablara.

—Alice..., ¿se encuentra... bien? —Fred pronunció aquellas palabras como si se tratara de una pregunta que se había hecho mentalmente unas veinte o treinta veces—. Es que..., bueno, espero que no le moleste que lo comente, pero parece..., parece... Bueno, parece mucho menos feliz que antes. Me refiero a cuando llegó.

La joven notó cómo se ruborizaba. Quería decirle que estaba bien, pero tenía la boca seca y no le salió ni una palabra.

Él analizó su cara unos segundos y luego fue lentamente hacia las estanterías que había a la izquierda de la puerta principal. Las recorrió con la mirada y asintió satisfecho al encontrar lo que buscaba. Sacó un libro de un estante y se lo llevó a Alice.

—Es un poco peculiar, pero me gusta la pasión de sus palabras. Cuando lo pasé mal hace unos años, algunos de ellos me resultaron... provechosos. —El hombre cogió un trozo de papel, marcó la página que buscaba y le dio el libro a Alice—. Bueno, puede que no le gusten. La poesía es algo muy personal. Pero he pensado que... —Fred le dio un puntapié a un clavo suelto del suelo. Finalmente, levantó la vista hacia ella—. No importa. La dejaré tranquila. Señora Van Cleve —añadió finalmente, como por obligación.

Alice no sabía qué decir. Fred caminó hacia la puerta y levantó la mano en un saludo extraño. Su ropa olía a madera quemada.

—¿Señor Guisler...? ¿Fred?

—¿Sí?

La joven estaba paralizada, consumida por la súbita necesidad de confiar en otro ser humano. De hablar de aquellas noches en las que sentía un enorme vacío en lo más profundo de su ser, de decir que nada de lo que le había pasado hasta entonces en la vida le había hecho sentir el corazón tan pesado, sentirse tan perdida, como si hubiera cometido un error del que, sencillamente, no había vuelta atrás. Quería decirle que temía los días que no tenía que trabajar como temía a la enfermedad, porque a menudo sentía que, además de las montañas, los caballos y los libros, no tenía absolutamente nada.

—Gracias —susurró al fin, antes de tragar saliva—. Por las manzanas, quiero decir.

La respuesta de Fred llegó con medio segundo de retraso.

—De nada.

La puerta se cerró suavemente tras él y Alice oyó sus pasos por el sendero, mientras volvía a su casa. El hombre se detuvo a medio camino y Alice se quedó allí sentada, inmóvil, esperando no sabía muy bien qué, hasta que los pasos continuaron y se desvanecieron en la nada.

La joven bajó la vista hacia el librito de poesía y lo abrió.

El portador de estrellas
de Amy Lowell

Abre tu alma para recibirme.
Deja que la quietud de tu espíritu me bañe
con su frescura clara y ondulada.
Que, desfallecida y extenuada, halle el descanso,
tendida sobre tu paz, como en un lecho de marfil.

Alice leyó aquellas palabras con el corazón desbocado y la piel de gallina, mientras estas tomaban forma una y otra vez en su imaginación. De repente, le vino a la cabeza la voz incrédula de Beth: «¿Es verdad que algunas hembras del reino animal pueden llegar a morir si se les niega el acto sexual?».

Alice se quedó allí sentada un buen rato, mirando la página que tenía delante y perdiendo la noción del tiempo. Pensó en Garrett Bligh, en cómo extendía la mano, a ciegas, buscando la de su esposa, en cómo se miraban a los ojos con complicidad, incluso en los últimos días. Finalmente, se levantó y fue hacia el arcón de madera. Miró hacia atrás, como si incluso entonces alguien pudiera ver lo que estaba haciendo, y rebuscó en su interior hasta que sacó el librito azul. Luego se sentó en el escritorio, lo abrió y empezó a leer.

Eran casi las diez menos cuarto de la noche cuando volvió a casa. El Ford estaba fuera y el señor Van Cleve se encontraba en su habitación, abriendo y cerrando los cajones con tal fuerza que podía oírlo desde el vestíbulo. Alice cerró la puerta principal después de entrar y subió sigilosamente las escaleras, con la cabeza a punto de estallar y apoyando ligeramente los dedos en el pasamanos. Se metió en el baño, cerró la puerta con pestillo, dejó caer su ropa alrededor de los tobillos y utilizó una toallita para retirar la mugre de todo el día y hacer que su piel volviera a estar suave y perfumada. Luego volvió a la habitación y sacó de su baúl el camisón de seda. La tela de color melocotón cayó, suave y fluida, sobre su piel.

Bennett no estaba en el diván. Pudo distinguir su ancha espalda en la cama de ambos, mientras permanecía tumbado sobre el lado izquierdo, como siempre. Había perdido el bronceado veraniego y su piel se veía pálida en la penumbra. Sus músculos se movían suavemente cuando cambiaba de postura. Alice pensó en él. En el Bennett que una vez le había besado el interior de la muñeca y le había dicho que ella era la criatura más hermosa que había visto en su vida. Que le había prometido el mundo entre susurros. Que le había dicho que la adoraba con todas sus fuerzas. La joven levantó la colcha y se metió en el cálido hueco que había debajo, apenas sin hacer ruido.

Bennett no se movió pero, por su respiración plácida y tranquila, Alice se dio cuenta de que estaba profundamente dormido.

Deja que la llama parpadeante de tu alma juegue a mi alrededor,
que a mis miembros acuda la intensidad del fuego...

Se acercó a él, hasta que pudo sentir su aliento sobre la cálida piel de Bennett. Inhaló su olor a jabón mezclado con algo primigenio, que ni siquiera sus intentos castrenses de limpieza podían eliminar. Extendió la mano, vaciló un instante y posó el brazo sobre su cuerpo, buscando sus dedos para entrelazarlos con los de ella. Esperó mientras notaba la mano de él alrededor de la suya y dejó descansar la mejilla sobre su espalda, cerrando los ojos para percibir mejor el sube y baja de su respiración.

—Bennett. Lo siento —susurró Alice, aunque no tenía muy claro por qué se estaba disculpando.

Él le soltó la mano y, por un segundo, a la joven le dio un vuelco el corazón. Pero el hombre cambió de posición y se volvió hacia ella, ya con los ojos abiertos. Miró a su mujer y vio aquellos enormes ojos, que parecían estanques llenos de tristeza, suplicándole que la amara. Puede que en ese momento hubiera algo en la cara de Alice que ningún hombre en su sano juicio habría sido capaz de rechazar porque, suspirando, su marido la rodeó con el brazo y le permitió acurrucarse contra su pecho. Ella le puso los dedos con suavidad en el cuello, respirando de forma superficial, confusa por el deseo y el alivio.

—Quiero hacerte feliz —murmuró Alice, en voz tan baja que ni sabía si él la habría oído—. De verdad.

La joven alzó la vista. Los ojos de Bennett buscaron los suyos, este bajó la boca hacia la de ella y la besó. Alice cerró los ojos y se abandonó a él, notando cómo se aflojaba en lo más profundo de su ser algo que estaba atado con tal fuerza que apenas le dejaba respirar. Él la besó y le acarició el pelo con la palma de la mano, y ella deseó quedarse en ese momento para siempre, donde todo era como antes. Bennett y Alice, una historia de amor en ciernes.

La vida y la dicha de las lenguas de fuego,
y, al salir de ti, firmemente tensado y afinado,
puedo despertar al mundo soñoliento y verterme en él...

Alice sintió cómo el deseo crecía en ella rápidamente, con su mecha encendida por la poesía y las palabras desconocidas del librito azul, que conjuraban imágenes que su imaginación anhelaba hacer realidad. Entregó sus labios a los de él, dejó que su aliento se acelerara y sintió una descarga eléctrica cuando él emitió un leve gemido de placer. Ahora su peso estaba sobre ella y sus musculosas piernas entre las suyas. Alice se movió contra él, con la mente dispersa, mientras las terminaciones nerviosas de todo su cuerpo echaban chispas. «Ahora», pensó Alice, e incluso ese pensamiento se tiñó de un placer urgente.

«Ahora. Por fin. Sí».

—¿Qué estás haciendo? —preguntó Bennett. La joven tardó un rato en darse cuenta de lo que estaba diciendo—. ¿Qué haces?

Ella apartó la mano. Luego, bajó la vista.

—Estaba... ¿tocándote?

—¿Ahí?

—Yo... Creí que te gustaría. —Él se apartó y se cubrió la entrepierna con la colcha, dejando a Alice expuesta. Algunas partes de ella todavía ardían de deseo, y eso la envalentonó. La joven bajó la voz y puso una mano en la mejilla de Bennett—. Esta noche he leído un libro, Bennett. Es sobre cómo puede ser el amor entre un hombre y su mujer. Lo ha escrito una doctora. Y dice que deberíamos sentirnos libres para darnos placer mutuamente de todas las formas...

—¿Que estás leyendo qué? —Bennett se incorporó—. ¿Qué diablos te pasa?

—Bennett... Hablaba de las personas casadas. Lo crearon para ayudar a las parejas a darse placer en la alcoba y... Bueno, al parecer a los hombres les encanta que les toquen...

—¡Para! ¿Por qué no puedes limitarte a... comportarte como una dama?

—¿Qué quieres decir?

—Eso de tocarse y esas lecturas obscenas. ¿Qué diablos te pasa, Alice? Haces que... ¡Haces que sea imposible!

Alice se repuso.

—¿Yo hago que sea imposible? ¡Bennett, no ha pasado nada en casi un año! ¡Nada! ¡Y en nuestros votos prometimos amarnos con nuestros cuerpos, como en todos los demás aspectos! ¡En unos votos que hicimos ante Dios! ¡Ese libro dice que es completamente normal que un marido y su esposa se toquen donde quieran! ¡Estamos casados! ¡Eso es lo que dice!

—¡Cállate!

A Alice se le llenaron los ojos de lágrimas.

—¿Por qué te pones así, si lo único que intento es hacerte feliz? ¡Solo quiero que me quieras! ¡Soy tu mujer!

—¡Cállate ya! ¿Por qué tienes que hablar como una ramera?

—¿Cómo sabes cómo hablan las rameras?

—¡Que te calles de una vez! —Bennett le dio un manotazo a la lámpara de la mesilla de noche, que se hizo añicos en el suelo—. ¡Cállate! ¿Me oyes, Alice? ¿Es que no puedes parar de hablar?

Alice se quedó helada. En la habitación de al lado, oyó cómo el señor Van Cleve gruñía al levantarse de la cama, mientras los muelles chirriaban, contrariados. La joven hundió la cara entre las manos, preparándose para lo que inevitablemente vendría a continuación. Cómo no, pocos segundos después, llamaron a la puerta de la habitación con fuerza.

—¿Qué pasa ahí dentro, Bennett? ¿Bennett? ¿Qué es todo ese ruido? ¿Has roto algo?

—¡Vete, papá! ¿Vale? ¡Déjame en paz!

Alice se quedó mirando a su marido, boquiabierta. Esperó a que el sonido del detonador del carácter del señor Van

Cleve se activara de nuevo, pero, tal vez igualmente sorprendido por aquella respuesta tan poco propia de su hijo, solo se oyó el silencio. El señor Van Cleve se quedó al otro lado de la puerta unos instantes, tosió un par de veces y luego le oyeron volver a su cuarto, arrastrando los pies.

Esa vez fue Alice la que se levantó. Saltó de la cama, recogió los pedazos de la lámpara para no pisarlos con los pies descalzos y los dejó con cuidado sobre la mesilla de noche. Luego, sin mirar a su marido, se alisó el camisón, se puso la mañanita y se fue al vestidor, que estaba en la puerta de al lado. Su rostro volvió a convertirse en piedra, mientras se tumbaba en el diván. Se tapó con una manta y esperó a que llegara el alba o a que el silencio del cuarto de al lado dejara de pesarle como un muerto en el pecho, lo que sucediera antes, si es que algo sucedía.

10

Uno de los peores enfrentamientos de las montañas de Kentucky se inició [...] en Hindman como consecuencia del asesinato de Linvin Higgins. Dolph Drawn, ayudante del sheriff del condado de Knott, organizó una patrulla y se dirigió al condado de Letcher con varias órdenes judiciales para detener a William Wright y a otros dos hombres acusados de dicho asesinato [...]. En la pelea subsiguiente, varios hombres resultaron heridos y mataron al caballo del sheriff. (John «Diablo» Wright, líder de la banda de los Wright, más adelante pagó por el animal porque «lamentaba haber matado a tan buen caballo»). La contienda duró varios años y se llevó por delante a ciento cincuenta hombres.

WPA, *Guía de Kentucky*

El invierno había llegado con crudeza a la montaña y Margery se enroscó en el torso de Sven en la oscuridad, rodeándolo con una pierna para que le diera más calor, consciente de que allá fuera habría diez centímetros de hielo que romper sobre el pozo y un montón de animales esperando malhumorados a que los alimentaran. Aquellos dos hechos hacían que, cada mañana, los últimos cinco minutos bajo el enorme montón de mantas fuera aún más placentero.

—¿Esta es tu forma de persuadirme para que haga café? —murmuró Sven, soñoliento, dándole un beso en la frente antes de cambiarse de postura para que le quedara claro lo placentero que le resultaba también a él.

—Solo te estaba dando los buenos días —dijo Margery, antes de exhalar un largo suspiro de satisfacción. La piel de Sven olía tan bien... A veces, cuando él no estaba, dormía envuelta en su camisa, solo para sentirlo cerca. Deslizó un dedo por su pecho, inquisitivamente, una pregunta a la que él respondió en silencio. Los minutos pasaron lenta y gratamente, hasta que Sven volvió a hablar.

—¿Qué hora es, Marge?

—Pues... las cinco menos cuarto.

Sven gruñó.

—¿Te das cuenta de que, si vivieras conmigo, podría pasar media hora más hasta que nos levantáramos?

—Y sería igual de difícil hacerlo. Además, últimamente a Van Cleve le hace tanta gracia que me acerque a su mina como le haría que tomara el té en su casa.

Sven tuvo que admitir que tenía razón. La última vez que había ido a verlo para llevarle la fiambrera de la comida que se había olvidado, Bob, el guardia de Hoffman, la había informado con pesar de que tenía órdenes estrictas de no dejarla entrar. Obviamente, Van Cleve no tenía ninguna prueba de que Margery O'Hare tuviera nada que ver con las cartas legales para impedir la creación de la mina a cielo abierto de North Ridge, pero había muy poca gente con los recursos o el valor suficientes para estar detrás de aquello. Y su vituperio público sobre los mineros de color le había dado donde más le dolía.

—Entonces, supongo que celebraremos la Navidad aquí —dijo Sven.

—Con todos los parientes habituales. La casa estará llena —confirmó ella, con los labios a un centímetro de los suyos—. Tú, yo... y Bluey. ¡Abajo, Blue! —exclamó Margery. El perro, que había creído que lo llamaba para comer, se había subido a la cama de un salto y había aterrizado sobre la colcha, donde se había puesto a caminar sobre sus cuerpos entrelazados con sus patas huesudas, lamiéndoles la cara—. ¡Ay! ¡Por favor, perro! Ya está bien. Vale. Haré el café. —Margery se sentó y empujó al animal, luego se frotó los ojos para espabilarse y apartó a regañadientes la mano que se había deslizado sobre su vientre.

—¿Me estás salvando de mí mismo, pequeño Bluey? —preguntó Sven, mientras el perro se tumbaba boca arriba entre ambos, con la lengua fuera, para que le hicieran cosquillas en la barriga—. Los dos lo estáis haciendo, ¿verdad?

Margery sonrió mientras el muy tonto mimaba al perro y siguió sonriendo hasta llegar a la cocina, donde se inclinó, temblando, para encender la estufa.

—Dime una cosa —le pidió Sven, mientras se comían los huevos con las botas entrelazadas bajo la mesa—. Pasamos casi todas las noches juntos. Comemos juntos. Dormimos juntos. Sé cómo te gustan los huevos, cómo quieres de fuerte el café y que odias la nata. Sé lo caliente que quieres el agua de la bañera, que te cepillas el pelo cuarenta veces, que te lo recoges y que no vuelves a hacerle el menor caso el resto del día. Diablos, si hasta sé cómo se llaman todos tus animales, incluida esa gallina del pico romo. Minnie.

—Winnie.

—Vale. Casi todos tus animales. Así que ¿cuál es la diferencia entre vivir así y seguir haciendo lo mismo pero con un anillo en el dedo?

Margery bebió un sorbo de café.

—Dijiste que no íbamos a pasar por esto nunca más. —Intentó sonreír, pero se trataba de una advertencia velada.

—No pienso pedírtelo, te lo prometo. Pero siento curiosidad. Porque a mí no me parece que haya tanta diferencia.

Margery posó el cuchillo y el tenedor juntos sobre el plato.

—Bueno, sí es diferente. Porque ahora mismo puedo hacer lo que me plazca sin que nadie pueda impedírmelo.

—Te he dicho que eso no cambiaría. Tenía la esperanza de que, después de diez años, te hubieras dado cuenta de que soy un hombre de palabra.

—Y lo he hecho. Pero no se trata solo de disponer de libertad para actuar sin tener que pedir permiso, se trata de ser mentalmente libre. De saber que no he de rendir cuentas a nadie. Que puedo ir a donde quiera. Hacer lo que quiera. Decir lo que quiera. Te quiero, Sven, pero te quiero como una mujer libre. —Margery se inclinó hacia él y le cogió la mano—. ¿No crees que saber que estoy aquí solo porque quiero, no porque un anillo me diga que tengo que hacerlo, implica un amor mucho mayor?

—Entiendo tu razonamiento.

—¿Entonces?

—Creo... —Sven apartó su plato—. Supongo que, simplemente..., tengo miedo.

—¿De qué?

El hombre suspiró e hizo girar su mano sobre la de él.

—De que un día me digas que me vaya.

¿Cómo transmitirle lo equivocado que estaba? ¿Cómo hacerle saber que él era, en todos los sentidos, el mejor hombre que había conocido y que, durante los pocos meses que había pasado sin él, cada día había sido el más crudo de los inviernos? ¿Cómo decirle que, incluso entonces, diez años después, el mero hecho de que él posara una mano sobre su cintura hacía que algo se revolucionara y chisporroteara en su interior?

Margery se levantó de la mesa y le rodeó el cuello con los brazos, sentándose en su regazo. Luego apoyó su mejilla en la de él para susurrarle al oído:

—Nunca jamás te dejaré. Es imposible que eso suceda, señor Gustavsson. Estaré contigo día y noche, todo el tiempo que seas capaz de aguantarme. Y sabes que nunca digo nada que no piense.

Sven llegó tarde al trabajo, por supuesto. Y tuvo que esforzarse para sentirse mal por ello durante todo el día.

Una corona de acebo, una muñeca de hojas de maíz, un tarro de frutas en conserva o una pulsera de piedra pulida; a medida que la Navidad se acercaba, las muchachas regresaban a diario con algún regalito de agradecimiento de las familias a las que visitaban. Los acumulaban en la biblioteca, ya que todas coincidían en que debían darle algo a Fred Guisler por el apoyo que les había prestado durante los últimos seis meses, aunque debían reconocer que las pulseras y las muñecas probablemente estaban un poco fuera de lugar. Margery sospechaba que solo había un regalo que pudiera hacerlo feliz, y era algo que no podía pedirle a Papá Noel.

La vida de Alice, últimamente, parecía girar en torno a la biblioteca. Era extremadamente eficiente, había memorizado todas las rutas de Baileyville a Jeffersonville y nunca se negaba a hacer algún kilómetro de más si Margery se lo pedía. Era la primera en llegar por las mañanas, caminando por la carretera oscura y cubierta de escarcha, y la última en irse por las noches, tras haber estado cosiendo con determinación los libros que Sophia desarmaba y reajustaba, después de que ella se hubiera ido. Se había quedado en los huesos, sus brazos se habían vuelto musculosos, tenía la piel curtida por los largos días de exposición a los elementos y el rostro tenso, de manera que su preciosa sonrisa ya raras veces iluminaba su cara y aparecía únicamente cuando era necesario y sin extenderse a sus ojos.

—Es la muchacha más triste que he visto jamás —declaró Sophia, mientras observaba cómo Alice metía dentro la silla y volvía a salir de inmediato, en la oscuridad, para cepillar a Spirit—. Algo no va bien en esa casa. —La mujer sacudió la cabeza mientras chupaba un hilo de algodón para volver a enhebrar la aguja.

—Yo antes creía que Bennett van Cleve era el mejor partido de Baileyville —comentó Izzy—. Pero le vi volviendo de la iglesia con Alice el otro día y la trata como si tuviera chinches. Ni siquiera la coge del brazo.

—Es un cerdo —opinó Beth—. Y la condenada de Peggy Foreman está siempre pavoneándose delante de él, toda emperifollada, con sus amiguitas, intentando atraer su atención.

—¡Chist! —dijo Margery, serenamente—. No está bien chismorrear. Alice es nuestra amiga.

—Lo decía de buena fe —protestó Izzy.

—No deja de ser un chismorreo —replicó Margery, antes de mirar a Fred, que estaba concentradísimo enmarcando tres mapas de las nuevas rutas que habían inaugurado esa semana. El hombre solía quedarse hasta tarde y buscaba excusas para bajar a arreglar cosas que no necesitaban ser arregladas mucho después de haber acabado con sus caballos. Se ponía a amontonar leña para la estufa o tapaba las grietas por donde entraba el aire con algunos trapos. No hacía falta ser un genio para saber por qué.

—¿Cómo le va, Kathleen?

Kathleen Bligh se secó la frente e intentó esbozar una sonrisa.

—Bueno, vamos tirando.

La ausencia de Garrett Bligh había dejado un extraño y pesado silencio. Sobre la mesa, había una serie de cuencos y cestos llenos de comida que los vecinos les habían regalado, así como algunas tarjetas de duelo en la repisa de la chimenea. Delante de la puerta trasera, dos gallinas se acicalaban las plumas sobre un gran montón de leña que había aparecido, sin previo aviso, durante la noche. Más arriba, en la ladera, la lápida recién tallada y blanqueada destacaba entre las demás. La gente de las montañas, dijeran lo que dijeran de ella, sabía cómo cuidar de los suyos. Así que en la cabaña hacía calor y había comida lista para comer, pero el interior estaba silencioso, en el aire impertérrito flotaban motas de polvo y los niños estaban inmóviles en la cuna, abrazándose unos a otros mientras echaban la siesta de la tarde, como si todo aquel retablo doméstico se hubiera quedado suspendido en el tiempo.

—Le he traído unas revistas. Sé que no fue capaz de leer las últimas, pero he pensado que unos relatos cortos quizá le apetezcan más. ¿O tal vez algo para los niños?

—Es usted muy amable —dijo Kathleen.

Alice la miró a hurtadillas. No sabía cómo actuar ante la enorme pérdida de aquella mujer. Kathleen la llevaba grabada en el rostro, en los párpados caídos y en las arrugas nuevas que le habían salido alrededor de la boca. Era visible en el esfuerzo que parecía suponer para ella simplemente pasarse la mano por la frente. Parecía casi extenuada, como si solo deseara tumbarse y dormir durante un millón de años.

—¿Quiere tomar algo? —preguntó Kathleen de repente, como si acabara de acordarse. Luego miró hacia atrás—. Creo que tengo algo de café. Aún debería estar caliente. Estoy segura de haberlo hecho esta mañana.

—Estoy bien, gracias.

Ambas mujeres se sentaron en la pequeña habitación y Kathleen se enroscó en su chal. Fuera, las montañas estaban en calma, los árboles, desnudos, y el cielo gris flotaba justo por encima de las estilizadas ramas. Un cuervo solitario rompió el silencio con su graznido estridente y desagradable sobre la cima de la montaña. Spirit, que estaba atada al poste de la valla, dio una patada en el suelo, exhalando vapor por las fosas nasales.

Alice sacó los libros de la alforja.

—Sé que al pequeño Pete le encantan las historias de conejos y esta es una nueva, acaba de llegar directamente de la editorial. También he señalado algunos pasajes de la Biblia en esta que le he traído y que podrían ofrecerle consuelo, si sigue sin apetecerle leer algo más largo. Y le he traído poesía. ¿Le suena George Herbert? Tal vez quiera echarle un vistazo. Yo también he estado... leyendo bastante poesía, últimamente. —Alice posó los libros con cuidado sobre la mesa—. Puede quedárselos hasta Año Nuevo.

Kathleen observó el montoncito durante unos instantes. Luego, extendió un dedo y siguió el título del libro por la cubierta, antes de apartarlo.

—Señorita Alice, será mejor que se los lleve. —La mujer se apartó el pelo de la cara—. No querría desaprovecharlos. Sé lo desesperados que están todos por leer. Y eso es una larga espera para algunos.

—No hay problema.

Kathleen esbozó una sonrisa vacilante.

—De hecho, no creo que le merezca la pena perder el tiempo viniendo hasta aquí arriba, en estos momentos. A decir verdad, no soy capaz de retener ningún pensamiento en mi cabeza y los niños... Bueno, no creo que tenga mucho tiempo ni energía para leerles a ellos, tampoco.

—No se preocupe. Hay muchos libros y revistas para repartir. Y le traeré solo libros ilustrados para los niños. No tendrá que hacer nada y ellos podrán...

—No puedo... No soy capaz de concentrarme. No puedo hacer nada. Me levanto cada día, hago las tareas del hogar, alimento a los niños y me ocupo de los animales, pero todo me parece... —Kathleen bajó la cabeza y ocultó la cara entre sus manos, dejando escapar un suspiro sonoro y trémulo. Permaneció así unos segundos. Entonces, sus hombros empezaron a agitarse en silencio y, justo cuando Alice se estaba preguntando qué decirle a Kathleen, un aullido grave y desgarrador emergió de lo más hondo de su ser, un grito descarnado y animal. Era el sonido más doloroso que Alice había escuchado jamás. El alarido, que subió y bajó como una marea de pesar, parecía venir de un lugar totalmente desolado—. Le echo de menos —sollozó Kathleen, apretando con fuerza las manos sobre la cara—. Le echo mucho de menos. Echo de menos acariciarle y tocarle, y echo de menos su pelo y la forma en que decía mi nombre, y ya sé que estuvo mucho tiempo enfermo y que, al final, apenas era una sombra de sí mismo, pero, Señor, ¿cómo voy a poder seguir adelante sin él? Dios. Dios mío, no puedo hacerlo. No puedo. Señorita Alice, quiero que mi Garrett vuelva. Solo quiero que vuelva.

Aquello fue doblemente impactante para Alice porque, quitando la indignación, Alice nunca había visto a ninguna de las familias locales expresar una emoción mayor que un leve desagrado o una alegría moderada. La gente de las montañas era estoica, poco dada a dar muestras inesperadas de vulnerabilidad. Y eso hacía que aquello resultara, en cierto modo, aún más insoportable. Alice se inclinó hacia delante y estrechó a Kathleen entre sus brazos. El cuerpo de la joven se sacudía con unos sollozos tan violentos que el propio cuerpo de Alice se agitaba con ellos. La rodeó fuertemente con sus brazos, la estrechó contra ella y la dejó llorar mientras la abrazaba tan fuerte que la tristeza que Kathleen rezumaba se convirtió casi en algo tangible, como si la pena que arrastraba fuera un peso que se había instalado sobre ambas. Alice apretó la cabeza contra la de Kathleen, intentando sustentar parte de su tristeza y decirle en silencio que aún había belleza en ese mundo, aunque algunos días necesitara toda su fuerza y obstinación para encontrarla. Finalmente, como una ola que hubiera roto en la costa, los sollozos de Kathleen se ralentizaron y se acallaron convirtiéndose en resuellos e hipidos, y la mujer empezó a negar con la cabeza, avergonzada, mientras se secaba los ojos.

—Lo siento, lo siento, lo siento.

—Tranquila —le susurró Alice—. Por favor, no lo sienta. —Tomó las manos de Kathleen entre las suyas—. Es maravilloso haber llegado a amar tanto a alguien.

Kathleen levantó entonces la cabeza y sus ojos hinchados y enrojecidos buscaron los de Alice, mientras le apretaba las manos. Ambas estaban endurecidas por culpa del trabajo, eran delgadas y fuertes.

—Lo siento —repitió la mujer, y esa vez Alice se dio cuenta de que se refería a otra cosa. Siguió mirándola a los ojos hasta que Kathleen finalmente le soltó la mano y se limpió las lágrimas con la palma abierta, antes de echar un vistazo a los niños, que seguían dormidos—. Dios santo. Será mejor que se vaya. Tiene rondas que hacer. Está claro que el tiempo va a empeorar. Y yo debería despertar a esos críos, o volverán a hacerme pasar media noche en vela otra vez.

Alice no se movió.

—¿Kathleen?

—¿Sí? —La mujer esbozó de nuevo aquella sonrisa desesperada, radiante y trémula, pero aun así determinada. Parecía costarle todo el esfuerzo del mundo.

Alice levantó los libros que tenía en el regazo.

—¿Quiere...? ¿Quiere que lea para usted?

Para todo hay una estación, y un momento para cada cosa en esta tierra: un momento para nacer y un momento para morir; un momento para sembrar y un momento para recoger lo que se ha sembrado; un momento para matar y un momento para curar; un momento para destruir y un momento para construir; un momento para llorar y un momento para reír; un momento para lamentarse y un momento para bailar.

Las dos mujeres estaban sentadas dentro de la diminuta cabaña, en la ladera de la vasta montaña, mientras el cielo se oscurecía lentamente y, desde el interior, las lámparas proyectaban rayos de luz dorada a través de las rendijas de los anchos tablones de roble. Una leía, con voz suave y clara, y la otra estaba sentada con los pies cubiertos con calcetines recogidos sobre el asiento, con la cabeza apoyada en la palma de la mano, perdida en sus pensamientos. El tiempo pasaba lentamente sin que ninguna se diera cuenta y, cuando los niños se despertaron, en lugar de llorar se sentaron en silencio, escuchando, aunque apenas entendían nada de lo que allí se decía. Una hora después, ambas mujeres estaban de pie en la puerta y, casi como por impulso, se abrazaron con fuerza.

Se desearon la una a la otra feliz Navidad y ambas sonrieron con ironía, conscientes de que, ese año, a ninguna de las dos les quedaba más remedio que aguantar.

—Vendrán tiempos mejores —dijo Kathleen.

—Sí —respondió Alice—. Vendrán tiempos mejores. —Y, con ese pensamiento, se enroscó la bufanda alrededor del cuello dejando solo los ojos al descubierto, se montó en su pequeño caballo marrón y blanco, y emprendió el camino de regreso al pueblo.

Tal vez era porque se aburría encerrado en casa, tras años llenos de largos días en compañía de otros mineros, pero a William le gustaba que Sophia le contara lo que sucedía en la biblioteca cada día. Lo sabía todo sobre las cartas anónimas de Margery a las familias de North Ridge, sobre quién había pedido tal o cual libro en la cabaña, sobre el amor cada vez más profundo del señor Frederick por la señorita Alice, y sobre la forma en que ella parecía estar endureciéndose, como el hielo que se deslizaba lentamente por el agua, a medida que ese cretino de Bennett Van Cleve le hacía el vacío y mataba su amor por él, centímetro a centímetro de hielo.

—¿Crees que es uno de esos? —preguntó William—. ¿De esos hombres a los que les gustan... otros hombres?

—¿Quién sabe? Por lo que yo puedo ver, lo único que ama ese muchacho es su propio reflejo. No me sorprendería que se pusiera delante del espejo y besara cada día el cristal, en vez de a su mujer —respondió ella, y disfrutó de la imagen poco frecuente de su hermano muerto de risa.

Pero ese día se las estaba viendo y deseando para encontrar algo que contarle. Alice se había dejado caer pesadamente en la pequeña silla de bambú que había en una esquina, con los hombros caídos, como si estuviera soportando todo el peso del mundo.

Eso no era cansancio. Cuando estaban físicamente cansadas, las chicas se quitaban las botas y maldecían, se quejaban y se frotaban los ojos, mientras se burlaban las unas de las otras. Pero Alice simplemente se había quedado allí sentada, inmóvil como una piedra, con los pensamientos muy lejos de la pequeña cabaña. Fred se dio cuenta. Sophia vio que él se moría por acercarse a ella y consolarla, pero, en lugar de ello, fue hacia la cafetera, le sirvió otra taza de café a Alice y se la puso delante tan cuidadosamente que ella tardó un rato en ser consciente de que lo había hecho. Se te rompía el corazón al ver la ternura con que la miraba.

—¿Está bien, muchacha? —le preguntó Sophia, en voz baja, cuando Fred salió a buscar más troncos.

Alice se quedó callada unos instantes y luego se secó los ojos con las palmas de las manos.

—Estoy bien, Sophia. Gracias. —La joven se volvió para mirar hacia la puerta—. Hay muchos que están peor que yo, ¿no? —Alice lo dijo como si fuera algo que se repitiera a sí misma constantemente. Como si estuviera intentando autoconvencerse.

—Eso no siempre es verdad —señaló Sophia.

Entonces llegó Margery. Entró como un tornado al anochecer, con los ojos desorbitados, el abrigo lleno de nieve y tan crispada que olvidó cerrar la puerta y Sophia tuvo que regañarla recordándole que allá fuera aún seguía la ventisca y preguntándole si había nacido en un establo o qué.

—¿Ha venido alguien? —preguntó Margery. Tenía la cara tan blanca como si hubiera visto un fantasma.

—¿A quién está esperando?

—A nadie —respondió ella, con rapidez. Le temblaban las manos, pero no era de frío.

Sophia dejó el libro.

—¿Se encuentra bien, señorita Margery? No parece usted misma.

—Estoy bien. Estoy bien. —La mujer se asomó a la puerta, como si estuviera esperando algo.

Sophia se fijó en su bolsa.

—¿Quiere darme esos libros, para que pueda registrarlos?

Margery no respondió. Seguía concentrada en la puerta, así que Sophia se levantó, los cogió ella misma y los fue poniendo uno a uno sobre la mesa.

—¿*Mack Maguire y el jefe indio*? ¿No iba a subírselo a las hermanas Stone a Arnott's Ridge?

Margery giró la cabeza de repente.

—¿Qué? Ah, sí. Ya..., ya se lo llevaré mañana.

—¿Ridge estaba impracticable?

—Sí.

—Entonces, ¿cómo piensa subir mañana? Aún sigue nevando.

Margery se quedó callada unos instantes.

—Me..., me las apañaré.

—¿Dónde está *Mujercitas*? También se lo llevó, ¿se acuerda?

Margery se estaba comportando de una manera muy extraña. Y entonces, como Sophia le contó a William, el señor Frederick entró y todo se volvió de lo más raro.

—Fred, ¿tienes armas de sobra?

El hombre dejó una cesta de troncos al lado de la estufa.

—¿Armas? ¿Para qué las quieres, Marge?

—Había pensado... Había pensado que estaría bien que las chicas aprendieran a disparar. Para llevarse un arma de fuego a las rutas más aisladas. Por si acaso —añadió, parpadeando un par de veces—. Por si hay serpientes.

—¿En invierno?

—Pues osos.

—Están hibernando. Además, hace cinco o diez años que nadie ve un oso en estas montañas. Lo sabes tan bien como yo.

Sophia la miró con incredulidad.

—¿Cree que la señora Brady permitiría que su niñita llevara un arma? Se supone que deben llevar libros, Marge, no armas. ¿Cree que las familias que no se fían de ustedes, muchachas, van a fiarse más si aparecen en su casa con un rifle de caza colgado a la espalda?

Fred la observó con el ceño fruncido. Él y Sophia intercambiaron una mirada perpleja.

Margery pareció salir de la extraña crisis en la que estaba sumida.

—Es verdad. Es verdad. No sé en qué estaba pensando. —La mujer esbozó una sonrisa nada convincente.

Y ahí se quedó la cosa, según le contó Sophia a William mientras estaban cenando en su pequeña mesa. Dos días después, cuando Margery volvió, Sophia cogió su alforja para vaciarla mientras Margery salía para usar el retrete. Los días eran fríos y duros, y a ella le gustaba ayudar a las chicas en todo lo que podía. Sacó el último libro y a punto estuvo de dejar caer la bolsa de lona, asustada. En el fondo, cuidadosamente envuelto en un pañuelo rojo, pudo ver la empuñadura de hueso de un revólver Colt del calibre 45.

—Bob me ha dicho que estabas esperando fuera. Me preguntaba por qué habías cancelado nuestra cita de anoche —dijo Sven Gustavsson, saliendo por las puertas de la mina, todavía con el mono de trabajo pero con la gruesa chaqueta de franela encima y las manos metidas en los bolsillos. El hombre fue hacia el mulo y le acarició el cuello, dejando que el suave morro de Charley le diera golpecitos en los bolsillos en busca de premios—. Tenías una oferta mejor, ¿no? —Sven sonrió, antes de posar la mano sobre la pierna de Margery. La joven se estremeció.

El hombre apartó la mano y su sonrisa se desvaneció.

—¿Estás bien?

—¿Puedes venir a mi casa cuando hayas acabado?

Él la miró fijamente.

—Claro. Pero creía que no íbamos a vernos hasta el viernes.

—Por favor.

Margery nunca pedía nada por favor.

A pesar de las gélidas temperaturas, Sven se encontró a Marge en la mecedora de la entrada, en la oscuridad, con el rifle sobre las piernas y la luz de la lamparita de aceite parpadeando sobre su rostro. Estaba tensa, con la mirada fija en el horizonte y la mandíbula apretada. Bluey estaba sentado a sus pies y levantaba la vista hacia ella de vez en cuando, como si su ansiedad se le hubiera contagiado, mientras temblaba de frío.

—¿Qué pasa, Marge?

—Creo que Clem McCullough va a por mí.

Sven se acercó a ella. Había algo en su manera de hablar que la hacía parecer ausente y vigilante, como si apenas se hubiera dado cuenta de que él estaba allí. Le castañeteaban los dientes.

—¿Marge? —Sven iba a ponerle la mano sobre la rodilla, pero recordó cómo había reaccionado hacía un rato y, en lugar de ello, le tocó suavemente el dorso de la mano. Estaba helada—. Marge, hace demasiado frío para sentarse aquí fuera. Tienes que entrar.

—Tengo que estar preparada para cuando venga.

—El perro nos avisará si viene alguien. Vamos. ¿Qué ha pasado?

Finalmente, la mujer se levantó y le permitió que la condujera adentro. La cabaña estaba helada y Sven se preguntó si ella habría entrado en algún momento. Encendió la estufa y salió a buscar unos cuantos troncos más, mientras Margery miraba por la ventana. Luego le dio de comer a Bluey e hirvió agua.

—¿Ayer pasaste toda la noche en vela, así?

—No pegué ojo.

Por fin, Sven se sentó a su lado y le tendió un cuenco de sopa. Ella lo miró como si no la quisiera, pero al final se la bebió a grandes sorbos y con avidez. Y, al acabar, le contó la historia de su viaje a Red Lick, con una voz quebrada impropia de ella, los puños apretados y temblando, como si todavía pudiera sentir a McCullough agarrándola y su aliento caliente sobre la piel. Y Sven Gustavsson, un hombre conocido por tener un temperamento excepcionalmente equilibrado en un pueblo lleno de exaltados, un hombre que interrumpía una pelea de bar diecinueve veces de cada veinte, cuando cualquier otro sería incapaz de resistirse a la satisfacción de dar un puñetazo, se descubrió poseído por una rabia poco habitual, por una neblina roja que se cernía sobre él y lo instaba a ir a buscar a McCullough y vengarse dándole un poco de su propia medicina, una medicina que incluía sangre, puños y dientes rotos.

Sin embargo, nada de aquello se reflejó en su cara, ni en la tranquilidad de su voz cuando volvió a hablar.

—Estás agotada. Vete a la cama.

Margery levantó la vista hacia él.

—¿Tú no vienes?

—No. Me quedaré aquí fuera mientras duermes.

Margery O'Hare no era una mujer a la que le gustara depender de nadie. Sven se dio cuenta de que debía de estar muy afectada, porque le dio las gracias en voz baja y se fue a la cama sin rechistar.

11

Fair Oaks fue construida alrededor de 1845 por el doctor Guild-ford D. Runyon, un *shaker* que renunció a su voto de celibato y proycctó la casa con vistas a su matrimonio con la señorita Kate Ferrel, quien murió antes de que estuviera acabada. El doctor Runyon siguió soltero hasta su muerte, en 1873.

WPA, *Guía de Kentucky*

Había quince muñecas sobre el tocador. Estaban sentadas una al lado de la otra, como una familia descabalada, con sus caras de porcelana pálidas y rosadas, y su pelo auténtico (Alice se estremeció, preguntándose de dónde lo habrían sacado) enroscado en unos tirabuzones brillantes e inmaculados. Fueron lo primero que Alice vio cuando se despertó por la mañana en el pequeño diván: aquellos rostros inexpresivos mirándola impasibles, con sus labios de color cereza esbozando vagas sonrisas de desdén y sus pololos blancos como la espuma asomando por debajo de sus largas faldas victorianas. La señora Van Cleve adoraba sus muñecas. Igual que adoraba los ositos de peluche, los adornitos y las tabaqueras de porcelana, y los salmos minuciosamente bordados que estaban colgados por toda la casa, cada uno de ellos el resultado de horas de intrincada costura.

A Alice todo aquello le hacía pensar a diario en una vida que había estado casi exclusivamente centrada en el interior de aquellas paredes, en llevar a cabo pequeñas tareas sin sentido. Unas tareas a las que no debería reducirse el día a día de ninguna mujer adulta, algo de lo que Alice estaba cada vez más convencida: hacer muñecas, bordar, limpiar el polvo y volver a ordenar con precisión unas baratijas en las que en realidad ningún hombre se fijaba. Hasta que ella se fue y se convirtieron en reliquias de una mujer a la que ellos aseguraban haber idolatrado.

Alice odiaba aquellas muñecas. Igual que odiaba el pesado silencio que flotaba en el ambiente y la inmovilidad infinita de una casa en la que nada podía avanzar y nada podía cambiar. Hasta ella parecía otra de esas muñecas. Sonriente, inmóvil, decorativa y silenciosa.

Bajó la vista hacia el retrato de Dolores van Cleve, que estaba en un gran marco dorado sobre la mesilla de noche de Bennett. La mujer sostenía una cruz de madera pequeña entre sus manos regordetas y tenía cara de desaprobación y tristeza, algo que para Alice se interponía entre ella y su marido cuando estaban a solas. «¿No podríamos poner a tu madre un poquito más lejos? ¿Aunque solo fuera... por la noche?», se había atrevido a preguntarle a Bennett, cuando este le había enseñado la habitación conyugal por primera vez. Pero este había fruncido el ceño con tanta incredulidad como si le hubiera sugerido alegremente profanar la tumba de su madre. Alice dejó de darle vueltas a aquello y ahogó un quejido mientras se lavaba la cara con el agua helada, antes de correr a ponerse encima un montón de capas. Ese día, las bibliotecarias solo estarían fuera media jornada para tener algo de tiempo para hacer las compras navideñas y una pequeña parte de ella tuvo que enfrentarse a su decepción ante la perspectiva de pasar menos tiempo en sus rutas.

Esa mañana vería a las hijas de Jim Horner. Eso ayudaba. Estarían esperando en la ventana para ver a Spirit subiendo por el sendero, luego saldrían corriendo por la puerta de madera, dando saltos de puntillas hasta que ella bajara del caballo, ha-

blando una por encima de la otra mientras reclamaban ruidosamente información sobre lo que traía, dónde había estado y
si se quedaría un poco más que la última vez. Luego se le col-
garían del cuello con alegría, mientras leía para ellas, y le aca-
riciarían el pelo con sus deditos o le darían besos en las mejillas
como si, a pesar de la lenta recuperación de aquella pequeña
familia, ambas estuvieran desesperadas por tener algún tipo de
contacto femenino por alguna razón que apenas alcanzaban a
entender. Y Jim, ya sin aquella mirada severa y recelosa, dejaría
una taza de café a su lado y luego aprovecharía el tiempo que
ella estuviera allí para cortar leña o, como hacía a veces últimamente, simplemente para sentarse y observar, como si le com-
placiera ver la alegría de sus hijas mientras presumían de lo que
habían aprendido a leer esa semana. (Y vaya si eran inteligentes:
leían mucho mejor que otros niños, gracias a las clases con la
señora Beidecker). Sí, las niñas de los Horner eran todo un
consuelo. Era una pena que unas niñas así fueran a recibir tan
pocos regalos de Navidad.

Alice se enroscó la bufanda alrededor del cuello y se puso
los guantes de montar, mientras se preguntaba rápidamente si
debería ponerse otro par de medias para subir a la montaña.
A esas alturas, todas las bibliotecarias tenían sabañones, los
dedos de los pies rosados e hinchados del frío y los de las manos habitualmente blancos, como los de un cadáver, por la falta de sangre. La joven miró por la ventana y se fijó en el frío
cielo gris. Ya nunca se miraba al espejo. Cogió el sobre que
había dejado a un lado el día anterior y se lo guardó en la bolsa.
Lo leería más tarde, cuando hubiera acabado las rondas. No
tenía sentido preocuparse cuando había por delante dos silenciosas horas a caballo.

Alice miró hacia el tocador, antes de marcharse. Las muñecas seguían observándola.

—¿Qué? —les dijo.

Pero, esa vez, parecían estar transmitiéndole algo muy diferente.

—¿Para nosotras? —Millie se quedó tan boquiabierta que Alice casi pudo oír a Sophia advirtiéndole que le iban a entrar moscas en la boca.

Alice le dio la otra muñeca a Mae y sus enaguas crujieron mientras la niña se la ponía rápidamente en el regazo.

—Una para cada una. Hemos tenido una pequeña charla esta mañana y me han confesado que serían mucho más felices aquí, con vosotras, que donde vivían hasta ahora.

Las dos niñas admiraron embobadas aquellas caritas angelicales de porcelana y luego, al unísono, giraron la cabeza hacia su padre. La expresión de Jim Horner era inescrutable.

—No son nuevas, señor Horner —dijo Alice, con tacto—. Pero, en el lugar del que proceden, nadie las usa. Es... una casa de hombres. No era lógico tenerlas allí sentadas.

La joven pudo ver su indecisión, el «no sé» que se estaba formando en sus labios. Fue como si el aire de la cabaña enmudeciera, mientras las niñas contenían el aliento.

—Por favor, papá —susurró Mae. Las dos niñas estaban sentadas con las piernas cruzadas. Millie acariciaba con expresión ausente los brillantes tirabuzones castaños, dejando que luego cada uno de ellos volviera a su lugar, mientras miraba alternativamente la cara pintada de la muñeca y la de su padre. Aquellas muñecas, que a Alice le habían parecido siniestras y censuradoras durante meses, de pronto le parecían benévolas y alegres. Porque estaban en el lugar en el que debían estar.

—Son muy elegantes —dijo por fin el hombre.

—Bueno, todas las niñas merecen tener un poco de elegancia en sus vidas, señor Horner.

El señor Horner se pasó una mano áspera por la coronilla y apartó la vista. El rostro de Mae se oscureció, temiendo lo que su padre estaba a punto de decir. El hombre fue hacia la puerta.

—¿Le importaría salir fuera conmigo un momento, señora Van Cleve?

Alice oyó los suspiros de desánimo de las niñas mientras seguía al señor Horner hacia la parte de atrás de la cabaña, abrazándose a sí misma para mantener alejado el frío y repasando mentalmente los diferentes argumentos que pensaba utilizar para hacerle cambiar de opinión.

«Toda niña pequeña necesita una muñeca».

«Seguramente las tirarán, si las niñas no se las quedan».

«Por el amor de Dios, ¿va a permitir que su maldito orgullo se interponga en el camino de...?».

—¿Qué le parece?

Alice se detuvo en seco. Jim Horner levantó un trozo de saco de arpillera y destapó la cabeza de un venado enorme, un tanto andrajoso, con unas astas que se elevaban hacia el cielo un metro a cada lado y las orejas cosidas de cualquier modo a la cabeza. Estaba montada sobre una base de madera de roble toscamente tallada, que había sido pintada con brea.

La joven sofocó el sonido ahogado que emergió de su garganta.

—Le disparé en Rivett's Creek, hace dos meses. Lo he disecado y montado yo mismo. Mae me ayudó a pedir los ojos de cristal por correo. Son muy realistas, ¿no cree?

Alice observó boquiabierta los ojos enormes y vidriosos del ciervo. Definitivamente, el izquierdo era un poco estrábico. El venado tenía un aspecto un tanto perturbador y siniestro, como una bestia de pesadilla fruto de un delirio febril.

—Es... realmente... imponente.

—Es mi primer intento. He pensado que podría comerciar con ellos. Hacer uno cada pocas semanas y venderlos en el pueblo. Para ayudarnos a ir tirando durante los meses de invierno.

—No es mala idea. Tal vez podría hacer también algunos animales más pequeños. Un conejo, o una ardilla de tierra.

Él lo sopesó y asintió.

—¿Qué? ¿Se lo queda?

—¿Disculpe?

—Por las muñecas. A modo de trueque.

Alice levantó las manos.

—Señor Horner, no es necesario que...

—No puedo aceptarlas a cambio de nada. —El hombre cruzó con firmeza los brazos sobre el pecho y esperó su respuesta.

—¿Qué diablos es eso? —preguntó Beth, mientras Alice se bajaba del caballo, agotada, y quitaba trozos de follaje de las astas del ciervo. Este se había ido enganchando en uno de cada dos árboles durante todo el camino de bajada de la montaña, lo que casi había hecho caer a Alice varias veces, y ahora parecía aún más desaliñado y andrajoso que en la cima, adornado con diversas ramas y hojas sueltas. La joven subió las escaleras y lo apoyó con cuidado en la pared mientras recordaba, como había hecho ya unas cien veces, la alegría en las caras de las niñas al saber que finalmente podían quedarse las muñecas, cómo las acunaban y les cantaban, y sus agradecimientos y besos sin fin. Y cómo se suavizaba la expresión facial de Jim Horner mientras las miraba.

—Es nuestra nueva mascota.

—¿Nuestra qué?

—No te atrevas a tocarle un solo pelo de la cabeza, o te disecaré peor de lo que el señor Horner ha disecado a este ciervo.

—Madre mía —le dijo Beth a Izzy, mientras Alice volvía a salir hacia su caballo—. ¿Recuerdas cuando Alice fingía ser una dama?

El servicio del almuerzo casi había terminado en el hotel White Horse de Lexington y el restaurante estaba empezando a vaciarse. Las mesas se quedaron cubiertas de servilletas sucias y vasos vacíos, mientras los huéspedes, revitalizados, se cubrían con sus bufandas y sombreros, preparados para aventurarse a salir de nuevo a las aceras repletas de compradores navideños de última hora. El señor Van Cleve, que acababa de darse un festín a base de solomillo con patatas fritas, se recostó en la silla y se frotó el estómago con ambas manos, un gesto que reflejaba una satisfacción que cada vez sentía menos en otros aspectos de su vida.

Aquella muchacha le causaba indigestión. En cualquier otro pueblo, tales faltas acabarían olvidándose, pero en Baileyville una rencilla podía durar un siglo y seguir dando que hablar. La gente de Baileyville descendía de los celtas, de familias escocesas e irlandesas que podían aferrarse al resentimiento hasta que estuviera más seco que la mojama y no guardara ya ningún parecido con su «yo» original. Y, aunque el señor Van Cleve era tan celta como el cartel cheroqui que había delante de la gasolinera, había asimilado a base de bien aquella facultad. Más aún, había heredado de su padre la costumbre de cogerle manía a una persona, agraviarla hasta la saciedad y culparla de todos sus males. Y esa persona era Margery O'Hare. Se levantaba con una maldición para ella en los labios y se iba a dormir con imágenes de ella burlándose de él.

A su lado, Bennett tamborileaba de forma intermitente en el borde de la mesa con los dedos. El hombre sabía que su hijo habría preferido estar en otra parte; en realidad, no parecía tener la concentración necesaria para los negocios. El otro día, había pillado a un grupo de mineros burlándose de su obsesión por la limpieza, fingiendo mancharlo con sus monos ennegrecidos al pasar. Cambiaron de actitud cuando lo vieron mirando, pero el hecho de verlos burlándose de su hijo le dolió. Al principio, casi se había sentido orgulloso de la determinación de Bennett por casarse con la muchacha inglesa. ¡Parecía que al fin estaba seguro de lo que quería! Dolores había mimado demasiado al chico, preocupándose por él como si fuera una niña. Parecía incluso un poco más alto de lo que era cuando le había comunicado a Van Cleve que él y Alice iban a casarse y, bueno, aunque lo de Peggy era una pena, qué se le iba a hacer. Le había alegrado verlo defender su opinión con firmeza, por una vez. Pero ahora veía cómo aquella muchacha inglesa, su lengua afilada y su forma extraña de comportarse iban debilitando poco a poco a su hijo y lamentaba el día en que le habían convencido para hacer aquel maldito viaje por Europa. Mezclarse nunca traía nada bueno. Ni con la gente de color ni con los europeos, al parecer.

—Te has dejado aquí unas migas, chico. —El señor Van Cleve clavó un dedo rollizo en la mesa. El camarero se disculpó y las limpió de inmediato, echándolas en un plato—. ¿Un bourbon, gobernador Hatch? ¿Para rematar?

—Bueno, si insiste, Geoff...

—¿Bennett?

—Yo no, papá.

—Tráeme un par de bourbons del condado de Boone. Rápido. Sin hielo.

—Sí, señor.

—Bennett, ¿puedes ir al sastre mientras el gobernador y yo hablamos de negocios? Pregúntale si tiene más camisas de etiqueta, ¿quieres? Yo voy ahora. —El señor Van Cleve esperó a que su hijo se levantara de la mesa antes de inclinarse hacia delante y seguir con la conversación—. Bien, gobernador, me gustaría discutir una cuestión algo delicada con usted.

—No tendrá más problemas en la mina, ¿verdad, señor Van Cleve? Espero que no tenga que enfrentarse al mismo caos que tienen allá abajo, en Harlan. Ya sabe que la policía estatal está preparada para actuar, si no logran poner orden por sí mismos. Están pasando ametralladoras y otras armas de un lado a otro de las fronteras estatales.

—Sabe que trabajamos duro para contener ese tipo de cosas en Hoffman. No puede salir nada bueno de los sindicatos, eso está claro. Nos hemos asegurado de tomar medidas para proteger nuestra mina ante el menor indicio de problemas.

—Me alegra oírlo. Me alegra mucho. Entonces, ¿cuál es el problema?

El señor Van Cleve se inclinó sobre la mesa.

—Es ese asunto... de la biblioteca. —El gobernador frunció el ceño—. De la biblioteca de las mujeres. La iniciativa de la señora Roosevelt. Esas mujeres que llevan libros a las familias rurales y eso.

—Ah, sí. Forma parte de la WPA, creo.

—Eso es. Pues verá, aunque suelo ser un gran defensor de dichas iniciativas y estoy totalmente de acuerdo con nuestro presidente y la primera dama en que deberíamos hacer todo lo posible para educar a nuestro pueblo, he de decir que las mujeres..., bueno, que ciertas mujeres de nuestro condado están causando problemas.

—¿Problemas?

—La biblioteca itinerante está fomentando la agitación social. Está alentando todo tipo de comportamientos irregulares. Por ejemplo, Minas Hoffman estaba planeando explorar nuevas zonas de North Ridge. Algo que llevamos haciendo de forma totalmente legítima durante décadas. Pues creo que esas bibliotecarias han estado extendiendo rumores y falsedades sobre ello, porque nos han llegado varias órdenes judiciales que nos prohíben ejercer nuestros derechos mineros en la zona. Y no ha sido solo una familia: un gran número de ellas se han unido para interponerse en nuestro camino.

—Qué infortunio —comentó el gobernador, antes de encender un cigarro y ofrecerle al señor Van Cleve el paquete, que este rechazó.

—Y tanto. Si hacen eso con otras familias, acabaremos sin poder extraer mineral en ningún sitio. ¿Y qué haremos entonces? Somos una de las principales empresas de esta zona de Kentucky. Proporcionamos un recurso vital a nuestra gran nación.

—Bueno, Geoff, ya sabe que hoy en día no hace falta mucho para que el pueblo se levante en armas contra la minería. ¿Tiene pruebas de que han sido las bibliotecarias las que han alborotado el gallinero?

—Bueno, esa es la cuestión. La mitad de las familias que ahora nos impiden el paso por medio de los tribunales no sabían leer ni una palabra hasta el año pasado. ¿De dónde iban a sacar información sobre asuntos legales, si no es de los libros de la biblioteca?

Los bourbons llegaron. El camarero los cogió de una bandeja de plata y los puso con reverencia delante de los hombres.

—No sé. Por lo que tengo entendido, solo son un puñado de muchachas a caballo que reparten recetarios aquí y allá. ¿Qué daño pueden hacer? Creo que debería atribuirle ese golpe a la mala suerte, Geoff. Con todo el revuelo que hay en la actualidad alrededor de las minas, podría haber sido cualquiera.

El señor Van Cleve se dio cuenta de que el gobernador empezaba a perder el interés.

—No se trata únicamente de las minas. Están cambiando la propia dinámica de nuestra sociedad. Se las están arreglando para alterar las leyes de la naturaleza.

—¿Las leyes de la naturaleza?

Al ver que el gobernador parecía incrédulo, el señor Van Cleve siguió hablando.

—Se dice que nuestras mujeres se están entregando a prácticas antinaturales. —El gobernador se inclinó hacia delante. Por fin había logrado captar su atención—. Mi esposa y yo criamos a mi hijo, que Dios le bendiga, de acuerdo con los principios divinos, así que admito que no tiene demasiada experiencia en los temas conyugales. Pero me ha contado que su joven esposa, que trabaja en esa biblioteca, le ha hablado de un libro que las mujeres se pasan entre ellas. Un libro de contenido sexual.

—¡De contenido sexual!

—¡No grite!

El gobernador le dio un trago a la copa.

—Y... Veamos... ¿Qué abarcaría exactamente ese «contenido sexual»?

—Bueno, no quiero que se escandalice, gobernador. Prefiero no entrar en detalles.

—Puedo soportarlo, Geoff. Puede entrar en todos los detalles que quiera.

El señor Van Cleve miró hacia atrás y bajó la voz.

—Me ha dicho que su esposa, que por lo visto fue criada como una princesa, ya que es de muy buena familia, ya me entiende, le sugirió hacerle cosas en la alcoba más propias de un burdel francés.

—De un burdel francés. —El gobernador tragó saliva.

—Al principio, pensé que podía ser una cuestión cultural inglesa. Debido a su proximidad con las costumbres europeas, ya sabe. Pero Bennett me dijo que ella le había contado claramente que lo había sacado de la biblioteca. Están divulgando obscenidades. Sugerencias que harían que un hombre adulto se ruborizara. ¿Adónde vamos a llegar?

—¿Es esa rubia guapa? ¿La que conocí el año pasado en la cena?

—La misma. Alice. Delicada como la porcelana. El impacto de oír a una muchacha como esa proponer tales salacidades... En fin...

El gobernador bebió otro largo trago de su copa. Se le habían puesto los ojos un poco vidriosos.

—¿Él le dio detalles de las actividades exactas que ella le propuso? Solo por tener una visión global clara, ya sabe.

El señor Van Cleve negó con la cabeza.

—El pobre Bennett estaba tan afectado que tardó semanas incluso en confiármelo a mí. Desde entonces, no ha sido capaz de ponerle un dedo encima. Eso no está bien, gobernador. No está bien que una esposa decente, temerosa de Dios, sugiera tales desviaciones.

El gobernador parecía inmerso en sus pensamientos.

—¿Gobernador?

—Obscenidades... Ya. Lo siento, sí... Es decir, no.

—En fin. Me gustaría saber si en otros condados están teniendo los mismos problemas con sus mujeres y esas supuestas bibliotecas. Eso no me parece nada bueno, ni para nuestros trabajadores ni para las familias cristianas. Yo me inclinaría por acabar de raíz con el problema. Como con el asunto de los permisos de explotación minera.

El señor Van Cleve dobló la servilleta y la dejó sobre la mesa. Al parecer, el gobernador aún seguía considerando el tema detenidamente.

—O tal vez crea que la mejor manera de atajarlo sea simplemente... solucionar el asunto de la forma que consideremos adecuada.

Más tarde, el señor Van Cleve le comentó a Bennett que parecía que al gobernador se le había subido la bebida a la cabeza, porque estaba muy distraído hacia el final del almuerzo.

—Pero ¿qué ha dicho? —preguntó Bennett, que se había animado con la compra de unos pantalones de pana nuevos y un jersey de rayas.

—Le dije que tal vez fuera mejor que yo me ocupara de esos problemas como creyera oportuno y él respondió: «Sí, tal vez», y luego dijo que tenía que irse.

Querida Alice:

Lamento que la vida de casada no sea como esperabas. No sé a ciencia cierta cómo crees que debería ser el matrimonio, ni nos has dado detalles de aquello que encuentras tan desalentador, pero papá y yo nos preguntamos si no te habremos creado falsas expectativas. Tienes un marido apuesto, financieramente seguro y capaz de ofrecerte un buen futuro. Has entrado a formar parte de una familia decente con importantes ingresos. Creo que deberías aprender a valorar lo que tienes.

La felicidad no lo es todo en la vida. También son importantes el deber y la satisfacción de estar haciendo lo correcto. Teníamos la esperanza de que hubieras aprendido a ser menos impulsiva; pues bien, tú te lo has buscado, así que deberás aprender a vivir con ello. Puede que tener un bebé te ayude a ver las cosas de otra manera y a no preocuparte tanto por todo.

Si decides volver sin tu esposo, debo comunicarte que no podrás quedarte en esta casa.

Tu madre, que te quiere.

Alice había tardado en abrir la carta, tal vez porque sabía las palabras que encontraría dentro. Apretó la mandíbula, luego dobló el papel cuidadosamente y volvió a meterlo en el bolso. Al hacerlo, se fijó una vez más en que sus uñas, en su día sumamente pulcras y limadas, eran ahora irregulares o estaban cortadas con descuido, y una pequeña parte de sí se preguntó, como hacía a diario, si aquella era la razón por la que él se negaba a tocarla.

—Vale —dijo Margery, apareciendo de repente detrás de ella—. He encargado dos cinchas nuevas y una manta para la silla en Crompton's y se me había ocurrido regalarle esto a Fred como agradecimiento. ¿Crees que le gustará? —Sostuvo en alto una bufanda de color verde oscuro. La dependienta de los grandes almacenes, paralizada por el ajado sombrero de cuero y los pantalones de montar de Margery (esta le había comentado a Alice que no le encontraba ningún sentido a cambiarse para ir a Lexington y tener que volver a hacerlo al regresar), había necesitado unos segundos para recordar quitársela y envolverla en papel—. Tendremos que ocultársela a Fred en el viaje de vuelta.

—Claro.

Margery la observó con los ojos entornados.

—Si ni siquiera la has mirado. ¿Qué te pasa, Alice?

—¿Qué es lo que no he mirado? Dios mío..., Bennett. Tengo que encontrar algo para Bennett.

Alice se llevó las manos a la cara, dándose cuenta de que ya no sabía lo que le gustaba a su marido, y mucho menos su talla de cuello. Cogió una caja de pañuelos de la estantería, adornada con un ramito de acebo. ¿Los pañuelos eran un regalo demasiado impersonal para un marido? ¿Cómo iba a ser íntimo el regalo, si no había visto más de un centímetro de su piel desnuda, como mucho, en las últimas seis semanas?

Se sobresaltó cuando Margery la cogió del brazo para llevarla a una zona tranquila de la sección de caballeros.

—Alice, ¿estás bien? Porque la mayoría de los días tienes cara de amargada.

—¿Y eso te molesta? —Alice bajó la vista hacia los pañuelos. ¿Estarían mejor si tuvieran sus iniciales bordadas? La joven intentó imaginarse a Bennett abriéndolos el día de Navidad por la mañana. No era capaz de imaginárselo sonriendo. Ya no era capaz de imaginárselo sonriendo por nada que ella hiciera—. De todos modos —añadió, a la defensiva—, tú tampoco eres muy habladora. Apenas has abierto la boca en los últimos días.

Aquello pilló desprevenida a Margery, que meneó la cabeza.

—Es que... tuve un pequeño contratiempo en una de mis rondas. —Tragó saliva—. Y he estado un poco nerviosa.

Alice pensó en Kathleen Bligh y en cómo la pena de la joven viuda había empañado su día.

—Lo entiendo. A veces es un trabajo más duro de lo que parece, ¿verdad? No se trata solo de repartir libros. Siento haberme mostrado abatida. Me repondré.

Lo cierto era que, cuando pensaba en la Navidad, a Alice le entraban ganas de llorar. No quería ni imaginarse sentada a aquella mesa tensa, con el señor Van Cleve fulminándola con la mirada y Bennett en silencio, rumiando lo último que ella hubiera hecho mal, fuera lo que fuera. Y Annie siempre vigilante, disfrutando del ambiente cada vez más enrarecido.

Distraída por aquel pensamiento, Alice tardó unos instantes en darse cuenta de que Margery la estaba observando atentamente.

—No me estoy metiendo contigo, Alice. Solo... —Margery se encogió de hombros, como si aquellas palabras no le resultaran familiares—. Te lo pregunto como una amiga.

«Una amiga».

—Ya me conoces. Toda mi vida he sido feliz sola. Pero en los últimos meses he... Bueno, he aprendido a disfrutar de tu compañía. Me gusta tu sentido del humor. Tratas a la gente con amabilidad y respeto. Así que me gustaría pensar que somos amigas. Todas las de la biblioteca, pero sobre todo tú y yo. Y verte así de triste todos los días me rompe el corazón.

Si hubieran estado en cualquier otro sitio, puede que Alice hubiera sonreído. Al fin y al cabo, aquello era una gran confesión por parte de Margery. Pero algo se había cerrado dentro de ella durante los últimos meses y ya no sentía las cosas como antes. —¿Quieres tomar una copa? —le preguntó Margery, finalmente.

—Si tú no bebes.

—Bueno, yo no se lo contaré a nadie si tú no lo haces. —Margery extendió un brazo y, al cabo de unos instantes, Alice la agarró de él y salieron de los grandes almacenes para dirigirse al bar más cercano.

—Bennett y yo... no tenemos nada en común —dijo Alice, por encima del ruido de la música y de los gritos de dos hombres que discutían en un rincón—. No nos entendemos. No hablamos. No nos hacemos reír, no nos echamos de menos, ni contamos las horas cuando estamos separados.

—Desde donde estoy sentada, eso me suena a matrimonio —observó Margery.

—Y, por supuesto, está... la otra cosa. —A Alice hasta le costaba pronunciar aquellas palabras.

—¿Todavía? Vaya, pues eso es un problema. —Margery pensó en el consuelo del cuerpo de Sven enroscado en el suyo esa misma mañana. En ese momento se sentía estúpida por haber tenido tanto miedo, por haberle pedido que se quedara, temblando como uno de los purasangres asustados de Fred. McCullough no había aparecido. Sven comentó que debía de estar borracho como una cuba. Que seguro que ni recordaba lo que había hecho.

—He leído ese libro. El que me recomendaste.

—¿Sí?

—Pero no hizo más que empeorar las cosas. —Alice levantó las manos—. ¿Qué voy a hacer? Odio estar casada. Odio vivir en esa casa. No sé cuál de nosotros es más infeliz. Pero él es todo lo que poseo. No voy a tener ningún bebé, algo que podría hacernos más dichosos a todos, porque... Bueno, ya sabes por qué. Y ni siquiera estoy segura de querer uno, porque entonces no podría seguir saliendo a caballo. Y eso es lo único que me aporta alguna felicidad. Así que estoy atrapada.

Margery frunció el ceño.

—No estás atrapada.

—Para ti es fácil decirlo. Tú tienes una casa. Sabes cómo arreglártelas sola.

—No estás obligada a respetar sus reglas de juego, Alice. No estás obligada a respetar las reglas de juego de nadie. Qué diablos, si quisieras, podrías hacer las maletas hoy mismo y volver a Inglaterra.

—No puedo. —Alice metió la mano en el bolso y sacó la carta.

—Hola, bellas damas. —Un hombre con un traje de hombros anchos, el bigote encerado y los ojos entornados en un gesto de cordialidad ensayada, se apoyó en la barra del bar, entre ambas—. Parecen tan enfrascadas en la conversación que casi no me atrevía a molestarlas. Pero luego me dije: «Joven Henry, a esas hermosas damas les vendría bien una copa». Y nunca me perdonaría dejarlas ahí sentadas, muertas de sed. Así que ¿qué quieren tomar? —El hombre rodeó con un brazo los hombros de Alice, mientras le echaba un vistazo a su pecho—. Déjeme adivinar su nombre, hermosura. Es una de mis habilidades. Una de mis muchas habilidades especiales. Mary Beth. Es lo suficientemente bella como para ser una Mary Beth. ¿Me equivoco?

Alice respondió que no, tartamudeando. Margery observó los escasos dos centímetros que separaban sus dedos del pecho de Alice, que era el verdadero objetivo de su abrazo.

—No. Ese no le hace justicia. Laura. No, Loretta. Una vez conocí a una muchacha preciosa llamada Loretta. Debe de ser ese. —El hombre se inclinó hacia Alice, que volvió la cabeza con una sonrisa insegura, como si no quisiera ofenderlo—. Me lo dirá, ¿verdad? ¿Verdad que sí?

—La verdad es que...

—Henry, ¿no? —dijo Margery.

—Así es. Y usted debe de ser una... ¡Déjeme adivinar!

—Henry, ¿puedo decirle algo? —Margery sonrió con dulzura.

—Puede decirme lo que quiera, querida. —El hombre alzó una ceja y sonrió con picardía—. Lo que quiera.

Margery se inclinó hacia delante, para poder susurrarle al oído.

—¿Ve la mano que tengo en el bolsillo? Estoy empuñando una pistola. Y si no le quita las manos de encima a mi amiga antes de que acabe de hablar, cerraré los dedos alrededor del gatillo y su cabeza grasienta saldrá volando hasta el otro lado del bar. —Sonrió con dulzura—. Y Henry, soy muy buena tiradora —añadió Margery, acercando más aún los labios a su oreja. El hombre se levantó dando un traspié del taburete en el que estaba sentado. No dijo ni una sola palabra, pero caminó con rapidez hasta el otro extremo del bar, mirando hacia atrás de vez en cuando—. ¡Ah, y es muy amable por su parte, pero ya tenemos nuestras bebidas! —exclamó Margery, levantando la voz—. ¡Gracias de todos modos!

—¡Caray! —dijo Alice, colocándose la blusa, mientras veía alejarse al hombre—. ¿Qué le has dicho?

—Solo que..., por muy amable que fuera su oferta, no me parecía caballeroso ponerle las manos encima a una dama sin su permiso.

—Muy bien dicho —comentó Alice—. A mí nunca se me ocurren las palabras adecuadas cuando las necesito.

—Ya, bueno... —Margery le dio un trago a su copa—. Últimamente he estado practicando.

Se quedaron un rato sentadas y dejaron que el parloteo del bar subiera y bajara a su alrededor. Margery le pidió al camarero otro bourbon, luego cambió de opinión y lo canceló.

—Sigue con lo que me estabas contando —dijo.

—Ah. Pues que no puedo volver a casa. Eso es lo que pone la carta. Mis padres no quieren que vuelva.

—¿Cómo? Pero ¿por qué? Eres su única hija.

—No encajo. Siempre he sido una especie de vergüenza para ellos. No sé. Las apariencias son lo más importante para mis padres. Es como si... Como si habláramos diferentes idiomas. De verdad creía que Bennett era la única persona que me quería tal y como era. —La joven suspiró—. Y, ahora, estoy atrapada.

Las mujeres se quedaron en silencio durante un rato. Henry se fue, lanzándoles miradas furiosas y tensas mientras se dirigía hacia la puerta.

—Voy a decirte algo, Alice —repuso Margery, mientras la puerta se cerraba detrás de aquel hombre. Posó una mano sobre el brazo de su amiga y lo apretó con una fuerza inusitada—. Siempre hay una solución para cualquier problema. Puede que sea desagradable. Puede que te haga sentir como si la tierra hubiera desaparecido bajo tus pies. Pero nunca estás atrapada, Alice. ¿Me oyes? Siempre hay una forma de salir.

—No me lo puedo creer.

—¿Qué? —Bennett estaba examinando las rayas planchadas de sus nuevos pantalones. El señor Van Cleve, que estaba de pie con los brazos extendidos mientras le tomaban las medidas para un chaleco nuevo, señaló la puerta con tal brusquedad que un alfiler se le clavó en la axila, lo que le hizo soltar un improperio—. ¡Maldita sea! ¡Ahí fuera, Bennett!

Bennett levantó la vista y miró por la ventana del escaparate del sastre. Para su asombro, allí estaba Alice, del brazo de Margery O'Hare, saliendo del Todd's Bar, un tugurio sobre cuya puerta había un cartel oxidado que anunciaba: «TENEMOS CERVEZA BUCKEYE». Iban con las cabezas inclinadas la una hacia la otra y se reían a carcajadas.

—O'Hare —dijo Van Cleve, negando con la cabeza.

—Comentó que quería hacer unas compras, papá —declaró Bennett, con hastío.

—¿Eso te parecen compras navideñas? ¡La chica de los O'Hare la está corrompiendo! ¿No te dije que estaba hecha del mismo material que el inútil de su padre? Solo Dios sabe lo que le estará metiendo en la cabeza a Alice. Quítame los alfileres, Arthur. Vamos a llevárnosla a casa.

—No —dijo Bennett.

Van Cleve giró la cabeza.

—¿Qué? ¡Tu mujer ha estado bebiendo en una maldita tasca! ¡Tienes que empezar a hacerte cargo de la situación, hijo!

—Déjala.

—¿Es que esa mujer te ha arrancado las puñeteras pelotas? —bramó Van Cleve, rompiendo el silencio de la tienda.

Bennett miró al sastre, cuya expresión revelaba que aquel era el tipo de pormenor que más tarde comentaría con avidez con sus compañeros.

—Ya hablaré con ella. Vámonos a casa.

—Esa chica está sembrando el caos. ¿Crees que es bueno para esta familia que arrastre a tu esposa a un bar de mala muerte? Hay que meterla en cintura y si no lo haces tú, Bennett, lo haré yo.

Alice estaba tumbada en el diván del vestidor, mirando al techo, mientras Annie preparaba abajo la cena. Hacía ya mucho tiempo que había dejado de ofrecerle su ayuda porque, hiciera lo que hiciera, ya fuera pelar, cortar o freír, era recibido con un desagrado mal disimulado, y estaba harta de los comentarios maliciosos de Annie.

A Alice ya no le importaba que Annie supiera que dormía en el vestidor, aunque no le cabía la menor duda de que la mujer se lo había contado a medio Baileyville. Ya no le importaba que fuera obvio que todavía tenía el mes. ¿Para qué tratar de fingir? De todos modos, fuera de la biblioteca, había poca gente a la que le importara impresionar. Entonces, la joven oyó el enérgico rugido del Ford del señor Van Cleve deteniéndose en el camino de grava y el portazo de la mosquitera que el hombre parecía incapaz de cerrar con cuidado. Habían vuelto. Alice ahogó un suspiro. Cerró los ojos unos instantes. Luego se levantó y fue hacia el baño, dispuesta a acicalarse para la cena.

Cuando Alice bajó, los dos hombres ya estaban sentados uno frente al otro a la mesa del comedor, con los platos y los cubiertos ordenados con eficiencia delante de ellos. Por la puerta de vaivén se filtraban pequeñas nubes de vapor y, en el interior de la cocina, el ruido de las tapas de las ollas de Annie indicaba que la cena ya casi estaba lista. Los hombres levantaron la vista cuando Alice entró en la habitación y la muchacha creyó que era porque se había arreglado un poco más de lo habitual. De hecho, llevaba puesto el mismo vestido que cuando Bennett se le había declarado, se había cepillado el pelo con esmero y se lo había recogido. Pero tenían cara de pocos amigos.

—¿Es verdad?

—¿El qué? —A la joven se le pasaron por la cabeza todas las cosas censurables que había hecho ese día. «Beber en bares. Hablar con desconocidos. Comentar el libro *Amor conyugal* con Margery O'Hare. Escribirle a su madre para preguntarle si podía volver a casa».

—¿Dónde está la señorita Christina?

—¿La señorita qué?

—¡La señorita Christina!

Alice miró a Bennett y luego otra vez a su padre.

—Yo no... No tengo ni idea de qué está hablando.

El señor Van Cleve meneó la cabeza, como si Alice fuera deficiente mental.

—La señorita Christina. Y la señorita Evangeline. Las muñecas de mi mujer. Annie dice que no están.

Alice se relajó. Echó hacia atrás una silla, ya que nadie iba a hacerlo por ella, y se sentó a la mesa.

—Ah. Esas. Me las he llevado.

—¿Cómo que te las has «llevado»? ¿Adónde te las has llevado?

—Hay dos niñas encantadoras en mis rutas que han perdido a su madre no hace mucho. No iban a tener regalos de Navidad y sabía que, si se las donaba, las haría más felices de lo que pueda imaginar.

—¿Si se las donabas? —A Van Cleve se le salieron los ojos de las órbitas—. ¿Has regalado mis muñecas? ¿A unos... montañeses?

Alice se puso la servilleta con cuidado sobre el regazo. Luego observó a Bennett, que miraba fijamente su plato.

—Solo dos de ellas. No creí que a nadie le importara. Estaban ahí sentadas, sin hacer nada, y aún quedan muchas muñecas. No creí que siquiera fueran a darse cuenta, a decir verdad. —La joven intentó esbozar una sonrisa—. Al fin y al cabo, ya son unos hombres hechos y derechos.

—¡Eran las muñecas de Dolores! ¡De mi querida Dolores! ¡Tenía a la señorita Christina desde que era una niña!

—Pues lo siento. No creí que tuviera importancia.

—¿Qué diablos te pasa, Alice?

Ella miró fijamente un punto del mantel, un poco más allá de su cuchara. Cuando por fin consiguió hablar, lo hizo con voz tensa.

—Estaba siendo caritativa. Como usted siempre me dice que era la señora Van Cleve. ¿Para qué quiere usted dos muñecas, señor Van Cleve? Es un hombre. Le importan tan poco las muñecas como el resto de fruslerías que hay en esta casa. ¡Son cosas inanimadas! ¡Sin importancia!

—¡Eran reliquias familiares! ¡Para los hijos de Bennett!

Alice abrió la boca, incapaz de reprimirse.

—Pero Bennett no va a tener ningún hijo, ¿verdad?

La joven levantó la vista y vio a Annie en la puerta, con los ojos abiertos de par en par, encantada por el giro que habían dado los acontecimientos.

—¿Qué acabas de decir?

—Que Bennett no va a tener ningún puñetero hijo. Porque... no tenemos ese tipo de relación.

—Si no tenéis ese tipo de relación, muchacha, es por culpa de tus repugnantes ideas.

—¿Disculpe?

Annie empezó a sacar las bandejas. Tenía las orejas como tomates.

Van Cleve se inclinó sobre la mesa, con la mandíbula apretada.

—Bennett me lo ha contado.

—Papá... —le advirtió el joven.

—Pues sí. Me ha contado lo de tu libro asqueroso y las cosas depravadas que intentaste hacerle.

Annie dejó caer la bandeja estrepitosamente delante de Alice y se escabulló a la cocina.

Alice palideció y se volvió hacia Bennett.

—¿Le has hablado a tu padre de lo que pasa en nuestra cama?

Bennett se frotó la mejilla.

—Tú... No sabía qué hacer, Alice. Tú... Me dejaste desconcertado.

El señor Van Cleve echó bruscamente la silla hacia atrás y fue dando zancadas hacia donde Alice estaba sentada. La joven se encogió involuntariamente mientras él se inclinaba hacia ella, salpicando saliva al hablar.

—Sí, lo sé todo sobre ese libro y tu supuesta biblioteca. ¿Sabes que ese libro ha sido prohibido en este condado? ¡Así de depravado es!

—Sí, y también sé que un juez federal retiró dicha prohibición. Sé lo mismo que usted, señor Van Cleve. Yo también me informo.

—¡Eres una víbora! ¡Margery O'Hare te ha corrompido y ahora tú intentas corromper a mi hijo!

—¡Intentaba ser una esposa para él! ¡Y ser una esposa es algo más que ordenar muñecas y estúpidos pájaros de porcelana!

Annie se asomó a la puerta con la última bandeja, y se quedó inmóvil.

—¡No te atrevas a criticar las preciosas posesiones de mi Dolores, desgraciada ingrata! ¡No le llegas ni a la suela de los zapatos! Y mañana por la mañana subirás a las montañas para recuperar mis muñecas.

—De eso nada. No pienso quitarles las muñecas a dos niñas sin madre.

Van Cleve levantó un dedo rechoncho y se lo puso ante la cara.

—Pues entonces te prohíbo volver a esa maldita biblioteca, ¿me oyes?

—No. —Alice ni parpadeó.

—¿Cómo que no?

—Ya se lo he dicho. Soy una mujer adulta. No puede prohibirme nada.

Más tarde, recordó haber pensado vagamente que el viejo Van Cleve tenía la cara tan roja que parecía que le iba a dar un infarto. Pero no fue eso lo que ocurrió. El hombre levantó el brazo y, antes de que ella se diera cuenta de lo que estaba sucediendo, notó un dolor ardiente en un lado de la cabeza, las rodillas se le doblaron y cayó contra la mesa.

Todo se volvió negro. Alice se aferró al mantel y las bandejas cayeron sobre ella, mientras agarraba el tejido de damasco blanco y tiraba de él hasta que sus rodillas chocaron contra el suelo.

—¡Papá!

—¡Estoy haciendo lo que tú deberías haber hecho hace mucho tiempo! ¡Hacer entrar en razón a tu esposa! —bramó Van Cleve, dando un golpe con su puño gordo sobre el mantel que hizo temblar toda la sala. Acto seguido, antes de que ella pudiera recuperarse, el hombre la agarró del pelo con fuerza, tiró de ella hacia atrás y le asestó otro golpe, esa vez en la sien, que hizo que su cabeza rebotara contra el borde de la mesa. Mientras la habitación giraba sin que ella fuera apenas consciente de movimiento alguno, Alice empezó a gritar y los platos cayeron estrepitosamente al suelo. La joven levantó un brazo, intentando protegerse, preparándose para el siguiente golpe. Pero por el rabillo del ojo vio a Bennett delante de su padre, intercambiando voces que el pitido de los oídos apenas le permitía percibir.

Alice se puso en pie como pudo, con el dolor nublándole la mente, y se tambaleó. Mientras la habitación giraba a su alrededor, apenas alcanzó a ver el rostro estupefacto de Annie en la puerta de la cocina. Un sabor metálico inundó la parte posterior de su garganta.

Alice oyó cómo Bennett gritaba a lo lejos: «No... ¡Papá, no!», y se dio cuenta de que aún tenía la servilleta en la mano, hecha una bola. La joven bajó la vista. Estaba manchada de sangre. Alice la miró fijamente, parpadeando, intentando discernir lo que estaba viendo. Luego se enderezó, se tomó unos instantes para que la habitación dejara de girar, y la dejó cuidadosamente al lado de uno de los platos que quedaban.

Y, entonces, sin pararse a coger el abrigo, Alice pasó tambaleándose por delante de los dos hombres, salió al pasillo, abrió la puerta delantera y se alejó por el camino cubierto de nieve.

Una hora y veinticinco minutos después, Margery entreabrió la puerta, entornó los ojos en la oscuridad y no se encontró con McCullough ni nadie de su clan, sino con la figura delgada de Alice van Cleve, temblorosa, con un vestido azul claro, las medias rotas y los zapatos cubiertos de nieve. Le castañeteaban los dientes, tenía un lado de la cabeza ensangrentado y el ojo izquierdo entrecerrado, rodeado por un moratón violáceo. La sangre había dejado manchas de color óxido y escarlata en el cuello de su vestido, y tenía algo que parecía salsa de carne esparcida por el regazo. Las mujeres se miraron fijamente la una a la otra, mientras Bluey ladraba frenéticamente en la ventana.

Cuando Alice por fin consiguió hablar, lo hizo con dificultad, como si tuviera hinchada la lengua.

—¿Dijiste... que éramos amigas?

Margery desamartilló su rifle y lo apoyó en el marco de la puerta, antes de abrirla y agarrar a su amiga por el codo.

—Entra. Vamos, pasa. —Echó un vistazo a la ladera de la montaña y luego cerró la puerta con llave a sus espaldas.

12

La mujer de las montañas tiene una vida difícil, mientras que el hombre es el señor de la casa. Si trabaja, va de visita o deambula por los bosques acompañado de perro y arma, no es asunto de nadie más que de sí mismo [...]. Es del todo incapaz de concebir ninguna injerencia de la sociedad en sus asuntos. Si convierte su cereal en «trinque», lo hace porque es suyo.

WPA, *Guía de Kentucky*

Existían ciertas normas tácitas sociales en Baileyville y un dogma imperecedero era que no había que inmiscuirse en los asuntos privados de un hombre y su esposa. Había muchos que podían tener constancia de palizas en su «hondonada», de un hombre a una mujer y, en ocasiones, viceversa, pero pocos habitantes se habrían atrevido a intervenir, a menos que afectara de forma directa a sus propias vidas por no dejarles dormir o por causar alguna molestia. Las cosas eran así, sin más. Había gritos, golpes y, a veces, disculpas, o no; las magulladuras y cortes cicatrizaban y todo volvía a la normalidad.

Por suerte para Alice, Margery nunca había prestado mucha atención a lo que hacía la gente. Le limpió la sangre de la cara y le aplicó ungüento de consuelda en los moretones. No hizo ninguna pregunta y Alice no dijo nada, aparte de hacer muecas de dolor y apretar la mandíbula en el peor de los casos. Después, cuando la joven por fin se hubo acostado, Margery habló discretamente con Sven y acordaron hacer turnos para quedarse abajo antes de que amaneciera, de modo que si Van Cleve venía, vería que había ocasiones en las que un hombre no puede llevarse de nuevo a rastras a su mujer —o a su nuera— por mucho bochorno público que eso pudiera acarrearle.

Como era de esperar, tratándose de un hombre acostumbrado a salirse con la suya, Van Cleve sí que apareció poco antes del amanecer, aunque Alice nunca lo sabría, pues estaba en el cuarto de huéspedes de Margery, sumida en el sueño profundo de quien ha sufrido una fuerte conmoción. La cabaña de Margery no era accesible por carretera y se vio obligado a recorrer a pie el último kilómetro, por lo que llegó colorado y sudoroso a pesar de la nieve, sosteniendo una linterna ante él.

—¿O'Hare? —gritó. Y, a continuación, al no obtener respuesta—: ¡O'HARE!

—¿Le vas a responder? —Sven, que estaba preparando café, levantó la cabeza.

El perro ladraba furioso en la ventana, provocando un murmullo de maldiciones desde el exterior. En los establos, Charley dio una patada a su cubo.

—La verdad es que no veo por qué tengo que responder a un hombre que no dice mi nombre con educación, ¿no crees?

—No, no creo que tengas que hacerlo —respondió Sven con tono calmado. Había pasado la mitad de la noche sentado y haciendo un solitario, con un ojo en la puerta y un río de oscuros pensamientos recorriéndole la cabeza sobre hombres que dan palizas a mujeres.

—¡Margery O'Hare!

—Ay, Dios. La va a despertar si sigue gritando tan fuerte.

Sin decir nada, Sven le pasó a Margery su rifle y ella se acercó a la mosquitera de la puerta y la abrió con el arma caída en su mano izquierda cuando salió a los escalones, asegurándose de que Van Cleve pudiera verla.

—¿Qué desea, señor Van Cleve?

—Vengo a por Alice. Sé que está ahí dentro.

—¿Y eso cómo lo sabe?

—Esto ha ido ya demasiado lejos. Sácala y no habrá más discusión al respecto.

Margery se quedó mirando al suelo mientras pensaba.

—No creo que eso vaya a pasar, señor Van Cleve. Buenos días.

Se giró para entrar de nuevo y él elevó la voz:

—¿Qué? ¡Espera! ¡No te atrevas a cerrarme la puerta!

Margery se dio la vuelta despacio hasta que se quedó mirándolo.

—Y usted no se atreva a pegar a una mujer que le responde. No habrá una segunda vez.

—Alice hizo ayer una tontería. Confieso que me puse nervioso. Tiene que volver conmigo a casa para que podamos arreglar las cosas. En familia. —Se pasó una mano por la cara y suavizó la voz—. Sé razonable, O'Hare. Alice está casada. No puede quedarse aquí contigo.

—Tal y como yo lo veo, ella puede hacer lo que le plazca, señor Van Cleve. Es una mujer adulta. No un perro ni... una «muñeca».

La expresión de él se endureció.

—Le preguntaré qué quiere hacer cuando se despierte. Ahora tengo cosas que atender. Así que le agradecería que se fuera para poder fregar los platos del desayuno. Gracias.

Él se quedó mirándola un momento y bajó la voz:

—Te crees muy lista, ¿verdad, muchacha? ¿Crees que no sé lo que has hecho con esas cartas que has enviado a North

Ridge? ¿Crees que no sé lo de esos libros tuyos obscenos y lo de esas chicas tuyas indecentes que están tratando de llevar a las mujeres de bien por el camino del pecado?

Durante unos segundos, el aire pareció desaparecer alrededor de los dos. Incluso el perro se quedó en silencio.

La voz de Van Cleve cuando volvió a hablar tenía un tono de amenaza:

—Vigila tus espaldas, Margery O'Hare.

—Que pase usted un buen día, señor Van Cleve.

Margery se dio la vuelta y entró de nuevo en la cabaña. Su voz era tranquila y su paso firme, pero se detuvo junto a la cortina y miró por un lado de la ventana hasta que estuvo segura de que Van Cleve había desaparecido.

—¿Dónde narices está *Mujercitas*? Juro que llevo semanas buscando ese libro. La última anotación que vi es que lo tenía la vieja Peg de la tienda, pero ella dice que lo devolvió y se tachó en el registro.

Izzy estaba examinando las estanterías pasando un dedo por los lomos de los libros mientras negaba con la cabeza con expresión de frustración.

—Albert, Alder, Allemagne... ¿Lo ha robado alguien?

—Quizá se haya roto y Sophia lo esté arreglando.

—Le he preguntado. Dice que no lo ha visto. Me fastidia porque hay dos familias que me lo han pedido y parece que nadie tiene idea de dónde está. Y ya sabéis el mal genio que le entra a Sophia cuando desaparecen libros. —Se ajustó la muleta bajo el brazo y se movió a la derecha para mirar de cerca los títulos.

Las voces cesaron cuando Margery entró por la puerta de atrás seguida de cerca por Alice.

—¿Te has llevado *Mujercitas* a algún sitio, Margery? Izzy está que echa fuego por la rabia y... ¡Madre mía! Parece que a alguien le han dado una paliza.

—Se ha caído del caballo —dijo Margery con un tono de voz que no admitía discusión. Beth se quedó mirando la cara hinchada de Alice y, después, miró a Izzy, que bajó los ojos al suelo.

Hubo un breve silencio.

—Espero que... no te hayas hecho mucho daño, Alice —murmuró Izzy.

—¿Lleva tus pantalones de montar? —preguntó Beth.

—¿Crees que yo tengo los únicos pantalones de cuero de todo el estado de Kentucky, Beth Pinker? No sabía que te fijaras tanto en la ropa de la gente. Cualquiera diría que no tienes nada mejor que hacer. —Margery se acercó al libro de registro que estaba en el escritorio y empezó a hojearlo.

Beth se tomó la reprimenda con buen humor.

—Reconoce que, en cualquier caso, a ella le quedan mejor que a ti. Señor, ahí afuera hace más frío que en el trasero de un pocero. ¿Alguien ha visto mis guantes?

Margery examinaba las páginas.

—A ver, Alice está un poco dolorida, así que, Beth, tú haces las dos rutas a Blue Stone Creek. La señorita Eleanor está en casa de su hermana, por lo que no va a necesitar libros nuevos esta vez. Izzy, ¿puedes encargarte tú de los MacArthur? ¿Te viene bien? Puedes atravesar ese campo de dieciséis hectáreas para llegar a tus rutas habituales. Ese que tiene el granero caído.

Accedieron sin quejas a la vez que miraban de reojo a Alice, que no decía nada y mantenía su atención puesta en algún punto perdido a un metro de sus pies con las mejillas en llamas. Cuando salía, Izzy tendió la mano y apretó con suavidad el hombro de Alice. Esta esperó a que hubiesen llenado sus bolsos y montado en sus caballos y, a continuación, se sentó con cuidado en la silla de Sophia.

—¿Estás bien?

Alice asintió. Se quedaron sentadas escuchando el sonido de los cascos desapareciendo por la calle.

—¿Sabes qué es lo peor de que un hombre te pegue? —preguntó Margery por fin—. No es el dolor. Es que en ese instante te das cuenta de lo que significa ser una mujer. Que no importa lo lista que seas, que se te dé mejor discutir, que seas mejor que ellos, punto. Es entonces cuando te das cuenta de que siempre podrán hacerte callar con un puñetazo. Sin más.

Alice recordó cómo había cambiado el comportamiento de Margery cuando el hombre del bar se había colocado entre las dos, la dureza con que había mirado el lugar en el que aquel hombre había tocado el hombro de Alice.

Margery cogió la cafetera y maldijo al ver que estaba vacía. Se quedó pensando un momento y, después, se enderezó y miró a Alice con una tensa sonrisa.

—Pero ten claro que eso solo pasa hasta que aprendes a responder con un golpe más fuerte.

A pesar de que las horas de luz eran ahora tan cortas, el día se hacía tedioso y extraño y la pequeña biblioteca quedaba invadida por una vaga sensación de incertidumbre, como si Alice no estuviese muy segura de si debería estar esperando que viniera alguien o que pasara algo. Los golpes de la noche anterior no le habían dolido tanto. Ahora entendía que esa había sido la reacción de su cuerpo a la conmoción. A medida que pasaban las horas, varias partes de ella habían empezado a inflamarse y a ponerse rígidas y un leve zumbido le apretaba partes de la cabeza que habían entrado en contacto con el puño rollizo de Van Cleve o el implacable tablero de la mesa.

Margery se marchó después de que Alice le asegurara que sí, que estaba bien, y que no, que no quería que más gente se quedara sin sus libros, y tras prometerle que echaría el cerrojo a la puerta durante todo el tiempo que estuviese fuera. En realidad, necesitaba estar un rato a solas, un rato en el que no tuviera que preocuparse de las reacciones de los demás delante de ella ni de ninguna otra cosa.

Y así, durante un par de horas, no hubo más que Alice en la biblioteca, a solas con sus pensamientos. La cabeza le dolía demasiado como para leer y, de todos modos, no sabía qué podía mirar. Sus pensamientos estaban turbios, enmarañados. Le costaba concentrarse, mientras que todas las preguntas sobre su futuro —dónde iba a vivir, qué iba a hacer, si trataría siquiera de regresar a Inglaterra— le parecían un esfuerzo tan enorme e intrincado que, al final, le pareció más fácil concentrarse sin más en las pequeñas tareas. Ordenar libros. Hacer café. Salir al retrete y, después, volver rápidamente y echar de nuevo el cerrojo.

A la hora del almuerzo alguien llamó a la puerta y ella se quedó inmóvil. Pero fue la voz de Fred la que oyó: «Solo soy yo, Alice», y se levantó de la silla para abrir el cerrojo y dar un paso atrás cuando él entró.

—Le he traído sopa —anunció a la vez que dejaba un cuenco tapado con un paño sobre el escritorio—. He pensado que podría tener hambre.

Fue entonces cuando le vio la cara. Ella se dio cuenta de la impresión, reprimida con la misma rapidez con que apareció para ser sustituida por algo más oscuro y furioso. Fue hasta el otro extremo de la habitación y se quedó allí un rato, de espaldas a ella, y fue como si, de repente, Fred estuviese hecho de algo más duro, como si su cuerpo se hubiese convertido en hierro.

—Bennett van Cleve es un imbécil —dijo, sin apenas mover la mandíbula, como si le estuviese costando contenerse.

—No ha sido Bennett.

Tardó un momento en entenderla.

—Maldita sea.

Volvió hacia atrás y se detuvo delante de ella. Alice miró hacia otro lado y el color apareció en sus mejillas, como si fuera ella quien hubiese hecho algo de lo que avergonzarse.

—Por favor —susurró, sin estar segura de qué era lo que le estaba pidiendo.

—Deje que la vea. —Se puso delante de ella y levantó los dedos hacia su cara, estudiándola con el ceño fruncido. Ella cerró los ojos mientras recorría la línea de su mandíbula con dedos suaves. Estaba tan cerca que Alice podía sentir el calor de su piel, el leve olor a caballo que desprendía su ropa—. ¿La ha visto un médico?

Negó con la cabeza.

—¿Puede abrir la boca?

Obedeció. Después, volvió a cerrarla con un gesto de dolor.

—Esta mañana me he lavado los dientes. Creo que un par de ellos se agitaban un poco, como un cascabel.

Él no se rio. Las yemas de sus dedos subieron por los laterales de su cara, con tanta suavidad que ella apenas las sentía, ni siquiera al atravesar los cortes y las magulladuras, igual que si se movieran suavemente por el espinazo de un caballo en busca de alguna desalineación. Fred frunció el ceño cuando cruzó sus pómulos y llegó a la frente, donde vaciló y, después, apartó un mechón de pelo.

—Creo que no tiene nada roto. —Su voz era un sordo murmullo—. Aunque eso no me quita las ganas de darle un puñetazo.

La bondad siempre podía con todo. Ella sintió que una lágrima le bajaba lentamente por la mejilla y esperó que él no la viera.

Fred se apartó. Ella oyó que estaba ahora junto a la mesa, y notó el traqueteo de una cuchara sobre ella.

—Es de tomate. La he preparado con hierbas y un poco de nata. Me he imaginado que usted no habría traído nada. Y... no es necesario masticar.

—No conozco a muchos hombres que cocinen. —Su voz salió con un pequeño sollozo.

—Sí. Bueno. Ahora mismo estaría pasando bastante hambre si no lo hiciera.

Ella abrió los ojos y vio que estaba dejando la cuchara junto a su cuenco con una servilleta de cuadros bien doblada al lado. Por un momento, Alice recordó la imagen de la mesa puesta de la noche anterior, pero la hizo desaparecer. Este era Fred, no Van Cleve. Y se sorprendió al ver que estaba hambrienta.

Fred se sentó mientras ella comía, con los pies sobre una silla mientras leía un libro de poesía, al parecer contento de dejarla tranquila.

Alice se tomó casi toda la sopa, haciendo muecas de dolor cada vez que abría la boca y buscando de vez en cuando con la lengua los dos dientes sueltos. No dijo nada, porque no sabía qué decir. Una extraña e inesperada sensación de humillación se cernió sobre ella, como si, en cierto modo, ella hubiera provocado aquello, como si las magulladuras de su rostro fueran un reflejo de su fracaso. Se descubrió reviviendo una y otra vez los sucesos de la noche anterior. ¿Debería haberse quedado callada? ¿Debería haberse limitado a transigir? Y, aun así, haber hecho esas cosas la habría convertido en... ¿Qué? Nada que fuera mucho mejor que aquellas malditas muñecas.

La voz de Fred interrumpió sus pensamientos.

—Cuando supe que mi mujer me estaba engañando, creo que uno de cada dos hombres de aquí a Hoffman me preguntó por qué no le daba una buena paliza y la traía de nuevo a casa.

Alice movió la cabeza con rigidez para mirarle, pero él mantenía la mirada puesta en su libro, como si estuviese leyendo en él esas palabras.

—Decían que debía darle una lección. Nunca lo hice, ni siquiera durante el primer ataque de rabia, cuando pensaba que ella me había pisoteado el corazón. Cuando le das una paliza a un caballo puedes terminar rompiéndolo. Puedes conseguir someterlo. Pero nunca se olvidará. Y puedes estar seguro de que nunca te querrá. Así que, si no se lo hago a un caballo, jamás podría entender por qué debería hacérselo a un ser humano.

Alice apartó el cuenco despacio mientras él continuaba.

—Selena no era feliz conmigo. Yo lo sabía, pero no quería pensar en ello. Ella no estaba hecha para vivir aquí, con el polvo, los caballos y el frío. Era una chica de ciudad y probablemente yo no lo tuve muy en cuenta. Estaba tratando de sacar adelante el negocio después de la muerte de mi padre. Supongo que pensé que ella sería como mi madre, que estaría contenta de forjar su propio camino. Pasaron tres años y no tuvimos hijos. Yo debería haber sabido que el primer vendedor zalamero que le prometiera una vida distinta haría que ella le siguiera. Pero no, nunca le puse una mano encima. Ni siquiera cuando se plantó delante de mí, con la maleta en la mano, para detallarme todos los aspectos en los que yo no había conseguido ser un hombre para ella. Y supongo que la mitad de este pueblo aún piensa que soy poco hombre por ello.

«Yo no», quiso decirle ella pero, de algún modo, las palabras no le salían de la boca.

Se quedaron sentados en silencio un rato más, sumidos en sus pensamientos. Por fin, él se levantó, le sirvió un café, lo puso delante de ella y fue hacia la puerta con el cuenco vacío.

—Estaré trabajando con el potro de Frank Neilsen en el prado de al lado esta tarde. Está un poco descompensado y prefiere el terreno llano. Si le preocupa cualquier cosa, no tiene más que dar un golpe en esa ventana, ¿de acuerdo?

Ella no respondió.

—Estaré aquí mismo, Alice.

—Gracias —contestó.

—Es mi mujer. Tengo derecho a hablar con ella.

—¿Cree que me importa un pimiento lo que usted...?

Fred fue el primero que llegó hasta él. Ella había estado dormitando en la silla, pues estaba agotada hasta la médula, y se despertó con el sonido de las voces.

—No pasa nada, Fred —gritó ella—. Déjele pasar.

Retiró el cerrojo y abrió un poco la puerta.

—Pues, en ese caso, yo también entro. —Fred pasó detrás de Bennett, de modo que los dos hombres se quedaron allí un momento, quitándose la nieve de las botas y sacudiéndose la ropa.

Bennett hizo una mueca cuando la vio. Ella no se había atrevido a mirarse la cara, pero, por la expresión de él, tuvo bastante claro lo que necesitaba saber. Él respiró hondo y se frotó la nuca con la palma de la mano.

—Tienes que venir a casa, Alice —dijo. Y añadió—: No volverá a hacerlo.

—¿Desde cuándo tienes voz ni voto con respecto a lo que haga tu padre, Bennett? —preguntó ella.

—Me lo ha prometido. No quería darte tan fuerte.

—Solo un poco. Ah, pues entonces no hay problema —dijo Fred.

Bennett le fulminó con la mirada.

—Los ánimos estaban caldeados. Papá solo... En fin, no está acostumbrado a que una mujer le responda.

—¿Y qué va a hacer la próxima vez que Alice abra la boca?

Bennett se giró y se cuadró ante Fred.

—Oiga, Guisler, ¿le importa no entrometerse? Porque, por lo que yo sé, esto no es asunto suyo.

—Es asunto mío si veo a una mujer indefensa recibiendo semejante paliza.

—Y usted es experto en cómo tratar a una esposa, ¿eh? Porque todos sabemos lo que pasó con su mujer...

—Ya basta —intervino Alice. Se puso de pie despacio, pues los movimientos rápidos hacían que la cabeza le doliera, y miró a Fred—. ¿Nos deja un momento, Fred? ¿Por favor...?

Guisler clavó su mirada en ella, luego en Bennett y, después, de nuevo en ella.

—Estaré en la puerta —murmuró.

Se quedaron mirando al suelo hasta que la puerta se cerró. Ella levantó los ojos primero para mirar al hombre con el que se había casado apenas un año antes, un hombre, según veía ahora, que había representado una vía de escape más que una auténtica unión de mentes o almas. Al fin y al cabo, ¿qué sabían en realidad el uno del otro? Habían sido algo exótico el uno para el otro, una idea de un mundo distinto para dos personas que estaban atrapadas, cada uno a su manera, por las expectativas que en ellos tenían quienes les rodeaban. Y entonces, poco a poco, la diferencia de ella se había convertido en algo repugnante para él.

—Entonces, ¿te vienes a casa? —preguntó Bennett.

No fue un: «Lo siento. Podemos arreglarlo, hablarlo. Te quiero y he pasado toda la noche preocupado por ti».

—¿Alice?

Ni un: «Nos iremos a algún sitio los dos solos. Empezaremos de nuevo. Te he echado de menos, Alice».

—No, Bennett. No voy a volver.

Tardó un momento en asimilar lo que ella había dicho.

—¿Qué quieres decir?

—Que no voy a volver.

—Pero... ¿adónde vas a ir?

—Aún no estoy segura.

—Tú... no puedes irte sin más. Las cosas no son así.

—¿Quién lo dice? Bennett..., tú no me quieres. Y yo no puedo..., no puedo ser la esposa que tú necesitas que sea. Nos estamos haciendo tremendamente infelices el uno al otro y no hay nada..., nada que indique que eso vaya a cambiar. Así que no. No tiene sentido que vuelva.

—Esto es por la influencia de Margery O'Hare. Papá tenía razón. Esa mujer...

—Por el amor de Dios, yo sé lo que siento.

—Pero estamos casados.

Ella enderezó la espalda.

—No voy a regresar a esa casa. Y aunque tú y tu padre me saquéis de aquí cien veces, yo seguiré marchándome.

Bennett se frotaba la nuca. Movió la cabeza a un lado y a otro y apartó un poco la vista de ella.

—Sabes que él no lo va a aceptar.

—Él no lo va a aceptar.

Alice le miró a la cara, en la que distintas emociones parecían estar compitiendo entre sí, y se sintió por un momento abrumada por la tristeza de todo aquello, por el reconocimiento de que ese era de verdad el final. Pero había algo más ahí: algo que esperaba que él también pudiera detectar. Alivio.

—¿Alice? —dijo él.

Y ahí estaba de nuevo, la extraña esperanza, irreprimible como un brote de primavera, de que, aunque ya era tarde, él la pudiera tomar en sus brazos, jurarle que no podía vivir sin ella, que todo eso había sido un error espantoso y que estarían juntos, como él le había prometido. La creencia, bien arraigada dentro de ella, de que todas las historias de amor tenían, en el fondo, la posibilidad de un final feliz.

Ella negó con la cabeza.

Y, sin decir nada más, él se marchó.

La Navidad se abordó sin estridencias. Margery no celebraba normalmente la Navidad, pues no podía relacionarla con ningún buen recuerdo, pero Sven insistió y compró un pequeño pavo que rellenó y cocinó y también preparó galletas de canela hechas con la receta sueca de su madre. Margery tenía muchas virtudes, decía negando con la cabeza, pero como esperara a que ella cocinara se quedaría más flaco que el palo de aquella escoba.

Invitaron a Fred, cosa que, por algún motivo, hizo que Alice se mostrara cohibida y, cada vez que él la miraba desde el otro lado de la mesa, se las arreglaba para hacerlo en el segundo exacto en que ella levantaba la vista hacia él, y eso la hacía sonrojar. Llevó un pastel de frutas, preparado según la receta de su madre, y una botella de tinto francés que tenía en su bodega desde antes de que su padre muriera, y se la bebieron y hablaron de su curioso sabor, aunque Sven y Fred estuvieron de acuerdo en que no había nada mejor que una cerveza fría. No cantaron villancicos ni jugaron a nada, pero había algo reparador en la relajada compañía de cuatro personas que se tenían afecto y se sintieron agradecidos por la buena comida y por disfrutar de un día o dos sin trabajar.

A pesar de ello, Alice había estado temiendo todo el día que llamaran a la puerta, el inevitable enfrentamiento. Al fin y al cabo, el señor Van Cleve era un hombre acostumbrado a salirse con la suya y había pocas ocasiones que ofrecieran mayor garantía de calentar los ánimos que la Navidad. Y, de hecho, sí que llamaron a la puerta. Pero no fue como ella se esperaba. Alice se puso de pie de un brinco, miró por la ventana, peleándose por el espacio con un agitado Bluey que no paraba de ladrar, pero fue Annie la que apareció en el umbral, con el mismo gesto de enfado, aunque, dado que se trataba de un día de fiesta, Alice no podía culparla.

—El señor Van Cleve me ha pedido que traiga esto —dijo, sus palabras explotaron entre sus labios, como burbujas rabiosas. Le lanzó un sobre.

Alice sujetaba a Bluey, que se retorcía para soltarse, dar un salto y saludar a aquella nueva visita. No podía haber peor perro guardián, decía Margery con cariño, todo ruido y ni pizca de furia. El renacuajo de la camada. Siempre absurdamente contento de mostrar a todos lo feliz que le hacía el simple hecho de estar vivo.

Annie mantenía una mirada recelosa sobre él mientras Alice cogía el sobre.

—Y ha dicho que le desea feliz Navidad.

—Pero no podía levantarse de la mesa para venir a decirlo en persona, ¿no? —gritó Sven a través de la puerta. Annie le miró con el gesto torcido y Margery le reprendió en silencio.

—Annie, eres bienvenida si quieres quedarte a comer algo antes de irte —dijo—. Hace una tarde fría y estaríamos encantados de compartir la comida contigo.

—Gracias. Pero tengo que volver. —Parecía reacia a permanecer cerca de Alice, como si la mera proximidad supusiera un peligro de quedar contaminada por su predilección por las «pervertidas prácticas sexuales».

—Bueno, gracias de todos modos por venir hasta aquí —dijo Alice. Annie la miró con recelo, como si se estuviese riendo de ella. Se dio la vuelta y aligeró el paso al bajar la cuesta.

Alice cerró la puerta y soltó al perro, que de inmediato empezó a saltar y a ladrar por la ventana, como si se hubiera olvidado por completo de a quién acababa de ver. Alice se quedó mirando el sobre.

—¿Qué te ha dado?

Margery se sentó a la mesa. Alice notó la mirada que intercambiaban ella y Fred mientras abría la tarjeta, con una elaborada composición de purpurina y lazos.

—Estará intentando recuperarla —dijo Sven a la vez que apoyaba la espalda en la silla—. Eso sí que es romántico. Bennett está intentando impresionarla.

Pero la tarjeta no era de Bennett. Leyó lo que decía:

Alice, necesitamos que regreses a la casa. Ya ha sido suficiente y mi hijo te echa de menos. Sé que me porté mal contigo y estoy dispuesto a cambiar. Aquí tienes un detalle para que te compres algo elegante en Lexington y te lo envío con la esperanza de que sirva de aliciente para tu pronta vuelta al hogar. Esto siempre resultó ser una fructífera solución con mi querida y difunta Dolores y confío en que lo mires con los mismos buenos ojos.

Hagamos borrón y cuenta nueva.

Tu padre,

Geoffrey van Cleve

Miró la tarjeta, de la que cayó un billete nuevo de cincuenta dólares sobre el mantel. Se quedó contemplándolo.

—¿Es lo que creo que es? —preguntó Sven, inclinándose hacia delante para examinarlo.

—Quiere que vaya a comprarme un vestido bonito. Y que, después, vuelva a casa. —Dejó la tarjeta sobre la mesa.

Hubo un largo silencio.

—No vas a ir —dijo Margery.

Alice levantó la cabeza.

—No iría ni aunque me pagara mil dólares. —Tragó saliva y volvió a meter el dinero en el sobre—. Pero trataré de buscarme otro sitio donde quedarme. No quiero ser un estorbo.

—¿Estás de broma? Te quedarás todo el tiempo que quieras. No eres ningún estorbo, Alice. Además, Bluey está tan embobado contigo que me gusta no tener que competir con él para llamar la atención de Sven.

Solo Margery notó el suspiro de alivio de Fred.

—¡Muy bien! —exclamó Margery—. Está decidido. Alice se queda. ¿Por qué no quito todo esto? Después, nos serviremos las galletas de canela de Sven. Si no podemos comérnoslas, las podremos utilizar para practicar el tiro al blanco.

27 de diciembre de 1937

Querido señor Van Cleve:
Me ha dejado usted claro en más de una ocasión que piensa que soy una puta. Pero, al contrario que a las putas, a mí no se me puede comprar.
Por lo tanto, le devuelvo su dinero bajo la custodia de Annie.
Por favor, ¿podría ordenar que se me envíen mis cosas a la casa de Margery O'Hare por ahora?
Atentamente,
Alice

Van Cleve tiró la carta sobre el escritorio. Bennett levantó los ojos desde el otro extremo del despacho y se hundió un poco en su asiento, como si ya adivinara su contenido.

—Se acabó —dijo Van Cleve antes de arrugar la carta y formar una bola con ella—. Esa O'Hare se ha pasado de la raya.

Diez días después llegaron los pasquines. Izzy vio el primero volando por la calle junto a la escuela. Desmontó de su caballo, lo cogió y le quitó la nieve para poder leerlo mejor.

Personas de bien de Baileyville: cuídense del peligro moral
que supone la Biblioteca Itinerante.
Se aconseja a todos los vecinos honrados que renuncien a su uso.
LA RECTITUD MORAL DE NUESTRO PUEBLO ESTÁ EN JUEGO.

—Rectitud moral. Dicho por un hombre que abofeteó la cara de una muchacha en la misma mesa de su comedor —dijo Margery negando con la cabeza.

—¿Qué vamos a hacer?

—Ir a la reunión, supongo. Al fin y al cabo, somos vecinas honradas. —Margery parecía optimista, pero Alice vio el modo en que cerraba la mano alrededor del pasquín y se le tensaba un tendón en el cuello—. No voy a permitir que ese viejo...

La puerta se abrió. Era Bryn, con las mejillas rosadas y la respiración pesada por haber corrido.

—Señorita O'Hare, señorita O'Hare. Beth se ha caído con el hielo y se ha hecho una buena fractura en el brazo.

Salieron corriendo de la biblioteca y le siguieron por el camino cubierto de nieve hasta que se encontraron con la corpulenta figura de Dan Meakins, el herrero del pueblo, que cargaba sujeta contra su pecho con una Beth de cara pálida. La muchacha se agarraba el brazo y tenía unas llamativas manchas oscuras debajo de los ojos, como si no hubiese dormido en una semana.

—El caballo se ha caído sobre un tramo de hielo justo al lado de la cantera de grava —dijo Dan Meakins—. Le he mirado y creo que está bien. Pero parece que ella ha recibido todo el impacto en el brazo.

Margery se acercó para examinar el brazo de Beth y el corazón le dio un vuelco. Ya estaba hinchado y cárdeno ocho centímetros por encima de la muñeca.

—Estáis exagerando —dijo Beth con los dientes apretados.

—Alice, ve a por Fred. Tenemos que llevarla al médico de Chalk Ridge.

Una hora después, los tres estaban en la sala de curas de la consulta del doctor Garnett mientras él colocaba con cuidado el brazo herido entre dos tablillas, tarareando algo en voz baja mientras lo vendaba. Beth mantenía los ojos cerrados y la mandíbula apretada, decidida a no dejar que se le notara el dolor, algo propio de quien se ha criado como la única chica en una familia de hermanos varones.

—Pero puedo seguir montando, ¿no? —preguntó Beth cuando el médico hubo acabado. Levantó el brazo por delante de ella mientras él le colocaba el cabestrillo alrededor del cuello y lo ataba con cuidado.

—Desde luego que no. Jovencita, vas a tener que pasar al menos seis semanas en reposo. Nada de montar ni de levantar cosas y trata de que el brazo no se golpee con nada.

—Pero tengo que montar a caballo. ¿Cómo si no voy a llevar los libros?

—No sé si habrá oído hablar de nuestra pequeña biblioteca, doctor... —empezó a decir Margery.

—Todos hemos oído hablar de su biblioteca. —Se permitió mirarla con una sonrisa irónica—. Señorita Pinker, por ahora la fractura parece limpia y confío en que curará bien. Pero insisto en lo importante que es protegerla de mayores daños. Si se infecta, tendríamos que enfrentarnos a una amputación.

—¿Amputación?

Alice sintió que algo le invadía, no estaba segura de si era repugnancia o miedo. De repente, Beth miraba con los ojos abiertos de par en par y había desaparecido su anterior serenidad.

—Nos las arreglaremos, Beth. —La voz de Margery sonaba más convencida de lo que se sentía por dentro—. Tú limítate a hacer caso al doctor.

Fred condujo todo lo rápido que pudo, pero, cuando llegaron a la reunión, ya llevaban más de media hora. Alice y Margery se dirigieron discretamente a la parte de atrás de la sala de reuniones, con Alice bajándose el sombrero por encima de la frente y dejando caer el pelo suelto sobre la cara para tratar de ocultar lo peor de sus magulladuras. Fred iba justo detrás de ella, como había hecho durante todo el día, como una especie de guardián. La puerta se cerró con suavidad tras ellos. Van Cleve estaba tan embalado en su discurso que nadie se detuvo a mirar siquiera cuando entraron.

—No me malinterpreten. Yo estoy completamente a favor de los libros y de la educación. Mi propio hijo, Bennett, fue el primero de su promoción en la escuela, como algunos de ustedes recordarán. Pero hay libros buenos y hay libros que hacen germinar ideas erradas, libros que difunden falsedades y pensamientos impuros. Libros que, si no se supervisan, pueden provocar divisiones en la sociedad. Y me temo que quizá hayamos sido laxos al dejar que esos libros circulen libremente por nuestra comunidad sin prestar la suficiente vigilancia para proteger a nuestras jóvenes y más vulnerables mentes.

Margery pasó la mirada por los asistentes para ver quién estaba y quién asentía. Costaba verlo bien desde atrás.

Van Cleve caminaba por delante de la primera fila de sillas negando con la cabeza, como si la información que tenía que dar le provocara verdadera tristeza.

—A veces, vecinos, mis buenos vecinos, me pregunto si el único libro que de verdad deberíamos leer es el de las Sagradas Escrituras. ¿No contiene todas las verdades y el aprendizaje que necesitamos?

—¿Y qué nos propone, Geoff?

—Bueno, ¿es que no es evidente? Tenemos que clausurar ese sitio.

Las caras entre la multitud se miraron entre sí, algunas con sorpresa y preocupación, otras asintiendo y mostrando su aprobación.

—Admito que se ha hecho un buen trabajo al repartir recetas y enseñar a los niños a leer y esas cosas. Y le doy las gracias por ello, señora Brady. Pero ya es suficiente. Debemos recuperar el control de nuestro pueblo. Y hay que empezar por el cierre de esa mal llamada biblioteca. Haré llegar esta propuesta al gobernador en cuanto tenga oportunidad y espero que todos los vecinos honrados que hay entre ustedes me apoyen.

Los asistentes se marcharon media hora después, en medio de un inusitado silencio difícil de interpretar, susurrándose unos a otros, algunos de ellos lanzando miradas de curiosidad a las mujeres que permanecían juntas en la parte de atrás. Van Cleve salió concentrado en su conversación con el pastor McIntosh y, o bien no las vio, o simplemente había decidido no hacer caso de su presencia.

Pero la señora Brady sí que las vio. Todavía con el pesado sombrero de piel que llevaba en la calle, miró hacia la parte posterior de la muchedumbre hasta ver a Margery y le hizo una señal para que se acercara al pequeño escenario.

—¿Es verdad lo del libro de *Amor conyugal*?

Margery no apartó la mirada.

—Sí.

La señora Brady dejó escapar una leve exclamación en voz baja.

—¿Se da cuenta de lo que ha hecho, Margery O'Hare?

—Es solo información, señora Brady. Información para ayudar a las mujeres a tomar el control de sus cuerpos, de sus vidas. No tiene nada de pecaminoso. Cielo santo, si hasta nuestro tribunal federal ha aprobado ese libro.

—Tribunal federal —repitió la señora Brady con un resoplido—. Sabe tan bien como yo que aquí estamos muy lejos de los tribunales federales y que a nadie le importa un pimiento lo que allí se decida. Sabe que nuestro pequeño rincón del mundo es de lo más conservador, sobre todo en lo concerniente a los asuntos de la carne. —Cruzó los brazos sobre su pecho y, de repente, las palabras le salieron como un estallido—. ¡Maldita sea, Margery, confiaba en que no iba a provocar ningún revuelo! Ya sabe lo sensible que es este proyecto. Ahora todo el pueblo está que arde con rumores sobre el tipo de material que está repartiendo. Y ese viejo loco está dispuesto a destrozarlo todo y a asegurarse de que se sale con la suya y nos echa el cierre.

—Lo único que he hecho es ser franca con la gente.

—Pues si hubiese sido más lista se habría dado cuenta de que, a veces, hay que comportarse como los políticos para conseguir lo que se quiere. Al actuar como lo ha hecho usted, le ha dado exactamente la munición que él esperaba.

Margery se removió incómoda.

—Vamos, señora Brady. Nadie va a hacerle caso al señor Van Cleve.

—¿Eso cree? Pues el padre de Izzy, para empezar, se ha mostrado firme.

—¿Qué?

—El señor Brady ha insistido esta noche en que Izzy se retire del programa.

Margery la miró boquiabierta.

—Es una broma.

—Le aseguro que no lo es. Esta biblioteca depende de la buena voluntad de los habitantes del pueblo. Está sustentada en la idea de que se trata de un bien público. Sea lo que sea lo que ha hecho ha generado una polémica y el señor Brady no quiere que su única hija se vea arrastrada por ella.

De repente, se llevó una mano a la mejilla.

—Dios mío. A la señora Nofcier no le va a gustar nada cuando se entere. No le va a gustar nada en absoluto.

—Pero..., pero Beth Pinker se acaba de romper un brazo. Ya hemos perdido a una bibliotecaria. Si perdemos también a Izzy, la biblioteca no va a poder salir adelante.

—Pues quizá debería haberlo pensado antes de empezar a liar las cosas con su... literatura radical. —Fue entonces cuando vio la cara de Alice. Parpadeó, la miró con el ceño fruncido y, después, movió la cabeza a un lado y a otro, como si eso también fuese una prueba de que algo estaba yendo realmente mal en la Biblioteca Itinerante. A continuación se fue, con Izzy mirándolas desesperada mientras le tiraban de la manga en dirección a la puerta.

—Vaya, pues menudo desastre.

Margery y Alice estaban en la puerta de la ahora vacía sala de reuniones mientras las últimas calesas y parejas desaparecían entre murmullos. Por primera vez, Margery parecía realmente desconcertada. Seguía sujetando en la mano un pasquín arrugado y, en ese momento, lo tiró al suelo y lo aplastó con el tacón entre la nieve del escalón.

—Yo voy a hacer mi ruta mañana —dijo Alice. Su voz aún sonaba amortiguada desde su boca hinchada, como si hablara a través de una almohada.

—No puedes. Espantarías a los caballos y, más aún, a las familias. —Margery se frotó los ojos y respiró hondo—. Yo haré todas las rutas que pueda. Pero Dios sabe que la nieve ya lo hace todo más difícil.

—Nos quiere destruir, ¿verdad? —preguntó Alice sin entusiasmo.

—Sí, eso quiere.

—Es por mí. Le dije dónde podía meterse sus cincuenta dólares. Está tan enfadado que haría lo que fuera por castigarme.

—Alice, si no le hubieses dicho tú dónde podía meterse sus cincuenta dólares, lo habría hecho yo y con letras mayúsculas. Van Cleve es del tipo de hombres que no puede soportar que una mujer ocupe ninguna clase de lugar en el mundo. No puedes culparte por lo que haga un hombre así.

Alice se metió las manos en los bolsillos.

—Quizá el brazo de Beth se cure más rápido de lo que ha dicho el médico.

Margery la miró de reojo.

—Ya se te ocurrirá algo —añadió Alice, como si se lo estuviese diciendo a sí misma—. Siempre te pasa.

Margery soltó un suspiro.

—Vamos. Volvamos a casa.

Alice bajó dos escalones y se ciñó con fuerza la chaqueta de Margery alrededor del cuerpo. Se preguntó si Fred iría con ella a recoger sus últimas pertenencias. Le daba miedo ir sola.

Entonces, una voz interrumpió el silencio.

—¿Señorita O'Hare?

Kathleen Bligh apareció por la esquina del edificio de la sala de reuniones sosteniendo delante de ella una lámpara de aceite con una mano y las riendas de un caballo en la otra.

—Señora Van Cleve.

—Hola, Kathleen. ¿Cómo se encuentra?

—He estado en la reunión. —Su rostro parecía demacrado bajo la fuerte luz—. He oído lo que ese hombre de ahí ha estado diciendo de todas ustedes.

—Sí. Bueno, cada uno tiene una opinión en este pueblo. No hay que creer todo lo que...

—Yo iré con ustedes.

Margery inclinó la cabeza, como si no estuviese segura de haber oído bien.

—Iré con el caballo. He oído lo que le ha dicho a la señora Brady. La madre de Garrett cuidará de los niños. Iré con ustedes. Hasta que el brazo de esa muchacha esté curado.

Al ver que ni Margery ni Alice respondían, añadió:

—Conozco al dedillo los caminos de cada «hondonada» en treinta kilómetros. Sé montar a caballo igual de bien que cualquier otro. La biblioteca me ha ayudado a seguir adelante y no quiero que ningún viejo estúpido la cierre.

Las mujeres se miraron entre sí.

—¿A qué hora voy mañana?

Fue la primera vez que Alice veía a Margery sin saber qué decir. Tartamudeó un poco antes de volver a hablar.

—Pasadas las cinco estará bien. Tenemos mucho camino que recorrer. Por supuesto, si es demasiado complicado porque sus hijos...

—A las cinco estaré. Tengo mi propio caballo. —Levantó el mentón—. El caballo de Garrett.

—Le estoy muy agradecida.

Kathleen se despidió de las dos con un movimiento de la cabeza y, después, se montó en el gran caballo negro, le dio la vuelta y se perdió en la oscuridad.

Cuando después echara la vista atrás, Alice recordaría el mes de enero como el más oscuro de todos. No era solo que los días fueran cortos y gélidos y que buena parte de sus trayectos se hicieran ahora en completa oscuridad, con los cuellos subidos y los cuerpos envueltos en tanta ropa como podían ponerse sin que les impidiera moverse; las familias a las que visitaban estaban a menudo azules por el frío, los niños y ancianos, metidos juntos en la cama, algunos tosiendo y con los ojos legañosos, acurrucados en torno a fuegos a medio apagar y, aun así, todos desesperados por la diversión y la esperanza que una buena historia les podría traer. Llevarles los libros se había vuelto infinitamente más duro: las rutas estaban a veces intransitables, los caballos tropezaban entre la profunda nieve o se resbalaban sobre el hielo de los senderos en pendiente, de tal modo que Alice tenía que desmontar e ir caminando, obsesionada con la imagen del brazo enrojecido e hinchado de Beth.

Tal y como había prometido, Kathleen aparecía a las cinco de la mañana cuatro días a la semana sobre el alto y negro caballo de su marido, recogía dos bolsas de libros y salía sin decir nada hacia el interior de las montañas. Rara vez necesitó revisar sus rutas y las familias a las que repartía la recibían con las puertas abiertas y muestras de alegría y respeto. Alice se dio cuenta de que salir de casa le hacía bien a Kathleen, a pesar de las penurias del trabajo y de las largas horas alejada de sus hijos. En pocas semanas se le notó un nuevo aire, si no de felicidad, sí de serena sensación de realización, e incluso aquellas familias influenciadas por el enérgico deseo de desmantelamiento de la biblioteca por parte del señor Van Cleve se convencieron de seguir con ella en vista de la insistencia de Kathleen de que la biblioteca era «algo bueno y que ella y Garrett tenían buenas razones para creerlo así».

Pero, con todo, fue duro. Aproximadamente una cuarta parte de las familias de la montaña se habían dado de baja y también una buena cantidad de las del pueblo, y se había corrido la voz a toda velocidad, de tal forma que quienes antes las habían recibido de buena gana ahora las miraban con recelo.

«El señor Leland dice que una de vuestras bibliotecarias ha sido madre sin estar casada después de volverse loca con una novela de amor».

«Yo he oído que cinco hermanas de Split Willow se niegan a ayudar a sus padres en la casa después de que les hayan llenado la cabeza con textos políticos que les habían escondido en los libros de recetas. A una de ellas le ha crecido pelo en el dorso de las manos».

«¿Es verdad que vuestra muchacha inglesa es, en realidad, una comunista?».

En ocasiones, incluso recibieron insultos y malos tratos por parte de la gente a la que visitaban. Habían empezado a evitar pasar junto a los garitos de la calle principal porque los hombres les gritaban obscenidades desde las puertas o las seguían por la calle escenificando lo que según ellos aparecía en el material de lectura. Echaban de menos la presencia de Izzy, sus canciones y sus alegres e incómodas muestras de entusiasmo, y, aunque nadie hablaba abiertamente de ello, la ausencia del apoyo de la señora Brady les hacía sentir como si hubiesen perdido el coraje. Beth pasó por allí alguna vez, pero estaba tan gruñona y desanimada que decidió —y, al final, también las demás— que le resultaría más fácil si dejaba de aparecer. Sophia pasaba las horas que ya no tenía que dedicar a registrar libros fabricando más álbumes de recortes. «Todavía pueden cambiar las cosas», decía a las dos mujeres más jóvenes con voz firme. «Hay que mantener la fe».

Alice se armó de valor y fue a la casa de los Van Cleve acompañada de Margery y de Fred. Se sintió aliviada al ver que el señor Van Cleve no estaba y fue Annie quien, en silencio, le dio dos maletas bien preparadas y cerró la puerta con un golpe demasiado enérgico. Pero una vez de vuelta en la cabaña de Margery, a pesar de lo mucho que esta le insistía en que podría quedarse todo el tiempo que quisiera, Alice no pudo evitar sentirse como una intrusa, una refugiada dentro de un mundo cuyas reglas aún no entendía del todo.

Sven Gustavsson se mostró solícito. Era un tipo de hombre que nunca hacía sentir a Alice que no era bien recibida y dedicaba un rato durante cada visita a hacerle preguntas sobre ella, su familia en Inglaterra, lo que había hecho durante el día, como si fuese una invitada de honor a la que siempre estaba encantado de ver allí, en lugar de un alma perdida que les había ocupado la casa.

Él le contaba lo que de verdad ocurría en las minas de Van Cleve: la crueldad, la presencia de los antisindicalistas, los cuerpos destrozados y las condiciones que ella apenas soportaba tener que imaginar. Le explicaba todo con un tono que indicaba que las cosas eran así sin más, pero ella sentía una profunda vergüenza al pensar que las comodidades con las que ella había vivido en la gran casa las habían proporcionado esas ganancias.

Se retiraba a un rincón a leer uno de los ciento veintidós libros de Margery o se tumbaba despierta en el colchón de heno de la habitación delantera durante las horas de oscuridad con sus pensamientos interrumpidos de vez en cuando por los sonidos que salían del dormitorio de Margery y su frecuencia. El carácter desinhibido de los dos y su inesperada felicidad le provocaban, al principio, una fuerte turbación y, una semana después, una curiosidad teñida de tristeza al ver cómo la experiencia amorosa de Margery y Sven podía ser tan distinta de la suya.

Pero, sobre todo, miraba a hurtadillas cómo se comportaba él con Margery, su forma de verla moverse con callada aprobación, su forma de tocarla con una mano siempre que la tenía cerca, como si el roce de su piel con la de Margery le fuese tan necesario como el respirar. Se maravillaba al ver cómo él hablaba del trabajo de Margery, como si fuese algo de lo que se sintiera orgulloso, ofreciéndole ideas o palabras de apoyo. Veía cómo atraía a Margery hacia él sin ninguna vergüenza ni incomodidad, murmurándole secretos al oído o compartiendo sonrisas iluminadas con intimidades de las que no hablaban, y era entonces cuando algo se vaciaba dentro de

Alice, hasta que sentía en su interior algo cavernoso, un enorme agujero que crecía cada vez más hasta amenazar con tragársela entera.

«Concéntrate en la biblioteca», se decía mientras se subía la colcha hasta el mentón y se tapaba las orejas. «Mientras tengas eso, tienes algo».

13

No hay religión sin amor y la gente puede hablar cuanto desee de su religión, pero si esta no les enseña a ser buenos y amables con los humanos y con los animales, no será más que una farsa.

ANNA SEWELL, *Azabache*

Al final, enviaron al pastor McIntosh, como si la palabra de Dios pudiera ejercer su influencia donde la de Van Cleve no podía. Llamó a la puerta de la Biblioteca Itinerante un martes por la tarde y vio a las mujeres formando un círculo mientras limpiaban sus sillas de montar, con un cubo de agua caliente en el centro, charlando amigablemente mientras la estufa de leña rugía en el rincón. Se quitó el sombrero y lo dobló sobre su pecho.

—Señoras, siento interrumpir su tarea, pero quería saber si podría hablar con la señora Van Cleve.

—Si es el señor Van Cleve quien le ha enviado, pastor McIntosh, le ahorraré el esfuerzo de hablar y le diré exactamente lo que ya le dije a él, a su hijo, a su asistenta y a cualquiera que desee saberlo. No voy a volver.

—Ay, Señor, pero ese hombre es incansable —murmuró Beth.

—Bueno, es comprensible, dado cómo han estado los ánimos durante las últimas semanas. Pero usted está casada, querida. Está sometida a una autoridad superior.

—¿La del señor Van Cleve?

—No. La de Dios. «Aquellos a los que Dios ha unido, que no los separe el hombre».

—Menos mal que ella es una mujer —murmuró Beth y se rio disimuladamente.

La sonrisa del pastor McIntosh flaqueó. Se sentó pesadamente en la silla que había junto a la puerta y se inclinó hacia delante.

—Usted se casó ante Dios, Alice, y es su deber regresar a casa. Se ha marchado como si esto fuera..., en fin, está dando que hablar. Debe pensar en las consecuencias mayores de su comportamiento. Bennett está triste. Su padre está triste.

—¿Y mi tristeza? Supongo que no cuenta.

—Querida muchacha, es por medio de la vida en el hogar como alcanzará la verdadera felicidad. El lugar de una mujer está en la casa. «Esposas, someteos a vuestros maridos al igual que al Señor. Pues el marido es la cabeza de la mujer, así como Cristo es la cabeza de la Iglesia y Él es el salvador del cuerpo». Efesios, capítulo cinco, versículo veintidós.

Margery frotaba con fuertes círculos el jabón sobre la silla de montar sin levantar la mirada.

—Pastor, usted sabe que está hablando en una habitación llena de mujeres felizmente solteras, ¿verdad?

Él actuó como si no la oyera.

—Alice, le insto a que se deje guiar por la Santa Biblia, que oiga la palabra de Dios. «Quiero, pues, que las mujeres jóvenes se casen, críen hijos, gobiernen su casa, no den al adversario ocasión ninguna de maledicencia». Esto es de la primera Epístola a Timoteo, capítulo cinco, versículo catorce. ¿Entiende lo que le dice, querida?

—Creo que sí. Gracias, pastor.

—Alice, no tienes por qué estar aquí sentada y...

—Estoy bien, Margery —respondió Alice levantando una mano—. El pastor y yo siempre hemos mantenido conversaciones interesantes. Y sí que creo entender qué es lo que me está diciendo usted, pastor.

Las demás mujeres intercambiaron miradas en silencio. Beth hizo un pequeño movimiento de la cabeza a un lado y a otro.

Alice frotó con un trapo una mancha que no salía. Inclinó la cabeza a un lado, pensando.

—Pero le agradecería mucho que me diera algún consejo más.

El pastor juntó los dedos.

—Claro que sí, hija. ¿Qué es lo que quiere saber?

Alice apretó la boca un momento, como si quisiera elegir las palabras con cuidado. Después, sin levantar la mirada, empezó a hablar:

—¿Qué dice Dios sobre golpear repetidamente la cabeza de tu nuera contra una mesa porque ha tenido la osadía de regalar dos viejas muñecas a dos niñas huérfanas? ¿Tiene algún versículo para eso? Porque me encantaría escucharlo.

—Lo siento, ¿qué es lo que...?

—Quizá tenga otro para cuando una mujer tiene aún la visión de un ojo borrosa porque su suegro le golpeó la cara con tanta fuerza que le hizo ver las estrellas. ¿O cuál es el versículo de la Biblia para cuando un hombre trata de regalarte dinero para que te comportes como él desea que hagas? ¿Cree que en los Efesios hay alguna opinión al respecto? Cincuenta dólares es una cantidad considerable, al fin y al cabo. Lo suficiente como para no hacer caso de todo tipo de conducta pecaminosa.

Beth abrió los ojos de par en par. Margery dejó caer la cabeza hacia delante.

—Querida Alice, esto..., esto es un asunto priva...

—¿Es eso un comportamiento piadoso, pastor? Porque me cuesta oír bien y lo único que oigo es cómo todos me dicen que, al parecer, soy yo la que se está comportando mal. Cuando, en realidad, creo que quizá he sido yo la que ha tenido una conducta más piadosa en el hogar de los Van Cleve. Puede que no pase suficiente tiempo en la iglesia, lo reconozco, pero sí que atiendo a los pobres, a los enfermos y a los necesitados. Nunca he mirado a otro hombre ni he dado a mi marido razones para dudar de mí. Doy todo lo que puedo. —Se inclinó sobre la silla de montar—. Le voy a decir lo que no hago. No ordeno traer hombres armados desde otros estados para que amenacen a mi mano de obra. No cobro a esa mano de obra cuatro veces lo que cuesta la comida ni les despido si tratan de comprarla en otro sitio que no sea la tienda de la empresa hasta que tienen deudas que no podrán pagar ni después de muertos. No echo a los enfermos de sus casas cuando no pueden trabajar. Y, desde luego, no doy palizas a las mujeres hasta dejarlas ciegas ni mando después a una sirvienta con dinero para limar asperezas. Así que dígame, pastor, ¿quién es en realidad el que tiene un comportamiento impío en todo esto? ¿Quién necesita un sermón sobre cómo debe comportarse? Porque ni loca consigo averiguarlo.

La pequeña biblioteca había quedado en absoluto silencio. El pastor, moviendo la boca arriba y abajo, se quedó mirando a las caras de cada una de aquellas mujeres: Beth y Sophia estaban encorvadas con expresión inocente sobre su tarea, la mirada de Margery pasaba de una a otra y Alice, con el mentón levantado, mostraba en el rostro un abrasador gesto de interrogación.

Él se puso el sombrero en la cabeza.

—Yo... veo que está ocupada, señora Van Cleve. Quizá sea mejor que regrese en otra ocasión.

—Ay, sí, por favor, pastor —dijo Alice mientras él abría la puerta y salía a toda prisa a la oscuridad—. ¡Disfruto mucho con sus lecciones sobre la Biblia!

Con aquel último intento por parte del pastor McIntosh, un hombre que no podría describirse precisamente como el colmo de la discreción, se extendió por fin el rumor por todo el condado de que Alice van Cleve había dejado de verdad a su marido y no iba a volver. Eso no hizo que mejoraran una pizca los ánimos de Geoffrey van Cleve, que ya estaban lastrados por culpa de esos agitadores de la mina. Alentados por las cartas anónimas, se rumoreaba que los mismos alborotadores que habían intentado resucitar los sindicatos estaban volviendo a hacerlo. Sin embargo, esta vez estaban siendo más listos. Esta vez lo estaban haciendo en discretas conversaciones, en comentarios casuales en el bar de Marvin o en el Red Horse, y, a menudo, se hablaba de ello de forma tan rápida que cuando los hombres de Van Cleve llegaban lo único que veían era a unos cuantos hombres de Hoffman bebiéndose una merecida cerveza fría después de una larga semana de trabajo y solo una vaga sensación de alboroto en el ambiente.

—Se dice por ahí que está usted perdiendo el control de la situación —dijo el gobernador cuando se sentaron en el bar del hotel.

—¿Perdiendo el control?

—Ha estado obsesionado con esa maldita biblioteca y no se ha centrado en lo que está pasando en su mina.

—¿Dónde ha oído ese disparate? Tengo un control de lo más férreo, gobernador. ¿Es que no hemos descubierto a toda una pandilla de agitadores del sindicato de la UMWA hace apenas dos meses y los hemos replegado? Mandé que Jack Morrissey y sus muchachos los echaran. Desde luego que sí.

El gobernador miró su copa.

—Tengo ojos y oídos por todo el condado. Sigo la pista de esos grupos subversivos. Pero hemos enviado un mensaje de advertencia, por así decir. Y tengo amigos en la oficina del sheriff que son muy comprensivos con esos asuntos.

El gobernador levantó levemente la ceja.

—¿Qué? —preguntó Van Cleve después de una pausa.

—Dicen que ni siquiera puede mantener el control de su propia casa.

El cuello de Van Cleve se puso rígido.

—¿Es verdad que la esposa de su hijo Bennett se ha ido a una cabaña en el bosque y que usted no ha conseguido hacerla volver a casa?

—Puede que esos dos críos estén pasando por unos contratiempos ahora mismo. Ella... ha pedido quedarse con su amiga. Bennett se lo ha permitido hasta que todo se calme. —Se pasó una mano por la cara—. Esa chica se puso muy sentimental, ya sabe, por el hecho de no poder darle un hijo...

—Vaya, siento oír eso, Geoff. Pero tengo que decirle que no es eso lo que se comenta.

—¿Qué?

—Dicen que esa tal O'Hare puede con usted.

—¿La hija de Frank O'Hare? Bah. Esa palurda. Esa solo... se está aprovechando de Alice. Tiene una especie de fascinación con ella. Ni se imagina lo que dicen de esa muchacha. ¡Ja! Lo último que he oído es que esa biblioteca estaba de todos modos en las últimas. No es que a mí me preocupe mucho esa biblioteca. Para nada.

El gobernador asintió. Pero no se rio, ni estuvo de acuerdo, ni dio una palmada en la espalda de Van Cleve ni le ofreció un whisky. Simplemente asintió, se terminó la copa, se bajó del taburete de la barra y se marchó.

Y cuando por fin Van Cleve se levantó para marcharse del bar tras varios bourbons y mucho pensar, su cara estaba del color púrpura oscuro de la tapicería.

—¿Está bien, señor Van Cleve? —preguntó el camarero.

—¿Por qué? ¿También tienes tú algo que decir igual que todos los de aquí? —Lanzó deslizándose el vaso vacío y solo los rápidos reflejos del camarero evitaron que saliera volando por el extremo de la barra.

Bennett levantó los ojos cuando su padre cerró con un golpe la mosquitera de la puerta. Había estado escuchando la radio y leyendo una revista sobre béisbol.

Van Cleve se la quitó de un manotazo.

—Ya estoy harto. Ve a por tu abrigo.

—¿Qué?

—Vamos a traer a Alice a casa. Vamos a recogerla y a meterla en el maletero si es necesario.

—Papá, te lo he dicho cien veces. Ella dice que se irá una y otra vez hasta que nos demos por enterados.

—¿Y tú vas a dejar que una niña te diga eso? ¿Tu propia mujer? ¿Sabes cómo está afectando eso a mi nombre?

Bennett volvió a abrir la revista a la vez que balbuceaba en voz baja.

—No son más que habladurías. Acabarán pronto.

—¿Qué quieres decir?

Bennett se encogió de hombros.

—No sé. Solo que... quizá deberíamos dejarla en paz.

Van Cleve miró a su hijo con los ojos entrecerrados, como si hubiese sido sustituido por algún extraño al que apenas reconocía.

—¿Acaso no quieres que regrese?

Bennett volvió a encogerse de hombros.

—¿Qué narices significa eso?

—Que no lo sé.

—Ajá... ¿Es porque la pequeña Peggy Foreman ha estado rondándote otra vez? Ah, sí, lo sé todo al respecto. Te veo, hijo. Oigo cosas. ¿Crees que tu madre y yo no pasamos por dificultades? ¿Crees que no hubo ocasiones en que no queríamos estar uno al lado del otro? Pero ella era una mujer que sabía cuáles eran sus obligaciones. Estás casado. ¿Lo entiendes, hijo? Casado ante Dios y ante la ley y conforme a las leyes de la naturaleza. Si quieres estar haciendo el tonto por ahí con Peggy, hazlo con discreción y a escondidas, que nadie os vea ni pueda decir nada. ¿Me has oído?

Van Cleve se ajustó la chaqueta a la vez que miraba su reflejo en el espejo de encima de la chimenea.

—Ahora tienes que ser un hombre. Ya estoy harto de esperar mientras una inglesa presumida destroza la reputación de mi familia. El apellido Van Cleve es importante por aquí. Ve a por tu maldita chaqueta.

—¿Qué vas a hacer?

—Vamos a ir a por ella. —Van Cleve levantó los ojos hacia la figura más alta de su hijo, que ahora le impedía pasar—. ¿Me estás cortando el paso, muchacho? ¿Mi propio hijo?

—Yo no voy a formar parte de eso, papá. Hay cosas que es mejor... dejar.

La boca de Van Cleve se cerró como un cepo. Le empujó a un lado para pasar.

—Esto no ha hecho más que empezar. Puede que tú seas demasiado cobarde como para enviar un mensaje a esa muchacha. Pero si crees que yo soy de esos hombres que se quedan sentados sin hacer nada, es que no conoces en absoluto a tu anciano padre.

Margery iba montada en el caballo sumida en sus pensamientos, sintiendo nostalgia por una época en la que lo único en lo que tenía que pensar era en si tenía suficiente comida para los tres días siguientes. Como a menudo hacía, cuando sus pensamientos se volvían demasiado profundos y fríos, empezó a murmurar:

—No es tan grave. Aún seguimos aquí, ¿no, pequeño Charley? Los libros siguen saliendo.

Las grandes orejas del mulo se sacudieron hacia delante y hacia atrás de tal forma que estuvo segura de que él había entendido la mitad de su conversación. Sven se reía por el modo en que le hablaba a sus animales y, cada vez, ella le respondía que, en su opinión, eran más sensatos que la mitad de los humanos que había por allí. Y luego, claro estaba, le sorprendía murmurándole al maldito perro como si fuese un bebé cuando creía que ella no le veía. «¿Quién es un niño bueno, eh? ¿Quién es el mejor perro?». Era un hombre generoso a pesar de toda su aspereza. Era bueno. No muchos hombres habrían aceptado tan bien la presencia de otra mujer en la casa. Margery pensó en la tarta de manzana que Alice había preparado la noche anterior, de la que todavía quedaba la mitad. Últimamente, parecía como si la cabaña siempre estuviese llena de gente que se movía afanosamente, preparando comida, ayudando en las tareas. Un año atrás no lo habría permitido. Ahora, regresar a una casa vacía le parecía algo extraño, no el alivio que se había imaginado.

Algo delirantes por el cansancio, los pensamientos de Margery deambulaban y desaparecían mientras el mulo avanzaba lentamente por el oscuro sendero. Pensó en Kathleen Bligh, que regresaba a una casa en la que resonaba el eco de la pérdida. Gracias a ella, esas dos últimas semanas, a pesar del mal tiempo, habían conseguido completar casi todas sus rondas y la pérdida de aquellas familias que se habían desmarcado del proyecto por culpa de los rumores de Van Cleve habían tenido como consecuencia que pudieran ponerse bastante al día. De tener presupuesto habría contratado a Kathleen para siempre. Pero la señora Brady no estaba muy dispuesta a hablar del futuro de la biblioteca por ahora. «Me he contenido de escribir a la señora Nofcier para hablarle de nuestras actuales dificultades», le había dicho la semana anterior, tras confirmarle que el señor Brady seguía igual de inflexible con respecto al regreso de Izzy. «Espero que podamos convencer al suficiente número de personas del pueblo para que la señora Nofcier nunca se entere de esta... desgracia».

Alice había empezado otra vez a salir con el caballo, con sus magulladuras de un luminoso color amarillo siendo ahora un eco de las heridas que había padecido. Ese día había emprendido la larga ruta hasta Patchett's Creek, supuestamente para que Spirit se moviera un poco, pero Margery sabía que lo hacía para que ella pudiera pasar un rato a solas con Sven en la casa. A las familias de la ruta del arroyo les gustaba Alice, le hacían pronunciar nombres de sitios ingleses —como Beaulieu, Piccadilly y Leicester Square— y se partían de risa con su acento. A ella no le importaba. Era difícil ofender a esa muchacha. Esa era una de las cosas que a Margery le gustaban de ella, pensó. Mientras mucha gente de por allí veía una falta de respeto en la más dulce de las palabras y cada cumplido era un dardo secreto dirigido a ellos, Alice parecía dispuesta a ver lo mejor en cada una de las personas con las que se cruzaba. Probablemente por eso se había casado con ese merluzo humano que era Bennett.

Bostezó y se preguntó cuánto tiempo tardaría Sven en llegar a casa.

—¿Qué opinas, Charley? ¿Tendré tiempo de poner un poco de agua a calentar para quitarme esta mugre? ¿Crees que le importará si lo hago o no?

Detuvo al mulo delante de la valla grande y desmontó para abrirla.

—Tal y como me siento, tendré suerte si consigo permanecer despierta el tiempo suficiente hasta que llegue.

Tardó un momento después de poner de nuevo el cierre en darse cuenta de que faltaba algo.

—¿Bluey?

Caminó por el sendero llamándolo, con las botas crujiendo sobre la nieve. Enganchó las riendas del mulo sobre el poste junto al porche y se puso la mano en la frente. ¿Adónde había ido ahora ese maldito perro? Dos semanas antes había corrido cinco kilómetros al otro lado del riachuelo hasta la casa de Henscher solo para jugar con el cachorro que había allí. Volvió avergonzado, con las orejas caídas, como si supiera que se había portado mal, con tal expresión de culpa en la cara que ella no tuvo valor de regañarle. Su voz resonaba por todo el valle.

—¿Bluey?

Subió los escalones del porche de dos en dos. Y entonces lo vio, en el otro extremo junto a la mecedora. Un cuerpo inerte y pálido, con sus ojos del color del hielo con la mirada vacía hacia el tejado, la lengua colgando y las patas abiertas, como si se hubiese detenido justo cuando estaba corriendo. Un agujero de bala limpio de color rojo oscuro le atravesaba el cráneo.

—Ay, no. Ay, no.

Margery corrió hacia él y cayó de rodillas y, de algún lugar dentro de ella que no sabía que tenía, salió un gemido.

—Mi pequeño no. No. No.

Meció la cabeza del perro sintiendo el pelaje de sus carrillos suave como el terciopelo, acariciándole el hocico, consciente al mismo tiempo de que no se podía hacer nada.

—Ay, Bluey. Mi dulce niño. —Apretó la cara contra la de él—. Lo siento. Lo siento mucho. Lo siento. —Sus manos lo agarraban firmemente contra ella, todo su cuerpo lloraba por un estúpido cachorro que nunca más volvería a saltar sobre su cama.

Fue así como Alice la encontró al subir montada en Spirit media hora después, con las piernas doloridas y los pies entumecidos por el frío.

Margery O'Hare, una mujer que no había derramado una lágrima durante el funeral de su propio padre, que se había mordido el labio hasta salirle sangre mientras enterraba a su hermana, una mujer que había tardado casi cuatro años en confesar lo que sentía por el hombre al que más amaba en el mundo y que aún juraba que no había en ella ni un ápice de sentimentalismo, estaba sentada de rodillas como un niño en el porche, con la espalda encorvada por la pena y la cabeza de su perro muerto sostenida con ternura en su regazo.

Alice vio el Ford de Van Cleve antes que a él. Durante varias semanas, se había escondido entre las sombras cuando él pasaba, había girado la cara, con el corazón en la boca, preparada para otra enérgica exigencia de que volviera a casa ya y terminara con esa tontería o acabaría arrepintiéndose. Aun yendo acompañada, el hecho de verle le provocaba cierto temblor, como si en sus células siguiera alojado algún recuerdo residual que aún sentía el impacto de aquel puño directo.

Pero ahora, impulsada por una larga noche de aflicción que, en cierto modo, había resultado mucho más dolorosa de contemplar que la suya, se mantuvo firme al ver el coche de color burdeos bajando por la carretera, hizo que Spirit se diera la vuelta de forma que quedó justo enfrente de él y Van Cleve se vio obligado a pisar a fondo los frenos y detenerse con un chirrido delante de la tienda, haciendo que los peatones —un buen grupo, dado que la tienda tenía una oferta especial de harina— se detuvieran a ver lo que pasaba. Van Cleve miró parpadeando a la chica del caballo a través de su parabrisas, sin saber al principio quién era. Bajó la ventanilla.

—¿Has perdido la cabeza del todo, Alice?

Alice le fulminó con la mirada. Dejó caer las riendas y su voz sonó clara como el cristal a través del aire en calma, echando chispas por la rabia:

—¿Le ha pegado un tiro a su perro?

Hubo un breve silencio.

—¿Le ha pegado un tiro al perro de Margery?

—Yo no he pegado ningún tiro.

Ella levantó el mentón y le miró a los ojos.

—No, por supuesto que usted no. Jamás se ensuciaría las manos, ¿verdad? Probablemente ha ordenado a sus hombres que fueran a dispararle a ese cachorro. —Negó con la cabeza—. Dios mío. ¿Qué clase de hombre es usted?

Vio entonces, por el gesto inquisitivo con que Bennett se giró para mirar a su padre, que él no lo sabía y una pequeña parte de ella se alegró.

Van Cleve, que se había quedado boquiabierto, recuperó rápidamente la compostura.

—Estás loca. ¡Vivir con esa O'Hare te ha vuelto loca! —Miró por la ventanilla y vio que los vecinos que se habían parado a escuchar empezaban a murmurar entre sí. Esta era una noticia muy suculenta para un pueblo tranquilo. «Van Cleve ha matado al perro de Margery O'Hare»—. ¡Está loca! Mírenla. ¡Ha llevado su caballo directo a mi coche! ¡Como si yo fuera a disparar a un perro! —Golpeó las manos contra el volante. Alice no se movió. Su voz se elevó un tono más—. ¡Yo! ¡Disparar a un maldito perro!

Y, por fin, cuando vio que nadie se movía ni decía nada:

—Vamos, Bennett. Tenemos que ir a trabajar. —Maniobró con el volante para rodearla con el coche y aceleró de forma brusca por la calle, dejando a Spirit haciendo una cabriola, asustado, cuando la gravilla le saltó a las patas.

No debería haber sido ninguna sorpresa. Sven se inclinó sobre la rugosa mesa de madera con Fred y las dos mujeres y empezó a transmitirles lo que se estaba diciendo en el condado de Harlan: hombres que eran sacados de sus camas por las crecientes disputas sindicalistas, matones con ametralladoras, sheriffs que hacían la vista gorda. En medio de todo aquello, un perro muerto no debería suponer ninguna sorpresa. Pero parecía haber dejado sin energías a Margery. Había vomitado dos veces por la conmoción y buscaba al perro de forma instintiva cuando estaban en casa, con la palma sobre la mejilla, como si aún esperara que apareciera dando saltos por la esquina.

—Van Cleve es astuto —murmuró Sven cuando ella salió de la habitación para ver cómo estaba Charley, tal y como hacía en repetidas ocasiones cada noche—. Sabía que Margery no iba a inmutarse si alguien la apuntaba con una pistola. Pero si le quitaba algo que ella quisiera...

Alice se quedó pensativa.

—¿Estás... preocupado, Sven?

—¿Por mí? No. Yo soy un empleado de peso en la empresa. Y él necesita un jefe de bomberos. No estoy sindicado, pero, si me pasa algo, todos los muchachos se irán. Lo hemos acordado así. Y, si nos vamos, la mina se cierra. Van Cleve puede tener al sheriff en el bolsillo, pero la tolerancia de la administración tiene un límite. —Tomó aire por la nariz—. Además, esto es un asunto entre él y vosotras dos. Y no querrá llamar la atención sobre el hecho de que está manteniendo una disputa con un par de mujeres. Para nada.

Dio un trago a su bourbon.

—Solo intenta asustaros. Pero sus hombres no harían daño a una mujer. Ni siquiera esos matones suyos. Se rigen por las normas de las montañas.

—¿Y los que trae de fuera del estado? —preguntó Fred—. ¿Estás seguro de que también se rigen por ese código?

Sven no parecía tener una respuesta para eso.

Fred le enseñó a usar la escopeta. Le enseñó a nivelar la culata y a apretarla contra el hombro, a tener en cuenta el fuerte retroceso cuando apuntara, recordándole que no contuviera la respiración, sino que apretara el gatillo mientras soltaba el aire despacio. La primera vez que ella apretó el gatillo, él estaba a su lado, con las manos sobre las suyas, y ella rebotó con tanta fuerza contra él que estuvo sonrojada durante una hora.

Fred le decía que tenía un talento innato mientras colocaba latas sobre el árbol caído que había al final del terreno de Margery. En pocos días, Alice sabía tirarlas como si fuesen manzanas que cayeran de una rama. Por la noche, mientras echaba los nuevos cerrojos de las puertas, Alice pasaba las manos por el cañón, lo levantaba con cuidado hasta el hombro y disparaba balas imaginarias contra los intrusos invisibles que aparecían por el camino. Apretaría el gatillo por su amiga. No le cabía la menor duda.

Porque también había cambiado otra cosa, algo esencial. Alice había descubierto que, al menos para una mujer, era mucho más fácil sentirse furiosa por alguien a quien se quiere, alcanzar ese grado de frialdad, el de querer que alguien sufra cuando le ha hecho daño a quien quieres.

Resultaba que Alice ya no tenía miedo.

14

Al tener que pasar a caballo todo el invierno, una bibliotecaria iba tan abrigada que resultaba difícil recordar cómo era su apariencia por debajo de tanta ropa: dos chalecos, una camisa de franela, un jersey grueso y una chaqueta con, quizá, una o dos bufandas encima. Ese era el uniforme diario para ir por las montañas, quizá con un par de guantes de cuero gruesos de hombre por encima de los propios, un sombrero bien calado y otra bufanda levantada sobre la nariz para que la respiración rebotara y le calentara un poco la piel. En casa, se desnudaba a regañadientes, dejando expuesto a los elementos el menor trozo de piel desnuda posible entre la ropa interior y deslizándose temblorosa bajo las mantas. Aparte de cuando se lavaba con un trapo, una mujer que trabajara para la Biblioteca Itinerante podía pasar semanas sin ver mucho su cuerpo.

Alice seguía sumida en su propia batalla privada con los Van Cleve, aunque, por suerte, parecían haberse tranquilizado por ahora. A menudo, podía vérsela en el bosque, tras la cabaña, practicando con la vieja escopeta de Fred, con los chasquidos y los silbidos de las balas al golpear contra las latas resonando por el aire en calma.

A Izzy apenas la vislumbraban, siguiendo a su madre con gesto triste por el pueblo. Y solo había apariciones intermitentes de Beth, la única persona en que se podía confiar que habría notado estas cosas o que habría hecho bromas al respecto, y ahora estaba fundamentalmente preocupada por su brazo y por lo que podía y no podía hacer. Así que nadie se dio cuenta de que Margery había ganado un poco de peso ni hizo ningún comentario sobre ello. Sven, que conocía el cuerpo de Margery como el suyo propio, sabía de las fluctuaciones que tenían lugar en la silueta femenina y disfrutaba de todas ellas por igual y fue lo suficientemente listo como para no decir nada.

La misma Margery se había acostumbrado a estar exhausta, al tratar de duplicar las rutas y enfrentarse cada día a tener que convencer a los incrédulos de la importancia de las historias, de la información, del conocimiento. Pero esto y el constante ambiente de presagio hacían que cada mañana le costara más levantar la cabeza de la almohada. El frío le había dejado huella tras varios meses de nieve y las largas horas que pasaba al aire libre le hacían sentir un hambre voraz y permanente. A una mujer así se la podía excusar por no darse cuenta de cosas que otras mujeres habrían sabido ver antes o, si lo había hecho, por esconder ese pensamiento bajo el montón de asuntos de los que se tenía que preocupar.

Pero siempre hay un momento en que este tipo de cosas son imposibles de ignorar. Una noche de finales de febrero, Margery le dijo a Sven que no fuera por su casa y añadió con engañosa despreocupación que tenía que ponerse al día con unas cuantas cosas. Ayudó a Sophia con los últimos libros, se despidió de Alice cuando esta salió a la noche nevada y cerró la puerta para quedarse sola en la pequeña biblioteca. La estufa estaba encendida porque Fred, bendito fuera, la había llenado de leña antes de irse a comer, con la mente puesta en otra persona. Se sentó en la silla y los pensamientos se cernieron sobre ella en medio de la oscuridad hasta que, por fin, se puso de pie, sacó un pesado libro de texto de la estantería y pasó las páginas hasta que encontró lo que buscaba. Con el ceño fruncido, estudió con atención la información. La memorizó y, después, contó con los dedos: «Uno, dos, tres, cuatro, cinco, cinco y medio».

Y, después, lo hizo una segunda vez.

A pesar de lo que la gente del condado de Lee pudiera pensar de la familia de Margery O'Hare, sobre el tipo de mujer que debía de ser, dado su pasado, no era muy aficionada a maldecir. Ahora, sin embargo, maldijo en voz baja una, dos veces, y dejó que la cabeza le cayera en silencio entre las manos.

15

Los banqueros, tenderos, editores y abogados de la pequeña ciudad, la policía, el sheriff, si no el gobierno, estaban al parecer al servicio del dinero y los empresarios de la zona. Era su obligación, aunque no siempre su deseo, estar a buenas con los que tenían el poder de causarles complicaciones materiales o personales.

THEODORE DREISER, Introducción de *Harlan Miners Speak*

Tres familias no me han dejado que les preste ningún libro a menos que leyéramos historias de la Biblia, una persona me ha cerrado la puerta de golpe en una de esas casas nuevas que hay cerca de Hoffman, pero parece que hemos recuperado a la señora Cotter ahora que ha entendido que no vamos a tratar de tentarla con asuntos de la carne y Doreen Abney dice que si puedo llevarle la revista con la receta de pastel de conejo, que se le olvidó escribirla hace dos semanas. —La alforja de Kathleen aterrizó con un golpe sordo sobre la mesa. Se giró para mirar a Alice y se frotó las manos para quitarse la mugre—. Ah, y el señor Van Cleve me ha parado por la calle para decirme que somos abominables y que cuanto antes nos vayamos de este pueblo, mejor.

—Ya le enseñaré yo lo que es ser abominable —dijo Beth con tono amenazante.

A mediados de marzo, Beth había vuelto a trabajar a jornada completa, pero nadie había tenido el valor de decirle a

Kathleen que ya no la necesitaban. La señora Brady, que era una mujer justa aunque un poco estricta, había rehusado retirar el sueldo de Izzy desde que se había ido y Margery se limitó a pasarle a Kathleen el pequeño paquete envuelto en papel de estraza. Fue una especie de alivio, pues le había estado pagando de su propio bolsillo con los pocos ahorros que había estado escondiendo desde la muerte de su padre. La suegra de Kathleen había ido dos veces a la biblioteca para llevar a sus hijos y enseñarles en qué andaba metida su madre, con la voz llena de orgullo. Los niños eran muy bien recibidos por las mujeres, que les enseñaban los libros más nuevos y les dejaban sentarse en el mulo, y había algo en la suave sonrisa de Kathleen y en el cariño auténtico con que su suegra se dirigía a ella que hacía que todas se sintieran un poco mejor.

Al ver que Alice no iba a ceder en el asunto de su regreso a la casa, el señor Van Cleve había tomado una nueva dirección, insistiéndole en que se marchara del pueblo, que su presencia no era deseada, colocándose a su lado en su coche cuando ella salía a hacer sus rondas a primera hora de la mañana, de tal forma que Spirit ponía los ojos en blanco y hacía una cabriola de lado para apartarse del hombre que gritaba desde la ventanilla del conductor.

«No vas a poder mantenerte tú sola. Y esa biblioteca va a cerrar en cuestión de semanas. Me lo han dicho en persona en la oficina del gobernador. Si no vas a volver a la casa, más vale que te busques otro sitio. Vuélvete a Inglaterra».

Ella había aprendido a seguir cabalgando con la cara mirando al frente, como si no le oyera, y esto le ponía más furioso y siempre terminaba gritándole desde mitad de la calle, mientras Bennett se hundía en el asiento del pasajero.

«¡Ni siquiera eres ya tan guapa!».

—¿Cree que Margery está de verdad conforme con que yo me quede en la cabaña? —le preguntó después a Fred—.

No quiero ser un estorbo. Pero él tiene razón. No tengo ningún sitio a donde ir.

Fred se mordió el labio, como si quisiera decir algo que
no podía.

—Yo creo que a Margery le gusta tenerla cerca. Como a
todos nosotros —respondió con cautela.

Alice había empezado a notar cosas nuevas en Fred: la
seguridad con la que apoyaba las manos en los caballos, la flui-
dez de sus movimientos, no como Bennett que, a pesar de su
físico, parecía siempre incómodo, controlado por sus propios
músculos, como si en él el movimiento encontrara salida solo
de forma esporádica. Alice buscaba excusas para quedarse en
la cabaña hasta tarde, ayudando a Sophia, que mantenía los
labios fruncidos. Lo sabía. Ay, todos lo sabían.

—Te gusta, ¿verdad? —preguntó Sophia con descaro una
noche.

—¿A mí? ¿Fred? Dios mío, yo... —balbuceó Alice.

—Es un buen hombre —dijo Sophia haciendo énfasis en
la palabra «buen», como si le estuviese comparando con otra
persona.

—¿Alguna vez te has casado, Sophia?

—¿Yo? No. —Sophia se llevó un hilo a los dientes y lo
cortó. Y justo en el momento en que Alice se preguntaba, una
vez más, si habría sido demasiado directa, añadió—: Estuve ena-
morada de un hombre una vez. Benjamin. Un minero. Era el
mejor amigo de William. Nos conocíamos desde niños. —Levantó la costura hacia la lámpara—. Pero está muerto.

—¿Es que... murió en las minas?

—No. Unos hombres le pegaron un tiro. No se estaba
metiendo con nadie, simplemente volvía a casa desde el trabajo.

—Vaya, Sophia. Lo siento mucho.

La expresión de Sophia era impenetrable, como si llevase
años de práctica ocultando sus sentimientos.

—No pude quedarme aquí mucho tiempo. Me fui a Louisville y me dediqué de lleno a trabajar en la biblioteca para gente de color de allí. Me hice una especie de vida allí, aunque le echaba de menos todos los días. Cuando me enteré de que William había sufrido un accidente, recé a Dios para no tener que regresar. Pero, ya se sabe, los caminos del Señor son inescrutables.

—¿Sigue resultándote difícil?

—Lo fue al principio. Pero... las cosas cambian. Ben murió hace ya catorce años. El mundo sigue girando.

—¿Crees que... algún día conocerás a otro?

—No. Ese tren ya ha pasado. Además, no me integro en ningún sitio. Demasiado educada para la mayoría de los hombres de por aquí. Mi hermano diría que soy demasiado testaruda. —Sophia se rio.

—Eso me suena de algo —dijo Alice con un suspiro.

—Ya tengo a William para hacerme compañía. Nos llevamos bien. Y tengo esperanzas. Las cosas van bien. —Sonrió—. Hay que saber agradecer lo que uno tiene. Me gusta mi trabajo. Ahora tengo amigos aquí.

—Es un poco como me siento yo también.

Casi de forma impulsiva, Sophia extendió una delgada mano y apretó la de Alice. Esta respondió apretando la suya, sorprendida por el inesperado consuelo que le producía la caricia de un ser humano. Se quedaron agarradas con fuerza y, después, casi con desgana, se soltaron.

—Sí que pienso que es bueno —comentó Alice un momento después—. Y... bastante atractivo.

—Pues lo único que tienes que hacer es decirlo, muchacha. Ese hombre va detrás de ti como un perro detrás de un hueso desde el día en que yo llegué.

—Pero no puedo, ¿no?

Sophia levantó los ojos.

—La mitad del pueblo piensa que esta biblioteca es un hervidero de inmoralidad y que yo estoy en todo el centro. ¿Te imaginas lo que dirían de nosotras si me juntara con un hombre? ¿Un hombre que no fuese mi marido?

Tenía razón, le dijo Sophia a William después. Pero era una verdadera pena tratándose de dos personas buenas que se sentían felices cuando estaban juntas.

—Bueno —respondió William—. Nadie ha dicho nunca que este mundo fuera justo.

—Eso es verdad —dijo Sophia volviendo a su costura, perdida por un breve momento en el recuerdo de un hombre de risa fácil que nunca había dejado de hacerla sonreír y del añorado peso de su brazo alrededor de su cintura.

—Es una maestra, la vieja Spirit —dijo Fred mientras volvían a casa bajo el creciente crepúsculo. Llevaba puesta una pesada chaqueta impermeable para protegerse de la fina lluvia y, envuelta en el cuello, la bufanda verde que las bibliotecarias le habían regalado por Navidad, como solía hacer cada día desde que se la habían dado—. ¿Lo ha visto hoy? Cada vez que este se espantaba, ella le miraba como diciendo: «Contrólate». Y, si él no la escuchaba, ella echaba las orejas hacia atrás. Le estaba diciendo: «Muy bien».

Alice miró a los dos caballos caminando uno junto al otro y se asombró ante las diminutas diferencias que Fred sabía distinguir. Sabía examinar la estructura de un caballo, chasqueando los dientes al verle unos hombros caídos, los corvejones deformados o la parte superior poco desarrollada, cuando lo único que Alice veía era un «bonito corcel». También sabía distinguir el carácter de los equinos. Solían ser tal y como eran desde que nacían, siempre que los hombres no los echaran a perder, según decía. «Por supuesto, la mayoría no lo podrían evitar». A menudo, ella tenía la impresión de que cuando Fred decía estas cosas hablaba de otra completamente distinta.

Fred había empezado a acompañarla durante sus rutas montado en un purasangre con una oreja herida: Pirata. Decía que al joven caballo le venía bien el temperamento calmado de Spirit, pero ella sospechaba que tenía otros motivos para estar allí, cosa que no le importaba. Le resultaba bastante difícil pasar la mayor parte del día a solas con sus pensamientos.

—¿Ha terminado el libro de Hardy?

Fred torció el gesto.

—Sí. Pero no me ha resultado agradable el personaje de Angel.

—¿No?

—La mitad del tiempo he tenido ganas de darle una patada. Ahí estaba ella, esa pobre chica, con el único deseo de quererle. Y él comportándose como un predicador, juzgándola. Aunque ella no tenía culpa de nada. ¡Y, al final, él va y se casa con su hermana!

Alice contuvo una carcajada.

—Esa parte se me había olvidado.

Hablaron de libros que se habían recomendado el uno al otro. A ella le había gustado el de Mark Twain y los poemas de George Herbert le habían parecido sorprendentemente conmovedores. En los últimos tiempos les resultaba más fácil hablar de libros que de cualquier otra cosa de la vida real.

—Bueno..., ¿la llevo a casa? —Habían llegado a la biblioteca y habían metido a los caballos en el establo de Fred para pasar la noche—. Hay demasiada humedad para ir andando hasta la casa de Marge. Puedo llevarla yo hasta el roble grande.

Eso resultaba tentador. La larga caminata a oscuras era lo peor del día, un momento en que se sentía hambrienta y dolorida y la mente no se posaba en nada bueno. Durante un tiempo ella podría haber ido con Spirit y haberla dejado allí durante la noche, pero tenían el acuerdo tácito de no tener en la cabaña por ahora animales de otras personas.

Fred había cerrado el establo y la miraba expectante. Ella pensó en el placer tranquilo de estar sentada a su lado, de ver sus fuertes manos al volante, su sonrisa mientras le contaba cosas en pequeñas ráfagas, secretos que le ofrecía como si fuesen caracolas en la palma de su mano.

—No sé, Fred. La verdad es que no puedo ser vista...

—Bueno, se me había ocurrido... —Él cambiaba el peso de un pie a otro—. Sé que le gusta dejar a Margery y Sven un poco de espacio para que estén juntos... y ahora mismo más que nada...

Algo raro estaba pasando con Margery y Sven. Había tardado una semana o dos en notarlo, pero la pequeña cabaña ya no estaba invadida por gritos ahogados al hacer el amor. A menudo, Sven ya se había ido antes de que Alice se levantara por la mañana y, cuando estaba allí, no había bromas entre susurros ni comentarios íntimos y despreocupados, sino silencios incómodos y miradas intensas. Margery parecía preocupada. Mantenía el gesto serio y un comportamiento seco. Pero la noche anterior, cuando Alice le había preguntado si prefería que se fuera, la expresión de ella se había suavizado. Después, le había respondido de forma casi inesperada, no diciéndole con desdén que no pasaba nada y que no se preocupara, sino susurrándole: «No. Por favor, no te vayas». ¿Una riña de amantes? No iba a traicionar a su amiga contando sus intimidades, pero se sentía completamente perdida.

—... así que me preguntaba si le gustaría cenar conmigo. Me encantaría cocinar algo. Y podría...

Ella devolvió su atención al hombre que tenía delante.

—... llevarla de vuelta a la cabaña sobre las ocho y media, más o menos.

—Fred, no puedo.

Él cerró la boca de forma abrupta.

—Yo... No es que no quiera. Es solo que... si me vieran... En fin, ya resulta todo bastante complicado. Ya sabe cómo corren los rumores en este pueblo.

Él la miró casi como si ya se lo esperara.

—No puedo arriesgarme a empeorar las cosas para la biblioteca. Ni... para mí. Quizá cuando todo se haya calmado un poco.

Incluso mientras pronunciaba esas palabras, se daba cuenta de que no estaba segura de si eso podría funcionar. Ese pueblo podía pulir un cotilleo y conservarlo como un insecto fosilizado. Aún seguiría dando vueltas varios siglos después.

—Claro —contestó él—. Bueno, solo quería que supiera que la oferta sigue en pie. Por si se cansa de la comida de Margery.

Trató de reírse y se quedaron uno frente al otro, sintiéndose un poco incómodos. Él rompió el silencio, se levantó el sombrero como despedida y se fue por el camino mojado que llevaba hasta su casa. Alice se quedó mirándolo, pensando en el calor del interior, en la alfombra de jarapa, en el dulce olor de la madera pulida. Y, a continuación, soltó un suspiro, se subió la bufanda sobre la nariz y empezó a recorrer el largo camino por la fría montaña hasta la casa de Margery.

Sven sabía que Margery no era una mujer a la que se pudiera presionar. Pero cuando ella le dijo que era mejor que se quedara en su casa por tercera vez en la misma semana, ya no pudo seguir ignorando lo que sentía. Al verla desensillar a Charley, se cruzó de brazos y la observó con ojos más fríos y atentos hasta que, por fin, pronunció las palabras que había estado rumiando durante semanas.

—¿He hecho algo, Marge?

—¿Qué?

Y ahí estaba de nuevo. Esa forma que ella tenía de no mirarle casi al hablar.

—Las últimas semanas es como si no me quisieras cerca.

—No digas tonterías.

—No logro decir nada que te guste. Cuando nos vamos a la cama, te arropas como un gusano de seda. No quieres que te toque... —balbuceó, vacilando de una forma que no era propia de él—. Nunca hemos sido fríos el uno con el otro, ni siquiera cuando estábamos separados. Nunca en diez años. Yo solo... quiero saber si te he ofendido en algo.

Ella dejó caer los hombros un poco. Buscó la cincha por debajo del caballo y la pasó por encima de la silla, con la hebilla tintineando al caer. Sven notó un cierto agotamiento en su forma de moverse que le recordó a una madre que se enfrentara a unos hijos traviesos. Ella guardó un corto silencio antes de hablar.

—No has hecho nada que me haya ofendido, Sven. Es solo que... estoy cansada.

—¿Y por qué no quieres siquiera que te abrace?

—Pues porque no siempre quiero que me abracen.

—Antes no te importaba.

Como no le gustó el tono de su propia voz, Sven cogió la silla de sus manos y la llevó hasta la casa. Ella metió a Charley en su establo, le acarició, echó el cerrojo de la puerta de la cuadra y le siguió en silencio. Últimamente, echaban el cerrojo a todo, con los ojos atentos a cualquier cambio y los oídos pendientes de cualquier sonido extraño que oyeran por la «hondonada». El sendero que subía desde el camino estaba salpicado con una serie de cordeles con campanillas y latas que les sirvieran de aviso y dos escopetas cargadas flanqueaban la cama.

Él dejó la silla de montar en su sitio y permaneció de pie, pensativo. Después, dio un paso hacia ella, levantó una mano y le acarició la cara con suavidad. Una rama de olivo. Ella no le miró. Antes, Margery le habría apretado la mano contra su piel y la habría besado. Sintió que algo se hundía dentro de él.

—Siempre hemos sido sinceros el uno con el otro, ¿no?

—Sven...

—Respeto tu forma de querer vivir. He aceptado que no quieras estar atada. Ni siquiera lo he mencionado desde que...

Ella se frotó la frente.

—¿Podemos no hablar de esto ahora?

—Lo que quiero decir es que... llegamos a un acuerdo. Acordamos que..., si decidías que ya no me deseabas, lo dirías.

—¿Otra vez estamos con esto? —El tono de Margery era de tristeza y exasperación. Apartó los ojos de él—. No eres tú. No quiero que te vayas a ningún sitio. Es solo... que tengo muchas cosas en las que pensar.

—Todos tenemos muchas cosas en las que pensar.

Ella negó con la cabeza.

—Margery.

Y allí se quedó ella, terca como Charley. Sin darle nada.

Sven Gustavsson no era un hombre de temperamento difícil, pero sí que era orgulloso y tenía sus límites.

—No puedo continuar así. No voy a seguir molestándote. —Ella levantó la cabeza cuando él se giró—. Ya sabes dónde encontrarme cuando estés lista para verme de nuevo. —Levantó en el aire una mano mientras empezaba a bajar por la montaña. No miró atrás.

Sophia libraba el viernes porque era el cumpleaños de William y, dado que estaban al día con los arreglos (posiblemente debido a que Alice pasaba en la biblioteca mucho más tiempo), Margery le había insistido en que se quedara con su hermano. Alice subía por Split Creek cuando estaba atardeciendo y, al ver que la luz seguía encendida, se preguntó, puesto que Sophia no estaba, cuál de las bibliotecarias permanecía aún allí. Beth siempre acababa rápido; dejaba sus libros y salía a toda prisa hacia la granja (si no llegaba rápido, sus hermanos habrían engullido la comida que le hubieran dejado). Kathleen se daba la misma prisa en volver a casa para poder estar con sus hijos durante sus últimas horas de vigilia antes de acostarlos. Solo eran ella e Izzy las que guardaban los caballos en el establo de Fred y, al parecer, Izzy había dejado la biblioteca para siempre.

Alice desensilló a Spirit y se quedó un momento al calor del establo. Después, besó a la yegua e inhaló el dulce olor de sus orejas apretando la cara contra su cuello caliente y buscándole alguna golosina cuando arrimó a sus bolsillos su suave y curioso hocico. Quería ya a ese animal y conocía sus rasgos y sus puntos fuertes igual que conocía los suyos. Se dio cuenta de que aquella pequeña yegua era la relación más constante que había tenido en su vida. Cuando se aseguró de que el animal estaba bien acomodado, se dirigió a la puerta trasera de la biblioteca, de la que aún podía ver que se escapaba un haz de luz entre los huecos sin forrar de la madera.

—¿Marge? —gritó.

—Vaya, sí que se ha tomado usted su tiempo.

Alice empezó a parpadear al ver a Fred, sentado en una pequeña mesa en el centro de la sala, vestido con una camisa de franela limpia y unos vaqueros azules.

—Tomé nota de que no quería que la vieran conmigo en público. Pero he pensado que quizá podríamos cenar juntos de todos modos.

Alice cerró la puerta al entrar, miró la mesa bien preparada, con un pequeño jarrón con flores de tusilago, un adelanto de la primavera, en el centro, dos sillas y lámparas de aceite titilando sobre los escritorios de al lado, proyectando sombras sobre los lomos de los libros que les rodeaban.

Él pareció entender el asombrado silencio como desconfianza

—No es más que un guiso de cerdo con alubias. Nada demasiado lujoso. No estaba seguro de a qué hora estaría de vuelta. Puede que las verduras se hayan enfriado un poco. No sabía que usted sería tan meticulosa a la hora de guardar a esa yegua mía. —Levantó la tapa de la pesada cacerola de hierro y, de repente, la habitación quedó inundada por el aroma de la carne cocinada a fuego lento. Al lado de ella, en la mesa, había una pesada sartén con pan de maíz y un cuenco de judías verdes.

El estómago de Alice borboteó de manera inesperada y ruidosa y ella se apretó una mano contra el vientre a la vez que trataba de no sonrojarse.

—Bueno, parece que alguien ha dado su aprobación —dijo Fred con tono sereno. Se puso de pie y se acercó para retirar una silla para ella.

Alice dejó su sombrero en el escritorio y se quitó la bufanda.

—Fred, yo...

—Lo sé. Pero me gusta su compañía, Alice. Y por estos lares no es fácil que un hombre pueda disfrutar de alguien como usted muy a menudo. —Se inclinó hacia ella para servirle un vaso de vino—. Así que me sentiría muy agradecido si... me concediera el capricho.

Alice abrió la boca para protestar pero, entonces, se dio cuenta de que no estaba segura de cuál iba a ser su protesta. Cuando levantó los ojos, él la estaba mirando, esperando una señal.

—Tiene todo una pinta maravillosa —dijo.

Él soltó entonces un pequeño suspiro, como si ni siquiera en ese momento hubiese estado seguro de que ella no iba a salir corriendo. Y entonces, mientras empezaba a servir la comida, la miró con una sonrisa lenta y amplia tan llena de satisfacción que ella no pudo evitar responderle con otra sonrisa.

La Biblioteca Itinerante se había convertido en los meses de su existencia en un símbolo de muchas cosas y en un foco de otras, algunas que resultaban controvertidas y otras que provocaban desasosiego en ciertas personas, por mucho tiempo que llevaran ya allí. Pero esa noche heladora y húmeda de marzo se convirtió en un diminuto y reluciente refugio. Dos personas encerradas y a salvo en su interior, liberadas por un momento de sus complicados pasados y las pesadas expectativas del pueblo que les rodeaba, disfrutaron de una buena comida y risas mientras hablaban de poesía, historias, caballos y errores que habían cometido y, aunque apenas hubo un leve contacto físico entre ellas, aparte del accidental roce de una piel contra otra al pasarse el pan o rellenar un vaso, Alice descubrió de nuevo una pequeña parte de sí misma que no sabía que había estado echando de menos: la joven coqueta a la que le gustaba hablar de cosas que había leído, visto o pensado tanto como le gustaba montar a caballo por una senda de la montaña. A cambio, Fred disfrutó de la atención completa de una mujer, la risa fácil ante sus bromas y el desafío de una idea que podría diferir de la suya. El tiempo pasó volando y los dos terminaron la noche satisfechos y felices, con el raro resplandor que aparece cuando se sabe que lo más hondo de tu ser se ha mostrado ante otra persona y que quizá pueda haber alguien ahí que solo esté dispuesta a ver lo mejor de ti.

Fred bajó la mesa sin dificultad por los últimos escalones, listo para meterla de nuevo en su casa y, después, se dio la vuelta para echar el doble cerrojo de la puerta. Alice estaba a su lado, envolviéndose la bufanda alrededor de la cara, con el estómago lleno y una sonrisa en los labios. Los dos quedaban ocultos a la vista de los demás por el edificio de la biblioteca y, de algún modo, se encontraron a solo unos centímetros de distancia.

—¿Seguro que no me vas a dejar que te lleve montaña arriba? Hace frío, está oscuro y es un largo camino.

Ella negó con la cabeza.

—Esta noche me parecerán cinco minutos.

Él se quedó mirándola bajo la media luz.

—Últimamente no hay muchas cosas que te asusten, ¿no?

—No.

—Debe de ser la influencia de Margery.

Se sonrieron el uno al otro y él pareció pensativo por un momento.

—Espera aquí.

Entró corriendo en la casa y regresó, un minuto después, con una escopeta que le tendió.

—Por si acaso —dijo—. Quizá no tengas miedo, pero así podré descansar tranquilo. Devuélvemela mañana.

Ella la cogió de sus manos sin protestar y, a continuación, hubo un extraño y largo momento, de esos en los que dos personas saben que tienen que separarse pero no quieren y, aunque ninguno de los dos lo reconozca, cada uno cree que el otro siente lo mismo.

—Bueno —dijo ella por fin—. Se está haciendo tarde.

Él pasó el dedo pulgar por la tabla de la mesa, pensativo, con la boca cerrada para que no le salieran las palabras que no podía pronunciar.

—Gracias, Fred. La verdad es que ha sido la velada más bonita que he tenido. Probablemente, desde que llegué aquí. Yo... te lo agradezco de verdad.

Intercambiaron una mirada que fue una complicada mezcla de cosas. Un reconocimiento, de esos que normalmente podrían hacer que un corazón se ponga a cantar, pero interrumpido por el hecho de saber que hay cosas imposibles y que, al ser consciente de ello, el corazón se te puede romper.

Y, de repente, parte de la magia de esa noche se desvaneció.

—Buenas noches, Alice.

—Buenas noches, Fred —contestó ella. A continuación, tras echarse la escopeta al hombro, se dio la vuelta y empezó a subir por el camino antes de que él pudiera decir nada que hiciera que las cosas se complicaran más de lo que ya estaban.

16

Ese es el problema de esta tierra: que todas las cosas, el clima,
todo, perdura demasiado tiempo. Igual que nuestros ríos es
nuestra tierra: opaca, lenta, violenta; modelando y creando
la vida del hombre a su implacable y taciturna imagen y
semejanza.

WILLIAM FAULKNER, *Mientras agonizo*

La lluvia llegó bien avanzado el mes de marzo, convirtiendo primero las veredas y piedras en pistas de hielo y, luego, por pura inexorabilidad, destruyendo la nieve y el hielo del terreno más bajo para volverlo una infinita sábana gris. El aliciente que la ligera subida de temperaturas, la perspectiva de días más cálidos, podían proporcionar era limitado. Porque no paraba de llover. Después de cinco días, la lluvia había convertido los caminos sin terminar en barro o, en algunas zonas, había hecho desaparecer por completo las capas superiores dejando al aire sobre la superficie las afiladas piedras y los agujeros que podrían pillar por sorpresa a los incautos. Los caballos esperaban fuera atados, con las cabezas agachadas con resignación y las colas escondidas entre los cuartos traseros, y los coches derrapaban y rugían por los resbaladizos caminos de las montañas. Los granjeros se quejaban en la tienda de comestibles mientras los tenderos comentaban que solo Dios sabía por qué quedaba aún tanta agua en el cielo.

Margery regresó de su ronda de las cinco de la mañana empapada hasta los huesos y vio a las bibliotecarias sentadas con las manos unidas por las puntas de los dedos y los pies inquietos junto a Fred.

—La última vez que llovió así, el río Ohio se desbordó —dijo Beth mirando por la puerta abierta, desde donde se podía oír el gorgoteo del agua bajando por la calle. Dio una última calada a su cigarro y lo apagó con el tacón de su bota.

—Demasiada agua como para salir a caballo, eso está claro —dijo Margery—. No voy a volver a sacar a Charley.

Fred había estado atento desde primera hora y había advertido a Alice de que era una mala idea y, aunque normalmente pocas cosas la detenían, ella le había hecho caso. Fred había subido sus caballos a un terreno más alto, donde los pudiera ver formando una piña resbaladiza y mojada.

—Los iba a meter en el establo —le había dicho a Alice cuando le ayudaba a subir los dos últimos—, pero aquí arriba están más seguros. —Su padre había perdido en una ocasión toda una yeguada cuando Fred era niño: el río la había inundado mientras la familia dormía y, cuando despertaron, solo sobresalía el pajar por encima del agua. Su padre se había echado a llorar mientras se lo contaba, la única vez que Fred había visto que eso ocurriera.

Le habló a Alice de la gran inundación del año anterior, de cómo el agua había derribado casas enteras y las había mandado río abajo; de la mucha gente que había muerto; de cómo habían encontrado una vaca enganchada a un árbol a ocho metros de altura cuando las aguas bajaron y tuvieron que dispararle para que no siguiera sufriendo. Nadie sabía cómo bajarla de allí.

Los cuatro se quedaron sentados en la biblioteca durante una hora. Nadie quería marcharse pero tampoco tenían motivos para seguir allí. Hablaron de fechorías que habían cometido de niños, de las mejores gangas en alimentos para animales, de un hombre que conocían tres de ellos que sabía silbar melodías a través del hueco de un diente que le faltaba y que, además, añadía su voz como si fuera un hombre-orquesta. Hablaron de que si Izzy estuviera allí les habría cantado una o dos canciones. Pero la lluvia se volvió más fuerte y, poco a poco, la conversación se fue desvaneciendo y todos se quedaron mirando hacia la puerta con una sensación cada vez más funesta.

—¿Qué opinas, Fred? —Fue Margery quien rompió el silencio.

—No me gusta.

—A mí tampoco.

En ese momento, oyeron el sonido de cascos de caballos. Fred fue a la puerta, quizá preocupado por que alguno se hubiera desbocado. Pero era el cartero, con el agua derramándose por el borde de su sombrero.

—El caudal del río está creciendo y con rapidez. Hay que avisar a la gente del lecho del arroyo pero no hay nadie en la oficina del sheriff.

Margery miró a Beth y a Alice.

—Voy a por las bridas.

Izzy estaba tan sumida en sus pensamientos que no se dio cuenta cuando su madre le quitó el bordado del regazo y chasqueó la lengua con fuerza.

—Ay, Izzy, voy a tener que quitar esas puntadas. No se parecen en nada al patrón. ¿Qué has estado haciendo?

La señora Brady cogió un ejemplar de *Woman's Home Companion* y pasó las páginas hasta que encontró el patrón que buscaba.

—No se parece nada en absoluto. Has hecho puntada corrida donde debía haber punto de cadeneta.

Izzy dirigió su atención a la muestra.

—Odio coser.

—Antes no te importaba. No sé qué te pasa últimamente. —Izzy no respondió, lo que hizo que la señora Brady chas-
queara la lengua con más fuerza—. Nunca he conocido a una
muchacha más malhumorada.

—Sabes muy bien qué me pasa. Me aburre estar aquí
encerrada y no soporto que tú y papá os hayáis dejado convencer por un idiota como Geoffrey van Cleve.

—Esas no son formas de hablar. ¿Por qué no haces una
colcha? Antes te gustaba. En mi cómoda de arriba tengo unas
telas antiguas preciosas y...

—Echo de menos a mi caballo.

—No era tu caballo. —La señora Brady cerró la boca y
guardó un silencio diplomático antes de volver a abrirla—. Pero
he pensado que quizá podríamos comprarte uno si crees que
quieres seguir montando.

—¿Para qué? ¿Para dar vueltas sin parar? ¿Para parecer
bonita, como una estúpida muñeca? Echo de menos mi trabajo, madre, y echo de menos a mis amigas. Por primera vez en
mi vida he tenido amigas de verdad. Era feliz en la biblioteca.
¿Es que eso no significa nada para vosotros?

—Ahora sí que estás siendo exagerada —dijo la señora
Brady con un suspiro sentándose en el banco con su hija—.
Mira, cariño, sé que te gusta mucho cantar. ¿Por qué no hablo
con tu padre para que te den unas buenas clases? Quizá podríamos ver si hay alguien en Lexington que te pueda ayudar
a trabajar la voz. Quizá cuando papá oiga lo buena que eres,
cambie de opinión. Ay, Señor, pero tendremos que esperar a
que esta lluvia pase. ¿Alguna vez has visto algo así?

Izzy no respondió. Se quedó sentada junto a la ventana
del salón con la mirada puesta en el desenfocado paisaje.

—¿Sabes? Creo que voy a llamar a tu padre por teléfono.
Me preocupa que el río se desborde. Perdí buenas amistades

en las inundaciones de Louisville y, desde entonces, me preocupa el río. ¿Por qué no descoses esos últimos puntos y volvemos a hacerlos?

La señora Brady desapareció por el pasillo. Izzy pudo oír cómo marcaba el número del despacho de su padre y el suave murmullo de su voz. Miró desde la ventana a los cielos grises, recorriendo con el dedo los riachuelos que zigzagueaban por el cristal, mientras miraba con los ojos entrecerrados a un horizonte que ya no era visible.

—Bueno, tu padre piensa que deberíamos quedarnos aquí. Dice que podemos llamar a Carrie Anderson, que está en Old Louisville, para preguntarle si ella y su familia quieren pasar con nosotros uno o dos días, por si acaso. Dios sabe qué vamos a hacer con todos esos perritos suyos. No creo que podamos encargarnos de... ¿Izzy...? ¿Izzy? —La señora Brady se giró en medio del salón vacío—. ¿Izzy? ¿Estás arriba?

Recorrió el pasillo y fue a la cocina, donde la asistenta dejó de amasar la pasta y se giró, perpleja, mientras negaba con la cabeza. Y, entonces, la señora Brady vio la puerta de atrás, con el interior lleno de gotas de lluvia. La prótesis de la pierna de su hija yacía en el suelo de baldosas y sus botas de montar no estaban.

Margery y Beth trotaban a toda velocidad por la calle principal, en medio de un remolino de cascos y agua salpicada. Alrededor de ellas, por la carretera sin terminar, se deslizaba el agua cuesta abajo y les cubría los pies mientras las alcantarillas borboteaban, protestando por todo el peso. Cabalgaron con las cabezas agachadas y los cuellos de los abrigos alzados y, cuando llegaron a las orillas, redujeron la velocidad, mientras las patas de los caballos se hundían en la hierba pantanosa. En las zonas más bajas de Spring Creek, se colocaron a ambos lados del camino y desmontaron para echar a correr a cada puerta y golpearla con los puños mojados.

—El agua está subiendo —gritaban mientras los caballos tiraban de sus riendas—. Vayan a terrenos más altos.

Detrás de ellas, los ocupantes empezaban a moverse, con sus caras asomándose por las puertas y las ventanas mientras trataban de averiguar si debían tomarse en serio esas órdenes. Cuando habían recorrido medio kilómetro, algunos de los que dejaron atrás habían empezado a subir muebles a las plantas superiores de las casas que tenían doble altura y el resto cargaban carros y camionetas con todo lo que pudieran poner a salvo. Habían lanzado lonas por encima de las traseras de los vehículos abiertos, y aparecían caras de niños pequeños y quejumbrosos entre los rostros grises de los adultos. La gente de Baileyville tenía suficiente experiencia en inundaciones como para saber que eran una amenaza que había que tomarse en serio.

Margery llamó a golpes a la última puerta de Spring Creek, el pelo pegado a la cara por el agua.

—¿Señora Cornish...? ¿Señora Cornish?

Una mujer con un pañuelo mojado en la cabeza apareció en la puerta con expresión de inquietud.

—Ay, gracias a Dios. Margery, querida, no puedo llegar hasta mi mulo. —Se dio la vuelta y echó a correr haciéndoles señas para que fueran con ella.

El mulo estaba al fondo de su cercado, que daba al arroyo. Las pendientes más bajas, que ya eran cenagosas los días más secos, formaban ahora una densa capa de barro de color caramelo y el pequeño mulo marrón y blanco permanecía inmóvil, aparentemente resignado, hundido en él hasta el pecho.

—Parece que no puede moverse. Por favor, ayudadle.

Margery tiró del ronzal. Después, como vio que no había ningún cambio, dejó caer todo su peso contra él para tratar de tirar de una pata. El mulo levantó el hocico, pero ninguna otra parte de su cuerpo se movió.

—¿Ves? —La señora Cornish juntó sus viejas y retorcidas manos—. Está atrapado.

Beth corrió al otro lado e hizo también lo que pudo, azotándole el trasero, gritándole y empujándole con el hombro, sin conseguir nada. Margery dio un paso atrás y miró a Beth, que le contestó negando con la cabeza.

Volvió a probar empujándole con el hombro, pero aparte de una sacudida de orejas, el mulo no se movió. Margery se detuvo para pensar.

—No puedo dejarlo aquí.

—No vamos a dejarlo, señora Cornish. ¿Tiene el arnés? ¿Y cuerda? ¿Beth? Beth. Ven aquí. Señora Cornish, sujete a Charley, por favor.

Mientras la lluvia caía con fuerza, las dos mujeres más jóvenes fueron corriendo a por el arnés y volvieron con dificultad hasta donde estaba el mulo. El agua había crecido desde que habían llegado, elevándose por encima de la hierba. Lo que durante meses había sido el agradable sonido de un pequeño chorro, un riachuelo iluminado por el sol, ahora corría como un ancho torrente, amarillo e implacable. Margery pasó el arnés por encima de la cabeza del mulo y le abrochó las hebillas, deslizando los dedos sobre las tiras mojadas. La lluvia les rugía en los oídos de tal forma que tenían que gritarse y hacerse señales para entenderse, pero, tras meses trabajando juntas, habían aprendido a comunicarse con facilidad. Beth hizo lo mismo por el otro lado hasta que las dos gritaron: «¡Ya!». Abrocharon las correas a la sobrecincha y, después, pasaron la cuerda por el gancho metálico que tenía al hombro.

No muchos mulos habrían tolerado que una cuerda de su cincha les pasara por las patas, pero Charley era inteligente y solo necesitó que le tranquilizaran una vez. A continuación, Beth ató las correas al peto de su caballo Scooter y, actuando al unísono, empezaron a tirar cada una de su animal hacia delante por el suelo menos anegado.

—¡Vamos! ¡Venga, Charley! ¡Ahora! ¡Vamos, Scooter!

Las orejas de los animales se sacudían, Charley abrió los ojos de forma inusitada al sentir ese desconocido peso muerto detrás de él. Beth les instaba a él y a Scooter para que avanzaran mientras Margery tiraba de la cuerda, animando con gritos al pequeño mulo, que se sacudía, moviendo la cabeza arriba y abajo al sentir que tiraban de él.

—Así es, muchacho. Tú puedes.

La señora Cornish se agachó al otro lado, con dos anchos tablones sobre el barro delante del mulo, listos para darle algo a lo que sujetarse.

—¡Vamos, chicos!

Margery se giró y vio cómo Charley y Scooter tiraban, con sus flancos temblándoles por el esfuerzo mientras se hundían en el barro, tropezando, levantando terrones de barro a su alrededor, y, con desaliento, se dio cuenta de que el mulo estaba realmente atascado. Si Charley y Scotter seguían hundiendo así sus patas, también se quedarían pronto atascados.

Beth la miró, con el mismo pensamiento. Hizo una mueca de dolor.

—Tenemos que dejarlo, Marge. El agua está subiendo con rapidez.

Margery colocó una mano sobre la mejilla del pequeño mulo.

—No podemos abandonarlo.

Se giraron al oír un grito. Dos granjeros corrían hacia ellas desde las casas que estaban más atrás. Hombres robustos de mediana edad a los que Margery conocía solo de verlos en el mercado del maíz, con sus monos de peto y sus impermeables. No dijeron ni una palabra, se limitaron a deslizarse junto al mulo y empezaron a tirar del arnés junto a Charley y Scooter, con las botas hundidas en la tierra y sus cuerpos formando un ángulo de cuarenta y cinco grados.

—¡Vamos! ¡Vamos, muchachos!

Margery se unió a ellos, bajando la cabeza y tirando con todo su peso de la cuerda. Un centímetro. Otro más. Un fuerte sonido de succión y, entonces, la pata frontal del mulo que tenía más cerca quedó libre. El mulo levantó la cabeza sorprendido y los dos hombres volvieron a tirar a la vez, gruñendo por el esfuerzo y con los músculos en tensión. Charley y Scooter se tambaleaban delante de ellos, con las cabezas agachadas, las patas traseras temblando por el esfuerzo, y, de repente, con una sacudida, el mulo se elevó, cayó de lado y se arrastró medio metro por la hierba embarrada antes de que Charley y Scooter supieran que tenían que parar. Tenía los ojos abiertos de par en par por la sorpresa y las fosas nasales se le dilataron antes de levantarse trastabillando, de tal modo que los hombres tuvieron que dar un salto hacia atrás para apartarse.

Margery apenas tuvo tiempo para darles las gracias. Un breve asentimiento con la cabeza, un toque sobre el borde mojado de su sombrero y ya se habían ido, corriendo de nuevo entre el diluvio de vuelta a sus casas para recuperar lo que pudieran. Margery sintió un breve momento de auténtico amor por la gente con la que se había criado, personas que no iban a tolerar ver a un hombre —o un mulo— luchando a solas.

—¿Está bien el mulo? —le gritó a la señora Cornish, que le pasaba sus manos curtidas por las patas cubiertas de barro.

—Está bien —respondió.

—Tiene que irse a un sitio más alto.

—Ya me encargo yo, chicas. ¡Ahora, marchaos de aquí!

De repente, Margery se retorció al notar una molestia en algún músculo de su vientre que nunca antes había notado. Vaciló, dobló el cuerpo y, después, fue a trompicones hasta Charley mientras Beth soltaba las correas.

—¿Adónde vamos ahora? —gritó Beth mientras se subía a Scooter, que ya se ponía en marcha. Margery, jadeante tras el esfuerzo de subirse de nuevo a lomos de Charley, tuvo que doblarse un momento para recuperar el aliento antes de responder.

—Sophia —dijo, de repente—. Voy a ver cómo está Sophia. Si esta casa está inundada, entonces la de Sophia y William también lo estará. Tú ve a las casas que hay al otro lado del arroyo.

Beth asintió, dio la vuelta al caballo y se fue.

Kathleen y Alice cargaron la carretilla de libros y los cubrieron con arpillera para que Fred los pudiera empujar por el camino empapado hasta su casa. Solo tenían una carretilla y las mujeres la cargaban todo lo deprisa que podían, llevaban los libros por montones hacia la puerta de atrás y, después, iban detrás de él cargadas con tantos otros como les cabían en cuatro alforjas, con las piernas cediéndoles por el peso y las cabezas agachadas bajo la lluvia. Habían vaciado, más o menos, una tercera parte de la biblioteca en la última hora pero, desde entonces, el agua había subido hasta el segundo escalón y Alice tenía miedo de que no consiguieran sacar mucho más antes de que el agua subiera del todo.

—¿Estás bien? —Fred se cruzó con Alice en el camino de vuelta. Estaba envuelto con una tela impermeable y un reguero de agua le caía por el lateral del sombrero.

—Creo que Kathleen debería marcharse. No debe estar alejada de sus hijos.

Fred levantó los ojos al cielo y, después, los bajó a la carretera, donde las montañas desaparecían en una nube gris.

—Dile que se vaya —contestó.

—Pero ¿qué vais a hacer? —exclamó Kathleen minutos después—. No se puede mover todo esto solo entre dos.

—Salvaremos lo que podamos. Tienes que irte a casa.

Como vio que ella volvía a vacilar, Fred le puso la mano en el brazo.

—Solo son libros, Kathleen.

No volvió a protestar. Se limitó a asentir, montó en el caballo de Garrett y dio la vuelta para salir a medio galope carretera arriba en medio del agua que salía salpicada detrás de ella.

Descansaron un momento y se quedaron brevemente bajo la protección de la cabaña, viéndola alejarse, con sus pechos jadeantes por el esfuerzo. El agua les caía de los impermeables formando charcos en el suelo de madera.

—¿Seguro que estás bien, Alice? Es un trabajo duro.

—Soy más fuerte de lo que parezco.

—Bueno, eso es verdad.

Intercambiaron una pequeña sonrisa. Casi sin pensar, Fred levantó una mano y, con cuidado, le limpió una gota de lluvia de debajo del ojo con el dedo pulgar. Alice se quedó inmóvil un momento por la descarga eléctrica que le provocó el contacto de su piel y por la inesperada intensidad de sus ojos gris claro, sus pestañas empapadas hasta parecer puntos de un negro brillante. Alice sintió el extraño deseo de coger ese pulgar, llevárselo a la boca y morderlo. Se quedaron mirándose y ella sintió que la respiración trataba de salirle de los pulmones, con el rostro sonrojado, como si él pudiera leerle la mente.

—¿Os puedo ayudar?

Se separaron de un brinco al ver a Izzy en la puerta, con el coche de su madre aparcado de cualquier forma junto a la barandilla y sus botas de montar en la mano. El rugir de la lluvia sobre el techo de metal había amortiguado el sonido de su llegada.

—¡Izzy! —La voz de Alice salió con una oleada de vergüenza, demasiado aguda y demasiado chillona. Dio un paso adelante de forma impulsiva y la abrazó—. ¡Cómo te hemos echado de menos! ¡Mira, Fred, es Izzy!

—He venido a ver si puedo ayudar —dijo Izzy, ruborizada.

—Eso... es una gran noticia. —Fred iba a añadir algo más, pero bajó la mirada y se dio cuenta de que Izzy no llevaba puesta la prótesis de la pierna—. No vas a poder caminar por el sendero, ¿verdad?

—No muy rápido —respondió.

—De acuerdo. Déjame pensar. ¿Has venido en esta cosa de aquí? —preguntó, incrédulo.

Izzy asintió.

—No se me da muy bien el embrague con mi pierna izquierda, pero si puedo presionarlo con el bastón no pasa nada.

Fred la miró con sorpresa pero, rápidamente, cambió su expresión.

—Margery y Beth se han ido a hacer las rutas más próximas a la parte sur del pueblo. Acércate con el coche todo lo que puedas a la escuela y diles a los del otro lado del arroyo que tienen que subir a terrenos más altos. Pero ve por el puente peatonal. No intentes cruzar el agua con esa cosa, ¿de acuerdo?

Izzy fue corriendo a por el coche, cubriéndose la cabeza con los brazos, y se montó, tratando de dar sentido a lo que acababa de ver: Fred acariciando con ternura el rostro de Alice, los dos a apenas unos centímetros de distancia. De repente, se sintió como cuando estaba en el colegio, cuando nunca formaba parte de cualquier cosa que pasara, pero apartó de su mente ese pensamiento, tratando de sofocarlo con el recuerdo de la alegría de Alice al verla. «¡Izzy! ¡Cómo te hemos echado de menos!».

Por primera vez en un mes, Izzy volvía a sentirse de nuevo ella misma. Presionó el bastón contra el embrague, metió la marcha atrás del coche, dio la vuelta y salió en dirección al otro extremo del pueblo, con gesto de determinación. De nuevo, era una mujer con una misión.

Monarch Creek estaba ya con treinta centímetros de agua cuando llegaron. Era uno de los puntos más bajos del condado. Había una razón por la que esa zona se había dejado especialmente para la población de color. Era rica, sí, pero propensa a las inundaciones. Había muchos mosquitos y beatillas en el aire durante los meses de verano. Ahora, mientras Charley bajaba por la colina entre la cortina de lluvia, Margery solo podía distinguir a Sophia, con una caja de madera sobre la cabeza, vadeando entre las aguas, con el vestido flotando a su alrededor. Había un montón de pertenencias de ella y de William en las pendientes del bosque que tenían arriba. Desde la puerta, William miraba con expresión de preocupación, con su muleta de madera calzada bajo la axila.

—¡Ay, gracias a Dios! —gritó Sophia cuando Margery se acercó—. Tenemos que poner a salvo nuestras cosas.

Margery bajó del mulo de un salto y corrió hacia la casa, metiéndose en el agua. Sophia había colocado una cuerda entre el porche y un poste de telégrafos junto al camino y Margery se sirvió de ella para atravesar el arroyo. El agua estaba helada y la corriente llevaba una inquietante fuerza, aunque solo le llegaba a las rodillas. Dentro de la casa, los preciados muebles de Sophia se habían volcado. Las piezas más pequeñas se movían en el agua. Margery se quedó un momento paralizada: ¿qué había que salvar? Cogió las fotografías de la pared, libros y adornos, metiéndoselos en el abrigo para poder agarrar una mesita que llevó hacia la puerta y sacó a la hierba. Le dolía el vientre por debajo de la pelvis e hizo una mueca de dolor.

—No se puede salvar nada más —le gritó a Sophia—. El agua está subiendo muy deprisa.

—Todo lo que tenemos está aquí dentro. —La voz de Sophia sonaba desesperada.

Margery se mordió el labio.

—Entonces, un viaje más.

William se movía por la habitación inundada y usaba los brazos para agarrarse a la pared, mientras trataba de acorralar algunos objetos esenciales —una sartén, una tabla de cortar, dos cuencos— que aferraba entre sus enormes manos.

—¿Esa lluvia no va a amainar?

—Es hora de salir, William —dijo ella.

—Deja que coja un par de cosas más.

¿Cómo decirle a un amputado orgulloso que no servía de ayuda? ¿Cómo decirle que el simple hecho de que estuviera ahí dentro no solo suponía un estorbo, sino que probablemente iba a ponerlos en peligro a todos ellos? Margery se guardó sus palabras y cogió la caja de costura de Sophia, se la colocó bajo el brazo y empezó a vadear por el agua hacia el exterior, donde agarró una silla de madera del porche con la otra mano para subirla al terreno seco entre gruñidos por el esfuerzo. Después, el montón de mantas, sujetas sobre la cabeza. Dios sabía cómo las iban a secar. Bajó la mirada al sentir de nuevo la aguda protesta de su vientre. El agua le llegaba ya a la entrepierna y su largo abrigo se le arremolinaba entre los muslos. ¿Diez centímetros más en los últimos diez minutos?

—¡Tenemos que irnos! —gritó mientras Sophia, con la cabeza agachada, volvía a entrar—. No hay más tiempo.

Sophia asintió con un gesto de dolor. Margery consiguió salir del agua sintiendo que la arrastraba, moviéndose insistente. Arriba en la orilla, Charley se movía nervioso, con las riendas sujetas al poste, dejando claro su deseo de alejarse de allí. No le gustaba el agua, nunca le había gustado, y ella dedicó un segundo a tranquilizarle:

—Lo sé, amigo. Lo estás haciendo muy bien.

Margery colocó las últimas pertenencias de Sophia en el montón y las cubrió con la lona impermeable mientras se preguntaba si podría llevar algunas de ellas un poco más arriba. Algo se agitó en su interior y se alarmó hasta que supo qué era. Se detuvo, se colocó la mano sobre el vientre y volvió a sentirlo, invadida por una emoción que no sabía identificar.

—¡Margery!

Se giró y vio que Sophia se agarraba a la manga de William. Parecía que había llegado una especie de aluvión y ahora estaba hundida hasta la cintura. Margery vio que el agua se había vuelto negra.

—Ay, Dios —murmuró—. ¡Quedaos ahí!

Sophia y William habían bajado con cuidado los escalones que estaban bajo el agua, cada uno con una mano sujeta a la cuerda y el brazo libre de Sophia bien apretado alrededor de la cintura de su hermano. El agua oscura pasaba a gran velocidad junto a ellos y su fuerza proyectaba en el aire una extraña energía. William miraba hacia abajo, con los nudillos apretados mientras trataba de mover su muleta hacia delante a través del río desbordado.

Margery bajó la colina medio corriendo, medio tambaleándose, sin apartar la mirada de ellos, que iban abriéndose paso en su dirección.

—¡Seguid avanzando! ¡Podéis hacerlo! —gritó resbalándose hasta detenerse en el borde. Y entonces... ¡Zas! La cuerda cedió y tanto Sophia como William perdieron el equilibrio y se vieron lanzados río abajo. Sophia soltó un chillido. Cayó de cabeza, con los brazos extendidos, desapareció un momento y, después, volvió a emerger. Consiguió agarrarse a un arbusto, con las manos bien aferradas a sus ramas. Margery corría al lado de ella, con el corazón en la garganta. Se tumbó boca abajo y agarró la muñeca mojada de Sophia. Esta soltó el arbusto para sujetarse a la otra muñeca de Margery y, un segundo después, Margery había tirado de ella y la había subido a la orilla, donde cayó de espaldas y Sophia se quedó agachada sobre sus manos y rodillas embarradas, la ropa negra y empapada y jadeando por el esfuerzo.

—¡William!

Margery se giró al oír la voz de Sophia y vio que William estaba medio sumergido, con la cara torcida por el esfuerzo mientras trataba de tirar de sí por la cuerda. Su muleta había desaparecido y el agua le llegaba a la cintura.

—¡No puedo seguir! —gritó.

—¿Sabe nadar? —preguntó Margery a Sophia.

—¡No! —gimió Sophia.

Margery corrió hacia Charley, con la ropa mojada arrastrándose a cada paso. En algún momento había perdido el sombrero y el agua le lanzaba el pelo sobre la cara, de tal modo que tenía que apartárselo constantemente para poder ver.

—Muy bien, muchacho —murmuró mientras desataba las riendas de Charley del poste—. Ahora necesito que me ayudes.

Tiró de él por la orilla hasta el agua, donde ella entró vadeándola, con la mano libre extendida a un lado para no perder el equilibrio, pisando con cuidado con sus botas por si notaba algún obstáculo. Al principio, el mulo se quedó inmóvil, con las orejas echadas hacia atrás y los ojos en blanco, pero, cuando ella tiró, él dio un paso con cautela y luego otro y, sacudiendo las orejas adelante y atrás al compás del sonido de la voz de Margery, fue chapoteando a su lado, avanzando contra el torrente. William estaba jadeando cuando llegaron hasta él, sujeto con las dos manos a la cuerda. Se agarró a ciegas a Margery, su rostro con expresión de pánico, y ella le gritó para que le pudiera oír por encima del ruido del agua.

—Agárrate a su cuello, William, ¿de acuerdo? Ponle los brazos alrededor del cuello.

William se aferró al mulo, con su enorme cuerpo apretado al de Charley, y, entre gruñidos de esfuerzo, Margery los giró a los dos bajo las profundidades de la crecida para volver hacia la orilla, con el mulo protestando en silencio a cada paso. El agua negra le llegaba a Margery ya al pecho y Charley, asustado, levantó el hocico y trató de dar brincos hacia delante. Otro aluvión de agua les golpeó y, mientras a su alrededor todo se precipitaba, Margery notó que las piernas se le levantaban y se vio invadida por un repentino terror, como si el suelo fuera a desaparecer para siempre. Pero justo cuando creía que ellos también iban a ser arrastrados, notó que sus botas rozaban de nuevo el suelo, supo que a Charley le había pasado igual y sintió que avanzaba con otro paso vacilante.

—¿Estás bien, William?

—Estoy aquí.

—Buen chico, Charley. Sigue así.

El tiempo se detuvo. Parecían avanzar por centímetros. Ella no tenía ni idea de lo que había debajo. Un cajón de madera con ropa bien doblada flotaba delante de ellos, seguido de otro y, después, un perrito muerto. Lo registraba tan solo con una parte lejana de su cerebro. El agua negra se había convertido en un ser vivo que respiraba. Se agarraba de su abrigo y tiraba de él, impidiéndole avanzar, exigiendo que se entregaran. Era incesante, ensordecedora y hacía que el miedo se le alojara, como un hierro, en el cuello. Margery estaba ahora amoratada por el frío, con la piel apretada contra el cuello castaño de Charley, la cabeza sacudiéndose contra los enormes brazos de William y toda su conciencia reducida a una sola cosa.

«Llévame a casa, muchacho, por favor».

«Un paso».

«Dos».

—¿Estás bien, Margery?

Notó la enorme mano de William sobre el brazo, agarrándola, y no supo bien si era por su seguridad o por la de ella. El mundo se había reducido hasta solo quedar William, ella y el mulo, el rugir en sus oídos, la voz de William murmurando una oración que no sabía distinguir, Charley tirando valientemente a contracorriente, su cuerpo azotado por una fuerza que no comprendía, el suelo resbalándose y desapareciendo debajo de él cada pocos pasos, y luego, otra vez. Un tronco pasó a toda velocidad al lado de ellos. Demasiado grande, demasiado rápido. A Margery le escocían los ojos, llenos de arena y agua. Apenas podía ver a Sophia, que extendía los brazos desde la orilla, como si pudiera tirar de los tres con el impulso. Desde la orilla llegaron otras voces unidas a la de ella. Un hombre. Más hombres. Ya no podía ver entre el agua de sus ojos. No podía pensar en nada, sus dedos, ahora entumecidos, entrelazados en la crin de Charley y la otra mano sobre su brida. «Seis pasos más. Cuatro pasos más. Un metro».

«Por favor».

«Por favor».

«Por favor».

Y, entonces, el mulo dio una sacudida hacia delante y hacia arriba y ella pudo notar unas fuertes manos extendidas hacia ella, tirando de sus hombros, de sus mangas, su cuerpo como un pescado en el suelo, la voz temblorosa de William: «¡Gracias, Señor! ¡Gracias!». Margery sentía cómo el río iba perdiendo su fuerza, y pronunció las mismas palabras en silencio a través de sus labios congelados. Su puño apretado, con pelo de Charley aún enmarañado en sus dedos, se movió de forma instintiva hacia su vientre.

Y, entonces, todo quedó en negro.

17

$\mathcal{B}$eth oyó a las niñas antes de verlas, sus voces superpuestas al rugido del agua, infantiles y estridentes. Estaban aferradas a la parte delantera de una cabaña destartalada, con los pies hundidos hasta los tobillos en el agua, gritándole: «¡Señorita! ¡Señorita!». Ella trataba de recordar el apellido —¿McCarthy? ¿McCallister?— e instó al caballo a atravesar el agua, pero Scooter, que ya estaba asustado por la extraña electricidad de la atmósfera y la densa y severa lluvia, atravesó la mitad del arroyo crecido y, después, empezó a retroceder y se giró de tal forma que ella estuvo a punto de caer. Se enderezó pero el caballo no se movía, resoplando y corriendo hacia atrás hasta que se vio tan confundido que Beth temió que se fuera a provocar algún daño.

Maldiciendo, Beth bajó del caballo, lanzó las riendas por encima de un poste y vadeó por el agua hacia ellas. Eran pequeñas, la menor de dos años como mucho, y llevaban ligeros vestidos de algodón que se les pegaban a la piel pálida. Mientras se acercaba, ellas le gritaban, seis bracitos de anémona extendidos hacia ella, moviéndose en el aire. Llegó hasta ellas justo antes del aluvión. Una ola de agua negra, tan rápida y potente que tuvo que agarrar a la más pequeña por la cintura para evitar que la arrastrara. Y allí estaban, tres niñitas abrazadas a ella, agarrándose a su abrigo, mientras su voz emitía sonidos tranquilizadores a pesar de que su cerebro trataba de averiguar a toda velocidad cómo narices iba a salir de aquella.

—¿Hay alguien en la casa? —gritó a la mayor tratando de que la oyera por encima del ruido del torrente. La niña negó con la cabeza. «Eso ya es algo», pensó mientras apartaba de su mente visiones de abuelas postradas en la cama. El brazo malo ya le estaba doliendo mientras sujetaba a la más pequeña contra su pecho con fuerza. Podía ver a Scooter al otro lado, moviéndose nervioso alrededor del poste, claramente a punto de romper sus riendas y salir corriendo. Le había gustado saber que era en parte purasangre cuando Fred se lo ofreció. Era rápido y llamativo y no necesitaba que le empujaran para que echara a andar. Ahora maldecía su tendencia al pánico, su cerebro del tamaño de un guisante. ¿Cómo iba a montar en él a tres niñas pequeñas? Bajó la mirada mientras el agua chapoteaba entre sus botas, mojándole las medias, y se vino abajo.

—Señorita, ¿estamos atrapadas?

—No, no estamos atrapadas.

Y entonces lo oyó, el chirrido de un coche que bajaba por la carretera hacia ella. ¿La señora Brady? Entrecerró los ojos para ver. El coche aminoró la marcha, se detuvo y, después, quién lo iba a decir, Izzy Brady bajó de él, con la mano protegiéndose los ojos mientras trataba de distinguir a quién veía al otro lado del agua.

—¿Izzy? ¿Eres tú? ¡Necesito ayuda!

Se gritaron la una a la otra desde ambos lados del río, pero eran incapaces de oírse bien en medio del ruido. Por fin, Izzy levantó una mano en el aire, como diciéndole que esperara, puso el enorme y brillante coche en marcha y empezó a avanzar hacia ellas entre rugidos del motor.

«No puedes atravesar el agua con ese maldito coche», susurró Beth negando con la cabeza. «¿Es que esta chica ha perdido la cabeza?». Pero Izzy se detuvo justo cuando las ruedas delanteras estaban casi sumergidas y, después, corrió cojeando hacia el maletero y lo abrió para sacar de él una cuerda. Volvió corriendo a la parte delantera del coche, desenrolló la cuerda y lanzó su extremo a Beth una vez, dos y otra vez más hasta que Beth pudo cogerla. Ahora lo entendía. A esa distancia era suficientemente larga como para atarla al poste del porche. Beth apretó el nudo con todas sus fuerzas y vio con alivio que estaba bien firme.

—Tu cinturón —le gritaba Izzy gesticulando—. Ata el cinturón alrededor de la cuerda. —Ella estaba sujetando su extremo de la cuerda al coche, con manos hábiles y rápidas. Y, entonces, Izzy se agarró a la cuerda y empezó a ir hacia ellas, su cojera resultaba inapreciable al ir desplazándose por el agua—. ¿Estáis bien? —preguntó cuando llegó hasta ellas izándose al porche. Tenía el pelo aplastado y bajo el abrigo notó el jersey claro y suave empapado de agua.

—Coge a la más pequeña —respondió Beth. Quiso entonces dar un abrazo a Izzy, una sensación extraña en ella, que contuvo con movimientos enérgicos. Izzy agarró a la niña y la miró con una sonrisa luminosa, como si simplemente hubiesen salido a una merienda en el campo. Sin dejar de sonreír, Izzy se quitó la bufanda del cuello, la pasó por la cintura de la niña mayor y la ató a la cuerda.

—Ahora, Beth y yo vamos a atravesar el río, sujetándonos, y tú vas a ir justo en medio de las dos, atada a la cuerda. ¿Me has oído?

La niña mayor, con ojos bien abiertos y redondos, negó con la cabeza.

—Solo tardaremos un minuto en llegar al otro lado. Y, luego, todas estaremos bien y podremos secarnos, y, después, os podremos llevar con vuestra mamá. Vamos, bonita.

—Tengo miedo —articuló la niña con los labios.

—Lo sé, pero tenemos que ir al otro lado.

La niña miró hacia el agua y, a continuación, dio un paso atrás, como si quisiera desaparecer en el interior de la cabaña.

Izzy y Beth intercambiaron una mirada. El agua estaba subiendo de nivel rápidamente.

—¿Y si cantamos algo? —preguntó Izzy. Se agachó para ponerse a la altura de la niña—. Cuando algo me da miedo, me canto una canción alegre. Eso hace que me sienta mejor. ¿Qué canciones te sabes?

La niña estaba temblando. Pero tenía los ojos fijos en los de Izzy.

—¿Qué os parece *Las carreras de Camptown?* Esa te la sabes, ¿verdad, Beth?

—Ah, mi preferida —contestó Beth con un ojo en el agua.

—¡Muy bien! —exclamó Izzy.

Las señoras de Camptown cantan esta canción,
doo-da, doo-da.
El circuito de Camptown mide cinco millas.
Oh, es el día del doo-da.

Sonrió y dio un paso hacia atrás en dirección al agua, que ahora le llegaba al muslo. Mantenía la mirada fija en la niña y le hacía señas para que avanzara, con la voz alta y alegre, como si no hubiese nada de lo que preocuparse.

Van a correr toda la noche,
van a correr todo el día.
Apuesto mi dinero por el caballo de cola cortada.
Alguien más apostará por el alazán.

—Así es, cariño. Tú sígueme. Agárrate bien ahora.

Beth se deslizó detrás de ellas, con la niña mediana sobre su cadera. Podía notar la fuerza de la corriente por debajo, teñida con el olor de algún acre producto químico. Nada le apetecía menos que meterse en esa agua y no culpaba a la niña por no querer tampoco. Mantenía agarrada a la pequeña y la niña se chupaba el dedo pulgar con los ojos cerrados, como si así se alejara de lo que veía a su alrededor.

—Vamos, Beth —dijo la voz de Izzy desde delante, insistente y cantarina—. Canta tú también.

Oh, la yegua joven de larga cola y el caballo negro y grande,
doo-da, doo-da,
llegan a un lodazal y todos lo cruzan.
Oh, es el día del doo-da.

Y allí estaban, vadeando el agua, con la voz de Beth aflautada y su respiración agarrada al pecho, empujando a la niña para que siguiera caminando. La niña cantaba con voz vacilante, los nudillos blancos de apretar la cuerda, el gesto torcido por el miedo y lanzando aullidos cuando, de vez en cuando, perdía el contacto con el suelo. Izzy no dejaba de mirar hacia atrás, instando a Beth a que siguiera cantando y avanzando.

El agua aumentaba de altura y velocidad. Podía oír a Izzy delante de ella, calmada y alegre.

—Mira ahora, ¿a que hemos avanzado mucho? ¿Qué te parece? «Van a correr toda la noche, van a correr todo...».

Beth levantó la mirada cuando Izzy dejó de cantar. Pensó con frialdad: «Estoy segura de que el coche no estaba tan lejos». Y, entonces, Izzy empezó a tirar de la cintura de la niña de más edad, moviendo torpemente los dedos mientras trataba de soltar el nudo de su bufanda y, de repente, Beth entendió por qué había dejado de cantar, su mirada de pánico, y medio lanzó a la niña que llevaba en brazos sobre la orilla mientras agarraba su cinturón y trataba de abrir la hebilla.

«¡Rápido, Beth! ¡Ábrela!».

No acertaba con los dedos. El pánico se le subió a la garganta. Notó que las manos de Izzy cogían el cinturón y lo levantaban para sacarlo del agua, sintió la amenazadora y creciente presión al apretarse en su cintura y, entonces, justo cuando sentía que tiraban de ella hacia delante, *clic,* el cinturón se le resbaló entre los dedos y, a continuación, Izzy la arrastró con una fuerza que jamás habría sospechado en ella. Y, de repente, *chof,* el gran coche verde quedó medio sumergido y empezó a moverse río abajo a gran velocidad, alejándose de ellas con el otro extremo de la cuerda.

Consiguieron ponerse de pie, subieron a trompicones por la cuesta hacia una zona más alta, las niñas aferrando con fuerza sus manos, sus miradas absortas por lo que estaba sucediendo delante de ellas. La cuerda se tensó, el coche se meció, quedó inmóvil un momento y, después, debido al peso imparable y con un fuerte sonido al deshilacharse, la cuerda, vencida por el simple peso y la física, se rompió.

El Oldsmobile de la señora Brady, pintado por encargo de verde oscuro, con interiores de piel color crema y traído desde Detroit, se volcó elegantemente, como una foca gigante que mostrara su vientre. Mientras las cinco miraban, goteando agua y temblando, el coche se alejó de ellas, medio sumergido, sobre la marea negra, dobló por una esquina y su parachoques cromado dejó de verse al girar por el recodo.

Nadie dijo nada. Y, a continuación, la más pequeña de las niñas levantó los brazos e Izzy la cogió en los suyos.

—Muy bien —dijo un momento después—. Supongo que voy a estar castigada los próximos diez años.

Y Beth, que no era muy dada a grandes muestras de emotividad, de repente, movida por un impulso que no supo identificar, extendió los brazos, abrazó a Izzy y la besó en la mejilla con un beso enorme y sonoro. Y las dos empezaron a caminar despacio de vuelta al pueblo un poco sonrojadas y, para confusión de las niñas, entre abruptos y aparentemente inexplicables estallidos de carcajadas.

—¡Ya está!

Habían metido los últimos libros en la sala de estar de Fred. La puerta estaba cerrada y Fred y Alice miraron la enorme montaña que había invadido su antes ordenado salón y, a continuación, se miraron el uno al otro.

—Hasta el último de ellos —dijo Alice, asombrada—. Los hemos salvado todos.

—Sí. Podremos retomar el negocio antes de que nos demos cuenta.

Puso la cafetera sobre el fuego y miró en la alacena. Metió la mano y sacó unos huevos y queso y los puso en la encimera.

—En fin..., estaba pensando que podrías descansar aquí un rato. Comer algo, quizá. Nadie va a ir muy lejos hoy.

—Supongo que no tiene sentido volver a salir mientras esté así. —Se puso la mano en la cabeza y se tocó el pelo mojado.

Los dos eran conscientes de los peligros pero, en ese momento, Alice no podía evitar ver el agua corriendo calle abajo como su secreta aliada, deteniendo el fluir normal del mundo. Nadie podría juzgarla por descansar en casa de Fred, ¿verdad? Al fin y al cabo, solo había estado trasladando libros.

—Si quieres que te deje una camisa seca, hay una colgada en las escaleras.

Ella subió, se quitó el jersey mojado, se secó con una toalla y se puso la camisa, sintiendo la suave franela contra su piel húmeda al abotonarse todo el frontal. Había algo en el hecho de ponerse una camisa de hombre —una camisa de

Fred— que hacía que la respiración se le quedara atascada en la garganta. No podía olvidarse de lo que había sentido al notar su dedo pulgar sobre su piel, la imagen de sus ojos ardientes mirando los suyos con tanta intensidad, como si pudiera ver lo más profundo de su alma. Cada movimiento parecía estar ahora cargado de su eco, cada mirada fortuita o palabra que se cruzaran estaba inundada de una nueva intención.

Volvió a bajar despacio las escaleras hacia los libros, sintiendo cómo el calor dentro de ella aumentaba, como le pasaba cada vez que pensaba en la piel de él al rozar la suya. Cuando se dio la vuelta para buscarlo, él la estaba mirando.

—Estás más guapa con esa camisa que yo.

Alice notó que se sonrojaba y apartó la mirada.

—Toma. —Le pasó una taza de café caliente y ella cerró las manos a su alrededor, dejando que el calor la impregnara, agradecida por tener algo que mirar.

Fred se movía alrededor de ella, apartando libros y, después, buscando en el cesto de la leña para cargar la chimenea. Ella miraba los músculos de sus brazos tensándose al moverlos, el acero de sus muslos al agacharse para ver el estado de las llamas. ¿Cómo era posible que nadie en ese pueblo hubiera notado la hermosa frugalidad con que Frederick Guisler se movía, la elegancia con la que usaba sus brazos, los fuertes músculos que se movían debajo de su piel?

Deja que la llama parpadeante de tu alma juegue a mi alrededor,
que a mis miembros acuda la intensidad del fuego.

Se incorporó, la miró y ella supo que él debió de verla entonces, la verdad desnuda de todo lo que sentía, escrita de forma evidente en su rostro. Hoy, pensó ella de repente, no habrá reglas. Estaban en un remolino, en un lugar que solo les pertenecía a ellos, lejos del agua, la tristeza y las penurias del mundo exterior. Dio un paso hacia él, como si fuese un imán, pasó por encima de los libros sin bajar los ojos y dejó la taza sobre la chimenea, con la mirada aún fija en él. Estaban ahora a pocos centímetros el uno del otro, con el calor del fuego llameante sobre sus cuerpos, sin dejar de mirarse. Quería hablar, pero no tenía ni idea de qué decir. Solo sabía que quería que él la tocara de nuevo, sentir la piel de Fred sobre sus labios, bajo sus dedos. Quería conocer lo que todo el mundo parecía saber de una forma tan despreocupada y relajada, secretos susurrados en habitaciones a oscuras, una intimidad que iba más allá de las palabras. Se sentía devorada por ese deseo. Los ojos de Fred buscaron dentro de los de ella y se suavizaron, la respiración se le aceleró y, en ese momento, ella supo que ya le tenía. Que esta vez sería distinto. Fred extendió una mano y agarró la de ella y Alice sintió que algo la atravesaba, fundido e insistente, y, entonces, él la levantó y ella notó que se quedaba sin respiración.

—Voy a parar aquí, Alice —dijo entonces.

Ella tardó un segundo en asimilar lo que él le decía y el impacto fue tan grande que casi la dejó sin aliento.

«Alice, eres demasiado impulsiva».

—No es que...

—Tengo que irme. —Se dio la vuelta, humillada. «¿Cómo había podido ser tan tonta?». Las lágrimas le inundaron los ojos, tropezó por encima de los libros y maldijo con fuerza cuando estuvo a punto de caerse.

—Alice.

¿Dónde estaba su abrigo? ¿Lo había dejado colgado en algún sitio?

—Mi abrigo. ¿Dónde está mi abrigo?

—Alice.

—Por favor, déjame en paz. —Sintió la mano de él en su brazo y lo apartó y se lo llevó al pecho, como si le hubiese quemado—. No me toques.

—No te vayas.

Abochornada, sintió que iba a echarse a llorar. Arrugó la cara y se la cubrió con la mano.

—Alice. Por favor. Escúchame. —Fred tragó saliva, apretó la boca, como si le costase hablar—. No te vayas. Si supieses..., si supieses cuánto deseo que estés aquí, Alice, que la mayoría de las noches las paso despierto volviéndome loco con esa idea. —Su voz salía a borbotones apagados muy poco propios de él—. Te quiero. Te he querido desde el primer día que te vi. Cuando no estás cerca es como si estuviese perdiendo el tiempo. Cuando estás aquí es como... si el mundo entero se tiñera de un color un poco más luminoso. Quiero sentir tu piel sobre la mía. Quiero ver tu sonrisa y oír esas carcajadas que sueltas cuando te olvidas de ti misma y dejas que te salgan sin más... Quiero hacerte feliz... Quiero despertar cada mañana a tu lado y..., y... —Frunció un momento el entrecejo, como si hubiese ido demasiado lejos—. Y tú estás casada. Y yo me esfuerzo mucho por ser un buen hombre. Así que, hasta que pueda buscar una solución a eso, no puedo. Simplemente no puedo ponerte un dedo encima. No como me gustaría. —Respiró hondo y dejó salir el aire con una exhalación temblorosa—. Lo único que puedo darte, Alice, son... palabras.

Un torbellino había entrado en la habitación y lo había dejado todo del revés. Ahora se iba posando alrededor de Alice, soltando diminutas motas resplandecientes al hacerlo.

Pasaron unos años. Ella esperó hasta estar segura de que su voz había vuelto a la normalidad.

—Palabras.

Él asintió.

Ella se quedó pensando, se secó los ojos con la mano. Se llevó la mano brevemente al pecho, esperando a que los latidos se calmaran un poco, y, cuando él vio aquello, se estremeció, como si hubiese sido él quien le había causado ese dolor.

—Supongo que puedo quedarme un rato —dijo ella.

—Café —contestó él un momento después, y le pasó la taza. Tuvo cuidado de que sus dedos no tocaran los de ella.

—Gracias.

Intercambiaron una breve mirada. Ella soltó un largo suspiro y, entonces, sin decir nada más, se colocaron el uno junto al otro y empezaron a apilar de nuevo los libros.

Había dejado de llover. El señor y la señora Brady recogieron a su hija en el Ford grande del señor Brady y aceptaron, sin protestar, a los demás pasajeros, tres niñas pequeñas que serían sus invitadas, al menos, hasta la mañana. El señor Brady escuchó el relato de las niñas, y lo de la cuerda y lo del coche de la señora Brady, y mientras él no decía nada y asimilaba la pérdida del vehículo, su mujer se abalanzó y abrazó a su hija con fuerza, quedando en un silencio muy poco propio de ella durante un rato largo antes de soltarla, con los ojos rebosantes de lágrimas. Abrieron las puertas del coche en silencio y empezaron el corto trayecto a casa mientras Beth comenzaba a recorrer a pie el camino anegado hacia su casa, despidiéndose con la mano hasta que el coche desapareció de su vista.

Margery se despertó y sintió la mano cálida de Sven entrelazada con la suya. Tensó los dedos en un acto reflejo antes de ir recuperando la conciencia y recordar todos los motivos por los que no debía hacerlo. Estaba medio enterrada en mantas y edredones y el peso de todos ellos resultaba casi excesivo, apresándola. Entonces, empezó a mover con cuidado cada dedo del pie, tranquilizada al ver la obediencia con que su cuerpo respondía.

Abrió los ojos, parpadeando, y vio la oscuridad, la lámpara de aceite junto a la cama. Los ojos de Sven se movieron hacia ella y se quedaron mirándose, justo mientras los pensamientos de ella se ordenaban hasta formar algo que tuviera sentido. Su voz, cuando habló, sonó ronca.

—¿Cuánto tiempo he estado inconsciente?

—Algo más de seis horas.

Se quedó pensativa asimilando la información.

—¿Sophia y William están bien?

—Están abajo. Sophia está preparando algo de comer.

—¿Y las chicas?

—Todas a salvo. Parece que en Baileyville se han perdido cuatro casas y esa colonia junto a Hoffman ha quedado completamente destruida, aunque supongo que cuando amanezca habrá aún más. El río sigue desbordado, pero ha dejado de llover hace una o dos horas, así que podemos esperar que ya ha pasado lo peor.

Mientras él hablaba, Margery recordó la fuerza del río contra su cuerpo, los remolinos que la arrastraban, y se estremeció sin querer.

—¿Charley?

—Perfectamente. Le he estado cepillando y le he dado como premio por su valentía un cubo de zanahorias y manzanas. Ha intentado darme una coz para quitármelo.

Ella lo miró con una pequeña sonrisa.

—No he conocido nunca a ningún mulo como él, Sven. Le he exigido demasiado.

—Dicen que has ayudado a mucha gente.

—Cualquiera lo habría hecho.

—Pero no lo han hecho.

Se quedó quieta, agotada, cediendo a la presión de las mantas, al calor soporífero. Su mano, hundida bajo los edredones, se deslizó hacia el bulto de su vientre y, un minuto después, notó la agitación de respuesta que hizo que algo dentro de ella se tranquilizara.

—Y bien —dijo Sven—. ¿Me lo vas a contar?

Ella levantó los ojos hacia él, hacia su rostro bondadoso y serio.

—He tenido que desnudarte para meterte en la cama. Por fin he visto por qué me has estado rechazando todas estas semanas.

—Lo siento, Sven. Yo no quería... No sabía qué hacer. —Parpadeó para controlar unas lágrimas inesperadas—. Supongo que tenía miedo. Nunca he querido tener hijos, ya lo sabes. Nunca he sido de las que están hechas para ser madres. —Sorbió por la nariz—. Ni siquiera pude proteger a mi propio perro, ¿no?

—Marge...

Se secó las lágrimas.

—Supongo que pensé que si no le hacía caso, que con mi edad y todo eso, quizá... —Se encogió de hombros—. Se iría... —Él hizo una mueca de dolor, un hombre que no podía soportar ver a un granjero ahogando a un gatito—. Pero...

—¿Pero?

Ella se quedó un momento en silencio. Después, bajó la voz hasta un susurro.

—Puedo sentirla. Me dice cosas. Y me di cuenta allí, en el agua. No es en realidad una posibilidad. Ya está aquí. Quiere estar aquí.

—¿Sentirla?

—Sé que es una niña.

Él sonrió y negó con la cabeza. La mano de Margery seguía manchada de negro y él dejó que su dedo pulgar se deslizara sobre ella. Después, se frotó la nuca.

—Entonces, vamos a hacerlo.

—Supongo que sí.

Se quedaron sentados un rato en la penumbra, cada uno acostumbrándose a la idea de un futuro nuevo e inesperado.

Abajo, Margery pudo oír un leve murmullo de voces, el tintineo de cacerolas y platos.

—Sven.

Él la miró.

—¿Crees... que todo este jaleo de las inundaciones, con tanto levantar y tirar de cosas y el agua negra..., crees que habrá perjudicado al bebé? He sentido unos dolores. Sentí un frío espantoso. Aún estoy entumecida.

—¿Sientes algo ahora?

—Nada desde..., bueno, no recuerdo.

Sven pensó su respuesta con cuidado.

—No está en nuestra mano, Marge —dijo. Envolvió con sus dedos los de ella—. Pero forma parte de ti. Y si ella es una parte de Margery O'Hare, puedes apostar a que está hecha de hierro. Si algún bebé puede salir de una tormenta como esta, será el tuyo.

—El nuestro —le corrigió ella. Le agarró entonces la mano y la metió bajo las mantas para que pudiera apoyar su cálida palma sobre su vientre mientras él no apartaba los ojos de los de ella en ningún momento. Margery se quedó inmóvil un instante, disfrutando de una profundísima sensación de paz que notó cuando la piel de él tocó la suya, y entonces, obediente, el bebé se movió de nuevo, apenas un leve suspiro, y los ojos de los dos se abrieron a la vez de par en par, los de él buscando en ella la confirmación de lo que acababa de sentir.

Margery asintió.

Y Sven Gustavsson, un hombre que no era conocido por su gran emotividad, se llevó la mano que tenía libre a la cara y tuvo que girarse para que ella no le viera las lágrimas en los ojos.

Los Brady no estaban acostumbrados a usar palabras estridentes. Aunque su unión no podría describirse como una perfecta conjunción de formas de pensar, a ninguno de los dos les gustaban los conflictos dentro de la casa y cada uno de ellos sentía un respeto tan sano por el otro que rara vez se permitían mantener una discusión abiertamente airada y conocían lo suficientemente bien las respuestas del otro después de haber pasado casi treinta años evitándolas.

Así que la noche siguiente a las inundaciones trajo una especie de impacto sísmico en el hogar de los Brady. La señora Brady, tras supervisar que se les daba de comer y beber a las tres niñas en la habitación de invitados y haber mandado a Izzy a la cama, y tras esperar a que el servicio se hubiese retirado, anunció la intención de su hija de volver al proyecto de la Biblioteca Itinerante con un tono que indicaba que no iba a aceptar más discusiones al respecto.

El señor Brady, tras pedirle que repitiera de nuevo esas palabras para asegurarse de que la había oído bien, respondió con una firmeza poco normal en él —quizá estaba crispado por la pérdida del coche y las frecuentes llamadas de teléfono que había recibido en las que le informaban de que varias empresas de Louisville se habían visto perjudicadas por las inundaciones—. La señora Brady respondió con no menos énfasis e informó a su marido de que conocía a su hija como a sí misma y nunca había estado más orgullosa de ella que ese día. Él podía sentarse y dejar que terminara convirtiéndose en una mujer encerrada en casa insatisfecha e insegura como su hermana —y todos sabían en qué había terminado eso— o animar a esa audaz, emprendedora y hasta ahora inédita versión de la niña a la que conocían desde hacía veinte años y permitirle hacer lo que más le gustaba. Y añadió, con cierto tono agudo, que si él quería hacer caso de ese estúpido de Van Cleve sobre asuntos concernientes a su propia hija, ella ya no estaba segura de quién era la persona con la que había estado casada todos esos años.

Eso era una declaración de guerra. El señor Brady recibió aquellas palabras con igual fuerza y, aunque su casa era grande, sus voces resonaron por los pasillos revestidos de madera y continuaron durante toda la noche hasta que empezó a amanecer —sin que les oyeran las niñas comatosas ni Izzy, que había caído de repente por un acantilado de sueño—. Y en ese momento, tras haber llegado a una tregua incómoda, los dos agotados por ese inesperado giro en su unión, el señor Brady anunció abatido que necesitaba cerrar los ojos, al menos, una hora, porque tenían por delante un largo día de limpieza y Dios sabía cómo se suponía que iba a poder ahora con ello.

La señora Brady, algo aplacada con la victoria, sintió una repentina ternura por su marido y, un momento después, extendió una mano conciliadora. Y así fue como, justo cuando la luz amanecía, la criada los encontró una hora y media después, aún completamente vestidos y roncando sobre la enorme cama de caoba con las manos entrelazadas.

18

Un tendero emprendedor de Oklahoma vendió recientemente dos docenas de fustas en dos días. Tres clientes, sin embargo, dijeron que las suyas las iban a usar como caña de pescar mientras que una le fue vendida a una madre que quería «dar una tunda» a su hijo.

The Furrow, septiembrc-octubre de 1937

*M*argery se estaba lavando el pelo el domingo por la mañana, con la cabeza agachada sobre un cubo de agua caliente, escurriéndolo y retorciéndolo hasta formar una gruesa cuerda brillante, cuando Alice entró. Alice murmuró una disculpa, medio adormilada y un poco atontada —no se había dado cuenta de que había alguien dentro— y se dispuso a salir de espaldas de la pequeña cocina cuando vio el vientre de Margery, brevemente visible entre su fino camisón de algodón, y volvió a mirar, incrédula. Margery la miró de reojo a la vez que se envolvía la cabeza con una sábana de algodón y se dio cuenta. Se enderezó y se colocó la mano sobre el ombligo.

—Sí, es verdad. Sí, estoy de más de seis meses. Y ya lo sé. No formaba parte del plan, precisamente.

Alice se llevó la mano a la boca. De repente, recordó cuando vio a Margery y a Sven en el Nice 'N' Quick la noche anterior, ella sentada encima de él toda la noche, con las manos de Sven protegiéndole el vientre.

—Pero...

—Supongo que no presté a aquel librito azul la atención que debía.

—Pero..., pero ¿qué vas a hacer? —Alice no podía apartar los ojos de aquella redondez. Le parecía irreal. Los senos de Margery, por lo que veía ahora, eran de un tamaño casi obsceno, con las venas azules insinuadas que se le cruzaban por el pecho, donde la toalla se le había caído para mostrar un trozo de piel clara.

—¿Hacer? No hay mucho que pueda hacer.

—Pero ¡no estáis casados!

—¡Casados! ¿Es eso lo que te preocupa? —Margery soltó un silbido—. Alice, ¿crees que me importa un pimiento lo que la gente de aquí pueda pensar de mí? Sven y yo estamos prácticamente casados. Vamos a criar a nuestra hija y vamos a ser más cariñosos con ella y el uno con el otro que la mayoría de los matrimonios de por aquí. La voy a educar y le voy a enseñar a diferenciar el bien del mal y, mientras ella tenga a su madre y a su padre para quererla, no veo por qué debe importar a nadie lo que yo lleve en mi mano izquierda.

Alice no podía entender cómo una mujer podía estar embarazada de seis meses y no importarle que su bebé fuera un bastardo, que incluso pudiera ir al infierno. Y, sin embargo, al ver la seguridad y la alegría de Margery, su aspecto —sí, si le miraba la cara con atención, bien podría decirse que estaba radiante—, costaba afirmar que aquello era de verdad un desastre.

Soltó un largo suspiro.

—¿Lo... sabe... alguien?

—¿Aparte de Sven? —Margery se frotó el pelo con fuerza y, después, se detuvo para comprobar con los dedos lo mojado que lo tenía—. Bueno, no es que lo hayamos gritado a voces precisamente. Pero no podré ocultarlo mucho más tiempo. Al pobre Charley le van a flaquear las patas si sigo engordando.

Un bebé. Alice se vio invadida por una compleja mezcla de emociones: sorpresa, admiración, porque, una vez más, Margery había decidido vivir su vida según sus propias normas, pero, impregnando todo lo demás, tristeza porque todo tenía que cambiar, porque quizá no pudiera volver a galopar con su amiga por las laderas de las montañas, reírse con ella entre las acogedoras paredes de la biblioteca. Seguramente, Margery tendría que quedarse ahora en casa, ser una madre como cualquier otra. Se preguntó qué pasaría incluso con la biblioteca sin Margery: ella era su corazón y su columna vertebral. Y, entonces, le vino otro pensamiento más preocupante. ¿Cómo iba a seguir viviendo ahí una vez que naciera el bebé? No habría espacio. Apenas había suficiente ahora mismo para los tres.

—Casi puedo oír tu inquietud desde aquí, Alice —gritó Margery mientras se dirigía a su dormitorio—. Y te aseguro que nada tiene por qué cambiar. Ya nos preocuparemos por el bebé cuando llegue. No tiene sentido que le des más vueltas hasta entonces.

—Yo estoy bien —dijo Alice—. Solo estoy contenta por ti. —Y deseó con desesperación que fuera verdad.

Margery bajó con el mulo hasta Monarch Creek el sábado, saludando al pasar a las familias que se afanaban en la limpieza, barrían el cieno de sus puertas y formaban montones de muebles estropeados que ya solo iban a servir para secarlos y usarlos como leña. Las inundaciones habían devastado las zonas más bajas del pueblo, hogar de las familias más pobres, probablemente las que iban a hacer menos ruido. O, en todo caso, las que iban a pasar más inadvertidas. En las zonas más prósperas del pueblo, la vida ya había vuelto casi a la normalidad.

Detuvo a Charley en la puerta de la casa de Sophia y William y se le cayó el alma a los pies al ver los daños. Una cosa era que te contaran algo y otra tener que verlo con tus propios ojos. La casita estaba en pie, a duras penas, pero al encontrarse en la zona más baja de la carretera se había llevado la peor parte de la inundación. Los postes del porche estaban agrietados y rotos mientras que las macetas y la mecedora que había antes en él habían desaparecido junto con las dos ventanas delanteras.

Lo que antes era un pequeño y cuidado huerto era ahora un mar de barro negro, del que emergían trozos aleatorios de madera en lugar de plantas y el hedor era nauseabundo y sulfuroso. Una gruesa marca oscura recorría la parte superior de los marcos y las paredes de madera y Margery no necesitó entrar para suponer que sería igual por dentro. Se estremeció al recordar el frío del agua y puso la mano sobre el suave cuello de Charley, sintiendo un repentino deseo visceral de volver al calor y la seguridad de su casa.

Desmontó —ahora requería un esfuerzo algo mayor bajar de la silla— y ató las riendas en un árbol cercano. No había nada para que el mulo pudiera pastar. Solo fango oscuro hasta una buena altura de las laderas.

—¿William? —gritó mientras sus botas chapoteaban al dirigirse hacia la pequeña cabaña—. ¿William? Soy Margery.

Gritó un par de veces más y esperó hasta que quedó claro que no había nadie en la casa. A continuación, se giró de nuevo hacia el mulo al sentir el poco familiar estiramiento y peso de su vientre, como si el bebé hubiese decidido que ahora tenía libertad para hacer notar su presencia. Se detuvo junto al árbol y estaba cogiendo las riendas cuando algo llamó su atención. Inclinó la cabeza y vio la marca del agua a gran altura desde la base del tronco. Desde la biblioteca hacia abajo, las marcas que había dejado el río eran de un color marrón rojizo, variando de tono pero, principalmente, de barro y cieno. Aquí las marcas eran completamente negras. Recordó cómo el agua se había vuelto oscura de repente y el fuerte olor químico que había hecho que los ojos le escocieran y que se le había quedado atrapado en la parte posterior garganta.

Hacía tres días que nadie había visto a Van Cleve por el pueblo, desde la inundación.

Se agachó, pasó los dedos por la corteza del árbol y, después, se los olió. Se quedó allí, completamente inmóvil, pensando. Después, se limpió las manos en la chaqueta y, con un gruñido, volvió a subirse a la silla.

—Vamos, pequeño Charley —dijo dándole la vuelta—. Todavía no nos vamos a casa.

Margery subió con el mulo por el estrecho paso que daba a la parte noreste de Baileyville, una ruta que la mayoría de la gente consideraba intransitable, dada la inclinación del terreno y la densidad de los matorrales. Pero tanto ella como Charley, por haberse criado en un terreno hostil, podían ver un modo de atravesarlo de la misma manera instintiva en que un empresario veía el símbolo del dólar, y Margery dejó caer la hebilla de las riendas sobre el cuello del mulo y se inclinó hacia delante, confiando en que él supiera escoger qué camino tomar mientras ella levantaba las ramas por encima de su cabeza. El aire se volvió más frío a medida que fueron subiendo. Margery se caló bien el sombrero en la cabeza y escondió el mentón dentro del cuello de la chaqueta mientras veía cómo su aliento formaba nubes húmedas.

Los árboles se fueron concentrando a medida que iban subiendo y el suelo se volvió tan empinado y duro que Charley, pese a su paso firme, empezó a dar trompicones y a vacilar. Margery desmontó por fin junto a un saliente rocoso, enganchó las riendas a unos árboles retoños y recorrió a pie el resto del camino hasta la cima, resoplando un poco por el peso adicional de su nueva carga. De vez en cuando, se detenía con las manos sobre la parte baja de la espalda. Se había sentido inusualmente cansada desde las inundaciones y no quiso pensar en lo que diría Sven si supiera dónde estaba.

Pasó casi una hora subiendo por la cresta hasta que por fin pudo ver la parte posterior de Hoffman, el área de su emplazamiento de doscientas cuarenta hectáreas que no se veía desde las minas y que quedaba protegida por el arco que formaban las pendientes inclinadas y cubiertas de árboles que la rodeaban. Se agarró a un tronco para subir los últimos pasos y, después, se quedó allí un momento, dejando que la respiración se le calmara.

Y, entonces, bajó la mirada y maldijo.

Tres enormes presas de lodo tras la cima, solo accesibles por un túnel cercado que atravesaba la cumbre de la montaña. Dos estaban llenas de un agua opaca y oscura, aún con gran caudal por las lluvias. La tercera estaba vacía, con su base embarrada manchada de negro y su dique desmoronado por donde el lodo había salido con fuerza y había bajado al otro lado, dejando un reguero salobre a lo largo de los serpenteantes lechos del río hacia la zona más baja de Baileyville.

«De todos los días que Annie podía escoger para ponerse mal de las piernas, este era el menos oportuno», murmuraba Van Cleve mientras esperaba en el reservado a que la muchacha le trajera la comida. Enfrente de él estaba Bennett, sentado en silencio, deslizando la mirada hacia los demás clientes, como si todavía tratara de calibrar qué era lo que la gente decía de ellos. Van Cleve habría preferido permanecer más días alejado del pueblo, pero cuando tu sirvienta no aparece para preparar la comida y tu nuera sigue aún sin entrar en razón ni volver a casa, ¿qué otra cosa puede hacer un hombre? A menos que fuera con el coche hasta mitad de camino en dirección a Lexington, el Nice 'N' Quick era el único lugar donde poder encontrar un plato caliente.

—Aquí tiene, señor Van Cleve —dijo Molly mientras colocaba el plato de pollo frito delante de él—. Con ración doble de verduras y puré de patatas, tal y como ha pedido. Ha tenido suerte de encargarlo en ese momento. La cocinera casi se ha quedado sin nada, entre los repartos que no han llegado y todo lo demás.

—¡Vaya, pues sí que tenemos suerte! —exclamó él. El ánimo de Van Cleve mejoró al ver el aspecto dorado y crujiente de su cena. Soltó un suspiro de satisfacción y se metió la servilleta por el cuello de la camisa. Estaba a punto de sugerir a Bennett que hiciera lo mismo en lugar de doblarse la suya en el regazo como cualquier maldito europeo, cuando un trozo de barro negro cayó por el aire por encima de su plato para aterrizar con un sonoro *chof* sobre su ración de pollo. Se quedó mirándolo mientras trataba de asimilar qué era lo que estaba viendo—. ¿Qué narices...?

—¿Se le ha perdido algo, señor Van Cleve?

Margery O'Hare estaba junto a su mesa, con la cara sonrojada y la voz temblorosa por la rabia. Tenía el brazo extendido y el puño ennegrecido y lleno de lodo.

—No han sido las inundaciones lo que ha destrozado esas casas de Monarch Creek. Ha sido su presa de lodo y usted lo sabía. ¡Debería avergonzarse!

El restaurante quedó en silencio. Detrás de ella, un par de personas se pusieron de pie para ver qué pasaba.

—¿Has tirado barro sobre mi cena? —Van Cleve se puso de pie retirando su silla con un chirrido—. ¿Entras aquí, después de todo lo que has hecho, y me echas barro en la comida?

Los ojos de Margery brillaban.

—No es barro. Es fango de carbón. Veneno. Su veneno. He subido hasta la cresta y he visto su dique roto. ¡Ha sido usted! No las lluvias. Ni el río Ohio. Las únicas casas destruidas han sido las que han quedado arrasadas por sus sucias aguas.

Un murmullo circuló por el restaurante. Van Cleve se arrancó la servilleta del cuello. Dio un paso hacia ella con el dedo levantado.

—Escúchame bien, O'Hare. Más vale que te andes con mucho cuidado antes de ir lanzando acusaciones por ahí. Ya has causado bastantes problemas...

Pero Margery se mantuvo firme ante él.

—¿Que yo he causado problemas? ¿Eso es lo que dice el hombre que le ha pegado un tiro a mi perro? ¿El que le rompió dos dientes a su nuera? ¡Su inundación casi termina ahogándome, igual que a Sophia y a William! ¡No tenían casi nada y ahora se han quedado con menos! ¡Habría ahogado a tres niñas si mis chicas no hubiesen llegado allí para salvarlas! ¿Y se pavonea por aquí fingiendo que no tiene nada que ver con usted? ¡Deberían detenerlo!

Sven apareció detrás de ella y le puso una mano en el hombro, pero ella estaba ya desatada y la apartó.

—¡Hay hombres que mueren porque usted valora más el dinero que la seguridad! ¡Engaña a la gente para que renuncien a sus casas antes de que sepan lo que han hecho! ¡Destruye vidas! ¡Su mina es una amenaza! ¡Usted es una amenaza!

—Ya basta. —Sven había rodeado ya con un brazo las clavículas de Margery y tiraba de ella hacia atrás, aunque ella apuntaba a Van Cleve sin dejar de gritar—. Vamos. Ha llegado el momento de irse.

—¡Sí! ¡Gracias, Gustavsson! ¡Sácala de aquí!

—¡Actúa usted como si fuera el maldito todopoderoso! ¡Como si la ley no contara nada para usted! Pero yo le estoy vigilando, Van Cleve. Mientras tenga aliento en mis pulmones, diré la verdad sobre usted y...

—He dicho que basta.

La sala parecía haberse quedado sin aire mientras Gustavsson la sacaba, todavía protestando, por la puerta del restaurante. A través del cristal, se la podía ver gritándole en la calle, agitando los brazos como si intentara soltarse.

Van Cleve miró a su alrededor y volvió a sentarse. Los demás clientes seguían con la vista fija en él.

—¡Esos O'Hare! —dijo en voz alta a la vez que volvía a colocarse la servilleta—. Nunca se sabe con qué va a salir esa familia.

Bennett mantenía los ojos en el plato.

—Gustavsson es un hombre sensato. Sabe lo que hay que hacer. Vaya que sí. Y esa chica de ahí fuera es la más loca de todos, ¿no es cierto...? ¿No es cierto? —La sonrisa de Van Cleve vaciló un poco hasta que la gente empezó a dirigir su atención a sus platos. Soltó un suspiro e hizo una señal a la camarera—. Molly, querida. ¿Podrías..., eh..., traerme otro plato de pollo, por favor? Muchísimas gracias.

Molly lo miró con una mueca.

—Lo siento mucho, señor Van Cleve. Acaba de salir el último. —Miró al plato e hizo un ligero gesto de desagrado—. Tengo un poco de sopa y un par de panecillos que podría calentarle.

—Toma. Cómete el mío. —Bennett empujó su plato intacto hacia su padre.

Van Cleve se arrancó la servilleta del cuello.

—He perdido el apetito. Voy a tomar una copa con Gustavsson y nos vamos a casa.

Miró por la puerta hacia el joven que aún seguía con la chica de los O'Hare.

—Entrará en cuanto la despache. —Era consciente de tener una vaga sensación de decepción por el hecho de que no hubiese sido su propio hijo quien se hubiese levantado para echar a esa muchacha.

Pero ocurrió algo extraño: O'Hare seguía gritando y gesticulando en la calle y Gustavsson, en lugar de sacudirse las manos y volver al restaurante, dio un paso hacia delante y bajó la frente para acercarla a la de Margery O'Hare.

Mientras Van Cleve miraba, con el ceño fruncido, Margery se cubrió la cara por un momento y los dos se quedaron inmóviles. Y entonces, con toda claridad, Sven Gustavsson colocó una mano protectora sobre el vientre hinchado de O'Hare y la dejó ahí hasta que ella levantó los ojos hacia él y la cubrió con ternura con la suya antes de que Gustavsson la besara.

—¿Exactamente en cuántos problemas quieres meterte?

Margery empujaba a Sven sin mirarlo, tratando de soltarse, pero él la sujetaba con fuerza en sus brazos.

—¡Tú no lo has visto, Sven! ¡Miles de litros de su veneno! Y él actuando como si solo fuera cosa del río y la casa de Sophia y William destrozada y todo el terreno y el agua que rodea Monarch Creek echados a perder durante no sé cuánto tiempo.

—No lo dudo, Marge, pero enfrentarse a él delante de un restaurante lleno de gente no va a servir de nada.

—¡Debería avergonzarse! ¡Cree que puede irse de rositas! ¡Y no te atrevas a sacarme de ahí a rastras como si fuera..., como si fuera un perro mal educado! —Le empujó con fuerza con las dos manos y por fin se soltó. Él levantó las manos en el aire.

—Yo solo..., no quería que él fuera a por ti. Ya viste lo que le hizo a Alice.

—¡No le tengo miedo!

—Pues quizá deberías. Tienes que ser lista con un hombre como Van Cleve. Es astuto. Ya lo sabes. Vamos, Margery. No te dejes llevar por tu temperamento. Nos ocuparemos de esto como se debe. No sé. Hablando con el capataz. Con los sindicatos. Escribiendo al gobernador. Hay varias formas de hacerlo.

Margery pareció tranquilizarse un poco.

—Vamos. —Él extendió una mano hacia ella—. No tienes por qué enfrentarte a cada maldita batalla tú sola.

En ese momento, algo en su interior cedió. Dio una patada al suelo, esperando a recuperar el aliento. Cuando levantó los ojos, los tenía llenos de lágrimas.

—Le odio, Sven. Le odio. Destruye todo lo que es hermoso.

Él la atrajo hacia sí.

—Todo no. —Colocó la mano sobre el vientre de ella y la dejó ahí hasta que sintió que Margery se ablandaba entre sus brazos—. Vamos —dijo antes de besarla—. Volvamos a casa.

Siendo como son las localidades pequeñas y siendo Margery como era, no pasó mucho tiempo antes de que se extendiera el rumor de que estaba embarazada y, al menos durante unos días, todo lugar donde la gente del pueblo pudiera reunirse —el mercado de alimentos, las iglesias, la tienda— quedó inundado con la noticia. Estaban aquellos para los que esto solo era una confirmación de lo que siempre habían pensado de la hija de Frank O'Hare. Otra descendiente de los O'Hare que no traía nada bueno y que estaba destinada, sin duda, a la desgracia y al desastre. Siempre había aquellos para los que un bebé nacido fuera del matrimonio era objeto de desaprobación expresa y rotunda. Pero estaban también los que aún tenían la mente llena de recuerdos de las inundaciones y de lo que ella había dicho sobre la implicación de Van Cleve. Por suerte para ella, parecían ser la mayor parte de los vecinos, que creían que, cuando habían ocurrido tantas desgracias, un nuevo bebé, cualesquiera que fueran las circunstancias, no era algo sobre lo que hubiera mucho que decir.

Aparte de Sophia, claro.

—¿Te vas a casar ahora con ese hombre? —preguntó cuando se enteró.

—No.

—¿Porque eres egoísta?

Margery estaba en ese momento escribiendo una carta al gobernador. Dejó la pluma y fulminó a Sophia con la mirada.

—No me mires así, Margery O'Hare. Sé lo que opinas sobre las uniones como Dios manda. Créeme, todos sabemos lo que piensas. Pero esto ya no se trata solo de ti, ¿estamos? ¿Quieres que se burlen de esa niña en el patio del colegio? ¿Quieres que se críe como alguien de segunda? ¿Quieres que pierda oportunidades porque los demás no quieran aceptar en su casa a alguien así?

Margery abrió la puerta para que Fred dejara otra pila de libros de nuevo en la biblioteca.

—¿Es que no podemos, al menos, esperar a que el bebé venga antes de que empieces a regañarme?

Sophia alzó las cejas.

—Yo solo te aviso. La vida ya es bastante difícil para alguien que se cría en este pueblo sin necesidad de ponerle a la pobre niña otro yugo en el cuello. Sabes muy bien cómo te ha juzgado la gente por lo que hicieron tus padres, por decisiones en las que tú no tuviste nada que ver.

—Ya basta, Sophia.

—Es así. Y es solo porque eres tan cabezona que has conseguido tener la vida que querías. ¿Y si ella no es como tú?

—Será como yo.

—Se nota lo mucho que sabes de niños —exclamó Sophia con un bufido—. Solo te lo voy a decir una vez. Esto ya no se trata de lo que tú quieras. —Dejó caer el libro de registros sobre el escritorio—. Y debes tenerlo en cuenta.

Con Sven no fue mejor. Estaba sentado en la tambaleante silla de la cocina sacando brillo a sus botas mientras ella estaba en un lado del banco y, aunque fue más parco en palabras y su voz era más calmada, su opinión era exactamente la misma.

—No voy a pedírtelo otra vez, Margery. Pero esto lo cambia todo. Quiero que se sepa que soy el padre de esta niña. Quiero hacer las cosas bien. No quiero que nuestra hija se críe como una bastarda.

La miró por encima de la mesa de madera y, de repente, ella se sintió terca y a la defensiva, igual que cuando tenía diez años, así que cogió una manta de lana sin prestar atención y no le devolvió la mirada.

—¿Crees que no tenemos nada más importante de lo que hablar ahora mismo?

—Es lo único que voy a decir.

Ella se apartó el pelo de la cara y se mordió el labio inferior. Él se cruzó de brazos con el ceño fruncido, preparado para que ella le gritara que la estaba volviendo loca, que le había prometido no seguir insistiendo, que ya estaba harta y que podía volverse a su casa.

Pero le sorprendió.

—Deja que me lo piense —contestó.

Se quedaron sentados en silencio un rato. Margery golpeaba los dedos contra la mesa, extendió una pierna y giró el tobillo a un lado y a otro.

—¿Qué pasa? —preguntó él.

Ella volvió a coger el extremo de la manta, lo estiró y, después, le miró de reojo.

—¿Qué? —insistió él.

—¿Alguna vez vas a volver a sentarte a mi lado, Sven Gustavsson? ¿O he perdido todo el atractivo para ti ahora que estoy hinchada como una vaca lechera?

Alice llegó tarde, con los pensamientos de Fred desplazando de su mente todo lo que había visto ese día, las disculpas de las familias que habían perdido los libros de la biblioteca en la inundación junto con el resto de sus pertenencias, las marcas de lodo negro en las bases de los árboles, los objetos tirados, zapatos sueltos, cartas, muebles, rotos o estropeados, que había a ambos lados de los senderos de los ahora tranquilos riachuelos.

«Lo único que puedo darte, Alice, son palabras».

Igual que cada mañana y cada noche desde entonces, sintió los dedos de Fred recorriendo su mejilla, vio sus ojos entrecerrados y serios y se preguntó qué se sentiría si esas manos fuertes recorrieran su cuerpo de la misma forma delicada y decidida. Su imaginación se encargaba de rellenar las lagunas de su conocimiento. Los recuerdos de su voz, la intensidad de su mirada, la dejaban casi sin aliento. Pensaba tanto en él que sospechaba que los demás podrían ver a través de ella, quizá vislumbrar trocitos del constante y agitado bullir dentro de su cabeza saliéndole por las orejas. Casi supuso un alivio llegar a la cabaña de Margery, con el cuello del abrigo subido para resguardarse del viento de abril, y ser consciente de que se veía obligada a pensar en otra cosa durante, al menos, un par de horas: tapas de libros, lodo o judías verdes.

Alice entró, cerró la mosquitera despacio (le horrorizaba el sonido de las puertas cerrándose de golpe desde que se había ido de la casa de los Van Cleve), se quitó el abrigo y lo colgó en el perchero. La cabaña estaba en silencio, cosa que normalmente quería decir que Margery estaría en la parte de atrás, ocupándose de Charley o de las gallinas. Se acercó a la panera y miró en su interior mientras pensaba en lo vacía que seguía pareciendo la casa sin la alborotadora presencia de Bluey.

Estaba a punto de gritar que ya había llegado cuando oyó un sonido que llevaba sin oír varias semanas: gruñidos amortiguados, suaves gemidos de placer que procedían de detrás de la puerta cerrada de Margery. Se quedó inmóvil en medio de la habitación y, como si se tratara de una respuesta, las voces se elevaron, de repente, y cayeron al unísono, acompañadas de expresiones de cariño e impregnadas de emoción, mientras los muelles chirriaban y el cabecero de la cama golpeaba con fuerza contra la pared de madera amenazando con ir a más.

—Vaya, esto sí que es maravilloso —murmuró Alice. Mientras volvía a ponerse el abrigo, se metió un trozo de pan entre los dientes y salió al porche de delante para sentarse en la mecedora chirriante, comiendo con una mano y tapándose el oído bueno con la otra.

No era infrecuente que las nieves duraran un mes más sobre las cumbres de las montañas. Era como si, decididas a no hacer caso a lo que pasara más abajo, en el pueblo, se negaran a renunciar a su abrazo helado hasta el último momento, hasta que los brotes cerosos empezaran a asomar entre la alfombra cristalina cada vez más delgada, y hasta que, en los senderos más altos, los árboles ya no estuvieran marrones y desnudos, sino que centellearan con un leve tono verde.

Así que ya estaba avanzado el mes de abril cuando apareció el cuerpo de Clem McCullough, viéndose primero su nariz congelada cuando las nieves empezaron a derretirse en la cresta más alta y, después, el resto de su cara, comida por varias partes por alguna criatura hambrienta y ya sin ojos. Lo encontró un cazador de Berea al que habían mandado a las laderas que estaban por encima de Red Lick en busca de algún ciervo y que meses después aún tendría pesadillas con caras podridas con agujeros insondables en lugar de ojos.

El hecho de que encontraran el cuerpo de un conocido borracho no provocaba gran sorpresa en un pueblo, sobre todo en una zona donde abundaba el alcohol ilegal, y normalmente podría haber dado lugar a unos cuantos días de parloteo y expresiones de desaprobación a medida que se fuera extendiendo la noticia.

Pero esto era distinto.

Según anunció el sheriff poco después de que él y sus hombres bajaran de la montaña, la cabeza de Clem McCullough había quedado machacada por detrás con una piedra puntiaguda. Y sobre la parte superior del pecho, que quedó al aire cuando las últimas nieves se derritieron, había un ejemplar de *Mujercitas* lleno de manchas de sangre, con la cubierta forrada con tela y con el sello de la Biblioteca Itinerante de la WPA de Baileyville.

19

Los hombres esperaban que las mujeres se mostraran calmadas, serenas, serviciales y castas. La conducta excéntrica estaba mal vista y cualquier mujer que se pasara de la raya podía verse en serios apuros.

Virginia Culin Roberts, «The Women Was Too Tough»

Van Cleve, con el estómago lleno de cortezas de cerdo y una fina capa de excitación reluciendo en su rostro, se dirigió a la oficina del sheriff. Llevaba con él una caja de madera llena de puros y una resplandeciente sonrisa, aunque no estaba dispuesto a dar ninguna razón en particular para ninguna de las dos cosas. No, pero el hallazgo del cadáver de McCullough implicaba que la rotura de la presa y la limpieza del lodo quedarían, de repente, en segundo plano. Van Cleve y su hijo podrían volver a pasear por la calle y, por primera vez en varias semanas, al salir del coche sintió cierta elasticidad en su forma de andar.

—Bueno, Bob, no voy a decir que me sorprende. Ya sabes que esa mujer ha estado dando problemas todo el año, desestabilizando nuestra comunidad y propagando su perversidad. —Se inclinó hacia delante y encendió el puro del sheriff con un chasquido de su encendedor de metal.

El sheriff apoyó la espalda en su silla.

—No estoy seguro de entenderte del todo, Geoff.

—Pues que vas a detener a esa O'Hare, ¿no?

—¿Qué te hace pensar que esto tiene algo que ver con ella?

—Bob... Bob... Somos amigos desde hace mucho tiempo. Conoces tan bien como yo las disputas de los McCullough con los O'Hare. Vienen de antes de lo que ninguno de nosotros podamos recordar. ¿Y quién más habría estado por allí arriba con su caballo?

El sheriff no dijo nada.

—Y lo que es más importante, un pajarito me ha contado que había un libro de la biblioteca junto al cadáver. Yo diría que eso lo deja todo claro. Caso cerrado. —Dio una larga calada a su puro.

—Ojalá mis muchachos fueran tan eficaces como tú a la hora de resolver un crimen, Geoff. —El sheriff arrugó los ojos con expresión divertida.

—Bueno, ya sabes que ella es la responsable de haber convencido a la mujer de mi Bennett de que se separara de él, aunque hemos intentado ser discretos al respecto para evitarle el bochorno. ¡Estaban felizmente casados hasta que apareció ella! No, esa mujer mete ideas malvadas en las cabezas de las muchachas y va provocando el caos allá por donde va. Por mi parte, voy a dormir mejor sabiendo que esta noche va a estar encerrada.

—¿Eso es verdad? —preguntó el sheriff, que llevaba meses siendo consciente de los movimientos de la chica de los Van Cleve. Pocas cosas que ocurrieran en ese condado se le escapaban.

—Esa familia, Bob —dijo Van Cleve soltando el humo hacia el techo—. Ha habido hostilidad en todo el linaje de los O'Hare. ¿Te acuerdas de su tío Vincent? Ese sí que era un granuja...

—No puedo decir que las pruebas sean concluyentes, Geoff. Entre nosotros, tal y como están las cosas, no podemos demostrar sin ningún tipo de duda que ella estuviese allí y nuestra única testigo dice ahora que no está segura de a quién pertenecía la voz que oyó.

—¡Desde luego que fue ella! Sabes muy bien que la pobre chica con la polio no lo haría ni tampoco Alice. Eso nos deja a la muchacha de la granja y a la de color. Y apostaría a que esta no sabe montar a caballo.

El sheriff curvó hacia abajo la boca con un gesto que indicaba que no estaba convencido.

Van Cleve hincó un dedo en la mesa.

—Es una mala influencia, Bob. Pregúntale al gobernador Hatch. Él lo sabe. La forma en que ha estado difundiendo material indecente bajo el disfraz de una biblioteca para familias. Ah, ¿es que no lo sabías? Ha estado metiendo cizaña por North Ridge para que no permitieran que la mina llevara a cabo la labor que legítimamente le corresponde. Puedes seguirle la pista a todos los problemas que ha habido por aquí durante el último año y te llevará hasta Margery O'Hare. Esta biblioteca le ha dado alas. Cuanto más tiempo pase encerrada, mejor.

—¿Sabes que está embarazada?

—¡Pues ahí lo tienes! No tiene moralidad alguna. ¿Es ese el comportamiento de una mujer decente? ¿De verdad quieres que alguien así entre en casas donde hay personas jóvenes e influenciables?

—Supongo que no.

Van Cleve movió los dedos en el aire con la mirada puesta en un lejano horizonte.

—Salió a hacer su ruta, se cruzó con ese pobre McCullough cuando volvía a casa y, al ver que estaba borracho, vio la oportunidad de vengar al inútil de su padre y le mató con lo primero que tenía a mano, sabiendo muy bien que quedaría oculto bajo la nieve. Probablemente pensó que los animales se lo comerían y que nadie encontraría jamás el cadáver. Pero por suerte y gracias a Dios Todopoderoso, alguien lo ha encontrado. ¡Una desalmada, eso es! Incumpliendo las leyes de la naturaleza de todas las maneras posibles.

Dio una fuerte calada a su puro y meneó la cabeza.

—Te digo una cosa, Bob. No me sorprendería que lo volviera a hacer. —Esperó un momento y, después, añadió—: Por eso me alegra ver que hay un hombre como tú al frente de este pueblo. Un hombre que impedirá que se difunda la ilegalidad. Un hombre que no tiene miedo a hacer valer la ley.

Van Cleve extendió la mano hacia su caja de puros.

—¿Por qué no te llevas un par de estos a tu casa para fumártelos luego? O mejor aún, llévate la caja entera.

—Es muy generoso por tu parte, Geoff.

El sheriff no dijo nada más. Pero dio una larga chupada a su puro como muestra de agradecimiento.

Margery O'Hare fue arrestada en la biblioteca la noche en que devolvieron los últimos libros a sus estantes. El sheriff llegó con su ayudante y, al principio, Fred los saludó con tono cordial, pensando que habían ido a ver el nuevo suelo de madera y las estanterías revestidas, como habían estado haciendo las gentes del pueblo durante toda la semana. Ir a ver los avances en las reparaciones de todo el mundo había dado una nueva dimensión a la rutina diaria de Baileyville. Pero la expresión del sheriff era seria y fría como una tumba. Cuando plantó sus botas en el centro de la sala y miró a su alrededor, algo se desplomó dentro de Margery, como una pesada piedra en un pozo sin fondo.

—¿Quién de ustedes se ocupa de la ruta hasta las montañas por encima de Red Lick?

Se miraron unas a otras.

—¿Qué ocurre, sheriff? ¿Alguien se ha retrasado en la devolución de sus libros? —dijo Beth, pero nadie se rio.

—Encontraron hace dos días el cadáver de Clem McCullough en Arnott's Ridge. Parece que el arma homicida venía
de esta biblioteca.

—¿El arma homicida? —preguntó Beth—. Aquí no tenemos ningún arma homicida. Lo que sí tenemos son novelas
de homicidios.

Margery se quedó pálida. Pestañeó con fuerza y extendió
una mano para no perder el equilibrio. El sheriff se dio cuenta.

—Está esperando un bebé —dijo Alice agarrándola de un
brazo—. Se marea un poco.

—Y es una noticia demasiado dramática como para con-
tarla de una forma tan directa delante de una mujer que se
encuentra en estado —añadió Izzy.

Pero el sheriff miraba directamente a Margery.

—¿Se encarga usted de esa ruta, señorita O'Hare?

—Compartimos rutas, sheriff —intervino Kathleen—.
Lo cierto es que depende de quién esté trabajando ese día y
cómo se encuentre el caballo de cada una. Algunos no son
buenos para esas rutas más largas y escabrosas.

—¿Tenéis registros de adónde va cada una? —le preguntó a Sophia, que estaba de pie detrás de su escritorio, con los
nudillos tensos sobre el borde.

—Sí, señor.

—Quiero ver cada ruta que haya hecho cada una de las
bibliotecarias durante los últimos seis meses.

—¿Seis meses?

—El cadáver del señor McCullough está en un estado
de... cierta descomposición. No se sabe bien cuánto tiempo ha
estado allí. Y no parece que su familia haya denunciado su
desaparición, según nuestros registros, así que vamos a necesitar toda la información que podamos reunir.

—Eso..., eso son muchos registros, señor. Y aún estamos
un poco desorganizadas aquí por culpa de las inundaciones.

Puedo tardar un poco en localizarlos entre todos estos libros.
—Solo Alice estaba situada de tal forma que podía ver cómo
Sophia empujaba con el pie el libro de registros por el suelo
hasta dejarlo debajo de la mesa.

—Lo cierto, señor sheriff, es que hemos perdido buena
parte de ellos —añadió Alice—. Es muy posible que las anotaciones pertinentes hayan quedado seriamente deterioradas por
culpa del agua. Algunas hasta se han borrado. —Lo dijo con
un acento británico muy entrecortado, que había servido para
convencer a hombres más duros que él, pero el sheriff no pareció oírla.

Se había acercado a Margery y estaba delante de ella, con
la cabeza inclinada hacia un lado.

—Los O'Hare llevan enemistados con los McCullough
desde hace mucho tiempo, ¿me equivoco?

Margery se miraba un rasguño de la bota.

—Supongo que sí.

—Mi propio padre se acuerda de que el de usted iba detrás del hermano de Clem McCullough. ¿Tom? ¿Tam? Le pegó
un tiro en el estómago la Navidad de 1913..., 1914, si no recuerdo mal. Apuesto a que si pregunto por ahí habrá más gente que recuerde más peleas entre las dos familias.

—Por lo que a mí respecta, sheriff, cualquier disputa desapareció con el último de mis hermanos.

—Sería la primera disputa de sangre entre familias de por
aquí que se desvaneciera con las nieves —dijo él a la vez que se
ponía una cerilla entre los dientes y la movía arriba y abajo—.
De lo más inusual.

—Bueno, nunca he sido lo que podría considerarse una
persona convencional. —Margery pareció recuperar la compostura.

—Entonces, ¿no sabe nada de cómo han acabado con la
vida de Clem McCullough?

—No, señor.

—Lo malo para usted es que es la única persona viva que pudiera tenerle rencor.

—Venga ya, sheriff Archer —protestó Beth—. Sabe tan bien como yo que en esa familia son unos palurdos de la peor calaña. Probablemente tengan enemigos desde aquí hasta Nashville, Tennessee.

Todos estuvieron de acuerdo en que eso era cierto. Incluso Sophia se sintió suficientemente segura como para asentir.

Fue en ese momento cuando oyeron el motor. Un coche se detuvo y el sheriff se acercó con paso lento y rígido a la puerta, como si tuviera todo el tiempo del mundo. Apareció otro ayudante y le murmuró algo al oído. El sheriff levantó los ojos y miró a Margery que estaba detrás y, después, volvió a inclinar la cabeza para seguir escuchando la información.

El ayudante entró en la biblioteca y ya eran tres. Alice cruzó una mirada con Fred y vio que estaba tan desconcertado como ella. El sheriff se giró y, cuando volvió a hablar, lo hizo, según pensó Alice, con una especie de lúgubre satisfacción.

—El agente Dalton aquí presente acaba de hablar con la vieja Nancy Stone. Ella le ha contado que usted iba a su casa en diciembre cuando oyó un disparo y cierto alboroto. Dice que usted nunca llegó a ir y que, llueva o haga sol, nunca había faltado a ninguna entrega de libros hasta ese día. Dice que usted es famosa por eso mismo.

—Recuerdo que no pude atravesar la cumbre. La nieve era muy profunda. —Alice notó que la voz de Margery había adquirido un ligero temblor.

—No es eso lo que dice Nancy. Ha dicho que la nieve había aflojado dos días antes y que usted estaba por la zona más alta del arroyo y que le oyó hablar hasta unos minutos antes del disparo. Dice que durante un rato estuvo muy preocupada por usted.

—No era yo —dijo Margery negando con la cabeza.

—¿No? —Se quedó pensativo, con el labio inferior hacia fuera con exagerado gesto de reflexión—. Ella parece bastante segura de que había alguien de la biblioteca itinerante allí arriba. Entonces, ¿me está diciendo que ese día fue una de estas otras señoras, señorita O'Hare?

Ella miró en ese momento a su alrededor, como un animal atrapado.

—¿Cree que quizá debería hablar con alguna de estas muchachas en lugar de con usted? ¿Cree que es posible que una de ellas sea capaz de cometer un asesinato? ¿Usted, por ejemplo, Kathleen Bligh? ¿O quizá esta encantadora señora inglesa? Es la esposa del hijo de Van Cleve, ¿no?

Alice levantó el mentón.

—O tú..., ¿cómo te llamas, chica?

—Sophia Kenworth.

—So-phi-a Ken-worth. —No hizo referencia al color de su piel, pero pronunció las sílabas muy despacio, en un tono cargado de implicaciones.

La sala se había quedado en silencio. Sophia tenía la mirada fija en el borde de su escritorio, con la boca cerrada, sin pestañear.

—No —dijo Margery en medio del silencio—. Tengo la certeza de que no fue ninguna de estas mujeres. Quizá pudo ser un ladrón. O algún vendedor de alcohol ilegal. Ya sabe lo que pasa en las montañas. Todo tipo de cosas.

—Todo tipo de cosas. Eso es verdad. Pero ¿sabe? Me parece muy extraño que en un condado plagado de navajas y pistolas, hachas y porras, el arma elegida por su ladrón de la montaña fuera... —hizo una pausa como si quisiera recordar bien las palabras— una primera edición de *Mujercitas* encuadernada en tela.

Al ver la consternación incontrolada que atravesó por un momento el rostro de Margery, algo en el sheriff se relajó, como si fuese un hombre que suelta un suspiro de placer después de una gran comilona. Cuadró los hombros y se ajustó el cuello de la camisa.

—Margery O'Hare, queda arrestada como sospechosa del asesinato de Clem McCullough. Muchachos, lleváosla.

Después de aquello, según Sophia le contó a William esa noche, se desató un infierno. Alice se abalanzó contra el hombre como una posesa, lanzando gritos y alaridos, tirándole libros hasta que el agente amenazó con arrestarla a ella también, y Frederick Guisler tuvo que rodearla con sus brazos para que dejara de atacar. Beth les gritaba que se estaban equivocando, que no sabían de lo que hablaban. Kathleen se limitó a quedarse callada y estupefacta, negando con la cabeza, y la pequeña Izzy rompió a llorar sin dejar de gritar: «Pero ¡no puede hacer eso! ¡Va a tener un bebé!». Fred salió corriendo a por su coche y condujo todo lo deprisa que pudo para contárselo a Sven Gustavsson y Sven llegó blanco como una sábana para que le contaran qué diablos estaba pasando. Y, mientras tanto, Margery O'Hare permaneció en silencio, como un fantasma, dejando que la llevaran entre la multitud de curiosos, para meterla en la parte de atrás del Buick de la policía, con la cabeza agachada y una mano sobre el vientre.

William negaba con la cabeza mientras lo escuchaba. Tenía el peto lleno de barro negro porque seguía tratando de limpiar la casa y, cuando se pasó la mano por detrás de la cabeza, se dejó una mancha negra y grasienta sobre la piel.

—¿Qué crees tú? —le preguntó a su hermana—. ¿Crees que ha asesinado a alguien?

—No lo sé —respondió ella meneando la cabeza—. Sé que Margery no es una asesina, pero... había algo más, algo que no estaba diciendo. —Levantó los ojos para mirarle—. Pero una cosa sí sé. Si Van Cleve tiene alguna influencia en esto, va a conseguir que las posibilidades de que pueda salir de esta sean mucho menores.

Sven se sentó esa noche en la cocina de Margery y les contó a Alice y Fred toda la historia. El incidente en la cumbre, cómo ella había creído que McCullough la seguiría para vengarse y que él había pasado dos largas y frías noches sentado en el porche con el rifle apoyado en las rodillas y Bluey a sus pies hasta que los dos se tranquilizaron con la idea de que seguramente McCullough había vuelto a su destartalada cabaña, probablemente con dolor de cabeza y demasiado borracho como para recordar qué narices había hecho.

—Pero ¡tienes que contárselo al sheriff! —dijo Alice—. ¡Eso significa que fue en defensa propia!

—¿Crees que eso la va a ayudar? —preguntó Fred—. En el momento en que diga que le golpeó con ese libro lo tomarán como una confesión. En el mejor de los casos, la acusarán de homicidio involuntario. Lo más inteligente que puede hacer ahora mismo es quedarse callada y esperar que no tengan suficientes pruebas para mantenerla en la cárcel.

Habían fijado una fianza de veinticinco mil dólares, una cantidad que nadie de por allí podría pagar ni de lejos.

—Es la misma fianza que fijaron para Henry H. Denhardt, y él había disparado a su prometida a quemarropa.

—Sí, pero al ser un hombre, tenía amigos en puestos importantes que pudieron pagárselo.

Al parecer, Nancy Stone se había echado a llorar al enterarse de lo que los hombres del sheriff habían hecho con su declaración. Esa noche había bajado de la montaña, la primera vez que hacía algo así desde hacía dos años, y había llamado a la puerta de la oficina del sheriff para exigir que le dejaran contar de nuevo su versión.

—¡No lo he contado bien! —dijo mientras maldecía entre los dientes que le faltaban—. ¡Yo no sabía que ibais a arrestar a Margery! Esa muchacha no ha hecho más que cosas buenas por mí y mi hermana..., por este pueblo, maldita sea. ¿Y así es como se lo pagáis?

De hecho, sí que hubo murmullos de malestar por el pueblo ante la noticia del arresto. Pero un asesinato era un asesinato y los McCullough y los O'Hare se habían llevado a matar durante tantas generaciones que nadie podía recordar siquiera por qué había empezado todo, igual que con los Cahill y los Rogerson y con las dos ramas de la familia Campbell. No, Margery O'Hare siempre había sido una persona rara, terca desde que aprendió a andar y, a veces, así era como terminaban estas cosas. No había duda de que también podía ser desalmada. ¿Es que acaso no se había quedado sentada e impertérrita durante el funeral de su padre sin derramar ni una lágrima? No pasó mucho tiempo hasta que el eterno vaivén de la opinión pública empezara a preguntarse si no había algo malvado en ella después de todo.

Bajo las montañas, en la pequeña localidad de Baileyville, en los confines del sureste de Kentucky, la luz desaparecía lentamente tras las crestas, y, no mucho después, en las pequeñas casas que había a lo largo de la calle principal y en las que salpicaban las montañas y «hondonadas», las lámparas de aceite parpadeaban y se iban apagando, una a una. Los perros se ladraban unos a otros, con sus aullidos rebotando entre las laderas para, después, ser reprendidos por sus agotados dueños. Se oían llantos de bebés que, a veces, eran consolados. Los ancianos se perdían en recuerdos de tiempos mejores y los jóvenes en los placeres de otros cuerpos, acompañados por el canturreo de la radio o el sonido lejano de un violín.

Kathleen Bligh, arriba en su cabaña, se arrimaba a sus hijos dormidos, con sus suaves y esponjosas cabezas como marcapáginas a ambos lados de ella, y pensó en un marido con espaldas grandes como las de un búfalo y un tacto tan delicado que podía hacerla llorar de alegría.

Cinco kilómetros al noroeste, en una casa grande con un césped cuidado, la señora Brady trataba de leer otro capítulo de su libro mientras se oía el sonido amortiguado de su hija al entonar escalas en su dormitorio. Dejó el libro con un suspiro, entristecida por cómo la vida nunca resultaba ser como una había esperado, y se preguntó cómo iba a explicarle esto a la señora Nofcier.

Al otro lado de la iglesia, Beth Pinker estaba leyendo un atlas en el porche de atrás de la casa de su familia, fumando la pipa de su abuela y pensando en toda la gente a la que le gustaría hacer daño, y en esa lista Geoffrey van Cleve ocupaba uno de los primeros puestos.

En una cabaña cuyo corazón debía estar ocupado por Margery O'Hare, dos personas estaban sentadas sin poder dormir a ambos lados de una puerta tosca, tratando de buscar el camino hacia un resultado distinto, con sus pensamientos formando un rompecabezas y un fuerte nudo de ansiedad demasiado grande y pesado presionando sobre sus cabezas.

Y, a unos kilómetros de distancia, Margery estaba sentada en el suelo, con la espalda apoyada en la pared de la celda mientras trataba de controlar el creciente pánico que no dejaba de abrirse paso en su pecho, como una marea que la ahogaba. Al otro lado del pasillo, dos hombres —un borracho de fuera del estado y un delincuente habitual cuya cara recordaba pero no su nombre— le gritaban obscenidades, y el ayudante del sheriff, un hombre justo al que le preocupaba que no hubiese instalaciones separadas para mujeres (apenas recordaba la última vez que una mujer había pasado la noche en la cárcel de

Baileyville, y, mucho menos, una que estuviese embarazada), había colocado una sábana sobre los barrotes para proporcionarle algo de protección. Pero Margery aún podía oírlos y sentir el olor acre a orina y sudor, y, durante todo el tiempo, ellos sabían que ella estaba allí y eso daba a los confines de la pequeña cárcel una intimidad que resultaba molesta y turbadora hasta el punto de que, por muy agotada que estuviera, sabía que no podría conciliar el sueño.

Habría estado más cómoda en el colchón, sobre todo ahora que el bebé era de cierto tamaño y parecía presionar partes inesperadas de sus entrañas, pero el colchón estaba lleno de manchas y ácaros y había estado sentada en él cinco minutos antes de empezar a sentir picores.

«¿Quieres apartar esa cortina, muchacha? Te voy a enseñar una cosa que te hará dormir».

«Calla ya, Dwayne Froggatt».

«Solo me estoy divirtiendo un poco, agente. Sabe que a ella le gusta. Lo lleva escrito en su cintura, ¿no?».

Al final, McCullough sí que había ido a por ella, con su arma cargada y su cuerpo ensangrentado y el libro de la biblioteca como una confesión escrita en su pecho. La había seguido por aquella montaña abajo igual que si lo hubiera hecho con una pistola cargada en la mano.

Margery trataba de pensar en lo que podría decir como atenuante. No sabía que le había herido. Había sentido miedo. Simplemente trataba de hacer su trabajo. Era una mujer que solo quería ocuparse de sus asuntos. Pero no era tonta. Sabía lo que aquello parecía. Nancy, sin saberlo, había sellado su destino al haberla situado allí arriba, con el libro en la mano.

Margery O'Hare se apretó la parte inferior de las palmas de las manos contra los ojos y soltó un largo y tembloroso suspiro a la vez que volvía a sentir la oleada de pánico. Entre los barrotes podía ver el color malva azulado de la noche según iba creciendo, oír los lejanos reclamos de los pájaros que anunciaban los últimos rescoldos del día. Y, a medida que iba oscureciendo, sintió que las paredes se iban cerniendo sobre ella y el techo descendía, mientras apretaba los ojos.

—No puedo quedarme aquí. No puedo —dijo en voz baja—. No puedo estar aquí dentro.

«¿Me estás susurrando algo, chica? ¿Quieres que te cante una nana?».

«Aparta esa cortina. Vamos. Hazlo por papá».

Un estallido de carcajadas de borracho.

—No puedo quedarme aquí dentro. —La respiración se le agolpaba en el pecho, apretó los puños y la celda empezó a moverse, con el suelo levantándose a la vez que el pánico aumentaba.

Y, entonces, el bebé se movió dentro de ella, una, dos veces, como si le dijera que no estaba sola, que no iban a conseguir nada, y Margery dejó escapar un leve sollozo, se puso las manos sobre el vientre y cerró los ojos a la vez que soltaba un largo y lento suspiro mientras esperaba a que el terror pasara.

20

—¿Y dices que las estrellas son planetas, Tess?

—Sí.

—¿Y son todos como el nuestro?

—No lo sé, pero supongo que sí. Aunque a veces me los imagino como las manzanas tabardillas de nuestro manzano. La mayoría son hermosas y perfectas, pero siempre hay alguna picada.

—Y en el que nosotros vivimos, ¿es de los hermosos o de los picados?

—De los picados.

THOMAS HARDY, *Tess de los D'Urberville*

*P*or la mañana ya se había corrido la voz y unos cuantos lugareños se habían tomado la molestia de acercarse a la biblioteca para comentar que aquello no tenía sentido, que no creían que Margery hubiera hecho nada malo y que era lamentable que la policía sí lo creyera. Pero fueron muchos más los que no se acercaron y Alice no dejó de oír a gente murmurando desde que salió de la pequeña cabaña de Split Creek. Decidió aliviar su propia ansiedad manteniéndose ocupada. Envió a Sven a casa, prometiéndole que ella se ocuparía de las gallinas y del mulo, y el hombre, que tenía el suficiente sentido común para saber que no les convenía que los vieran durmiendo bajo el mismo techo, accedió. Aunque ambos sabían que, probablemente, regresaría al anochecer, incapaz de estar a solas con sus miedos.

—Sé cómo funciona esto —dijo Alice, mientras le servía a Sven un huevo y cuatro lonchas de beicon que quedarían intactos en su plato—. Ya llevo mucho tiempo aquí. Soltarán a Margery en un abrir y cerrar de ojos. Y, mientras tanto, yo le llevaré ropa limpia a la prisión.

—Esa prisión no es lugar para una mujer —susurró Sven.

—Bueno, volverá a estar fuera en menos de nada.

Alice hizo que las bibliotecarias realizaran sus rutas habituales por la mañana, comprobó el registro y las ayudó a cargar las alforjas. Nadie cuestionó su autoridad, como si agradecieran que alguien tomara las riendas. Beth y Kathleen le pidieron que saludara a Margery de su parte. Luego, ella misma cerró la biblioteca, se subió a lomos de Spirit con la bolsa de la ropa limpia de Margery y cabalgó hacia la prisión, bajo un cielo despejado y fresco.

—Buenos días —le dijo al responsable de la cárcel, un hombre delgado con aspecto cansado, cuyo enorme manojo de llaves amenazaba con bajarle los pantalones—. He venido a traerle una muda a Margery O'Hare.

Él la miró de arriba abajo y resopló, arrugando la nariz.

—¿Trae el permiso?

—¿Qué permiso?

—El del sheriff. Para poder ver a la reclusa.

—No tengo ningún permiso.

—Pues entonces no puede entrar. —El hombre se sonó ruidosamente con un pañuelo.

Alice se quedó allí de pie unos instantes, mientras el rubor le teñía las mejillas. Luego enderezó los hombros.

—Señor, está reteniendo a una mujer encinta en unas circunstancias de lo más insalubres. Lo mínimo que cabría esperar de usted es que le permitiera cambiarse de ropa. ¿Qué tipo de caballero es? —El hombre tuvo la decencia de parecer un poco turbado—. ¿Qué pasa? ¿Cree que voy a meter una lima de contrabando? ¿Una pistola, tal vez? Es una mujer embarazada. Mire, señor guarda. Deje que le muestre lo que vengo a traerle a la pobre muchacha. Esto es una blusa limpia de algodón. Y esto, unas medias de lana. ¿Quiere revisar la bolsa? Mire, una muda limpia de ropa interior...

—Vale, vale —dijo el responsable de la cárcel, levantando una mano—. Vuelva a meter eso en la bolsa. Le doy diez minutos, ¿de acuerdo? Y la próxima vez traiga el permiso.

—Por supuesto. Muchas gracias, agente. Es usted muy amable.

Alice intentó no perder ese aire de seguridad mientras lo seguía escaleras abajo, hasta la zona de confinamiento. El responsable de la cárcel abrió una pesada reja de metal, mientras el manojo de llaves tintineaba. Luego buscó otra llave y, cuando la encontró, abrió una reja que daba a un pasillito en el que había cuatro celdas alineadas. Allá abajo, el aire estaba viciado y había un olor nauseabundo, y la única luz que entraba era la que se filtraba por los estrechos ventanucos horizontales que había en la parte superior de cada celda. Mientras sus ojos se adaptaban a la oscuridad, Alice captó cierto movimiento entre las sombras de las celdas que estaban a su izquierda.

—La de ella es la de la derecha, la de la sábana —dijo el hombre. Luego dio media vuelta y, antes de marcharse, cerró la reja y la comprobó zarandeándola con un traqueteo que hizo que el corazón de Alice traqueteara a su vez contra sus costillas.

—Caray. Hola, guapa —dijo una voz de hombre, emergiendo de entre las sombras.

Alice ni le miró.

—¿Margery? —susurró, acercándose a los barrotes. Nadie respondió, pero la sábana se abrió unos centímetros y Margery apareció al otro lado. Estaba pálida y ojerosa. Detrás de ella, había un catre estrecho con un colchón infecto lleno de manchas, y una vasija metálica en un rincón de la habitación. Mientras Alice seguía allí de pie, algo se escabulló por el suelo del recinto—. ¿Estás... bien? —La joven intentó que su cara no revelara su turbación.

—Sí, estoy bien.

—Te he traído algunas cosas. He pensado que querrías cambiarte de ropa. Mañana volveré con más. Toma. —Alice empezó a sacar las cosas de la bolsa, una a una, y a pasárselas a través de los barrotes—. Hay una pastilla de jabón, un cepillo de dientes y..., bueno, te he traído mi frasco de perfume. Creí que te gustaría oler... — Alice titubeó. En ese momento, aquella idea le parecía ridícula.

—¿Tienes algo para mí, guapa? Aquí me siento muy solo.

Alice le dio la espalda al hombre.

—En fin. —La joven bajó la voz—. Hay un poco de pan de maíz y una manzana en la pierna de tus calzones. No sabía si te daban de comer. En casa todo va bien. He alimentado a Charley y a las gallinas, no tienes que preocuparte por nada. Cuando vuelvas, seguirá todo como a ti te gusta.

—¿Dónde está Sven?

—Ha tenido que ir a trabajar. Pero se pasará por aquí más tarde.

—¿Está bien?

—La verdad es que está un poco abatido. Todos lo estamos.

—¡Oye! ¡Oye, ven aquí! ¡Quiero enseñarte algo!

Alice se inclinó hacia delante y apoyó la frente en los barrotes de la celda de Margery.

—Nos ha contado lo que pasó. Lo de McCullough.

Su amiga cerró los ojos un momento. Enroscó los dedos alrededor de un barrote y los apretó un instante.

—Nunca he pretendido hacer daño a nadie, Alice —le aseguró Margery, con voz quebrada.

—Por supuesto que no. Solo hiciste lo que cualquiera habría hecho —dijo Alice con firmeza—. Cualquiera con dos dedos de frente. Se llama «defensa propia».

—¡Oye! ¡Oye! Déjate de cháchara y ven aquí, guapa. Tienes algo para mí, ¿verdad? Porque yo tengo algo para ti.

Alice se volvió, hecha una furia, y puso los brazos en jarras.

—¡Cállate de una vez! ¡Intento hablar con mi amiga! ¡Por el amor de Dios!

Se hizo el silencio durante unos instantes y luego se oyó una risilla procedente de otra celda.

—¡Eso, cállate! ¡Está intentando hablar con su amiga!

Los dos hombres se enzarzaron de inmediato en una discusión, alzando cada vez más la voz, mientras el ambiente se teñía de melancolía.

—No puedo quedarme aquí —dijo Margery, en voz baja.

Alice estaba impresionada por el aspecto que tenía Margery después de haber pasado una sola noche en aquel sitio. Era como si toda su rebeldía se hubiera esfumado.

—Tranquila, lo solucionaremos. No estás sola y no permitiremos que te pase nada. —Margery la miró con cansancio y apretó la boca con fuerza, como si prefiriera no decir nada. Alice posó sus dedos sobre los de Margery e intentó estrechar su mano—. Todo se solucionará. Tú intenta descansar y comer algo, yo volveré mañana.

A Margery pareció llevarle un rato procesar lo que Alice estaba diciendo. Luego asintió, la miró y, con una mano sobre la barriga, se apoyó en la pared, se deslizó por ella lentamente y se sentó en el suelo.

Alice golpeó el cerrojo metálico, hasta que llamó la atención del guarda. El hombre se levantó cansinamente de la silla y la dejó salir. Luego, cerró la reja y echó un vistazo a la sábana que había detrás de Alice, a través de la que solo se veía un hombro de Margery.

—Bien —dijo Alice—. Mañana voy a volver. No sé si me dará tiempo a conseguir un permiso, pero estoy segura de que no pondrá objeciones a que una mujer le proporcione cuidados de higiene y asistencia básica a una embarazada. Es cuestión de decencia. Y puede que no lleve aquí demasiado tiempo, pero sé que la gente de Kentucky es muy decente. —El guarda la miró, como si no supiera qué responder—. De todos modos, le he traído un pedazo de pan de maíz para darle las gracias por ser tan... flexible —continuó la joven, antes de que él pudiera pensárselo dos veces—. Esta es una situación complicada, pero esperamos que se resuelva muy pronto. Mientras tanto, le agradezco mucho su amabilidad, señor...

El guarda parpadeó varias veces seguidas.

—Dulles.

—Señor Dulles. Aquí tiene.

—Agente.

—Agente Dulles. Le ruego que me disculpe. —Alice le entregó el pan de maíz, envuelto en una servilleta—. Ah, y necesito que me devuelva la servilleta —dijo la joven, mientras él la abría—. Si pudiera dármela mañana, cuando traiga la siguiente remesa, se lo agradecería. Dóblela y listo. Muchas gracias. —Y, antes de que el hombre pudiera responder, Alice dio media vuelta y abandonó rápidamente la prisión.

Sven contrató a un abogado de Louisville y, para reunir el dinero necesario, tuvo que vender el reloj de plata de bolsillo de su abuelo. El hombre intentó pedir una fianza más razonable, pero se la negaron categóricamente. Le respondieron que la joven era una asesina, que procedía de una conocida familia de criminales y que al Estado no le satisfaría saber que la habían soltado para que pudiera volver a hacer lo mismo. Incluso cuando una pequeña multitud se reunió delante de la oficina del sheriff para protestar, este fue inflexible y les dijo que podían gritar todo lo que quisieran, pero que su trabajo era defender la ley y que eso era lo que iba a hacer. Y que si hubiera sido su padre al que hubieran asesinado mientras se dedicaba a sus legítimos asuntos, se lo pensarían dos veces.

—En fin, la buena noticia es que, en el estado de Kentucky, no se ejecuta a una mujer desde 1868. Y mucho menos a una embarazada. —Aquello no hizo que Sven se sintiera mucho mejor.

—¿Qué vamos a hacer ahora? —preguntó este, mientras Alice y él volvían de la prisión.

—Seguir adelante —dijo Alice—. Seguiremos haciendo todo como de costumbre y esperaremos a que alguien entre en razón.

Pero pasaron seis semanas y nadie entró en razón. Margery seguía en prisión, mientras otros malhechores iban y venían (y, en algunos casos, regresaban). También rechazaron la solicitud de transferirla a una cárcel de mujeres, aunque Alice creía que, si Margery tenía que seguir encerrada, probablemente lo mejor para ella era estar donde pudieran ir a visitarla, no en cualquier lugar de la ciudad, donde nadie la conocía y donde estaría rodeada del ruido y el humo de un mundo totalmente ajeno a ella.

Así que Alice cabalgaba hasta la prisión a diario, con un molde de pan de maíz todavía tibio (había encontrado la receta en uno de los libros de la biblioteca y ya era capaz de hacerlo sin mirar), o de bizcocho, o de cualquier otra cosa que tuviera a mano, y se había convertido en una de las favoritas de los guardas. Ya nadie mencionaba los permisos, sino que se limitaban a entregarle la servilleta del día anterior y la dejaban entrar, apenas sin mediar palabra. Con Sven la cosa era un poco más complicada, porque su tamaño solía poner nerviosos a otros hombres. Junto con la comida, Alice llevaba una muda de ropa interior, jerséis de lana, si eran necesarios, y un libro, aunque el sótano de la prisión era tan oscuro que Margery solo tenía suficiente luz para leer unas cuantas horas al día. Y, casi todas las noches, cuando Alice salía de la biblioteca, regresaba a la cabaña del bosque que ahora era su casa, se sentaba a la mesa con Sven y se decían el uno al otro que al final aquello acabaría resolviéndose, sin duda, y que Margery volvería a ser la misma cuando respirara de nuevo aire puro, aunque ninguno de los dos creía ni una palabra de lo que decía el otro. Luego, Sven se marchaba y Alice se iba a la cama para quedarse despierta, mirando al techo, hasta el amanecer.

Ese año, fue como si no hubiera primavera. Aún estaba haciendo frío y, de repente, las lluvias parecieron llevarse por delante dos meses enteros y el condado de Lee se sumió de golpe en una ola de calor tremenda. Las mariposas monarca regresaron, las malas hierbas crecían en los arcenes hasta la altura de la cintura, bajo los cornejos en flor, y Alice tuvo que tomar prestado uno de los sombreros de ala ancha de cuero de Margery y ponerse un pañuelo alrededor del cuello para evitar quemarse, mientras espantaba con la hebilla de las riendas los bichos que le picaban al caballo en el pescuezo.

Alice y Fred pasaban juntos todo el tiempo que podían, pero no hablaban demasiado sobre Margery. Después de haber hecho todo lo que estaba en su mano para satisfacer sus necesidades prácticas, nadie sabía qué decir.

La investigación forense había determinado que Clem McCullough había fallecido a causa de una herida mortal en la parte posterior del cráneo, probablemente causada por un golpe en la nuca, o por una caída sobre una piedra. Desgraciadamente, el avanzado estado de descomposición del cadáver no había permitido llegar a una conclusión más precisa. Margery tenía que testificar en el tribunal del juez de instrucción, pero se había congregado una multitud furiosa frente a él y, dada su condición, se decretó que no sería prudente que ella entrara.

Cuanto más se acercaba la fecha en la que salía de cuentas, más frustrado se sentía Sven. Le había gritado al ayudante del sheriff de la cárcel hasta que le habían prohibido las visitas durante una semana. Habría sido más, pero Sven era muy querido en el pueblo y todos sabían que los nervios le estaban pasando factura. Margery estaba blanca como la leche y tenía el pelo recogido en una trenza sucia, comía lo que Alice le ofrecía como si estuviera ausente, pero sin rechistar, como si prefiriera no hacerlo, pero entendiera que no le quedaba más remedio. No había día que Alice no visitara a Margery y no pensara que era un crimen contra la naturaleza tenerla encerrada en una celda, justo lo contrario a como debería ser. Nada tenía sentido mientras ella seguía encerrada, las montañas parecían vacías y a la biblioteca le faltaba una pieza fundamental. Hasta Charley estaba apático y le daba por pasear a lo largo de la barandilla, o por quedarse inmóvil, con las orejas a media asta y el pálido hocico a medio camino del suelo.

A veces, Alice esperaba a estar sola durante el largo camino de vuelta a la cabaña y, al amparo de los árboles y el silencio, lloraba desconsolada de miedo y frustración. Eran unas lágrimas que ella sabía que Margery nunca derramaría por sí misma. Nadie hablaba de lo que sucedería cuando llegara el bebé. Nadie hablaba de lo que le pasaría a Margery después. Aquella situación era demasiado surrealista y el bebé era todavía una abstracción, algo que pocos de ellos podían imaginar que llegara a existir.

Alice se levantaba a las cuatro y media de la madrugada todos los días, se subía a lomos de Spirit y desaparecía entre los densos bosques de la ladera de la montaña, cargada con sus alforjas, recorriendo el primer kilómetro sin haberse despertado del todo. Saludaba por su nombre a todos aquellos que se encontraba y solía intercambiar algún tipo de información concreta con cada uno: «¿Has conseguido ese manual para reparar tractores, Jim? ¿A tu mujer le han gustado los cuentos?». Cuando veía a Van Cleve, ponía el caballo delante de su coche, de manera que este se veía obligado a parar y a poner el motor al ralentí en la carretera, mientras ella lo intimidaba con la mirada. «Dormirá bien por las noches, ¿no?», le gritaba, perforando el aire inmóvil con su voz. «¿Está orgulloso de sí mismo?». Con las mejillas moradas y a punto de estallar, el hombre maniobraba con el coche para esquivarla.

A Alice no le daba miedo estar sola en la cabaña, pero Fred la había ayudado a poner más trampas para alertarla si alguien se acercaba. Una noche, mientras leía, oyó el tintineo del cordón de campanillas que habían colgado entre los árboles. A la velocidad del rayo, extendió el brazo hacia la chimenea, descolgó el rifle, se puso de pie y lo amartilló sobre el hombro en un movimiento fluido, antes de colocar los dos cañones delante del estrecho hueco de la puerta.

Alice entornó los ojos, intentando discernir si algo se movía allá fuera. Inmóvil como una estatua, escrutó la oscuridad durante un par de minutos, antes de dejar caer los hombros.

—Solo ha sido un ciervo —murmuró para sí misma, mientras bajaba el rifle.

Pero, a la mañana siguiente, descubrió una nota que alguien había metido por debajo de la puerta durante la noche, escrita con una tosca caligrafía negra.

Aquí no eres bienvenida. Vete a tu casa.

No era la primera nota que Alice recibía y la joven reprimió con todas sus fuerzas las emociones que estas solían despertar en ella. Margery se habría reído, así que eso fue lo que ella hizo. Arrugó el papel en una bola, la tiró al fuego y maldijo en voz baja. E intentó no pensar en dónde podría estar «su casa» en aquellos momentos.

Fred estaba al lado del granero, en la penumbra, cortando leña: una de las pocas tareas que aún superaban a Alice. No lograba levantar aquel hacha tan pesada y raras veces conseguía partir los leños a lo largo de la veta. Normalmente, dejaba la hoja clavada en algún ángulo extraño, firmemente atascada, hasta que Fred regresaba. Él, sin embargo, golpeaba cada leño con un movimiento limpio y rítmico, trazando un gran círculo con los brazos, para cortar con el hacha cada tronco en dos y luego en cuatro. Después, cada tres golpes, se detenía para sostenerla suavemente con una mano, mientras con la otra lanzaba los leños nuevos al montón. Alice lo observó durante un rato, hasta que este volvió a hacer una pausa para pasarse el dorso de la mano por la frente y levantó la vista hacia ella, que estaba de pie en la puerta, con un vaso en la mano.

—¿Es para mí?

Ella avanzó hacia él y le dio el vaso.

—Gracias. Es más de lo que creía.

—Gracias por hacerlo.

El hombre bebió un gran trago de agua y suspiró, antes de devolverle el vaso.

—Bueno, no puedo dejaros pasar frío en invierno. Y fuera se secan antes si se cortan pequeños. ¿Seguro que no quieres volver a intentarlo? —Algo en su expresión le hizo detenerse—. ¿Te encuentras bien, Alice?

Ella sonrió y asintió, pero se dio cuenta de que apenas era capaz de convencerse a sí misma. Así que le contó lo que llevaba postergando una semana.

—Me han escrito mis padres. Para decirme que puedo volver a casa. —La sonrisa de Fred se esfumó—. No les hace mucha gracia, pero dicen que no puedo quedarme aquí sola y están dispuestos a considerar mi matrimonio como un error de juventud. Mi tía Jean me ha invitado a quedarme con ella en Lowestoft. Necesita ayuda con los niños y todos están de acuerdo en que sería una buena forma de..., bueno..., de que volviera a Inglaterra sin desatar demasiado escándalo. Al parecer, podemos hacer todos los trámites legales a distancia, más tranquilamente.

—¿Dónde está Lowestoft?

—Es un pueblecito en la costa del mar del Norte. No es precisamente mi sitio favorito, pero..., bueno, supongo que al menos tendré cierta independencia. —«Y estaré lejos de mis padres», añadió para sí. Tragó saliva—. Me van a enviar dinero para el pasaje. Les dije que necesitaba quedarme hasta el final del juicio de Margery. —La joven dejó escapar una risa seca—. No creo que el hecho de ser amiga de una mujer acusada de asesinato haya mejorado su opinión sobre mí.

Se hizo un largo silencio.

—Así que de verdad te vas a ir.

Ella asintió. No fue capaz de decir nada más. Era como si, con aquella carta, de pronto le hubieran recordado que toda su vida allí, hasta el momento, había sido un delirio febril. Se imaginó de vuelta en Mortlake, o en la casa de falso estilo Tudor de Lowestoft, a su tía preguntándole cortésmente si había dormido bien, si le apetecía desayunar algo, o si le gustaría pasear hasta el parque municipal por la tarde. Bajó la vista hacia sus manos entrelazadas y observó sus uñas rotas, y el jersey que llevaba poniéndose catorce días seguidos sobre las otras capas y que tenía pequeños restos de heno y semillas de hierba enredados en el punto. Se miró las botas, llenas de rasguños, que hablaban de travesías por senderos de montaña remotos, cruzando arroyos, o teniendo que bajarse del caballo para subir por pasos estrechos cubiertos de barro, bajo un sol abrasador o una lluvia que nunca, nunca paraba. ¿Cómo sería volver a ser esa otra muchacha? La de los zapatos relucientes, las medias y una existencia monótona y disciplinada. Con las uñas limadas pulcramente y dos visitas semanales a la peluquería para rizarse el pelo. Sin volver a bajarse de un caballo para aliviarse detrás de los árboles, coger manzanas para comer mientras trabajaba o inhalar el olor del humo de la madera y la tierra húmeda y, en lugar de ello, intercambiar unas cuantas palabras amables con el conductor del autobús acerca de si estaba seguro de que el 238 paraba delante de la estación de tren.

Fred la observó. Su expresión era tan triste y descarnada que hizo que Alice se sintiera vacía. Él disimuló, cogiendo el hacha.

—Bueno, supongo que será mejor que acabe de hacer esto, ya que estoy aquí.

—A Margery le vendrá bien. Cuando vuelva a casa.

Él asintió, mirando fijamente el filo.

—Sí.

Alice esperó unos instantes.

—Te prepararé algo de comer... Si aún te apetece quedarte.

Él asintió con la cabeza, todavía mirando al suelo.

—Estaría bien.

La joven siguió allí un rato más, antes de dar media vuelta y entrar de nuevo en la cabaña de Margery con el vaso vacío. El sonido de los golpes del hacha partiendo la madera a sus espaldas hizo que se encogiera, como si no fuera solo la madera la que se estaba partiendo en dos.

La comida era pésima, como toda comida cocinada sin ganas, pero Fred era demasiado educado como para comentarlo y Alice tampoco tenía muchas ganas de hablar, así que el almuerzo transcurrió en medio de un silencio poco habitual, acompañado únicamente por el canto de los grillos y las ranas en el exterior. Él le dio las gracias por cocinar y mintió diciendo que la comida estaba deliciosa, y ella recogió los platos sucios y observó cómo Fred se levantaba y se estiraba con rigidez, como si el hecho de haber estado cortando madera le hubiera arrebatado algo más de lo que él pretendía dar. El hombre vaciló y luego salió a la escalera de entrada, donde Alice podía ver su sombra a través de la red de la puerta mosquitera mirando hacia la ladera de la montaña.

«Lo siento mucho, Fred», dijo Alice para sus adentros. «Yo tampoco quiero dejarte».

Luego se giró hacia los platos y empezó a frotarlos con fuerza, reprimiendo las lágrimas.

—¿Alice? —Fred se asomó a la puerta.

—¿Hum?

—Ven aquí —le pidió.

—Tengo que lavar los pla...

—Ven. Quiero enseñarte algo.

La noche estaba dominada por la densa negrura que sobreviene cuando las nubes engullen por completo la luna y las estrellas, y Alice apenas era capaz de ver a Fred, mientras este se dirigía hacia el balancín del porche. El hombre apagó la luz y se quedaron sentados a escasos centímetros el uno del otro, sin tocarse, pero unidos por unos pensamientos que se enredaban dentro de ellos como la hiedra.

—¿Qué estamos mirando? —preguntó Alice, intentando enjugarse las lágrimas disimuladamente.

—Espera un momento —respondió Fred, a su lado.

Alice se quedó sentada en la oscuridad, dándole vueltas al futuro, mientras el balancín crujía bajo el peso de ambos. ¿Qué iba a hacer, si decidía no volver a casa? Tenía poco dinero, desde luego no el suficiente como para buscarse una cabaña. Ni siquiera tenía claro si tendría trabajo: ¿quién sabía si la biblioteca continuaría existiendo, sin la férrea gestión de Margery? Y lo peor era que no podía quedarse para siempre en aquel pueblo, con la nube amenazadora de Van Cleve, su ira y su matrimonio malogrado cerniéndose sobre ella. Ya había atrapado a Margery y, sin duda, acabaría atrapándola también a ella, de una forma u otra.

Y, sin embargo...

Y, sin embargo, pensar en abandonar ese lugar, en no volver a cabalgar por esas montañas acompañada únicamente por el sonido de los cascos de Spirit y la luz brillante y moteada del bosque, pensar en no volver a reírse con las otras bibliotecarias, en no volver a coser en silencio al lado de Sophia, o en no dar golpecitos con el pie mientras la voz de Izzy se elevaba hasta las vigas del techo, le dolía en el alma. Aquello le encantaba. Adoraba las montañas, la gente y el infinito cielo azul. Le encantaba sentir que hacía un trabajo que valía para algo, ponerse a prueba cada día, cambiar las vidas de la gente palabra por palabra. Se había ganado a pulso cada uno de sus cardenales y ampollas, había construido una nueva Alice sobre el armazón de otra, con la que nunca se había sentido del todo cómoda. Sencillamente, regresar sería como retroceder, y sabía que lo haría a gran velocidad. Baileyville se transformaría en un pequeño interludio, se difuminaría hasta convertirse en otro episodio del que sus padres, con los labios apretados, preferirían no hablar. Añoraría Kentucky durante un tiempo, pero se le pasaría. Luego, al cabo de un año o dos, tal vez, le permitirían divorciarse y acabaría encontrando a un hombre tolerable al que no le importara su complicado pasado, y sentaría la cabeza. En algún lugar tolerable de Lowestoft.

Y luego estaba Fred. El mero hecho de pensar en separarse de él hacía que le doliera el estómago. ¿Cómo iba a soportar la idea de no volver a verlo nunca más? ¿De no volver a ver cómo se le iluminaba la cara solo porque ella había entrado en la habitación? ¿De no volver a atraer su mirada entre la multitud, sintiendo el calor sutil que le causaba estar con un hombre que ella sabía que la deseaba más que a cualquier otra? Últimamente, tenía esa sensación siempre que estaban juntos, aunque no hablaran. Era como una conversación velada que fluía, como una corriente subterránea, bajo la superficie de todo lo que hacían. Nunca se había sentido tan unida a alguien, tan segura de nada, nunca había deseado tanto hacer feliz a otra persona. ¿Cómo iba a renunciar a eso?

—Alice.

—¿Sí?

—Mira hacia arriba.

Alice se quedó de una pieza. La ladera de la montaña de enfrente había cobrado vida, iluminada por innumerables lucecitas que brillaban en tres dimensiones entre los árboles, vibrando y titilando, mientras se movían e iluminaban las sombras de la noche cerrada. La joven observó aquel espectáculo parpadeando, boquiabierta, sin dar crédito a lo que veía.

—Luciérnagas —dijo Fred.

—¿Luciérnagas?

—Gusanos de luz, o como quieras llamarlas. Vienen todos los años.

Alice apenas podía creer lo que estaba viendo. Las nubes se abrieron y las luciérnagas centellearon, se enredaron entre sí y ascendieron desde las sombras iluminadas de los árboles. Aquel millón de cuerpos blancos luminosos se fusionó completamente con el cielo de la noche estrellada y, por un instante, fue como si el mundo entero estuviera cubierto de lucecillas doradas. Era una imagen tan deslumbrante, inconcebible e increíblemente bella que Alice se echó a reír, llevándose las manos a las mejillas.

—¿Hacen esto a menudo? —preguntó. Vio que Fred sonreía.

—No. Puede que una semana al año. Dos, como mucho. Aunque nunca las había visto tan hermosas.

Un gran gemido brotó del pecho de Alice, relacionado con la emoción que la abrumaba y, tal vez, con la pérdida que se avecinaba; con la persona que faltaba en el interior de la cabaña y con el hombre que estaba a su lado y que no podía tener. Sin pensarlo, extendió la mano en la oscuridad hasta encontrar la de Fred. Los dedos de él, cálidos, fuertes y envolventes, se cerraron alrededor de los suyos, como si estuvieran hechos los unos para los otros. Se quedaron así sentados durante un rato, observando el titilante espectáculo.

—Entiendo... Entiendo por qué tienes que irte —dijo Fred, rompiendo el silencio, antes de hacer una pausa para elegir las palabras con prudencia—. Solo quiero que sepas que me va a resultar muy duro que te vayas.

—No puedo hacer otra cosa, Fred.

—Lo sé.

Alice respiró hondo, de forma entrecortada.

—Menudo desastre, ¿no?

Se hizo un largo silencio. En algún lugar, en la distancia, un búho ululó. Fred estrechó la mano de Alice y, durante un rato, ambos se quedaron allí sentados, sintiendo la suave brisa nocturna que los envolvía.

—¿Sabes por qué son tan maravillosas esas luciérnagas? —dijo Fred, finalmente, como si hubieran estado teniendo otra conversación—. Por supuesto, solo viven unas cuantas semanas. Son insignificantes en el orden global de las cosas. Pero, mientras están ahí, su belleza es arrebatadora. —El hombre acarició con el pulgar los nudillos de Alice—. Te hacen ver el mundo de una forma totalmente nueva. Y esa imagen tan hermosa se te quedará grabada en la mente. Y te acompañará allá donde vayas. Y nunca la olvidarás —comentó el hombre. Antes de que Fred pudiera seguir hablando, una lágrima rodó por la mejilla de Alice—. Me he dado cuenta de ello mientras estaba aquí sentado. Tal vez eso es lo que tenemos que entender, Alice. Que hay cosas que son un regalo, aunque sean efímeras. —El hombre se quedó en silencio, antes de volver a hablar—. Quizá el hecho de saber que existe algo así de bello es todo lo que podemos pedir.

Alice escribió a sus padres para confirmarles su regreso a Inglaterra y Fred llevó en coche la carta a la estafeta, de paso que iba a entregar un potro joven a Booneville. Ella vio cómo él apretaba la mandíbula mientras leía la dirección y se odió por ello. Se quedó allí de pie, cruzada de brazos, con su camisa blanca de lino sin mangas, mientras él saltaba a la cabina de la polvorienta camioneta, con el remolque traqueteante enganchado atrás y el caballo dando coces, impaciente por irse. Contempló cómo subían por Split Creek, hasta que la camioneta se perdió de vista.

Alice observó la carretera vacía, las montañas que se elevaban a ambos lados de esta y que desaparecían entre la neblina veraniega, y a los buitres que volaban en círculos perezosamente en las alturas, por encima de su cabeza, durante un rato, protegiéndose los ojos del sol con una mano. Emitió un suspiro largo y tembloroso. Finalmente, se sacudió las manos en los pantalones de montar y volvió a entrar en la biblioteca.

21

Eran las tres menos cuarto de la madrugada cuando llamaron a la puerta. La noche era tan calurosa que Alice, más
que dormir, llevaba ya varias horas sudando y peleándose de
forma intermitente con las sábanas. Oyó el golpeteo rápido en
la puerta y se irguió para sentarse de inmediato, con el corazón
en un puño, aguzando el oído en busca de pistas. Posó con
sigilo los pies descalzos sobre las tablas de madera del suelo, se
puso la bata de algodón, cogió el arma que tenía al lado de la
cama y fue de puntillas hacia la puerta. Allí esperó, aguantando
la respiración, hasta que el sonido volvió a repetirse.

—¿Quién anda ahí? ¡Voy a disparar!

—¿Señora Van Cleve? ¿Es usted?

Alice parpadeó y miró por la ventana. El ayudante del sheriff
Dulles estaba allí fuera, completamente uniformado, frotándose
con nerviosismo la nuca. La joven fue hacia la puerta y la abrió.

—¿Agente?

—Es la señorita O'Hare. Creo que le ha llegado la hora.
No puedo despertar al doctor Garnett y no quiero que dé a luz
allí abajo, sola.

En cuestión de minutos, Alice ya estaba vestida. Ensilló a una Spirit soñolienta y siguió el rastro de las ruedas del coche del ayudante del sheriff Dulles, anulando con su determinación cualquier tipo de recelo natural que pudiera tener Spirit por atravesar los tenebrosos bosques en plena noche. La poni trotaba en la oscuridad con las orejas levantadas, cautelosa pero diligente, y a Alice le entraron ganas de darle un beso por ello. Cuando llegó al sendero cubierto de musgo que discurría a lo largo del arroyo, la joven pudo empezar a galopar y presionó a la yegua todo lo que pudo, agradecida porque la luz de la luna iluminara el camino.

Cuando llegó a la carretera, no fue directamente a la prisión, sino que giró e hizo que Spirit bajara hacia la casa de William y Sophia, en Monarch Creek. Había cambiado durante su estancia en Kentucky, sí, y era cierto que no había muchas cosas que la asustaran. Pero hasta Alice sabía cuándo había dejado de hacer pie.

Cuando Sophia llegó a la prisión, Margery, empapada en sudor, estaba empujando apoyada en Alice, como si fuera una melé de rugby, doblada sobre sí misma y gimiendo de dolor. Alice no podía llevar allí más de veinte minutos, pero se sentía como si fueran horas. Oía su propia voz como de lejos, pidiéndole a Margery que fuera valiente, insistiendo en que lo estaba haciendo muy bien y diciéndole que el bebé llegaría antes de que se diera cuenta, aunque sabía que solo era posible que una de esas cosas fuera cierta. El ayudante del sheriff les había dejado una lámpara de aceite y la luz parpadeaba, proyectando sombras inciertas sobre las paredes de la celda. El olor a sangre, orina y a algo primario e innombrable saturaba el aire denso y viciado. Alice nunca se había parado a pensar que un nacimiento pudiera ser tan desagradable.

Sophia había ido todo el camino corriendo, con la vieja bolsa de partera de su madre debajo del brazo, y el ayudante del sheriff Dulles, ablandado por dos meses de regalos horneados y confiando en la buena voluntad de las bibliotecarias, había abierto la puerta de la celda con estrépito y había dejado entrar a Sophia.

—Gracias a Dios —dijo Alice en la penumbra, mientras el hombre volvía a cerrar la puerta a sus espaldas con un tintineo de llaves—. Me daba pánico que no llegaras a tiempo.

—¿Cuánto lleva de parto?

Alice se encogió de hombros y Sophia le pasó la mano por la frente a Margery. Esta tenía los ojos apretados y la mente muy lejos de ellas, mientras otra oleada de dolor se apoderaba de su cuerpo.

Sophia esperó, con mirada atenta y vigilante, hasta que esta pasó.

—¿Margery? Margery, muchacha, ¿cada cuánto tiene dolores?

—No lo sé —murmuró Margery, con los labios resecos—. ¿Dónde está Sven? Por favor. Necesito a Sven.

—Ahora tienes que ser fuerte y centrarte. Alice, ¿has traído el reloj de pulsera? Empieza a contar cuando yo te diga, ¿de acuerdo?

La madre de Sophia había sido la partera de la gente de color de Baileyville. De niña, Sophia la acompañaba en las visitas, le llevaba la enorme bolsa de cuero, le pasaba el instrumental y las hierbas a medida que los necesitaba y la ayudaba a esterilizar todo y a volver a guardarlo para que estuviera listo para la siguiente mujer. Según ella, no lo había aprendido todo, pero probablemente era lo mejor que Margery iba a conseguir.

—¿Va todo bien ahí dentro, señoras? —El ayudante del sheriff Dulles se mantenía respetuosamente al otro lado de la sábana. Margery empezó a gemir de nuevo, primero en voz baja y luego cada vez más alta. El hombre se había asegurado de estar muy lejos cuando su propia mujer había dado a luz a todos sus hijos, y aquellos sonidos y olores tan poco delicados le hacían sentirse un poco mareado.

—Señor, ¿podría traernos un poco de agua caliente? —Sophia hizo que Alice abriera la bolsa y le señaló un retazo de tela de algodón, limpia y doblada.

—Le pediré a Frank que hierva una poca. Suele estar despierto a estas horas. Ahora vuelvo.

—No puedo hacerlo —dijo Margery, abriendo los ojos para mirar fijamente algo que ninguna de las otras mujeres podía ver.

—Claro que puedes —replicó Sophia, con firmeza—. Solo es la forma que tiene la naturaleza de decirnos que ya casi está.

—No puedo —repitió Margery exhausta, casi sin aliento—. Estoy agotada... —Alice cogió un pañuelo y le enjugó la frente. Margery estaba muy pálida y escuálida, a pesar de su tripa hinchada. Sin los rigores diarios de su vida en el exterior, sus extremidades habían perdido masa muscular y se habían vuelto flácidas y blancas. Alice se sintió incómoda al ver cómo su vestido de algodón ceñía su figura y se pegaba a su piel húmeda.

—Un minuto y medio —dijo la joven, mientras Margery empezaba a gemir de nuevo.

—Sí. El bebé ya viene. Vale, Margery. Voy a recostarte un momento, mientras pongo una sábana sobre este viejo colchón. ¿De acuerdo? Agárrate a Alice.

—Sven... —Alice observó cómo los labios de Margery dibujaban su nombre, mientras sus nudillos se volvían de un color blanco amarillento al apretarle la manga como un tornillo de banco. Oyó la voz de Sophia, que la consolaba en voz baja mientras se movía, con paso seguro, por la oscuridad circundante. Las celdas de enfrente estaban inusitadamente silenciosas.

—Muy bien, cielo. Ahora que viene el bebé, tenemos que ponerte en una postura adecuada para que pueda salir. ¿Me oyes? —Sophia fue hacia Alice y la ayudó a girar a Margery, que apenas pareció darse cuenta—. Sigue escuchándome, ¿me oyes?

—Tengo miedo, Sophia.

—No es verdad, en realidad no lo tienes. Solo tienes esa sensación por el parto.

—No quiero que nazca aquí —dijo Margery, abriendo los ojos y mirando de modo suplicante a Sophia—. Aquí no. Por favor...

Sophia posó una mano en la nuca húmeda de Margery y apoyó la mejilla sobre la suya.

—Lo sé, cariño, pero es lo que va a suceder. Así que vamos a hacer que sea lo más fácil posible para los dos. ¿De acuerdo? Pues venga, ponte a cuatro patas. Sí, a cuatro patas. Y agárrate a ese catre. Alice, tú ponte delante de ella y sujétala con fuerza. Pronto la cosa se pondrá un poco fea y te necesitará para poder agarrarse a ti. Eso es, deja que descanse en tu regazo.

A Alice no le dio tiempo a tener miedo. Casi en cuanto Sophia acabó de hablar, Margery se aferró a ella y apretó la cara sobre sus muslos, gimiendo, para intentar ahogar el sonido en los pantalones de montar de la joven. La apretaba con tal ímpetu que parecía poseída por una fuerza sobrehumana. Alice vio cómo temblaba y se estremeció, intentando ignorar su propia incomodidad y oyendo las palabras instintivas de ánimo que fluían de su propia boca, aun cuando se estaba dejando llevar por la corriente. Detrás de ella, Sophia había levantado el vestido de algodón de Margery y había colocado la lámpara de aceite para poder ver sus partes más íntimas, pero a Margery no pareció importarle. Seguía gimiendo y balanceándose de un lado a otro, como si pudiera sacudirse de encima el dolor, mientras sus manos se aferraban a las de Alice.

—Ya está aquí el agua —dijo el agente Dulles. Y, cuando Margery empezó a gritar, añadió—: Voy a abrir la puerta para meter dentro la jarra. ¿De acuerdo? He mandado llamar al doctor, por si acaso. Pero, por el amor de Dios, ¿qué diablos...? ¿Saben qué? Voy a... La dejaré fuera. Yo... Santo cielo...

—Señor, ¿puede traernos también un poco de agua fría, por favor? Para beber.

—La dejaré delante de la puerta. Confiaré en que no huyan a ninguna parte.

—No tiene de qué preocuparse, señor, créame.

Sophia parecía un torbellino, ordenando el instrumental de acero de su madre y colocándolo con cuidado sobre el retazo de algodón doblado y limpio. Con la otra mano, mantenía el contacto con Margery en todo momento, como si fuera un caballo, tranquilizándola, apaciguándola y animándola. Miró por debajo de ella y se colocó en posición.

—Vale, creo que ya viene. Alice, aguanta.

A partir de aquel momento, todo se volvió borroso. Mientras el sol salía e introducía sus luminosos dedos azulados entre los estrechos barrotes, Alice percibía los hechos como si estuviera en un barco en alta mar: el vaivén del suelo bajo sus pies, el cuerpo de Margery, que se balanceaba de un lado al otro por la fuerza que estaba haciendo para dar a luz, el olor a sangre, sudor y a cuerpos apretujados, y el ruido. Aquel ruido. Margery aferrándose a ella, con expresión suplicante, asustada, rogándoles que la ayudaran, cada vez más aterrorizada. Y, entre todo aquello, Sophia, por momentos serena y tranquilizadora, y por momentos retadora y feroz. «Puedes hacerlo, Margery. Vamos, muchacha. ¡Ahora tienes que empujar! ¡Empuja más fuerte!».

Por un instante aterrador, entre el calor, la oscuridad, los sonidos animales y aquella sensación de estar las tres solas atrapadas en esa travesía, Alice creyó que iba a desmayarse. Le daban miedo las profundidades inexploradas del dolor de Margery, le espantaba ver a aquella mujer, que siempre había sido tan fuerte, tan capaz, convertida en un mísero animal herido. Había mujeres que morían haciendo aquello, ¿no? ¿Cómo no iba a estar sucediéndole a Margery, con semejante agonía? Pero, mientras la habitación flotaba, vio la feroz expresión de Sophia, la frente arrugada de Margery, sus ojos anegados en lágrimas de desesperación —«¡No puedo!»— y, apretando los dientes, se inclinó hacia delante para apoyar la frente en la de Margery.

—Sí que puedes, Marge. Ya falta poco. Hazle caso a Sophia. Puedes hacerlo.

Y, entonces, de repente, el gemido de Margery adquirió un tono insoportable —un sonido como el fin del mundo y todas sus agonías juntas, un chillido agudo, prolongado e insufrible—, se oyó un grito y un ruido como de un pez aterrizando sobre una losa y, de pronto, Sophia se encontró con una criaturita húmeda y amoratada en los brazos y el delantal lleno de sangre. El bebé levantaba las manos a ciegas, luchando contra el aire, buscando algo a lo que agarrarse.

—¡Ya está aquí!

Margery giró la cabeza, con algunos mechones rizados de pelo pegados a las mejillas, como una superviviente de una batalla terrible y solitaria, y una expresión en la cara que Alice nunca había visto antes.

—Hola, bebé. Mi bebé —susurró con voz tierna, como cuando el ganado del establo acariciaba con el hocico a un ternero.

Y, cuando la niñita rompió a llorar con un llanto agudo y vigoroso, el mundo cambió y las tres empezaron de repente a reírse, a llorar y a agarrarse las unas a las otras. Y los hombres de las celdas, de cuya presencia Alice se había olvidado por completo, se pusieron a exclamar, en tono sincero: «¡Gracias a Dios! ¡Alabado sea el Señor!». Y, en la oscuridad, entre la suciedad, la sangre y el caos, mientras Sophia limpiaba al bebé, lo envolvía en la sábana limpia de algodón y se lo entregaba a la temblorosa Margery, Alice se relajó y se limpió los ojos con las manos sudorosas y ensangrentadas, mientras pensaba que nunca en su vida había vivido algo tan magnífico.

El bebé era, como dijo Sven por la noche, mientras brindaban con él en la biblioteca, la niña más bonita que había nacido jamás. Sus ojos eran los más oscuros, su pelo el más espeso, y su naricilla y sus extremidades perfectas no tenían parangón en la historia. Algo con lo que nadie discrepó. Fred había llevado un tarro de licor y una caja de cervezas, y las bibliotecarias brindaron por el bebé y le dieron gracias a Dios por su misericordia, decidiendo, al menos por aquella noche, limitarse a pensar en la alegría de aquel alumbramiento con final feliz, y en que Margery no dejaba de acunar a la niñita con feroz orgullo de madre, cautivada por su cara perfecta y por sus uñitas que parecían conchas marinas, ajena por unos instantes a su propio dolor y circunstancias. Hasta el ayudante del sheriff Dulles y el resto de los presos habían acudido a admirarla y a felicitarles.

Ningún hombre había estado jamás tan orgulloso como Sven. No paraba de hablar: sobre lo valiente y hábil que Margery había sido al dar a luz a aquella criatura, sobre lo despierta que era la niña, sobre la fuerza con que le agarraba el dedo.

—Es toda una O'Hare —dijo el hombre, y todos le dieron la razón.

Los acontecimientos de la noche anterior estaban empezando a pasarles factura a Alice y a Sophia. Alice estaba agotada y se le cerraban los ojos. Miró a Sophia, que parecía cansada pero aliviada. Se sentía como si acabara de salir de un túnel, como si hubiera perdido cierta inocencia que desconocía tener.

—Le he hecho una canastilla —le dijo Sophia a Sven—. Puedes llevársela mañana a Margery, para que pueda ponerle algo decente al bebé. Hay una manta, algunos patucos, un gorrito y un jersey fino de algodón.

—Eres muy amable, Sophia —dijo Sven. El hombre estaba sin afeitar y seguía teniendo los ojos llenos de lágrimas.

—Y yo tengo algunas cosas de mis bebés que le puedo dar —dijo Kathleen—. Algunos peleles de repuesto, pañales de algodón y cosas así. Ya no voy a volver a necesitarlos.

—Nunca se sabe —dijo Beth.

Pero Kathleen negó con la cabeza, con energía.

—Yo sí lo sé. —La mujer se inclinó para sacudirse algo de los pantalones de montar—. Para mí, solo ha habido un hombre.

Fred miró a Alice quien, tras la euforia inicial del día, empezaba a sentirse de pronto triste y cansada. La joven lo disimuló con un brindis.

—Por Marge —dijo, levantando la taza esmaltada.

—Y por Virginia —dijo Sven, y todos le miraron—. Era la hermana de Margery —explicó, emocionado—. Así quiere ella que se llame. Virginia Alice O'Hare.

—Es un nombre precioso —aprobó Sophia, asintiendo.

—Por Virginia Alice —dijeron todos, alzando las tazas. Entonces, Izzy se levantó de sopetón y comentó que estaba segura de que había un libro de nombres en algún sitio y que le encantaría saber de dónde venía ese. Y todos los demás, igual de emocionados y más que agradecidos por la distracción, la apoyaron para no tener que mirar a Alice, que había empezado a sollozar en silencio, en un rincón.

22

Una institución de lo más repugnante en la que están confinados hombres y mujeres que cumplen condena por faltas y delitos, o que no han sido condenados y que solo están allí a la espera de juicio [...] que suele estar plagada de chinches, cucarachas, piojos y otros bichos; huele a desinfectante y a suciedad.

JOSEPH F. FISHMAN, *Crucibles of Crime*, 1923

Las prisiones de Kentucky, como la mayoría de las de Estados Unidos, se gestionaban sobre la marcha, y sus reglas y laxitud variaba de forma considerable dependiendo de la rigidez del sheriff y, en el caso de Baileyville, de la afición de su ayudante por los productos horneados. A Margery y Virginia les permitían recibir un flujo constante de visitas y, a pesar de lo desagradable que resultaba la celda, Virginia vivió sus primeras semanas prácticamente como todos los bebés mimados: vestida con ropa limpia y suave, admirada por las visitas, recibiendo regalitos y pasando buena parte del día acurrucada sobre el pecho de su madre. Era una niña muy despierta. Recorría la celda con sus ojos oscuros, en busca de movimiento, y acariciaba el aire con sus deditos de estrella de mar, o apretaba los puñitos, contenta, mientras tomaba el pecho.

Margery, por su parte, se había transformado en otra mujer: la expresión de su rostro se había suavizado y estaba centrada por completo en la niñita, a la que manejaba con la naturalidad de una persona que llevara años haciéndolo. A pesar de las dudas que había tenido, parecía que la maternidad era algo instintivo en ella. Hasta cuando Alice cogía en brazos al bebé para que la dejara comer, o para cambiarla de ropa, Margery seguía mirándola y tocando a Virginia con una mano, como si no pudiera soportar separarse de ella ni un solo instante.

Alice se dio cuenta, aliviada, de que parecía menos deprimida que antes, como si el bebé le hubiera dado algo más en que centrarse que no fuera lo que se estaba perdiendo por estar entre aquellas cuatro paredes. Margery comía mejor («Sophia dice que tengo que comer para seguir teniendo leche»), sonreía a menudo, sobre todo a la niña, y se movía por la celda rebotando sobre los talones, para calmar al bebé, cuando antes parecía estar clavada al suelo. El agente Dulles les había dejado un cubo y una fregona para que todo fuera un poco más higiénico y, cuando las chicas les habían llevado un colchoncillo nuevo, quejándose de que no había derecho a que hicieran dormir a un bebé en una colchoneta vieja y sucia, llena de ácaros, este no había puesto ninguna objeción. Las muchachas habían quemado el viejo en el jardín, arrugando la nariz por lo sucio que estaba.

La señora Brady visitó a Margery el sexto día tras el alumbramiento, acompañada por un médico de fuera del pueblo que comprobó que se estaba recuperando como era debido y que el bebé tenía todo lo que necesitaba. Cuando el ayudante del sheriff Dulles había intentado protestar, dada la ausencia de permisos o de cualquier tipo de aviso previo, la señora Brady le había interrumpido con una mirada capaz de congelar un plato de sopa caliente y le había informado con altivez de que, como le impidiera por cualquier medio atender a una madre lactante, el sheriff Archer sería el primero en enterarse y el gobernador Hatch el segundo, que no le cupiera la menor duda. El doctor examinó a la madre y al bebé mientras la señora Brady se quedaba en un rincón de la celda —tras haber echado un vistazo a la habitación con los ojos entornados y haber decidido no sentarse— y, aunque las condiciones estaban lejos de ser las ideales, el médico anunció que ambas gozaban de buena salud y del mejor ánimo que cabía esperar. Los hombres de las celdas cercanas se quejaron del hedor de los pañales sucios del bebé, pero la señora Brady les ordenó que cerraran la boca y les dijo que, a decir verdad, a ellos tampoco les vendría mal frotarse de vez en cuando con agua y jabón, así que a lo mejor deberían solucionar lo suyo antes de quejarse de lo de los demás.

Las bibliotecarias no se enteraron de aquella visita hasta después, cuando la señora Brady apareció en la biblioteca y declaró que, tras haber estado hablando largo y tendido con la señorita O'Hare, habían decidido que ella se hiciera cargo de la gestión diaria de la biblioteca, y que esperaba de todo corazón que aquello no incomodara a la señora Van Cleve, teniendo en cuenta lo duro que había trabajado para que todo siguiera en marcha mientras Margery estaba «inhabilitada».

Alice, aunque se sorprendió un poco, no tuvo el menor inconveniente. Había sacado fuerzas de flaqueza durante las últimas semanas para intentar visitar a Margery a diario, mantener en orden la cabaña y gestionar la biblioteca, todo ello mientras se enfrentaba a unos sentimientos de lo más complejos y abrumadores. El hecho de que otra persona se hiciera cargo al menos de una de esas cosas era un alivio. Sobre todo porque pronto se marcharía de Kentucky, pensó para sus adentros. Aunque eso aún no se lo había contado a las demás; por el momento, ya tenían bastante de lo que ocuparse.

La señora Brady se quitó el abrigo y les pidió que le enseñaran todos los libros de registros. Se sentó a la mesa de Sophia y revisó todos los informes de pago, las facturas del herrero, comprobó las nóminas y los gastos menores, y se declaró satisfecha. Volvió después de la cena y estuvo una hora con Sophia por la noche, verificando dónde se encontraban los libros perdidos y estropeados, y reprendió al señor Gill en cuanto cruzó la puerta por devolver con retraso un libro sobre la cría de cabras. Tan solo llevaba allí unas horas y parecía que hubiera estado toda la vida. Era como volver a tener a una adulta al mando.

Así iba avanzando poco a poco el verano, bajo un manto de intenso calor e insectos voladores, de humedad y caballos sudorosos, cubiertos de moscas. Alice intentaba vivirlo día a día, enfrentándose a las pequeñas contrariedades, sin pensar en las contrariedades mucho más importantes e infinitamente más desagradables que la esperaban, alineadas como bolos, en el futuro.

Sven dejó el trabajo porque, con los turnos que tenía, no podía ver a Margery y al bebé durante la semana y, como le dijo a Alice, de todos modos parte de su corazón estaba siempre en aquella maldita celda. Los bomberos de Hoffman se colocaron en formación, con el pico sobre el hombro y el casco sobre el pecho, cuando les informó de su marcha, y el capataz se enfadó y se tomó la renuncia de Sven como algo personal.

Van Cleve, que aún seguía presumiendo por haber sacado a la luz la larga relación de Sven con Margery O'Hare, dijo que se alegraba de librarse de él, que era un espía y un traidor, a pesar de no tener pruebas de ninguna de las dos cosas. Además, juró que, si volvía a ver a esa víbora de Gustavsson entrando por la puerta de Hoffman, le dispararía sin avisar, igual que a la impía de su concubina.

Alice sabía que a Sven le habría gustado mudarse a la cabaña de Margery para sentirse más cerca de ella pero, como el caballero que era, declinó su oferta. Así, Alice evitaría la censura de la gente del pueblo, que habría considerado sospechoso que un hombre y una mujer durmieran bajo el mismo techo, aunque todos tuvieran claro que ambos amaban a la misma mujer pero de formas distintas.

Por otra parte, a Alice ya no le daba miedo quedarse a solas en la cabañita. Se iba a dormir temprano y lo hacía profundamente, se levantaba a las cuatro y media de la madrugada, a la salida del sol, se mojaba con un poco de agua helada del arroyo, alimentaba a los animales, se ponía la ropa que había dejado a secar, se hacía huevos con pan para desayunar y echaba las migajas que sobraban a las gallinas y a los cardenales rojos que se reunían en el alféizar de la ventana. Comía leyendo uno de los libros de Margery y, cada dos días, horneaba una nueva hogaza de pan de maíz para llevar a la prisión. A su alrededor, la montaña matutina se agitaba con el canto de los pájaros, con las hojas de los árboles de color naranja intenso, que luego eran azules y luego verde esmeralda, y con la hierba larga salpicada de lirios y salvia. Y, al cerrar la mosquitera de la puerta, una bandada de pavos salvajes alzaban el vuelo con un torpe aleteo, o un pequeño ciervo la observaba entre los árboles, como si ella fuera la intrusa.

Alice sacaba a Charley del establo para meterlo en el pequeño cercado que había detrás de la cabaña e iba al gallinero, a ver si había huevos. Si tenía tiempo, preparaba algo de comida para la noche, consciente de que estaría cansada al volver a casa. Luego ensillaba a Spirit, guardaba en las alforjas todo lo necesario para ese día, se calaba el sombrero de ala ancha y cabalgaba montaña abajo, hasta la biblioteca. Mientras recorría el sendero polvoriento, soltaba las riendas sobre el pescuezo de Spirit y se ataba un pañuelo de algodón alrededor del cuello, con ambas manos. Apenas volvía a usar las riendas: Spirit sabía a dónde iban en cuanto empezaban cada ruta y avanzaba con las orejas levantadas, como cualquier otra criatura conocedora —y amante— de su trabajo.

La mayoría de las noches, Alice se quedaba una hora más en la biblioteca con Sophia, solo por sentirse acompañada, y a veces Fred se unía a ellas y les llevaba comida de casa. En dos ocasiones, había subido por el camino de la casa de Fred para cenar con él. Total, ¿a quién iba a sorprenderle ya lo que ella hiciera? Además, el trayecto era tan corto que era difícil que alguien la viera. Le encantaba la casa de Fred, con su olor a cera de abejas y sus ajadas comodidades, menos básica y funcional que la de Margery y con alfombras y muebles que hablaban de una fortuna familiar que se remontaba a más de una generación.

Su falta de adornos le resultaba reconfortante.

Comían la comida que Fred preparaba y hablaban de todo y de nada, mientras se sonreían como tontos. Algunas noches, Alice volvía cabalgando por el sendero a casa de Margery sin tener ni idea de lo que habían comentado, ya que el zumbido de deseo y de necesidad que sentía en los oídos solía empañar todas sus conversaciones. A veces, lo deseaba hasta tal punto que tenía que pellizcarse la mano por debajo de la mesa para evitar extenderla hacia él. Después, volvía a la cabaña vacía y se tumbaba bajo las mantas, intentando imaginar lo que pasaría si una vez, solo una, lo invitara a ir con ella.

El abogado de Sven iba a verlo cada quince días. Este le había preguntado a Fred si podían reunirse en su casa, y si a él y Alice no les importaría acompañarlo. Alice se dio cuenta de que la razón era que Sven se ponía nerviosísimo, empezaba a mover la pierna con una ansiedad nada habitual en él y tamborileaba con los dedos en la mesa, y luego nunca se acordaba ni de la mitad de lo que le habían dicho. El abogado no podía ser menos claro: usaba un lenguaje rimbombante y retorcido, y le daba vueltas y más vueltas a lo que quería decir, en lugar de ir al grano.

Este comentó que, a pesar de la inesperada desaparición del registro pertinente (momento en que el hombre hizo una pausa significativa), el estado de Kentucky consideraba fiables las pruebas contra Margery O'Hare. En la primera entrevista, la anciana había dicho que la señorita O'Hare estaba en aquel lugar, dijera lo que dijera después. El libro de la biblioteca, salpicado de sangre, parecía ser la única arma homicida posible, dada la ausencia de disparos y de heridas por arma blanca. Ninguna de las otras bibliotecarias cabalgaba hasta lugares tan lejanos como la señorita O'Hare, a juzgar por el resto de registros, así que era poco probable que alguien más utilizara allí un libro de la biblioteca como arma. Y luego estaba el problema del carácter de Margery, la cantidad de gente que hablaría con gusto sobre la vieja enemistad entre su familia y los McCullough, y el hábito de la mujer de decir cosas poco agradables, sin considerar el impacto que tendrían sus palabras en los que la rodeaban.

—Deberá tener cuidado con eso cuando vayamos a juicio —dijo el abogado, reuniendo los papeles—. Es importante que el jurado la considere... una acusada afable.

Sven sacudió la cabeza, en silencio.

—No conseguirá transformar a Marge en otra persona —comentó Fred.

—No estoy diciendo que tenga que ser otra persona. Pero, si no se gana el favor del juez y del jurado, las posibilidades de conseguir la libertad se reducirán considerablemente. —El abogado se recostó en la silla y puso ambas manos sobre la mesa—. Esto no es solo una cuestión de veracidad, señor Gustavsson. Es un tema de estrategia. Y sea cual sea la verdad sobre este asunto, puede estar seguro de que la otra parte se empleará a fondo para elaborar la suya.

—Entonces, ¿te gusta?

—¿El qué? —Margery levantó la vista.

—Ser madre.

—Los sentimientos me inundan de tal forma que la mitad del tiempo no sé ni por dónde ando —susurró Margery, mientras le abrochaba el cuello del pelele a Virginia—. Madre mía, hasta aquí hace calor. Ojalá pudiéramos tomar un poco el aire.

Desde el nacimiento de Virginia, el ayudante del sheriff Dulles les permitía recibir visitas en la celda del piso de arriba, que estaba vacía. Era más luminosa y limpia que las del sótano —y sospechaban que más aceptable para la temible señora Brady—, pero en un día como aquel, en que el aire era tórrido y pesado por la humedad, no había gran diferencia. De pronto, a Alice le vino a la cabeza lo horrible que debía de ser la prisión en invierno, con las ventanas sin cristales y el frío suelo de cemento. ¿El centro penitenciario estatal sería mucho peor? «Para entonces, ya estará libre», se dijo con firmeza. No había que adelantar acontecimientos. Había que pensar en ese día, en la próxima hora.

—Nunca creí que fuera capaz de amar así a nadie —continuó Margery—. Es como si ella me hubiera quitado una capa de piel.

—Sven está perdidamente enamorado.

—¿Verdad que sí? —Margery sonrió para sí misma, mientras recordaba algo—. Va a ser un padre maravilloso para ti, pequeña. —Entonces, su rostro se ensombreció, como si hubiera algo que no quisiera aceptar. Pero se le pasó y Margery levantó al bebé, señaló su cabeza y volvió a sonreír—. ¿Crees que tendrá el pelo tan oscuro como el mío? Al fin y al cabo, tiene un poquito de sangre cheroqui. ¿O se le aclarará, como el de su padre? Cuando Sven era un bebé, tenía el pelo blanco como la tiza.

Margery no quiso hablar del juicio. Negó con la cabeza un par de veces, con movimientos leves, como insinuando que no tenía sentido hacerlo. Y, a pesar de aquella placidez recién adquirida, aquel movimiento fue lo suficientemente duro como para que Alice no intentara contradecirla. Les había hecho lo mismo a Beth y a la señora Brady, cuando habían ido a verla, y la señora Brady había regresado a la biblioteca roja de frustración.

—He estado hablando con mi marido sobre el juicio y sobre lo que pasará después... si las cosas no van como esperamos. Él tiene amigos en el ámbito jurídico y, al parecer, fuera de este estado hay algunos sitios donde permiten a los niños estar con sus madres y a las matronas atender adecuadamente a las mujeres. Algunos tienen muy buenas instalaciones.

Margery actuó como si no hubiera oído ni una palabra.

—Todos estamos rezando por vosotras en la iglesia. Por ti y por Virginia. Es una monada de niña. Me preguntaba si te gustaría que intentáramos...

—Gracias por pensar en nosotras, señora Brady, pero todo irá bien.

Y eso había sido todo, según les comentó la señora Brady, agitando las manos en el aire.

—Es como si estuviera enterrando la cabeza en la arena. Sinceramente, no creo que pueda confiar en que la absuelvan y punto. Necesita un plan.

Pero Alice no creía que la razón del comportamiento de Margery fuera su optimismo. Una de las muchas razones era que, a medida que se acercaba el juicio, se ponía cada vez más nerviosa.

Justo una semana antes de que comenzara el juicio, los periódicos empezaron a especular sobre la sospechosa. Uno de ellos
consiguió la fotografía de las bibliotecarias del Nice 'N' Quick
y la recortó para que solo se viera la cara de Margery. El titular
decía:

LA BIBLIOTECARIA ASESINA:
¿HA MATADO A UN HOMBRE INOCENTE?

En el hotel más cercano, que estaba en Danvers Creek,
pronto se quedaron sin habitaciones, y se comentaba que algunos vecinos habían limpiado los cuartos traseros y habían
puesto camas en ellos para alojar a los periodistas que también
iban a ir al pueblo. Parecía que Margery y McCullough estaban
en boca de todos, salvo dentro de la biblioteca, donde nadie
hablaba de ellos.

Sven se encaminó hacia la prisión, en plena tarde. Era un
día excesivamente caluroso y el hombre andaba con lentitud,
abanicándose con el sombrero y saludando con la mano a la
gente con la que se cruzaba, sin que su aspecto exterior revelara lo que sentía por dentro. Le entregó el molde con el pan
de maíz de Alice al ayudante del sheriff Dulles y se palpó los
bolsillos para comprobar que llevaba el pelele y el babero lim-
pios que esta había doblado con pulcritud, para que se los diera a Margery. Ella estaba en la celda de arriba, dándole el pecho
al bebé, sentada con las piernas cruzadas sobre el catre, y Sven
esperó para besarla, consciente de la facilidad con la que se
distraía la niña. Normalmente, ella levantaba una mejilla para
que pudiera darle un beso, pero esa vez siguió mirando al bebé,
así que, al cabo de un rato, él se sentó en el taburete que había
allí al lado.

—¿Sigue tomando el pecho por la noche?

—Todo lo que puede.

—La señora Brady dice que tal vez sea uno de esos bebés que necesitan pasar a la comida sólida pronto. Las chicas me han dejado un libro sobre eso, para informarme un poco.

—¿Desde cuándo hablas de bebés con la señora Brady? Sven bajó la vista.

—Desde que dejé el trabajo.

Cuando ella por fin lo miró, Sven añadió:

—Tranquila. No he estado de brazos cruzados desde los catorce años. Ya he empezado a trabajar en el almacén de madera. Y Fred me está dejando quedarme en el cuarto que tiene libre, así que estoy bien. Todo se arreglará.

Margery no abrió la boca. Había días en los que estaba así. Apenas decía una palabra, mientras él estaba allí. Esos días eran cada vez más escasos desde que Virginia había llegado; era como si Margery no pudiera evitar hablar con el bebé, aunque se sintiera triste, pero Sven seguía pasándolo mal al verla así. El hombre se frotó la cabeza.

—Alice me ha pedido que te diga que las gallinas están bien. Winnie ha puesto un huevo con dos yemas. Charley ha engordado. Está disfrutando del descanso, creo yo. Esta semana, lo hemos llevado con los potros de Fred y les está enseñando quién manda.

Ella bajó la vista hacia Virginia, para comprobar si había acabado, luego se colocó el vestido y se puso al bebé sobre el hombro para que eructara.

—¿Sabes? He estado pensando —continuó Sven—. A lo mejor, cuando vuelvas a casa, podríamos hacernos con otro perro. Hay un granjero en Shelbyville que tiene una perra de caza a la que hace tiempo que le he echado el ojo y quiere que tenga cachorros. Es de naturaleza bondadosa. A los niños les viene bien criarse con algún perro. Si nos quedáramos con un cachorro, él y Virginia podrían crecer juntos. ¿Qué te parece?

—Sven...

—Aunque no tenemos por qué tener un perro. Podríamos esperar hasta que sea un poco mayor. Era solo una idea...

—¿Recuerdas que una vez te dije que nunca te pediría que te fueras? —Margery siguió mirando al bebé.

—Pues claro. Estuve a punto de obligarte a escribirlo en un trozo de papel, para que quedara constancia. —Sven esbozó una sonrisa burlona.

—Bueno... Pues fue un error. Necesito que te vayas.

Él se inclinó hacia delante, con la cabeza ladeada.

—¿Perdona?

—Y que te lleves a Virginia. —Cuando por fin levantó la vista hacia él, Margery tenía los ojos muy abiertos y lo miraba con seriedad—. He sido una arrogante, Sven. Creía que podía vivir como quisiera, siempre y cuando no hiciera daño a nadie. Pero aquí he tenido tiempo para pensar... y he llegado a una conclusión. No se puede hacer eso en el condado de Lee, puede que en ningún lugar de Kentucky. Al menos, siendo mujer. O juegas según sus reglas, o... Bueno, o te aplastan como a un bicho.

Su voz era tranquila y serena, como si hubiera ensayado aquellas palabras durante sus innumerables horas de silencio.

—Necesito que te la lleves lejos, al estado de Nueva York o a Chicago, o incluso a la costa oeste, si hay trabajo allí. Llévala a algún lugar bonito, donde pueda tener oportunidades y una buena educación, donde no tenga que preocuparse por las asquerosas cicatrices con las que su familia ha marcado su futuro, antes incluso de su nacimiento. Aléjala de la gente que la juzgará por su apellido, mucho antes de que ella sea capaz de deletrearlo.

Sven estaba desconcertado.

—No digas tonterías, Marge. No pienso abandonarte.

—¿En veinte años? Sabes que eso es lo que me caerá, aunque me condenen por homicidio involuntario. Y peor aún si la condena es por asesinato.

—Pero ¡tú no has hecho nada malo!

—¿Y crees que les importa un comino? Ya sabes cómo funciona este pueblo. Sabes que me la tienen jurada.

Él la miró como si se hubiera vuelto loca.

—No pienso irme. Ya puedes olvidarlo.

—Pues no voy a volver a verte. Así que no te queda otra.

—¿Qué? ¿De qué estás hablando ahora?

—Esta es la última vez que te veré. Es uno de los pocos derechos que tengo aquí, el de renunciar a las visitas. Sven, sé que eres un buen hombre y que harías cualquier cosa para ayudarme. Y Dios sabe que te quiero por ello. Pero ahora Virginia es la prioridad. Así que necesito que me prometas que harás lo que te pido y que nunca volverás a traer a nuestra hija a este lugar. —Margery se recostó contra la pared.

—Pero... ¿y el juicio?

—No quiero que vayas.

Sven se levantó.

—Esta conversación es una locura. No pienso escucharte. No...

Margery alzó la voz. Se lanzó hacia delante y lo agarró de la mano, para detenerlo.

—Sven, ya no me queda nada. No tengo libertad, dignidad, ni futuro. La única puñetera cosa que me queda es la esperanza de que esta niña, mi corazón, lo que más amo en el mundo, tenga una vida diferente. Así que, si me quieres tanto como dices, haz lo que te pido. No quiero que la infancia de mi bebé esté marcada por las visitas a la cárcel. No quiero que me veáis consumirme, semana tras semana, año tras año, en la prisión estatal, con piojos en el pelo y el hedor de los cubos de excrementos, derrotada por los fanáticos que gobiernan este pueblo y volviéndome loca poco a poco. No permitiré que ella vea eso. Harás que sea feliz, sé que puedes hacerlo, y, cuando le hables de mí, no le cuentes esto, sino cómo cabalgaba por las montañas a lomos de Charley, haciendo lo que más me gustaba.

Él la cogió de la mano. La voz le temblaba y no paraba de negar con la cabeza, como si no se diera cuenta de que lo estaba haciendo.

—No puedo dejarte, Marge.

Margery apartó la mano. Cogió al bebé dormido y se lo puso suavemente en los brazos a Sven. Luego, se inclinó y besó la cabeza de la niña. Mantuvo allí los labios unos instantes, mientras apretaba con fuerza los ojos. Luego los abrió y la miró fijamente, como si estuviera grabando su recuerdo en lo más hondo de su ser.

—Adiós, cariño. Mamá te quiere muchísimo.

Rozó la parte posterior de los nudillos de Sven con la punta de los dedos, como si se tratara de una consigna. Después, mientras él seguía allí sentado, atónito, Margery O'Hare se levantó, apoyando una mano en la mesa, y llamó al guarda para que la llevara a su celda.

Y se fue sin mirar atrás.

Fiel a su palabra, fue la última visita que recibió. Alice llegó esa misma tarde con un bizcocho y el ayudante del sheriff Dulles le dijo con pesar (porque adoraba los pasteles de Alice) que lo sentía mucho, pero que la señorita O'Hare le había indicado claramente que no quería ver a nadie.

—¿Hay algún problema con el bebé?

—El bebé ya no está aquí. Se lo ha llevado su padre esta mañana.

Dijo que lo lamentaba, pero que las reglas eran las reglas y que no podía obligar a la señorita O'Hare a que la recibiera. Sin embargo, aceptó el bizcocho y le prometió que se lo bajaría a Margery más tarde. Cuando Kathleen Bligh se presentó allí, dos días después, recibió la misma respuesta, al igual que les sucedería posteriormente a Sophia y a la señora Brady.

Alice volvió cabalgando a casa, dándole vueltas a la cabeza, y se encontró a Sven en el porche, con el bebé apoyado en el hombro. La niña tenía los ojitos abiertos de par en par por la luz del sol, tan poco familiar para ella, y por las sombras en movimiento de los árboles.

—¿Sven? —Alice se bajó de la yegua y enganchó al poste las riendas de Spirit—. ¿Sven? ¿Qué diablos está pasando? —El hombre no fue capaz de mirarla. Tenía los ojos enrojecidos y miraba hacia otro lado—. ¿Sven?

—Es la puñetera mujer más testaruda de todo Kentucky.

En ese preciso instante, el bebé se echó a llorar con el llanto primario y quebrado de un bebé que había tenido que enfrentarse a demasiados cambios en un solo día y que se sentía, de pronto, excesivamente abrumado. Sven le dio unas palmaditas en la espalda que resultaron inútiles y, al cabo de un rato, Alice fue hacia él y cogió al bebé en brazos. Sven hundió la cara entre sus manos grandes, llenas de cicatrices. La niña se acurrucó en el hombro de Alice y luego echó la cabeza hacia atrás, dibujando una «O» con la boquita, como si le sorprendiera darse cuenta de que aquella no era su madre.

—Lo solucionaremos, Sven. Haremos que entre en razón.

Él negó con la cabeza.

—¿Por qué íbamos a conseguirlo? —Sus manos ásperas ahogaron su voz—. Está en lo cierto. Eso es lo peor, Alice. Que está en lo cierto.

Por medio de Kathleen, que todo lo sabía y conocía a todo el mundo, Alice encontró a una mujer en el pueblo de al lado dispuesta a amamantar al bebé a cambio de una pequeña cantidad de dinero, ya que acababa de destetar al suyo. Cada mañana,

Sven llevaba a la niña a aquella granja recubierta de tablones blancos y dejaba allí a la pequeña Virginia para que la alimentaran y la cuidaran. A todos les causaba cierto desasosiego ver aquello, ya que con quien debería estar la niña era con su madre, y la propia Virginia pronto se volvió recelosa y empezó a observarlo todo con la mirada atenta y el pulgar metido con cautela en la boca, como si ya no tuviera tan claro que el mundo fuera un lugar benévolo y fiable. Pero ¿qué otra cosa podían hacer? La niña estaba alimentada y Sven tenía tiempo para buscar trabajo. Alice y las chicas se las arreglaban para salir adelante lo mejor que podían y, si estaban tristes o les dolía la tripa por los nervios, pues aquello era lo que había.

23

No te voy a pedir que me quieras siempre como ahora, pero sí te pido que lo recuerdes. Pase lo que pase, siempre quedará en mí algo de lo que soy esta noche.

F. Scott Fitzgerald, *Suave es la noche*

*U*n ambiente casi circense se apoderó de Baileyville. Era el tipo de revuelo que hacía que la visita de Tex Lafayette pareciera una reunión de la escuela dominical. Cuando la fecha de inicio del juicio se difundió por el pueblo, los ánimos cambiaron y no precisamente a favor de Margery. El extenso clan de los McCullough empezó a llegar de fuera del pueblo, incluidos los primos lejanos de Tennessee, Míchigan y Carolina del Norte, algunos de los cuales apenas habían visto a McCullough en décadas, pero que parecían muy comprometidos con la idea de vengar a su querido pariente. Estos empezaron a reunirse de inmediato delante de la cárcel y de la biblioteca para gritar insultos y clamar venganza.

Fred había bajado dos veces de casa para intentar calmar los ánimos y, cuando eso no surtió efecto, para enseñar la pistola y recomendarles que permitieran a las mujeres seguir haciendo su trabajo. Fue como si el pueblo se dividiera en dos con su llegada: por una parte, estaban los que se inclinaban a considerar todos los errores de la familia de Margery como prueba de su propio resentimiento y, por otra, los que preferían guiarse por sus propias experiencias y le estaban agradecidos por llevarles libros y un poco de amabilidad a sus vidas.

Beth se había liado dos veces a puñetazos para defender la reputación de Margery, una vez en la tienda y otra en las escaleras de la biblioteca, y había empezado a andar con las manos cerradas, como si estuviera siempre preparada para dar un guantazo. Izzy lloraba a menudo en silencio y, si alguien le hablaba del tema, negaba con la cabeza sin decir nada, como si el mero hecho de hablar fuera demasiado para ella. Kathleen y Sophia apenas soltaban prenda, pero sus caras sombrías indicaban el rumbo que pensaban que tomarían las cosas. Alice ya no podía ir de visita a la prisión, de acuerdo con los deseos de Margery, pero sentía su presencia en la pequeña edificación de cemento como si estuvieran conectadas por hilos. Cuando pasaba por allí, el ayudante del sheriff Dulles le decía que comía un poco, pero que no hablaba mucho. Al parecer, pasaba mucho tiempo durmiendo.

Sven se fue del pueblo. Se compró una pequeña carreta y un caballo joven, hizo las maletas con las pertenencias que le quedaban y se mudó de la casa de Fred a una cabaña de una habitación, cerca de la nodriza, en la cara este de Cumberland Gap. No podía quedarse en Baileyville, con todo lo que comentaba la gente de ellos. Y menos aún para ver cómo la mujer a la que amaba se hundía todavía más y el llanto del bebé al alcance del oído de su madre. Tenía los ojos enrojecidos por el cansancio, y unos surcos nuevos y profundos a ambos lados de la boca, que nada tenían que ver con el bebé. Fred le prometió informarle de inmediato de cualquier acontecimiento.

—Le diré... Le diré... —balbuceó Fred, antes de darse cuenta de que no tenía ni idea de qué decirle a Margery. Ambos se miraron y se dieron unas palmadas en el hombro, la forma en que los hombres de pocas palabras expresaban su afecto, y Sven se alejó con el sombrero calado sobre la frente y la boca apretada en un gesto serio.

Alice también había empezado a hacer las maletas. En el silencio de la cabañita, había comenzado a separar la ropa en aquella que le resultaría útil en Inglaterra, en su futura vida, y la que no volvería a ponerse jamás. Levantaba las finas blusas de seda, las faldas de corte elegante, los picardías y los camisones de gasa y fruncía el ceño. ¿Alguna vez había sido esa persona? ¿Se había puesto vestidos de tarde floreados, color esmeralda, y cuellos de encaje? ¿De verdad había necesitado todos aquellos bigudíes, lociones moldeadoras y prendedores de perlas? Se sentía como si todos aquellos recuerdos pertenecieran a una desconocida.

Esperó a terminar aquella tarea para contárselo a las chicas. Por aquel entonces, por acuerdo tácito, se quedaban todas juntas en la biblioteca hasta mucho después de haber acabado sus turnos. Era como si aquel fuera el único lugar en el que soportaran estar. Dos noches antes de la fecha de inicio del juicio, Alice aguardó a que Kathleen empezara a reunir sus bolsas y se lo comunicó.

—Bueno... Tengo algo que contaros. Me marcho. Si alguien quiere alguna de mis cosas, dejaré un baúl de ropa en la biblioteca, para que le echéis un vistazo. Podéis quedaros con lo que deseéis.

—¿Adónde te vas?

—Pues... —Alice tragó saliva—. Tengo que volver a Inglaterra.

Se hizo un silencio abrumador. Izzy se tapó la boca con las manos.

—¡No puedes irte!

—Bueno, no puedo quedarme, a no ser que vuelva con Bennett. Van Cleve irá a por mí cuando tenga a Margery bien encerrada.

—No digas eso —le pidió Beth.

Se produjo un largo silencio. Alice intentó ignorar las miradas que se dirigían las mujeres.

—¿Tan malo es Bennett? —preguntó Izzy—. A lo mejor, si le convences para que deje de vivir a la sombra de su padre, podríais tener una oportunidad. Así podrías quedarte.

¿Cómo explicarles que le resultaría imposible volver con Bennett, dado lo que sentía por Fred? Prefería estar a un millón de kilómetros de este que tener que verlo todos los días y saber que tendría que volver a casa con otro hombre. Fred apenas la había tocado y ya tenía la sensación de que se entendían mejor de lo que ella y Bennett se habían entendido jamás.

—No puedo. Y sabéis que Van Cleve no descansará hasta librarse también de la Biblioteca Itinerante. Lo que nos dejará a todas sin trabajo. Fred lo ha visto con el sheriff y Kathleen lo vio dos veces, la semana pasada, con el gobernador. Está intentando destruirnos.

—Pero sin Margery y sin ti... —La voz de Izzy se apagó.

—¿Se lo has dicho a Fred? —preguntó Sophia.

Alice asintió.

Sophia la miró a los ojos, como para confirmar algo.

—¿Cuándo te vas? —quiso saber Izzy.

—En cuanto acabe el juicio. —Fred apenas había hablado de camino a casa. A Alice le habría gustado cogerle de la mano y decirle que lo sentía, que aquello no era en absoluto lo que deseaba, pero estaba tan paralizada por la tristeza que le causaba tener ya el billete impreso, que no era capaz de moverse.

Izzy se frotó los ojos y suspiró.

—Es como si todo se estuviera viniendo abajo. Todo por lo que hemos trabajado. Nuestra amistad. Este lugar. Todo se está derrumbando.

Normalmente, cuando una de ellas expresaba unos sentimientos tan dramáticos, las demás se le echaban encima diciéndole que dejara de decir tonterías, que estaba loca, que solo necesitaba dormir de un tirón toda la noche, comer algo, tranquilizarse, o que era el período quien hablaba. Pero, en esa ocasión, estaban todas tan deprimidas que ninguna dijo nada.

Sophia rompió el silencio. Respiró hondo y puso las palmas de las manos sobre la mesa.

—Bueno, por ahora vamos tirando. Beth, no puedo creer que hayas metido los libros de esta tarde. Si eres tan amable de traérmelos, te los arreglaré. Y, Alice, si me dices el día exacto que piensas marcharte, ajustaré tu salario.

Durante la noche, dos casas rodantes aparecieron en la calle de al lado del juzgado. En el pueblo había más policías estatales de lo normal y, el lunes a la hora del té, una multitud empezó a congregarse delante de la prisión, espoleada por un artículo del *Lexington Courier* titulado: «La hija de un fabricante de alcohol ilegal mata a un hombre con un libro de la biblioteca, en un sangriento altercado».

—Esto son patrañas —dijo Kathleen, cuando la señora Beidecker le enseñó un ejemplar en la escuela. Pero eso no impidió que la gente siguiera reuniéndose y que algunos de ellos empezaran a abuchear a Margery desde la parte trasera del edificio, para que esta los oyera a través de la ventana abierta de la celda. El ayudante del sheriff Dulles salió dos veces, levantando las palmas de las manos, para intentar calmarlos, pero un hombre alto, con bigote y un traje mal cortado, al que nadie había visto antes y que decía ser el primo de Clem McCullough, alegó que solo estaban ejerciendo el derecho divino de la libertad de expresión. Y que si él quería decir que O'Hare era una perra asesina, nadie podía impedírselo. Se empujaban unos a otros, alimentando sus osadas reivindicaciones con alcohol y, al anochecer, el patio que había delante de la cárcel estaba lleno de gente: algunos borrachos, algunos que gritaban insultos a Margery, otros que les respondían a gritos que ellos no eran de allí y que por qué no se iban con sus modales pendencieros a otra parte. Las mujeres mayores del pueblo se refugiaban en casa, murmurando, y algunos de los hombres más jóvenes, envalentonados por el caos, encendieron una hoguera al lado del taller de coches. Por un momento, fue como si en aquella pequeña localidad pudiera pasar casi cualquier cosa. Y ninguna de ellas buena.

Las bibliotecarias se enteraron al volver de sus rutas y, después de guardar los caballos, se sentaron en silencio con la puerta abierta durante un rato, escuchando los sonidos distantes de la protesta.

«¡Perra asesina!».

«¡Te van a dar lo que te mereces, zorra!».

«Vamos, caballeros. Que hay damas presentes. Mantengan la calma».

—Cuánto me alegro de que Sven no esté aquí para ver esto —comentó Beth—. Sabéis que no toleraría que hablaran así de Margery.

—No puedo soportarlo —dijo Izzy, que estaba asomada a la puerta—. Imaginad cómo se sentirá al tener que oír todo eso.

—Además, estará muy triste sin su bebé.

Alice no podía pensar en nada más. Debía de resultar terrible ser la receptora de tanto odio, sin poder recibir ni una palabra de consuelo por parte de tus seres queridos. La forma en que Margery se había aislado hacía que Alice tuviera ganas de llorar. Era como un animal que se iba deliberadamente a algún lugar solitario para morir.

—Que Dios la ayude —musitó Sophia.

Entonces, la señora Brady entró por la puerta, mirando hacia atrás, con las mejillas coloradas y el pelo encrespado de rabia.

—Os juro que creía que este pueblo era más sensato. Mis vecinos me han dejado asombrada, de verdad. No quiero ni imaginarme lo que diría la señora Nofcier si llegara a enterarse de esto.

—Fred cree que seguirán ahí toda la noche.

—Sencillamente, no sé adónde va a ir a parar este pueblo. No tengo ni idea de por qué el sheriff Archer no los echa a latigazos. Os prometo que nos estamos volviendo peores que los de Harlan.

Entonces, oyeron la voz de Van Cleve que se elevaba por encima del jaleo de la multitud:

—¡No podéis decir que no os lo advertí! Es un peligro para los hombres y para este pueblo. El tribunal se va a enterar de hasta qué punto O'Hare es una influencia maligna, acordaos de lo que os digo. ¡Solo hay un sitio para ella!

—Diablos, encima se pone a alborotar más las cosas —se lamentó Beth.

—Amigos, os vais a enterar de lo abominable que es esa muchacha. ¡Contradice las leyes de la naturaleza! ¡No os creáis nada de lo que dice!

—¡Se acabó! —dijo Izzy, y apretó la mandíbula. La señora Brady se volvió para mirar a su hija, mientras Izzy se ponía en pie de un salto. La joven cogió el bastón y fue hacia la puerta—. ¿Madre? ¿Me acompañas?

Las mujeres se pusieron las botas y los sombreros en silencio, como si fueran una sola persona. Y luego, sin mediar palabra, se reunieron todas en lo alto de las escaleras: Kathleen y Beth, Izzy y la señora Brady y, tras unos instantes de vacilación, Sophia, que se levantó de la mesa con expresión tensa pero determinada, y cogió el bolso. Las demás se la quedaron mirando. Entonces, Alice, con un nudo en la garganta, le ofreció el brazo y Sophia enlazó en él el suyo. Y las seis mujeres salieron de la biblioteca formando un grupo compacto, para recorrer la carretera resplandeciente y dirigirse a la prisión en silencio, muy serias y con paso resuelto.

La multitud se apartó cuando llegaron, en parte por la fuerza bruta de la señora Brady, que llevaba los codos hacia afuera y estaba encolerizada, pero en parte también por la sorpresa de ver a una mujer de color entre ellas, del brazo de la mujer de Bennett van Cleve y de la viuda de Bligh.

La señora Brady se puso al frente de la multitud, de espaldas a la cárcel.

—¿No les da vergüenza? —les gritó—. ¿Qué tipo de hombres son ustedes?

—¡Es una asesina!

—En este condado creemos en la presunción de inocencia a menos que se demuestre lo contrario. ¡Así que ya pueden coger sus repugnantes palabras y sus consignas y dejar a esa muchacha en paz de una puñetera vez, hasta que la ley les dé la razón! —La señora Brady señaló al hombre del bigote—. ¿Y usted, qué pinta aquí? Estoy segura de que algunos han venido solo a causar problemas. Porque, desde luego, usted no es de Baileyville.

—Soy primo segundo de Clem. Tengo tanto derecho como cualquiera a estar aquí. Me importaba mi primo.

—¿Que le importaba su primo? ¡Y un pepino! —exclamó la señora Brady—. ¿Dónde estaba usted cuando sus hijas se morían de hambre y tenían el pelo lleno de piojos? ¿Cuando robaban comida de los huertos de los vecinos, porque él estaba demasiado borracho como para preocuparse de alimentarlas? ¿Dónde estaba usted entonces, eh? A usted le da igual esa familia.

—Solo se está justificando. Todos sabemos lo que han estado haciendo las bibliotecarias.

—¡Usted no sabe nada! —replicó la señora Brady—. Y usted, Henry Porteous, creía que ya tenía edad para ser más sensato. En cuanto a ese majadero —la mujer señaló a Van

Cleve—, creía de verdad que nuestros vecinos tendrían suficiente sentido común como para no confiar en un hombre que se ha hecho rico a base de generar miseria y destrucción, principalmente a costa de este pueblo. ¿Cuántos de ustedes han perdido sus hogares por culpa de este saco de estiércol? ¿A cuántos de ustedes puso sobre aviso la señorita O'Hare, para que se salvaran? Y, aun así, basándose en rumores y chismorreos infundados, prefieren castigar a una mujer que enfrentarse al verdadero delincuente que hay aquí.

—¡Eso son calumnias, Patricia!

—¡Pues denúncieme, Geoffrey!

Van Cleve se puso rojo como un tomate.

—¡Ya se lo advertí! ¡Es una influencia maligna!

—¡Usted es la única influencia maligna de por aquí! ¿Por qué cree que su nuera preferiría vivir en un establo antes que pasar una noche más bajo el mismo techo que usted? ¿Qué tipo de hombre le da una paliza a la esposa de su hijo? Y aún tiene el valor de erigirse en una suerte de árbitro moral. Desde luego, la forma en que juzgamos el comportamiento de los hombres hacia las mujeres en este pueblo es realmente alarmante.

La multitud empezó a murmurar.

—¿Qué tipo de mujer mata a un hombre decente sin que la haya provocado?

—Esto no tiene nada que ver con McCullough y lo saben. ¡Tiene que ver con vengarse de una mujer que ha sacado a la luz su verdadera cara!

—¿Lo ven, damas y caballeros? Estos son los auténticos frutos de la supuesta biblioteca: la vulgarización del discurso femenino y el comportamiento inapropiado. ¿O les parece correcto que la señora Brady hable de esa manera?

La multitud se abalanzó hacia delante pero, de repente, se oyeron dos disparos al aire y esta se detuvo. Alguien gritó. La gente se agachó, mirando a su alrededor, nerviosa. El sheriff

Archer apareció en la puerta trasera de la prisión y echó un vistazo a la multitud.

—De acuerdo. He sido un hombre paciente, pero no quiero oír ni una sola palabra más aquí fuera. El tribunal juzgará este caso a partir de mañana y se celebrará un juicio justo. Y como alguno más de ustedes se pase de la raya, acabará en la cárcel, con la señorita O'Hare. Eso va por ustedes, Geoffrey y Patricia. No dudaré en encerrar a cualquiera de los dos. ¿Me han oído?

—¡Tenemos derecho a la libertad de expresión! —gritó un hombre.

—Así es. Y yo tengo derecho a asegurarme de que lo ejerzan desde una de las celdas de aquí abajo.

La multitud empezó a gritar de nuevo cosas horribles, con voces ásperas y estridentes. Alice miró a su alrededor y se echó a temblar, al ver el veneno y el odio grabado en los rostros de personas a las que antes daba los buenos días alegremente. ¿Cómo podían volverse así contra Margery? Notó cómo el temor y el pánico crecían en su pecho, mientras el aire que la rodeaba se cargaba con la energía de la muchedumbre. Kathleen le dio un codazo y Alice vio que Izzy había dado un paso al frente. Mientras los manifestantes despotricaban y coreaban consignas a su alrededor, sin parar de repartir empujones y empellones, la muchacha se abrió paso cojeando ante ellos, un tanto insegura y apoyada en el bastón, para colocarse debajo de la ventana de la celda. Y, mientras todos la miraban, Izzy Brady, que solía pasarlo mal delante de un público compuesto por cinco personas, se volvió hacia la agitada multitud, miró a su alrededor y respiró hondo. Y, entonces, empezó a cantar.

No me abandones; el crepúsculo llegará raudo;
la oscuridad se hace más profunda; Señor, no me abandones.

La joven hizo una pausa, cogió aire y echó un vistazo a su alrededor.

> Cuando me falten apoyos y ya nadie me consuele,
> Auxilio de los desamparados, no me abandones.

Al principio, la multitud se quedó en silencio porque no sabía qué estaba pasando. La gente de detrás del todo se puso de puntillas para poder ver. Un hombre la abucheó y alguien le insultó. Izzy se quedó allí, con las manos entrelazadas delante de ella, un poco temblorosa, y cantando con una voz cada vez más fuerte e intensa.

> El breve día de la vida se desvanece y veloz llega a su fin;
> las alegrías terrenales se oscurecen; sus goces desaparecen;
> no percibo más que veleidad y decadencia a mi alrededor;
> Oh, Señor inmutable, no me abandones.

La señora Brady se puso recta, dio dos pasos, luego tres, avanzó entre la multitud y se colocó al lado de su hija, con la espalda contra la parte exterior del muro de la prisión y la barbilla levantada. Mientras cantaban juntas, Kathleen, Beth y, finalmente, Sophia y Alice, todavía agarradas del brazo, se acercaron a ellas y alzaron sus voces, también con la cabeza erguida y la mirada fija, enfrentándose a la multitud. Mientras los hombres las insultaban, el volumen de aquellas seis voces aumentaba cada vez más, sofocándolos con determinación y valentía.

> No acudas con violencia, como Rey de Reyes,
> sino con benevolencia y bondad, y con Tus alas sanadoras,
> lágrimas para todos los males, un corazón para cada súplica:
> ven, Amigo de los pecadores, y nunca me abandones.

Cantaron hasta que la multitud se quedó en silencio, bajo la atenta mirada del sheriff Archer. Cantaron todas unidas, cogidas de la mano sin vacilar, con el corazón acelerado pero con voz firme. Unas cuantas personas del pueblo se adelantaron y se unieron a ellas: la señora Beidecker, el hombre de la tienda de piensos, Jim Horner y sus hijas, todos de la mano y alzando sus voces para ahogar el sonido del odio, sintiendo la reverberación de cada palabra, enviando consuelo, e intentando a la vez ofrecerse un poco de esa escurridiza sustancia a sí mismos.

Unos centímetros más allá, al otro lado de la pared, Margery O'Hare yacía inmóvil en el catre, con mechones húmedos de pelo pegados a la cara, y la piel pálida y caliente. Llevaba allí tumbada al menos ya cuatro días, con los pechos doloridos y los brazos sin fuerzas. Se sentía como si alguien hubiera metido la mano dentro de ella y le hubiera arrancado lo que la mantenía en pie. ¿Por qué iba a luchar ahora? ¿Qué esperanza le quedaba? Estaba anormalmente inmóvil, con los ojos cerrados, la áspera arpillera contra la piel, oyendo vagamente a la multitud que la insultaba fuera. Alguien había conseguido lanzar una piedra por la ventana hacía un rato y le había dado en la pierna, dejándole un largo arañazo rojo y ensangrentado.

Sostén Tu cruz ante mis ojos cerrados,
ilumina la oscuridad y guíame hacia los cielos.

Abrió los ojos al oír un sonido que le resultaba a la vez familiar y extraño, parpadeó mientras se centraba y, poco a poco, se dio cuenta de que se trataba de Izzy. Su voz inolvidable y dulce se elevaba en el aire al otro lado de la alta ventana, tan cerca que casi podía tocarla. Hablaba de un mundo mucho más allá de aquella celda, de bondad y generosidad, de un cielo grande e infinito en el que elevar la voz. Margery se apoyó en un codo, para escucharla. Entonces, otra voz más profunda y grave se unió a la suya, y luego, mientras se erguía, aparecieron otras voces distintas que podía distinguir perfectamente entre las demás: eran las de Kathleen, Sophia, Beth y Alice.

La aurora celestial despunta y las sombras banales de la tierra huyen.
No me abandones, Señor, ni en la vida ni en la muerte.

Las escuchó y se dio cuenta de que estaban cantando para ella. Oyó a Alice gritar, cuando el himno llegó a su fin, con una voz todavía clara y cristalina:

—¡Sé fuerte, Margery! ¡Estamos contigo! ¡Estamos aquí, a tu lado!

Margery O'Hare bajó la vista, se cubrió la cara con las manos y, finalmente, se echó a llorar.

24

Amaba algo que me había inventado. Hice un traje y me enamoré de él, y cuando Ashley apareció, hice que se pusiera ese
traje y que lo llevara, tanto si le iba bien como si no. No
quería ver lo que Ashley era realmente y seguía amando al
bonito traje y no a él.

MARGARET MITCHELL, Lo que el viento se llevó

Por consenso, el día que empezó el juicio, la Biblioteca
Itinerante de la WPA de Baileyville (Kentucky) permaneció cerrada. Igual que la oficina de correos, las iglesias
Pentecostal y Episcopaliana, la Primera Iglesia Presbiteriana y
la Baptista, así como la tienda de ultramarinos, que abrió solo
durante una hora, a las siete de la mañana, y luego a la hora de
comer para alimentar a todos los forasteros que habían llegado
a Baileyville. Había coches de desconocidos mal aparcados a
lo largo de la calle del tribunal, los terrenos cercanos estaban
salpicados de casas móviles, y hombres con trajes elegantes y
sombreros de fieltro recorrían las calles con cuadernos de notas a la luz del alba, reuniendo información general, fotografías
o cualquier otro tipo de dato sobre la bibliotecaria asesina,
Margery O'Hare.

Cuando llegaron a la biblioteca, la señora Brady empuñó
una escoba y dijo que le arrancaría la cabeza a cualquiera que
osara invadir su espacio sin invitación, que podían poner eso

en su puñetero periódico e imprimirlo. No parecía importarle demasiado lo que la señora Nofcier pudiera pensar de aquello.

Los policías estatales charlaban en parejas en las esquinas de las calles y se habían instalado puestos de refrigerios alrededor del juzgado, un encantador de serpientes invitaba al gentío a acercarse para poner a prueba sus nervios y las tabernas hacían ofertas especiales de dos por una en cervezas de barril, al finalizar cada día de juicio.

La señora Brady decidió que no tenía mucho sentido que las muchachas intentaran hacer sus rondas ese día. Los caminos estaban colapsados, ellas tenían la mente dispersa y, además, querían estar apoyando a Margery en el tribunal. De hecho, mucho antes de las siete de la mañana había ya una cola de gente para intentar entrar en la tribuna del público, encabezada por Alice. Mientras esta esperaba y se le unían Kathleen y las demás, la cola fue aumentando rápidamente detrás de ellas: vecinos con cestas de comida, sombríos receptores de libros de la biblioteca, personas que Alice no conocía y a las que parecía que aquello les resultaba divertido, que charlaban alegremente, hacían bromas y se daban codazos unos a otros. A la joven le entraron ganas de gritarles que aquello no era ninguna fiesta, que Margery era inocente y que no debería estar allí.

Van Cleve llegó y aparcó el coche en la plaza reservada para el sheriff, como para demostrarles a todos lo involucrado que estaba en el proceso judicial. No saludó a Alice y se limitó a entrar directamente en el tribunal, con la mandíbula hacia fuera, convencido de que ya le habrían reservado un sitio. Alice no vio a Bennett; puede que se estuviera ocupando de los negocios en Hoffman. Nunca había sido un metomentodo, al contrario que su padre.

Alice esperaba en silencio, con la boca seca y un nudo en la garganta, como si fuera ella, y no Margery, la que iba a ser juzgada. Suponía que las demás se sentirían igual. Apenas habían hablado entre ellas, solo se habían saludado y se habían estrechado con fuerza la mano, fugazmente.

A las ocho y media, las puertas se abrieron y la multitud entró. Sophia se sentó en la parte de atrás, con el resto de gente de color. Alice la saludó. No le parecía bien que no estuviera sentada con ellas: otro ejemplo de las desigualdades de aquel mundo.

Alice se sentó en la parte delantera de la tribuna del público, en un banco de madera, flanqueada por el resto de sus amigas, y se preguntó cómo iban a ser capaces de soportar aquello durante días.

Llamaron al jurado. Eran todos hombres, la mayoría productores de tabaco, a juzgar por su indumentaria, pensó Alice, y ninguno tenía aspecto de compadecerse de una mujer soltera, mordaz y con mala reputación. El alguacil anunció que permitirían que las mujeres se fueran unos minutos antes que los hombres a la hora del almuerzo y al final del día para preparar la comida, lo que hizo que Beth pusiera los ojos en blanco. Acto seguido, condujeron a Margery al banquillo de los acusados con las manos esposadas, como si fuera un peligro para los presentes, y una serie de susurros y gritos ahogados procedentes de la galería acompañaron su aparición en el tribunal. Ella se sentó, pálida y silenciosa, al parecer ajena a lo que la rodeaba, sin apenas mirar a Alice. Tenía el pelo lacio y sucio, unas profundas ojeras grises y parecía exhausta. Llevaba los brazos caídos y los codos separados, como si aún estuviera sosteniendo a Virginia. Su aspecto era desaliñado e indolente.

Alice pensó, consternada, que parecía una delincuente.

Fred había dicho que se sentaría una fila por detrás de Alice, para guardar las apariencias, y la joven se volvió hacia él, angustiada. Él apretó la boca, como para hacerle ver que la entendía, pero que no se podía hacer nada.

Entonces, entró el juez Arthur D. Arthurs, mascando pensativo un poco de tabaco, y todos se levantaron a petición del alguacil. Cuando el juez se sentó, le pidieron a Margery que confirmara que era, en efecto, Margery O'Hare, de la Vieja Cabaña, Thompson's Pass, y el alguacil leyó los cargos de los que se le acusaba. ¿Cómo se declaraba?

Margery se tambaleó un poco y miró hacia la tribuna del público.

—Inocente —respondió en voz baja. Alguien tosió con fuerza en el lado derecho de la sala y el juez golpeó el mazo con energía. No iba a tolerar de ninguna manera, repetía, de ninguna manera, que hubiera revuelo en la sala, así que no quería que nadie se atreviera siquiera a respirar sin su permiso. ¿Lo habían entendido bien?

La multitud se calmó, aunque reprimiendo vagamente un aire de amotinamiento. Margery miró al juez y, al cabo de un rato, él le hizo un gesto con la cabeza para que volviera a sentarse, y esa fue toda su actividad hasta que le permitieron abandonar la sala.

La mañana avanzó poco a poco a ritmo legal, con las mujeres abanicándose y los niños revolviéndose en sus asientos, mientras el fiscal hacía un resumen del caso contra Margery O'Hare. El hombre anunció, con una voz un tanto nasal, como si fuera un artista, que iba a quedarles claro que, ante ellos, estaba una mujer criada sin valores morales, sin preocupación por la forma decente y legítima de hacer las cosas y sin fe. Que hasta su proyecto más visible —la denominada «Biblioteca Itinerante»— había resultado ser una tapadera de inquietudes menos decorosas y que el Estado lo demostraría por medio de los testimonios de testigos afectados por algunos ejemplos de su laxitud moral. Tales deficiencias, tanto de carácter como de comportamiento, habían alcanzado su punto culminante una tarde en Arnott's Ridge, cuando la acusada se había topado con el enemigo declarado de su difunto padre y había aprovechado aquel lugar aislado y la ebriedad del señor Clem McCullough para terminar lo que sus pendencieros antepasados habían empezado.

Mientras aquello seguía adelante —y vaya si siguió, porque el fiscal adoraba el sonido de su propia voz—, los periodistas de Lexington y Louisville tomaban notas frenéticamente en pequeños cuadernos rayados, ocultándose su trabajo los unos a los otros y levantando la vista con atención ante cada nuevo dato. Cuando llegó la parte de la «laxitud moral», Beth gritó: «¡Y una mierda!», lo que le hizo ganarse un coscorrón de su padre, que estaba sentado detrás de ella, y una severa reprimenda del juez, que le aseguró que, si decía una palabra más, se pasaría el resto del juicio fuera, sentada en el barro. La muchacha escuchó el resto del alegato con los brazos cruzados y el tipo de expresión que hacía que Alice temiera por los neumáticos del abogado de la acusación.

—Ya verás. Esos periodistas escribirán que por estas montañas corren ríos de sangre por las reyertas familiares y otras sandeces por el estilo —susurró la señora Brady, detrás de ella—. Siempre hacen lo mismo. Nos hacen quedar como un hatajo de salvajes. No leerás ni una palabra sobre todo el bien que esta biblioteca, o Margery, han hecho.

Kathleen estaba sentada en silencio a un lado de Alice e Izzy al otro. Escuchaban atentamente, muy serias e inmóviles, y, cuando el hombre terminó, se miraron como diciéndose que ahora entendían a lo que se enfrentaba Margery. Reyertas familiares aparte, la Margery a la que el fiscal había descrito era tan falsa y monstruosa que, si no la conocieran, les habría dado miedo estar sentadas a escasos metros de ella.

Y parecía que Margery se había dado cuenta. Estaba marchita, como si le hubieran arrancado aquello que le hacía ser ella misma y hubieran dejado solo una carcasa vacía.

Alice deseó por enésima vez que Sven no se hubiera ido. Claramente, por mucho que Margery dijera, le habría tranquilizado tenerlo allí. Alice no dejaba de imaginarse cómo sería estar sentada en el banquillo de los acusados, enfrentándose al fin de todo lo que apreciaba y quería. Cayó en la cuenta de que Margery, que amaba la soledad por encima de todo, que adoraba estar a su aire, sin que nadie la controlara, y que disfrutaba del aire libre como una mula, un árbol o un gavilán, iba a pasarse encerrada en una de esas pequeñas celdas oscuras diez o veinte años, si no el resto de su vida.

Y, entonces, tuvo que levantarse y salir precipitadamente de la tribuna, porque sintió que iba a vomitar de miedo.

—¿Estás bien? —Kathleen apareció detrás de ella mientras escupía en el barro.

—Lo siento —se excusó Alice, irguiéndose—. No sé qué me ha pasado.

Kathleen le dio un pañuelo y ella se limpió la boca.

—Izzy nos está guardando los sitios. Pero será mejor que no tardemos mucho. La gente ya los está mirando.

—Es que... No puedo soportarlo, Kathleen. No puedo verla así. No puedo ver a la gente del pueblo así. Es como si quisieran tener la más mínima excusa para pensar mal de ella. En vez de estar juzgando los hechos, parece que están juzgando que ella no se comporte como a ellos les gustaría.

—Es muy desagradable, eso está claro.

Alice se quedó parada unos instantes.

—¿Qué has dicho?

Kathleen frunció el ceño.

—He dicho que es muy desagradable. Ver cómo el pueblo se le echa encima así. —La mujer miró a Alice—. ¿Qué? ¿Qué he dicho?

«Desagradable». Alice empezó a patear una piedra que había en el suelo, insistiendo con la punta del pie hasta que la desenterró. «Siempre hay una solución para cualquier problema. Puede que sea desagradable. Puede que te haga sentir como si la tierra hubiera desaparecido bajo tus pies». Cuando levantó la vista, tenía mejor cara.

—Nada. Es por algo que Marge me dijo una vez. Que... —Alice negó con la cabeza—. Nada.

Kathleen le ofreció el brazo y volvieron a entrar.

Los abogados se enzarzaron en largos debates entre bastidores que se diluyeron en un descanso a la hora del almuerzo y, cuando las mujeres salieron de la sala, como no sabían muy bien qué hacer, acabaron regresando lentamente a la biblioteca en grupo, seguidas de Fred y la señora Brady, que estaban enfrascados en su conversación.

—No tienes por qué volver por la tarde, si es demasiado para ti —dijo Izzy, que seguía un tanto impactada por que Alice hubiera vomitado en público.

—Ha sido por los nervios —se justificó Alice—. Me pasaba lo mismo de niña. Debería haber desayunado algo.

Siguieron andando, en silencio.

—Seguro que la cosa mejora cuando les toque hablar a los nuestros —dijo Izzy.

—Sí. El elegante abogado de Sven los pondrá a todos en su sitio —comentó Beth.

—Pues claro que sí —confirmó Alice.

Pero ninguna de ellas parecía convencida.

El segundo día no fue mucho mejor. La fiscalía hizo un resumen del informe de la autopsia de Clem McCullough. La víctima, un hombre de cincuenta y siete años de edad, había muerto a causa de un traumatismo craneal causado por un golpe contundente en la nuca. También tenía hematomas en la cara.

—¿Podría tratarse de un golpe como el asestado con un libro de tapa dura?

—Podría ser, sí —dijo el médico que había realizado la autopsia.

—¿O podría haber sido fruto de una pelea en un bar? —sugirió el señor Turner, abogado de la defensa. El médico se quedó pensando un momento.

—Bueno, sí, también. Pero estaba bastante lejos de cualquier bar.

La zona en la que estaba el cadáver no se había examinado a conciencia, dado lo alejado que se encontraba el camino. Dos de los hombres del sheriff lo habían bajado por el sendero de la montaña, un viaje que les había llevado varias horas, y una nevada tardía había cubierto el terreno donde había yacido el cuerpo, pero sí había pruebas fotográficas de sangre y posibles huellas de cascos.

El señor McCullough no era propietario de ningún caballo o mula.

Después, la fiscalía interpeló a sus testigos. Estaba la vieja Nancy, a quien presionaron una y otra vez para que confirmara que, en su primera declaración, había dicho claramente que había oído a Margery arriba, en la cima, y luego el ruido de un altercado.

—Pero yo no lo dije como usted ha hecho que suene —protestó la mujer, mesándose los cabellos, antes de mirar al juez—. No hacen más que enmarañar lo que digo. Conozco a Margery. Sería tan incapaz de matar a un hombre a sangre fría como... No sé... De hornear un bizcocho.

Aquello suscitó las risas de los presentes en la sala y la ira del juez, y Nancy se llevó ambas manos a la cara suponiendo, probablemente con razón, que hasta aquella comparación iba a contribuir a la idea de que Marge era, de alguna forma, una transgresora, de que el no saber hornear iba en contra de las leyes de la naturaleza.

El fiscal le tiró aún más de la lengua, para que dijera lo aislada que estaba la ruta (mucho), lo a menudo que veía a alguien por allí (raras veces) y cuántas personas solían hacer aquel recorrido de forma regular (solo Margery, o algún que otro cazador).

—No hay más preguntas, señoría.

—Pues a mí me gustaría añadir una cosa —anunció Nancy, mientras el alguacil la hacía bajar del estrado. La mujer se volvió para señalar el banquillo de los acusados—. Esa de ahí es una muchacha buena y amable. Nos traía libros para leer, lloviera o hiciera sol, a mí y a mi hermana, que lleva en la cama desde 1933, y todos ustedes, que se dicen cristianos y la están juzgando, deberían pensar en lo que hacen por sus semejantes. Porque ninguno de ustedes es tan importante y poderoso como para no poder ser juzgado. ¡Ella es una buena chica y lo que le están haciendo está muy mal! Ah, señor juez, mi hermana también tiene un mensaje para usted.

—Debe de referirse a Phyllis Stone, hermana mayor de la testigo. Al parecer, está postrada en cama y le resultaría imposible bajar de la montaña —le susurró el alguacil al juez.

El juez Arthurs se recostó en la silla. Dio la sensación de que ponía fugazmente los ojos en blanco.

—Adelante, señora Stone.

—Esto es lo que ella quería que les dijera: «Váyanse todos al infierno, ¿quién nos va a traer ahora los libros de Mack Maguire?» —exclamó la mujer. Luego, asintió—. Pues eso, que se vayan todos al infierno. Ya está.

Y mientras el juez empezaba de nuevo a dar golpes con el mazo, Beth y Kathleen, una a cada lado de Alice, no pudieron evitar esbozar una sonrisa.

A pesar de aquel momento de regocijo, las bibliotecarias abandonaron el edificio por la tarde sin ganas de hablar y con cara de circunstancias, como si consideraran que el veredicto era un mero formalismo. Alice y Fred iban juntos atrás del todo, enfrascados en sus pensamientos, con sus codos rozándose de vez en cuando.

—Puede que la cosa mejore cuando le toque hablar al señor Turner —dijo Fred, al llegar a la biblioteca.

—Tal vez.

El hombre se quedó fuera, mientras los demás entraban.

—¿Te gustaría cenar algo antes de irte?

Alice se volvió para comprobar que la gente aún seguía saliendo del piso de arriba del juzgado y, de pronto, se sintió invadida por un espíritu de rebeldía. ¿Por qué no iba a cenar donde quisiera? ¿Por qué aquello iba a ser un pecado, teniendo en cuenta todo lo demás que estaba sucediendo?

—Me encantaría, Fred. Gracias.

Alice fue con Fred hasta su casa, con la espalda recta, desafiando a cualquiera que osara comentar algo al respecto. Una vez allí, se pusieron a deambular por la cocina para preparar la cena, en un extraño simulacro de vida doméstica que ninguno de los dos se atrevió a comentar.

No hablaron de Margery, de Sven, ni del bebé, aunque aquellas tres almas estaban alojadas casi de forma permanente en sus mentes. No hablaron de cómo Alice se había deshecho de casi todas las pertenencias que había adquirido desde su llegada a Kentucky, ni de que ahora, en la cabaña de Margery, solo había un pequeño baúl, etiquetado con pulcritud, esperando para volver a casa. Hablaron de lo deliciosa que estaba la comida, de la sorprendente cosecha de manzanas de ese año, del comportamiento errático de uno de los nuevos caballos de Fred y de un libro que este había leído, *De ratones y hombres,* aunque deseaba no haberlo hecho, a pesar de la calidad de la escritura, ya que era demasiado deprimente para aquellos momentos. Dos horas después, Alice se fue a su cabaña, sonriéndole a Fred mientras partía (porque le resultaba casi imposible no sonreír a Fred) y, al cabo de unos minutos de haberse marchado, descubrió que, detrás de aquella fachada bondadosa, últimamente sentía una furia casi permanente. Se encontraba en un mundo en el que solo podría seguir sentándose con el hombre al que amaba durante unos días más, en un pueblecito donde tres vidas estaban a punto de echarse a perder para siempre, por culpa de un crimen que una mujer no había cometido.

La semana fue avanzando a trompicones, de forma exasperante. Cada día, las bibliotecarias se sentaban en la primera fila de la tribuna del público, y cada día escuchaban a varios testigos expertos que exponían y diseccionaban los elementos del caso: que la sangre del ejemplar de *Mujercitas* coincidía con la de Clem McCullough, que el hematoma que tenía en la cara y en la frente encajaba con un golpe asestado con el mismo. Mientras la semana proseguía, el tribunal escuchó los supuestos «testimonios de moralidad»: una esposa remilgada que aseguró que Margery O'Hare había insistido en dejarles un libro que ella y su marido solo podían calificar de «obsceno». El hecho de que Margery acabara de tener un bebé fuera del matrimonio y que no se sintiera en absoluto avergonzada. Había varios ancianos —entre ellos, Henry Porteous— que se prestaron para testificar sobre la larga enemistad de los O'Hare con los McCullough, y sobre lo mezquinas y vengativas que eran ambas familias. El abogado defensor intentó desacreditar esos testimonios, para equilibrar:

—Sheriff, ¿es cierto que la señorita O'Hare no ha sido detenida ni una sola vez en sus treinta y ocho años de vida, por ningún tipo de delito?

—Lo es —reconoció el sheriff—. También es cierto que muchos fabricantes de alcohol ilegal de la zona tampoco han visto nunca el interior de una celda.

—¡Protesto!

—Solo estoy diciendo, señoría, que el hecho de que una persona no haya sido detenida no significa que sea un ángel. Ya sabe cómo funcionan las cosas por aquí.

El juez ordenó que la declaración no constara en acta. Pero el sheriff consiguió su objetivo: mancillar el nombre de Margery de una forma vaga e imprecisa. Alice vio que los integrantes del jurado fruncían el ceño y tomaban algunas notas en los cuadernos, y también vio que Van Cleve esbozaba una lenta sonrisa de satisfacción, desde el banco en el que estaba sentado. Fred reparó en que el sheriff estaba fumando la misma marca de puros caros importados de Francia que fumaba Van Cleve.

¿Sería una coincidencia?

El viernes por la tarde, las bibliotecarias estaban desmoralizadas. Los titulares sensacionalistas se sucedían; la multitud, aunque había disminuido un poco, al menos hasta el punto de que ya no había que subir y bajar las cestas de comida y bebida al segundo piso, seguía fascinada con la «bibliotecaria sedienta de sangre de las montañas» y, cuando Fred fue a ver a Sven el viernes por la tarde, cuando el tribunal decretó el descanso del fin de semana, para informarle de lo que estaba pasando en el juzgado, Sven había enterrado la cara entre las manos y no había dicho ni una palabra durante cinco minutos.

Ese día, las mujeres volvieron a la biblioteca andando y se sentaron en silencio, sin nada que decir, aunque tampoco querían irse a casa. Por fin, Alice, a la que aquel silencio empezaba a resultarle opresivo, dijo que iba a ir a la tienda a buscar algo de beber.

—Creo que nos lo hemos ganado.

—¿No te importa que te vean comprando alcohol? —preguntó Beth—. Porque puedo traer un poco de licor de Bert, el primo de mi padre, si lo prefieres. Sé que es fuerte para ti, por...

Pero Alice ya estaba en la puerta.

—Que se vayan todos al infierno. Probablemente, ya no esté aquí dentro de una semana —dijo—. Entonces podrán chismorrear todo lo que quieran sobre mí.

Bajó por la calle polvorienta, esquivando a los desconocidos que, tras haber finalizado el espectáculo diario en el tribunal, zigzagueaban para entrar en las tabernas o en el Nice 'N' Quick, donde les estaría costando sentirse mal por lo de Margery O'Hare, dada la rentabilidad que le estaban sacando al asunto. Alice caminaba a paso ligero, con la cabeza gacha y los codos un poco hacia fuera, sin ganas de hablar de nimiedades con la gente, ni de saludar a los vecinos a los que ella y Margery habían llevado libros durante el último año y que tenían pinta de ser lo suficientemente traidores como para disfrutar de los acontecimientos de la semana. Que se fueran al infierno ellos también.

Entró en la tienda y se detuvo en seco, suspirando para sus adentros, al darse cuenta de que había, al menos, quince personas en la cola delante de ella. Miró hacia atrás, preguntándose si merecería la pena ir a uno de los bares, a ver si le vendían algo. ¿Qué tipo de gente habría dentro? Últimamente, estaba tan llena de rabia que se sentía como una lata de yesca, como si solo hiciera falta un comentario equivocado de uno de aquellos imbéciles para que ella...

Notó unos golpecitos en el hombro.

—¿Alice?

Se dio la vuelta. Y allí, al lado de las conservas y los productos enlatados, en mangas de camisa y con sus pantalones azules buenos, sin una mota de carbonilla encima, se encontró a Bennett. Seguramente acababa de salir de trabajar aunque, como siempre, parecía tan fresco como recién salido de las páginas de un catálogo de Sears.

—Bennett —contestó, parpadeando, antes de mirar para otro lado. Se dio cuenta de que, físicamente, ya no sentía nada por él, mientras buscaba la razón de su repentino malestar. Solo quedaba un vago sentimiento de afecto residual. Sobre todo, le parecía imposible que alguna vez hubiera abrazado a aquel hombre piel con piel, que lo hubiera besado y que le hubiera suplicado que la tocara. Una intimidad extraña y desequilibrada por la que ahora se sentía ligeramente avergonzada.

—He... He oído que te vas del pueblo.

Alice cogió una lata de tomates, solo por tener algo que hacer con las manos.

—Sí. Al parecer, el juicio acaba el martes. Me voy el miércoles. Tú y tu padre ya no tendréis que volver a preocuparos por mí.

Bennett miró hacia atrás, tal vez consciente de que podía haber gente mirando, pero todos los clientes eran forasteros y nadie consideró digno de chismorreo que un hombre y una mujer intercambiaran unas palabras en un rincón de la tienda.

—Alice...

—No tienes por qué decir nada, Bennett. Creo que ya nos hemos dicho lo suficiente. Mis padres han contratado a un abogado y...

Él le tocó la manga.

—Papá dice que nadie consiguió hablar con sus hijas.

Ella apartó la mano.

—¿Perdona? ¿Qué?

Bennett miró hacia atrás y bajó la voz.

—Papá dice que el sheriff no pudo hablar con las hijas de McCullough. No le abrieron la puerta. Les gritaron a sus hombres que no tenían nada que decir sobre el tema y que no pensaban hablar con nadie. Él dice que están las dos locas, como el resto de la familia. Asegura que, de todos modos, el argumento del fiscal es ya muy sólido y que no las necesitan. —Bennett la miró fijamente.

—¿Por qué me estás contando esto?

Él se mordió el labio.

—Creía... Creía... que podría ayudarte.

Ella se quedó mirándole, observó su hermoso rostro, ligeramente aniñado, sus manos suaves como las de un bebé y sus ojos inquietos. Y, por un instante, Alice sintió que ella misma se venía un poco abajo.

—Lo siento —dijo él, en voz baja.

—Yo también lo siento, Bennett.

Él dio un paso atrás y se pasó una mano por la cara.

Se quedaron allí unos instantes más, sin saber qué hacer.

—Bueno —dijo Bennett, finalmente—. Si no te veo antes de irte..., buen viaje.

Ella asintió. Él fue hacia la puerta. Antes de salir, se volvió y levantó un poco la voz, para que pudiera oírlo.

—Por cierto. He pensado que te gustaría saber que estoy haciendo las gestiones necesarias para arreglar las presas de lodo. Les pondré una cubierta adecuada y una base de cemento. Para que no vuelvan a romperse.

—¿Tu padre ha accedido?

—Lo hará. —Bennett esbozó una débil sonrisa, un destello de aquel a quien una vez Alice había conocido.

—Me alegro, Bennett. Me alegro mucho.

—Sí. Bueno. —Él bajó la vista—. Por algo se empieza.

Acto seguido, su marido se llevó la mano al sombrero, abrió la puerta y fue engullido por la muchedumbre que seguía dando vueltas allá fuera.

—¿Que el sheriff no ha hablado con sus hijas? ¿Por qué? —Sophia negó con la cabeza—. No tiene ningún sentido.

—Pues yo creo que sí —dijo Kathleen, desde el rincón en el que estaba cosiendo un estribo roto, haciendo una mueca mientras intentaba atravesar el cuero con la enorme aguja—. Subieron hasta Arnott's Ridge para ver a una familia problemática. Suponían que las muchachas no sabrían nada de su padre, ya que era un borracho reconocido que solía desaparecer durante varios días seguidos. Así que llamaron a la puerta unas cuantas veces, estas les dijeron que se largaran, ellos no insistieron y bajaron, y para eso necesitaron medio día de ida y otro medio de vuelta.

—McCullough era un borracho y un malvado —señaló Beth—. Puede que el sheriff no quisiera tirarles demasiado de la lengua, por si le contaban algo que no quería oír. Necesitan que parezca que era un buen hombre para demonizar a Marge.

—¿Creéis que nuestro abogado habrá ido a interrogarlas?

—¿El señor Pantalones Caros de Lexington? ¿Crees que se va a pasar medio día montado en una mula para llegar a Arnott's Ridge y hablar con un puñado de montañeses malhumorados?

—Pues no sé en qué puede ayudarnos eso —comentó Beth—. Si no quieren hablar con los hombres del sheriff, tampoco querrán hablar con nosotras.

—Puede que hablen con nosotras precisamente por eso —opinó Kathleen.

Izzy señaló la pared.

—Margery puso la casa de los McCullough en la lista de lugares a los que no debíamos ir. «Bajo ningún concepto». Mirad, lo pone ahí.

—Bueno, a lo mejor solo estaba haciendo lo que todo el mundo ha hecho con ella —sugirió Alice—. Guiarse por las habladurías sin pararse a analizar los hechos.

—Hace casi diez años que nadie ve a esas muchachas por el pueblo —susurró Kathleen—. Dicen que su padre no les dejaba salir de casa, desde que su madre desapareció. Son una de esas familias que viven en la sombra.

Alice pensó en las palabras de Margery, unas palabras a las que llevaba días dándoles vueltas: «Siempre hay una solución para cualquier problema. Puede que sea desagradable. Puede que te haga sentir como si la tierra hubiera desaparecido bajo tus pies... Siempre hay una forma de salir».

—Voy a subir allí —anunció Alice—. No creo que tengamos nada que perder.

—¿La cabeza? —dijo Sophia.

—Ahora mismo, tal y como la tengo, no supondría mucha diferencia.

—¿Sabes las historias que cuentan de esa familia? ¿Y sabes cuánto deben odiarnos en estos momentos? ¿Quieres que te maten?

—Pues dime qué otra opción le queda a Margery en esta situación —replicó Alice. Sophia la miró muy seria, pero no respondió—. Bien. ¿Alguien tiene el mapa de esa ruta? —Sophia se quedó inmóvil unos instantes. Luego, abrió el cajón sin pronunciar palabra y rebuscó entre los papeles, hasta que lo encontró y se lo entregó.

—Gracias, Sophia.

—Yo iré contigo —le comunicó Beth.

—Entonces, yo también voy —dijo Izzy.

Kathleen cogió el sombrero.

—Parece que tenemos una excursión. ¿Mañana a las ocho, aquí?

—Que sea a las siete —propuso Beth.

Por primera vez en muchos días, Alice sonrió.

—Que Dios os ayude —dijo Sophia, negando con la cabeza.

25

Al cabo de un par de horas, quedó claro por qué Margery y Charley eran los únicos que habían hecho alguna vez la ruta de Arnott's Ridge. Incluso en las condiciones benignas de principios de septiembre, la ruta era remota y ardua, había que salvar grietas profundas, cornisas estrechas y otra serie de obstáculos para poder bajar o subir: desde zanjas hasta cercas, pasando por árboles caídos. Alice se había llevado a Charley, con la esperanza de que reconociera la ruta, y así fue. Este avanzaba con perseverancia, moviendo las enormes orejas adelante y atrás, siguiendo sus propias huellas a lo largo del lecho del arroyo y subiendo por el lateral de la cresta, mientras el resto de los caballos lo seguían. Allí no había muescas en los árboles ni lazos rojos: simplemente, Margery no esperaba que nadie más que ella fuera nunca por esa ruta, y Alice volvía la cabeza de vez en cuando para mirar a las otras mujeres, esperando poder confiar en Charley como guía.

El aire denso y húmedo las envolvía, y los bosques, con unos tonos ambarinos recién adquiridos, estaban llenos de hojas caídas que amortiguaban el ruido mientras ellas pasaban por los senderos ocultos. Cabalgaban en silencio, concentradas en aquel territorio desconocido, hablando solo de vez en cuando para animar a los caballos en voz baja, o para advertirles que se acercaba algún obstáculo.

Mientras recorrían el camino hacia el pico de la montaña, Alice cayó en la cuenta de que nunca habían cabalgado así, todas juntas. Y también de que lo más probable era que aquella fuera la última vez que ella se internaba en los bosques a caballo.

En una semana, aproximadamente, estaría en el tren, camino de Nueva York, donde cogería el enorme transatlántico que la llevaría a Inglaterra y a un tipo de vida muy diferente. Alice se dio la vuelta en la silla, observó al grupo de mujeres que la seguían y pensó en cuánto las quería y en que dejarlas a todas ellas, no solo a Fred, iba a ser la mayor tortura que había soportado hasta entonces. No creía que volviera a encontrar unas mujeres tan afines a ella y tan cercanas en su siguiente vida, entre parloteos cordiales y tazas de té.

Las otras bibliotecarias la olvidarían poco a poco y se entregarían a sus ajetreadas vidas: al trabajo, a la familia y a los retos siempre cambiantes de las estaciones. Por supuesto, prometerían escribirle, pero no sería lo mismo. Ya no habría más experiencias compartidas, más viento frío azotando sus rostros, más advertencias de que había serpientes en los caminos, ni más compasión cuando alguna de ellas se cayera del caballo. Alice iría convirtiéndose, poco a poco, en la posdata de una historia: «¿Te acuerdas de aquella muchacha inglesa que cabalgó con nosotras un tiempo? ¿La mujer de Bennett van Cleve?».

—¿Crees que ya estamos cerca? —Kathleen irrumpió en sus pensamientos, poniendo su caballo a la par del suyo.

Alice hizo parar a Charley y abrió el mapa que tenía en el bolsillo.

—Pues, según esto, no está mucho más allá de aquella cresta —dijo Alice, observando con los ojos entornados las imágenes dibujadas a mano—. Margery decía que las hermanas vivían a unos siete kilómetros en esa dirección, y que Nancy siempre hacía andando el último tramo por culpa del puente colgante, así que supongo que la casa de los McCullough debe de estar por allí.

Beth se burló de ella.

—¿Estás leyendo ese mapa del revés? Sé sin lugar a dudas que el puñetero puente está hacia el otro lado.

Alice tenía un nudo en el estómago, de los nervios.

—Si lo tienes tan claro, podrías adelantarte tú sola y avisarnos cuando llegues.

—No hace falta que te enfades. Lo digo porque tú no eres de aquí, eso es todo. Creía que...

—Claro, como si no lo supiera. Como si todo el pueblo no llevara un año recordándomelo.

—No te pongas así, Alice. Caray. Solo quería decir que tal vez algunas de nosotras conozcamos mejor las montañas que...

—Cállate, Beth. —Hasta Izzy estaba molesta—. No habríamos llegado hasta aquí de no ser por Alice.

—Esperad —dijo Kathleen—. Mirad.

Fue el humo lo que las alertó, un fino hilillo gris que no habrían avistado si los árboles cercanos no hubieran perdido las hojas de las copas, dejando brevemente a la vista aquel penacho ondulante sobre el cielo plomizo. Las mujeres se detuvieron en el claro y vieron la choza agazapada en la cresta de la montaña, el tejado al que le faltaban un par de tejas y el jardín descuidado. Era la única casa en varios kilómetros a la redonda y rezumaba abandono y recelo hacia las visitas inesperadas. Un perro de aspecto cruel, atado a una cadena, empezó a emitir unos ladridos feroces y sordos, al percatarse de su presencia entre los árboles.

—¿Creéis que nos dispararán? —preguntó Beth, y escupió ruidosamente.

Fred le había dicho a Alice que cogiera el rifle y esta lo llevaba colgado al hombro, por la cinta. No tenía muy claro si era bueno o malo que la familia McCullough viera que iba armada.

—Me pregunto cuántos habrá ahí dentro. A mi hermano mayor le dijeron que ninguno de los McCullough de fuera del pueblo había venido hasta aquí.

—Ya. Como dijo la señora Brady, lo más probable es que solo hayan acudido por el espectáculo —comentó Kathleen, entornando los ojos para ver mejor.

—Pues no iban a venir por las riquezas de los McCullough, ¿no? ¿Qué te dijo tu madre cuando se enteró de que ibas a subir aquí, por cierto? —le preguntó Beth a Izzy—. Me sorprende que te lo haya permitido —añadió. Izzy hizo avanzar a Patch hacia una pequeña zanja, que el caballo salvó con un resoplido—. ¿Izzy?

—Ella no tiene ni idea.

—¡Izzy! —Alice se giró en la silla.

—Ay, Alice, cállate. Sabes tan bien como yo que no me habría dejado venir. —Izzy se frotó la bota.

Se quedaron todas mirando la casa. Alice se estremeció.

—Si te pasa algo, tu madre me pondrá en el banquillo de los acusados con Margery. Izzy, esto es peligroso. Si lo hubiera sabido, no te habría dejado venir. —Alice negó con la cabeza.

—¿Y por qué has venido, Izzy? —preguntó Beth.

—Porque somos un equipo. Y los equipos permanecen unidos —repuso Izzy, levantando la barbilla—. Somos las bibliotecarias itinerantes de Baileyville y permanecemos unidas.

Beth le dio un pequeño puñetazo en el brazo, mientras su caballo avanzaba.

—Bien dicho, maldita sea.

—Caray, ¿es que nunca vas a dejar de maldecir, Beth Pinker?

Izzy le devolvió el puñetazo y chilló cuando sus caballos chocaron entre ellos.

Al final, fue Alice la que tomó la delantera. Subieron hasta donde el perro gruñón de la cadena se lo permitió, y luego la joven se bajó del caballo y le pasó las riendas a Kathleen. Avanzó unos pasos hacia la puerta, alejándose del perro, que le enseñaba los dientes y tenía el pelo del cogote erizado. Alice miró la cadena, nerviosa, esperando que el otro extremo estuviera bien sujeto.

—¿Hola? —Las dos ventanas de la parte delantera, llenas de mugre, las observaban de forma inexpresiva. De no haber sido por el hilillo de humo, habría jurado que no había nadie en casa. Alice avanzó un paso más y alzó la voz—. ¿Señorita McCullough? Usted no me conoce, pero trabajo en la Biblioteca Itinerante, abajo, en el pueblo. Sé que no han querido hablar con los hombres del sheriff, pero les estaría muy agradecida si pudieran ayudarnos.

Su voz rebotó en la ladera de la montaña. Dentro de la casa, no hubo ningún movimiento.

Alice se volvió y miró a las demás, vacilante. Los caballos pateaban con impaciencia y observaban al perro, que no paraba de gruñir, con las fosas nasales dilatadas.

—¡Solo sería un momento!

El perro se giró y se quedó callado. Por un instante, en la montaña reinó un silencio mortal. No se movía nada: ni los caballos, ni los pájaros en los árboles. A Alice se le puso la piel de gallina, como si aquello fuera el presagio de algo terrible. Pensó en la descripción del cadáver de McCullough, al que le habían arrancado los ojos a picotazos. Había yacido no muy lejos de allí, durante meses.

«No quiero estar aquí», pensó, mientras un pánico visceral le recorría la espina dorsal. Levantó la vista y vio a Beth, que asentía como diciendo: «Vamos, inténtalo otra vez».

—¿Hola? ¿Señorita McCullough? ¿Hay alguien? —Todo siguió inmóvil—. ¿Hola?

Una voz rompió el silencio.

—¡Fuera de aquí, déjennos en paz!

Alice se volvió y se topó con los dos cañones de un rifle, que asomaban por un hueco de la puerta.

Tragó saliva y ya estaba a punto de volver a hablar, cuando Kathleen apareció andando a su lado y le puso una mano en el brazo a Alice.

—¿Verna? ¿Eres tú? No sé si te acuerdas de mí, pero soy Kathleen Hannigan, ahora Bligh. A veces jugaba con tu hermana, abajo, en Split Crcek. Una vez, hicimos muñecas de maíz con mi madre, durante una cosecha, y creo que ella te hizo una a ti. Con un lazo de lunares. ¿Te acuerdas?

Ahora el perro miraba fijamente a Kathleen, con los labios retraídos sobre los dientes.

—No estamos aquí para causaros problemas —continuó la mujer, levantando las manos—. Una buena amiga está en apuros y estaríamos muy agradecidas si nos dejarais hablar con vosotras un momento.

—¡No tenemos nada que deciros!

Nadie se movió. El perro dejó de ladrar un instante y volvió el morro hacia la puerta. Los dos cañones seguían allí.

—No pienso bajar al pueblo —añadió la voz, desde el interior—. No... No voy a bajar. Ya le dije al sheriff qué día había desaparecido nuestro padre y listo. No vais a sacarme nada más.

Kathleen se acercó otro poco.

—Lo entendemos, Verna. Solo queremos que nos dediques un par de minutos para poder hablar. Para ayudar a nuestra amiga. Por favor.

Se hizo un largo silencio.

—¿Qué le ha pasado?

Se miraron las unas a las otras.

—¿No lo sabes? —preguntó Kathleen.

—El sheriff solo dijo que habían encontrado el cadáver de mi padre. Y al asesino que lo había matado.

Alice tomó la palabra.

—Más o menos, fue así. Salvo que es a nuestra amiga a la que están juzgando, señorita Verna, y podemos jurar sobre la Biblia que ella no es ninguna asesina.

—Verna, puede que conozcas a Margery O'Hare. Como sabrás, la fama de su padre la precede. —Kathleen bajó la voz, como si aquello fuera una conversación informal—. Pero ella es una buena mujer. Un poco... particular, pero no es ninguna despiadada asesina. Y su bebé se arriesga a crecer sin una madre por culpa de los chismorreos y los rumores.

—¿Margery O'Hare ha tenido un bebé? —El arma descendió un poco—. ¿Con quién se ha casado?

Las mujeres intercambiaron miradas incómodas.

—Bueno, no está casada, exactamente.

—Pero eso no significa nada —se apresuró a gritar Izzy—. No significa que no sea una buena persona.

Beth acercó el caballo un poco más a la casa y levantó una alforja.

—¿Quiere unos libros, señorita McCullough? ¿Para usted o para su hermana? Tenemos libros de recetas, libros de cuentos, todo tipo de libros. Muchas familias de las montañas se alegran de recibirlos. No tiene que pagar nada y le traeremos otros nuevos cuando quiera.

Kathleen negó con la cabeza, mirando a Beth.

—No creo que sepa leer —susurró.

Alice, nerviosa, intentó hablar por encima de ellas.

—Señorita McCullough, lamentamos mucho, muchísimo, lo de su padre. Debían de quererlo mucho. Y sentimos mucho molestarlas con este asunto. No habríamos venido si no estuviéramos desesperadas por ayudar a nuestra amiga...

—Me da igual —dijo la muchacha.

Alice se tragó el resto de la frase y encorvó un poco los hombros. Beth cerró la boca, consternada.

—Bueno, me parece natural que albergue sentimientos negativos hacia Margery, pero le ruego que escuche...

—No digo lo de ella. —La voz de Verna se endureció—. Me da igual lo que le ha pasado a mi padre.

Las mujeres se miraron, confusas. El rifle descendió otro poco más y luego desapareció.

—¿Eres la Kathleen que llevaba las trenzas sujetas encima de la cabeza?

—La misma.

—¿Habéis cabalgado hasta aquí desde Baileyville?

—Así es —dijo Kathleen.

Hubo una breve pausa.

—Entonces, será mejor que entréis.

Ante la atenta mirada de las bibliotecarias, la tosca puerta de madera se entornó y, al cabo de un rato, se abrió un poco más, chirriando. Y allí, por primera vez, en la penumbra, vieron la figura de la veinteañera Verna McCullough. Llevaba puesto un vestido de color azul descolorido, con parches en los bolsillos, y una pañoleta en la cabeza. Su hermana se movía entre las sombras, detrás de ella.

Se quedaron un momento en silencio, mientras todas asimilaban lo que tenían delante.

—Mierda —dijo Izzy, en voz baja.

26

Alice era la primera de la cola para entrar en el tribunal, el lunes por la mañana. Apenas había dormido y tenía los ojos irritados y doloridos. Había llevado pan de maíz recién horneado a la prisión a primera hora de la mañana, pero el ayudante del sheriff Dulles había bajado la vista hacia el molde y le había comunicado, como disculpándose, que Margery había dejado de comer.

—Apenas ha probado bocado en todo el fin de semana —le dijo el hombre, muy preocupado.

—Quédeselo de todas formas. Por si consigue que coma algo más tarde.

—Ayer no vino.

—Estaba ocupada.

Él frunció el ceño ante la brusquedad de la respuesta, pero al final decidió que las cosas ya estaban lo suficientemente feas en el pueblo esa semana como para que él las complicara aún más, y volvió a bajar a las celdas.

Alice ocupó su asiento, en la parte delantera de la tribuna del público, y echó un vistazo a la multitud. No estaban ni

Kathleen, ni Fred. Izzy se sentó a su lado y luego llegó Beth, fumando el final de un cigarro que apagó con el pie.

—¿Se sabe algo?

—Todavía no —respondió Alice.

Y, entonces, se quedó estupefacta. Allí, dos filas más atrás, se encontraba Sven, con el rostro sombrío y unas profundas ojeras, como si llevara semanas sin dormir. Estaba inmóvil, mirando al frente con las manos sobre las rodillas. Había algo en la rigidez de su porte que sugería que estaba haciendo grandes esfuerzos para contenerse, y el mero hecho de verlo allí hizo que a Alice se le hiciera un nudo en la garganta. Se sobresaltó cuando Izzy le estrechó la mano, y le devolvió el apretón, intentando respirar de forma rítmica. Un minuto después, Margery entró, cabizbaja, con paso lento. Se quedó de pie, con expresión inescrutable, sin preocuparse ya siquiera de mirar a nadie a los ojos.

—Ánimo, Marge —susurró Beth, a su lado.

En ese momento, el juez Arthurs entró en la sala y todos se levantaron.

—La señorita Margery O'Hare, aquí presente, ha sido víctima de un desafortunado malentendido. Estaba, como se suele decir, en el lugar equivocado, en el momento equivocado. Ya solo Dios sabrá la verdad de lo sucedido en lo alto de esa montaña, pero lo que sí sabemos es que el hecho de que haya un libro que, según todos los indicios, ha debido de viajar por medio condado de Lee, al lado de un cadáver que podía llevar allí ya unos seis meses, es una prueba muy poco fiable. —El abogado de la defensa levantó la vista cuando las puertas del fondo de la sala se abrieron, y todos se giraron en sus asientos para ver entrar a Kathleen Bligh, sudorosa y un tanto sofocada.

—Disculpen. Lo siento mucho. Lo siento. —La mujer fue corriendo hasta la parte delantera del tribunal, donde se inclinó para hablar con el señor Turner. Este miró hacia atrás y luego se levantó, llevándose una mano a la corbata, mientras la gente de la sala murmuraba, sorprendida.

—¿Señoría? Tenemos una testigo a la que le agradaría mucho decir algo ante el tribunal.

—¿Puede esperar?

—Señoría, es de vital importancia para el caso.

El juez suspiró.

—Abogados, por favor, acérquense al estrado.

Los dos hombres fueron a la parte delantera. Ninguno se molestó en bajar demasiado la voz, uno por urgencia y el otro por frustración, así que la sala pudo oír prácticamente todo lo que decían.

—Es la hija —dijo el señor Turner.

—¿Qué hija? —preguntó el juez.

—La hija de McCullough. Verna.

El abogado de la acusación miró hacia atrás y negó con la cabeza.

—Señoría, no nos han notificado con antelación la presencia de esta testigo y protesto firmemente por la introducción de la misma a estas alturas de...

El juez seguía mascando, pensativo.

—¿Los hombres del sheriff no habían subido a Arnott's Ridge para intentar hablar con la muchacha?

El abogado de la acusación tartamudeó.

—Bueno, s-sí. Pero ella no quiso bajar. Hacía años que no salía de casa, según los conocidos de la familia.

El juez se recostó en la silla.

—Entonces, yo diría que, ya que se trata de la hija de la víctima, posiblemente la última testigo en verlo con vida, y dado que por fin ha accedido a bajar al pueblo para responder a las preguntas sobre ese último día, es probable que tenga información pertinente para el caso, ¿no está de acuerdo, señor Howard?

El abogado de la acusación volvió a mirar hacia atrás. Van Cleve se estaba inclinando hacia delante en su asiento, con la boca apretada en un gesto de desagrado.

—Sí, señoría.

—Bien. Escucharé a la testigo —dijo el juez, agitando un dedo.

Kathleen y el abogado hablaron en susurros durante unos instantes, y luego ella salió corriendo hacia el fondo de la sala.

—Cuando quiera, señor Turner.

—Señoría, la defensa llama a declarar a la señorita Verna McCullough, hija de Clem McCullough. ¿Señorita McCullough? ¿Es tan amable de subir al estrado? Se lo agradecería mucho.

Un murmullo de curiosidad recorrió la sala. La gente se tensó en sus asientos. La puerta del fondo de la sala se abrió y entró Kathleen del brazo de una mujer más joven, que caminaba un poco por detrás de ella. Y, mientras la sala la observaba en silencio, Verna McCullough recorrió el pasillo lenta y pausadamente, hasta llegar a la parte delantera de la sala, como si cada paso le supusiera un esfuerzo titánico. Llevaba una mano apoyada en la parte baja de la espalda y la precedía su barriga baja y prominente.

Se oyó un rumor de sorpresa y luego una sucesión de exclamaciones, cuando todos en la sala tuvieron el mismo pensamiento.

—¿Vive en Arnott's Ridge?

Verna se había sujetado el pelo con una horquilla y jugueteaba con ella, como si la llevara mal puesta. Respondió con un susurro ronco.

—Sí, señor. Con mi hermana. Y antes, con nuestro padre.

—¿Podría hablar más alto, por favor? —le pidió el juez.

El abogado continuó.

—¿Los tres solos?

La muchacha se apoyó en el borde del estrado y miró a su alrededor, como si acabara de darse cuenta de cuánta gente había en la sala. La voz le falló por un instante.

—¿Señorita McCullough?

—Sí. Mi madre se fue cuando yo tenía ocho años y vivíamos los tres solos desde entonces.

—¿Su madre murió?

—No lo sé, señor. Nos despertamos una mañana y mi padre dijo que se había ido. Eso fue todo.

—Entiendo. ¿Así que no tiene claro qué fue de ella?

—Me imagino que estará muerta. Porque siempre decía que mi padre acabaría matándola.

—¡Protesto! —dijo el fiscal del estado.

—Que eso no conste en acta. Lo dejaremos en que se desconoce el paradero de la madre de la señorita McCullough.

—Gracias, señorita McCullough. ¿Y cuándo fue la última vez que vio a su padre?

—Unos tres días antes de Navidad.

—¿No volvió a verlo desde entonces?

—No, señor.

—¿Lo buscó?

—No, señor.

—¿No se preocupó cuando no volvió a casa en Navidad?

—No era algo... raro en nuestro padre. Creo que no es ningún secreto que le gustaba beber. Creo que el sheriff lo conoce..., lo conocía bien.

El sheriff asintió, casi a regañadientes.

—Señor, ¿podría sentarme? Me siento un poco mareada.

El juez le hizo un gesto al alguacil, que le acercó una silla, y la sala esperó mientras la colocaban y ella se sentaba. Alguien le llevó un vaso de agua. Solo se le veía la cara por encima del estrado, y la mayor parte del público de la tribuna se inclinó hacia delante para verla mejor.

—Así que el hecho de que no fuera a casa el... 20 de diciembre, señorita McCullough, ¿a usted no le pareció especialmente extraño?

—No, señor.

—Y, cuando se fue, ¿le dijo adónde iba? ¿A un bar, quizá?

Por primera vez, Verna vaciló un buen rato antes de hablar. La muchacha miró a Margery, que tenía los ojos clavados en el suelo.

—No, señor. Dijo... —La joven tragó saliva y luego se volvió hacia el juez—. Dijo que iba a devolver el libro de la biblioteca.

Se produjo un revuelo en la tribuna del público, no estaba muy claro si fruto de la sorpresa, por socarronería, o por una combinación de ambas. Margery, desde el banquillo de los acusados, levantó la cabeza por primera vez. Alice bajó la vista y vio que Izzy le estaba apretando tanto la mano que tenía los nudillos blancos.

El abogado de la defensa se volvió hacia el jurado.

—¿Puedo comprobar si he oído bien, señorita McCullough? ¿Ha dicho que su padre tenía intención de devolver un libro de la biblioteca?

—Sí, señor. Hacía poco que recibía libros de la Biblioteca Itinerante de la WPA y le parecía algo maravilloso. Había acabado de leer un buen libro y dijo que era un deber cívico devolverlo lo antes posible, para que otra persona pudiera disfrutar de su lectura.

El señor Howard, el fiscal del estado y su ayudante unieron las cabezas para mantener una conversación urgente. El fiscal levantó la mano, pero el juez desestimó su petición agitando la suya.

—Continúe, señorita McCullough.

—Mi hermana y yo insistimos mucho en que era mejor que no saliera, porque hacía muy mal tiempo y había nieve, hielo y todo eso. Le dijimos que podía resbalar y caerse, pero él había bebido bastante y no nos hizo caso. Insistió en que no quería devolver el libro con retraso.

La joven miró a la sala mientras hablaba, ya con voz firme y segura.

—Así que el señor McCullough se adentró solo, a pie, en la nieve.

—Sí, señor. Con el libro de la biblioteca.

—Para ir andando a Baileyville.

—Sí, señor. Aunque le advertimos que era una locura.

—¿Y no volvieron a verlo, ni a saber nada de él?

—No, señor.

—Y... ¿no se les ocurrió buscarlo?

—Mi hermana y yo no salimos de casa, señor. Desde que mi madre se fue, a mi padre no le gustaba que bajáramos al pueblo y no queríamos desobedecerle por el mal carácter que tenía. Salimos al jardín al anochecer y lo llamamos a gritos, por si se había caído, pero como la mayoría de las veces volvía cuando le daba la gana...

—Así que se limitaron a esperar que regresara.

—Sí, señor. Ya nos había amenazado antes con abandonarnos, así que, al ver que no volvía, creímos que había acabado haciéndolo. Y luego, en abril, el sheriff vino a decirnos que estaba... muerto.

—Y..., señorita McCullough, ¿puedo hacerle una pregunta más? Ha sido usted muy valiente al bajar de la montaña y completar este difícil testimonio. Se lo agradezco mucho. Una última pregunta: ¿recuerda qué libro era ese que le gustaba tanto a su padre y que tenía tanta prisa por devolver?

—Pues claro que lo recuerdo, señor. Perfectamente. —Entonces, Verna McCullough clavó sus ojos azul claro en los de

Margery O'Hare, y puede que los que estuvieran más cerca captaran una leve sonrisa jugueteando en sus labios—. Era un libro llamado *Mujercitas*.

La sala se alborotó y el juez tuvo que dar seis, ocho golpes con el mazo para que la mayoría de la gente lo viera —o lo oyera— y se callara. Hubo carcajadas, exclamaciones de incredulidad y gritos de furia procedentes de diversas zonas de la estancia y el juez, con las cejas sobresaliendo como una cornisa, se puso lívido de ira.

—¡Silencio! No toleraré faltas de respeto en esta sala, ¿me oyen? ¡La próxima persona que haga el menor ruido será acusada de desacato! ¡Silencio en la sala! —La habitación se quedó en silencio. El juez esperó un momento para asegurarse de que todos habían captado el mensaje—. Abogados, ¿pueden acercarse al estrado?

Los tres mantuvieron una conversación en voz baja, esa vez inaudible para el público, y un zumbido de susurros empezó a elevarse peligrosamente. Al otro lado de la sala, el señor Van Cleve parecía a punto de explotar. Alice lo vio levantarse un par de veces, pero el sheriff se dio la vuelta y lo obligó físicamente a sentarse. Veía a Van Cleve señalando y moviendo la boca, como si no pudiera creer que él no tuviera también derecho a subir allí y discutir con el juez. Margery, incrédula, seguía sentada, totalmente inmóvil.

—Vamos —susurró Beth, agarrándose al banco con tal fuerza que se le quedaron los nudillos blancos—. Vamos. Vamos.

Entonces, al cabo de una eternidad, los dos abogados regresaron a sus asientos y el juez volvió a dar un golpe con el mazo.

—¿Podemos volver a llamar al médico, por favor?

Se oyó un suave murmullo, mientras volvían a llamar al médico al estrado. En la tribuna del público, la gente se levantaba de sus asientos y se hacía gestos entre sí.

El abogado de la defensa se puso en pie.

—Doctor Tasker. Una pregunta más: según su opinión profesional, ¿sería posible que los hematomas de la cara de la víctima fueran causados por el peso de un libro grande, de tapa dura, que le hubiera caído encima? Por ejemplo, si se hubiera resbalado y caído de espaldas. —El abogado se acercó al alguacil y levantó el ejemplar de *Mujercitas*—. ¿Uno del tamaño de esta edición, por ejemplo? Tome: para que vea cuánto pesa.

El médico sopesó el libro y se lo pensó un momento.

—Pues sí. Supongo que esa podría ser una explicación racional.

—No hay más preguntas, señoría.

El juez necesitó un par de minutos más de conversación legal para poder concluir. Golpeó el mazo para hacer callar al público. Entonces, de repente, hundió la cabeza entre las manos y se quedó así durante un minuto. Cuando la levantó, miró a la sala con expresión exhausta.

—A la luz de estas nuevas pruebas, creo que debo darle la razón al abogado defensor y dictaminar que ya no se puede considerar con certeza que esto sea un juicio por asesinato. Todas las pruebas concluyentes parecen indicar que esto fue un desafortunado accidente. Un buen hombre se disponía a hacer una buena acción y podríamos decir que, debido a las condiciones imperantes, sufrió un final prematuro. —El juez respiró hondo y juntó las manos—. Dado que las pruebas del estado de Kentucky en relación con este caso son enormemente circunstanciales y dependen en gran medida de este libro, y dado que la testigo ha prestado un testimonio firme y claro en cuanto a su localización anterior, he decidido sobreseer el caso y dejar constancia de un veredicto de muerte accidental. Señorita McCullough, le agradezco su esfuerzo por cumplir con su... deber cívico y me gustaría expresar públicamente mis más sinceras condolencias, una vez más, por su pérdida. Señorita O'Hare, por la presente la declaro libre de abandonar la sala. Alguaciles, hagan el favor de liberar a la acusada.

En ese momento, la sala enloqueció. De repente, Alice se encontró rodeada por las otras mujeres, que daban saltos, gritaban, lloraban y unían sus brazos, codos y pechos en un enorme abrazo. Sven saltó la barrera de la tribuna del público, acompañó a Margery mientras el guarda le quitaba las esposas y la rodeó con los brazos cuando esta estuvo a punto de desplomarse por la conmoción. Se la llevó rápidamente, medio andando, medio en brazos, y la sacó por la puerta de atrás con la protección del ayudante del sheriff Dulles, antes de que nadie pudiera darse cuenta de lo que estaba sucediendo. En medio de todo aquello, se oyó a Van Cleve gritando que todo era una farsa. «¡Una auténtica farsa de la justicia!». Y los que tenían un oído especialmente bueno pudieron oír cómo la señora Brady replicaba: «¡Cierra el pico por una vez en la vida, viejo chocho!».

Entre todo aquel revuelo, nadie se dio cuenta de que Sophia había abandonado con discreción la zona de la tribuna del público destinada a la gente de color, sosteniendo con recato el bolso bajo el brazo, para desaparecer por la puerta y recorrer a paso ligero el corto camino hacia la biblioteca, cada vez más rápido.

Y solo aquellos con el oído más fino oyeron que Verna McCullough, mientras abandonaba la sala con gran determinación y con la mano aún en la parte baja de la espalda, susurraba al pasar al lado de las bibliotecarias: «Que se pudra».

Nadie quería dejar sola a Margery, así que se la llevaron a la biblioteca y cerraron con llave ambas puertas, conscientes de que los periódicos de más tirada de Kentucky, además de la mitad del pueblo, pronto querrían hablar con ella. Apenas abrió la boca durante el corto camino y sus movimientos eran lentos e inusitadamente débiles, como si hubiera estado enferma, aunque se comió medio cuenco de sopa de alubias que Fred le bajó de su casa, mirándola fijamente, como si fuera la única certeza que había a su alrededor. Las mujeres comentaban a gritos entre ellas lo impactantes que habían sido el veredicto, la furia impotente de Van Cleve y el hecho de que la joven Verna hiciera lo que había prometido.

Esta había pasado la noche anterior en la cabaña de Kathleen, que la había bajado a lomos de Patch, pero estaba tan nerviosa por tener que enfrentarse a toda esa gente del pueblo que Kathleen temía que, al despertarse, la joven hubiera desaparecido. Hasta que Fred llegó por la mañana en la camioneta para llevarlas al juicio, Kathleen no creyó que fueran a tener una oportunidad, e incluso entonces aquella muchacha era tan extraña e impredecible que no tenían ni idea de lo que acabaría diciendo.

Margery escuchaba todo aquello como de lejos, con expresión impasible y distraída, como si tanto ruido y escándalo fueran demasiado después de todos esos meses de silencio casi absoluto.

Alice quería abrazarla, pero había algo en el comportamiento de Margery que se lo impedía. Ninguna de ellas sabía qué decirle y se sorprendieron hablándole como si fuera casi una desconocida. ¿Quería más agua? ¿Necesitaba algo? Solo tenía que decirlo.

Y entonces, casi una hora después de su llegada, alguien dio un par de golpes en la puerta y Fred, al oír una voz grave que le resultaba familiar, fue a abrir. Entornó la puerta, contempló algo que quedaba oculto al resto de los presentes y sonrió de oreja a oreja. Dio un paso atrás y Sven subió los dos pequeños escalones con el bebé, que llevaba puesto un vestido de color amarillo claro y unos pololos. La niña tenía los ojitos brillantes como dos soles y se aferraba a la manga de su padre con los puñitos.

Margery levantó la cabeza y se llevó lentamente las manos a la boca, al verla. Se le llenaron los ojos de lágrimas y se puso de pie, poco a poco.

—¿Virginia? —dijo con voz quebrada, como si apenas pudiera creer lo que veía. Sven se acercó a ella y le entregó el bebé a su madre. Margery y la niña se miraron a los ojos y esta la observó a conciencia, como para cerciorarse de algo. Siguieron mirándose durante un rato, hasta que la niñita recostó la cabeza bajo la barbilla de su madre, con el dedo pulgar en la boca. Margery cerró los ojos y se echó a llorar en silencio. Su pecho se agitaba con violencia y tenía el rostro contorsionado, como si estuviera exorcizando algún dolor terrible. Sven se acercó a ellas y las rodeó con los brazos, estrechándolas contra él, con la cabeza gacha. Conscientes de que aquel era un momento íntimo, Fred y las bibliotecarias abandonaron de puntillas la biblioteca y recorrieron en silencio el camino a la casa de Fred.

Las mujeres de la Biblioteca Itinerante de la WPA eran un equipo, sí, y los equipos debían permanecer unidos. Pero había momentos en los que había que estar a solas.

Hasta varios días después, las otras bibliotecarias no se fijaron en que el libro de registros que el sheriff creía desaparecido en las grandes inundaciones estaba con los demás, en el estante que había a la izquierda de la puerta. Con fecha del 15 de diciembre de 1937, constaba un préstamo a nombre del «señor C. McCullough, de Arnott's Ridge», de un «ejemplar de tapa dura de *Mujercitas,* de Louisa May Alcott (con una página suelta y la contraportada un poco estropeada)». Solo aquellos que se fijaran mucho podrían darse cuenta de que la entrada se encontraba entre dos líneas y de que la tinta tenía un color ligeramente diferente al de las demás. Y solo si eras de verdad muy desconfiado, podrías preguntarte por qué había una entrada con una única palabra al lado, escrita con la misma tinta, que ponía: «Sin devolver».

27

Allá arriba, el aire era fácil de respirar y me aportaba serenidad
y alegría. En las montañas, me despertaba por las mañanas y
pensaba: «Por fin he encontrado mi lugar».

KAREN BLIXEN, *Memorias de África*

$\mathcal{P}$ara decepción de los comerciantes y los dueños de los
bares, Baileyville tardó menos de un día en vaciarse.
Cuando los periódicos con titulares de «INOCENTE: VEREDICTO
INESPERADO» acabaron usándose para encender el fuego y tapar
las corrientes de aire, la última de las casas móviles cruzó traque-
teando la frontera del condado y el abogado de la acusación, que
se había encontrado misteriosamente con tres neumáticos rajados,
consiguió que le mandaran otro juego desde Lexington, Baileyville
regresó de inmediato a la normalidad. Solo las marcas de las ruedas
en el barro y los envases vacíos de comida que salpicaban las orillas
de los caminos revelaban que allí se había celebrado un juicio.

Kathleen, Beth e Izzy acompañaron a Verna de vuelta a su
cabaña, turnándose para caminar mientras esta iba a lomos del ro-
busto Patch. El viaje les llevó la mayor parte del día y regresaron con
la promesa de que Neeta, la hermana de Verna, iría a buscarlas si esta
necesitaba ayuda con el parto. Nadie sacó el tema de la paternidad
del bebé y, cuando llegaron a la puerta, Verna ya no hablaba, como
si estuviera agotada por haber estado con tanta gente desconocida.

No esperaban volver a saber nada de ella.

Aquella primera noche, Margery O'Hare yacía de lado en su propia cama, frente a Sven Gustavsson, en la penumbra. Tenía el pelo suave y limpio, después del baño que se había dado, y el estómago lleno. Por la ventana abierta, oía a los búhos y a los grillos cantando en la oscuridad, en la ladera de la montaña, un sonido que hacía que la sangre fluyera lenta por sus venas y que su corazón latiera con un ritmo sosegado. Estaban observando a la niñita que dormía tumbada entre ellos, con los brazos echados hacia atrás y haciendo gestitos con la boca mientras soñaba. La mano de Sven descansaba sobre la curva de la cadera de Margery y esta disfrutaba de su peso y de la perspectiva de las noches que estaban por llegar.

—Aún podemos irnos, si quieres —susurró Sven.

Margery levantó la manta de algodón del bebé y se la subió hasta la barbilla.

—¿Adónde?

—De aquí. Me refiero a lo que dijiste sobre la advertencia de tu madre y volver a empezar de nuevo. He leído que hay varios lugares en el norte de California donde buscan granjeros y colonos. He pensado que podría gustarte la zona. Podríamos llevar una buena vida. —Al ver que ella no decía nada, Sven añadió—: No tiene por qué ser en una ciudad. Es un estado grande y desarrollado. La gente llega a California desde todas partes, así que nadie se fija en las personas que no son de allí. Tengo un amigo con una granja de melones que se ha ofrecido a darme trabajo mientras nos asentamos.

Margery se apartó el pelo de la cara.

—No me apetece mucho.

—Bueno, pues podríamos irnos a Montana, si te gusta más cómo suena.

—Sven, quiero quedarme aquí.

Sven se irguió y se apoyó sobre un codo. Analizó la expresión de Margery lo mejor que pudo, en la penumbra.

—Dijiste que querías que Virginia fuera libre. Que viviera como quisiera.

—Lo sé —reconoció Margery—. Y quiero que sea así. Pero lo cierto es que aquí tenemos amigos de verdad, Sven. Gente que nos apoya. Lo he estado pensando y, mientras estén ahí para ella, estará bien. Todos estaremos bien. —Como Sven no respondió, añadió—: ¿Te parece bien que... nos quedemos?

—Cualquier sitio en el que estéis tú y Virginia me parece bien.

Se produjo un largo silencio.

—Te quiero, Sven Gustavsson —dijo Margery.

Él se volvió hacia ella, en la oscuridad.

—¿No irás a ponerte sentimental conmigo, verdad, Marge?

—Nadie ha dicho que vaya a repetirlo.

Él sonrió y se recostó sobre el cabecero. Al cabo de un rato, extendió la mano, ella la agarró y la estrechó con fuerza, y así durmieron, al menos durante un par de horas, hasta que el bebé volvió a despertarse.

A Alice le sorprendió lo rápido que los sentimientos de entusiasmo y euforia por la vuelta a casa de Margery se disiparon cuando cayó en la cuenta de que aquello significaba que ya no le quedaba ningún impedimento para partir de inmediato. Todo había acabado. El juicio había llegado a su fin, al igual que su estancia en Kentucky.

Mientras observaba con las bibliotecarias cómo Sven se llevaba a Margery y a Virginia carretera arriba, hacia la vieja cabaña, se había dado cuenta de lo que aquello suponía y había empezado a derrumbarse poco a poco. Logró mantener la sonrisa mientras todas se iban, gritándose las unas a las otras, abrazándose y besándose, y les había prometido que las vería más tarde en el Nice 'N' Quick, para celebrarlo. Pero el esfuerzo era demasiado grande y, cuando Beth le dio un puntapié a la colilla del cigarro en la carretera y se despidió de Alice agitando la mano con alegría, esta empezó a notar un gran peso en el pecho. Solo Fred se había dado cuenta y su cara era un reflejo de lo que ella sentía.

—¿Te apetece un bourbon? —le propuso el hombre, mientras cerraban con llave la puerta de la biblioteca y caminaban lentamente hacia su casa. Alice asintió. Ya solo le quedaban unas horas en el pueblo.

Él sirvió dos vasos y le ofreció uno, mientras ella se sentaba en el sillón bueno con los cojines de botones y la colcha de retales que había hecho su madre sobre el respaldo. Fuera había oscurecido y el clima templado había dado paso a un viento frío y punzante, y a una fuerte lluvia. Alice empezaba a temer el momento de irse.

Fred recalentó los restos de sopa, pero ella no tenía apetito y se dio cuenta de que tampoco tenía nada que decir. Alice intentó no mirar las manos de Fred, ambos eran conscientes del tictac del reloj sobre la repisa de la chimenea y de lo que este implicaba. Hablaron del juicio pero, aunque lo pintaron de vivos colores, Alice sabía que Van Cleve se habría enfadado todavía más y que, sin duda, redoblaría sus esfuerzos para acabar con la biblioteca, o para asegurarse de que su vida fuera lo más incómoda posible. Además, por mucho que dijera Margery, ella no podía quedarse más tiempo en la cabaña. Todos sabían que ella y Sven necesitaban pasar tiempo a solas y, cuando Alice les dijo que Izzy la había invitado a quedarse en su casa esa noche, las protestas habían sido poco convincentes.

—¿A qué hora sale el tren? —preguntó Fred.

—A las diez y cuarto.

—¿Quieres que te lleve en coche a la estación?

—Te lo agradecería mucho, Fred. Si no es molestia.

Él asintió con torpeza e intentó esbozar una sonrisa, que se desvaneció tan rápido como había llegado. Alice sintió el mismo dolor impreciso de siempre ante el malestar de él, consciente de que ella era la causa. ¿Qué derecho tenía ella a reclamar a ese hombre, a sabiendas de que era imposible? Había sido una egoísta al permitir que los sentimientos de él se acercaran a los suyos. Hundidos en una tristeza que ninguno de los dos era capaz de expresar, su conversación pronto se volvió tensa. Alice, mientras bebía a sorbitos una bebida que apenas podía saborear, se preguntó por un instante si había sido buena idea ir hasta allí. Tal vez debería haberse ido directamente a casa de Izzy. ¿Qué sentido tenía prolongar aquel sufrimiento?

—Ah, esta mañana ha llegado otra carta a la biblioteca. Con tanto alboroto, había olvidado decírtelo. —Fred sacó el sobre del bolsillo y se lo entregó. Ella reconoció la letra de inmediato y la dejó caer sobre la mesa.

—¿No vas a leerla?

—Será sobre mi vuelta. Para hacer planes y esas cosas.

—Léela. No pasa nada.

Mientras él lavaba los platos, Alice abrió el sobre, consciente de que Fred la estaba observando. Le echó un vistazo rápido y volvió a guardarla.

—¿Qué? —preguntó el hombre. Ella levantó la vista—. ¿Por qué pones esa cara?

Alice suspiró.

—Es solo... por la forma de hablar de mi madre.

Él rodeó la mesa y se sentó, antes de sacar la carta del sobre.

—No...

Él le apartó la mano.

—Déjame.

Ella volvió la cara mientras Fred leía, frunciendo el ceño.

—¿Qué es esto? «Intentaremos olvidar tu empeño en avergonzar a esta familia». ¿Qué quiere decir con eso?

—Ella es así.

—¿Le has contado que Van Cleve te pegó?

—No. —Alice se pasó la mano por la cara—. Seguramente, habrían dado por hecho que fue culpa mía.

—¿Cómo iba a ser culpa tuya? Que un hombre hecho y derecho se ponga así por un par de muñecas. Por favor. Nunca había oído nada igual.

—No fue solo por las muñecas.

Fred levantó la vista.

—Él creía... Creía que yo había intentado corromper a su hijo.

—¿Que creía... qué?

Alice se arrepintió de haber abierto la boca.

—Vamos, Alice. Podemos contarnos lo que sea.

—No puedo. —La joven se ruborizó—. No puedo contártelo. —Alice bebió un trago más, mientras Fred la miraba, como intentando descubrir algo. Pero ¿qué sentido tenía ocultárselo? Después de ese día, nunca más volvería a verlo. Finalmente, lo soltó—. Llevé a casa un libro que Margery me dejó. Sobre el amor conyugal.

Fred apretó un poco la mandíbula, como si no quisiera imaginarse a Alice y a Bennett en ningún tipo de situación íntima. No habló hasta pasados unos instantes.

—¿Y por qué iba a importarle eso?

—Él... Ellos dos... creían que no debía leerlo.

—Bueno, tal vez pensaba que, como estabais aún en el período de la luna de miel...

—Esa es la cuestión. Que no hubo período de luna de miel. Quería ver si...

—¿Si qué?

—Ver... —Alice tragó saliva—. Si habíamos...

—¿Si habíais qué?

—Si lo habíamos hecho —susurró la joven.

—¿Ver si habíais hecho qué?

Ella se llevó las manos a la cara y emitió un gemido.

—¿Por qué me haces contarte esto?

—Solo intento entender lo que estás diciendo, Alice.

—Si lo habíamos hecho. El amor conyugal.

Fred posó el vaso. Pasó un largo y doloroso lapso de tiempo antes de que volviera a hablar.

—¿No... lo sabes?

—No —repuso ella, desolada.

—Vaya. Vaya. Un momento. ¿No sabes si Bennett y tú... habéis consumado el matrimonio?

—No. Y él nunca ha querido hablar del tema. Así que no tengo forma de saberlo. El libro me dio algunas pistas pero, a decir verdad, sigo sin tenerlo claro. Ponía un montón de cosas sobre flotar y extasiarse. Y luego todo estalló y nunca hablamos de ello, así que aún no estoy segura.

Fred se pasó la mano por la nuca.

—Bueno, Alice, a ver... Es que... Es un poco difícil pasarlo por alto.

—¿El qué?

—Pues... Olvídalo. —Fred se inclinó hacia delante—. ¿De verdad cabe la posibilidad de que no lo hayáis hecho?

Alice estaba angustiada y se arrepentía de que aquello fuera lo último que él recordara de ella.

—Yo diría que no... Dios, piensas que soy una mojigata, ¿verdad? No puedo creer que te esté contando esto. Debes de pensar que...

Fred se levantó bruscamente de la mesa.

—No... No, Alice. ¡Es una gran noticia!

Ella lo miró fijamente.

—¿Qué?

—¡Eso es maravilloso! —Fred la cogió de la mano y empezó a bailar un vals con ella por la habitación.

—¿Fred? ¿Qué pasa? ¿Qué estás haciendo?

—Ponte el abrigo. Vamos a la biblioteca.

Cinco minutos después, estaban en la cabañita con dos lámparas de aceite encendidas, mientras Fred inspeccionaba las estanterías. No tardó mucho en encontrar lo que estaba buscando y le pidió a Alice que sostuviera la lámpara mientras él hojeaba un pesado libro encuadernado en piel.

—¿Lo ves? —dijo, señalando una página con el dedo—. Si no habéis consumado el matrimonio, no estáis casados a los ojos de Dios.

—¿Y eso qué quiere decir?

—Pues que puedes conseguir que anulen el matrimonio. Y casarte con quien te dé la gana. Y Van Cleve no puede hacer nada al respecto.

Ella se quedó mirando el libro y leyó las palabras que sus dedos señalaban. Luego levantó la vista hacia él, incrédula.

—¿En serio? Entonces, ¿no cuenta?

—¡No! Espera: vamos a buscar otro de esos libros de Derecho para cerciorarnos. Ya verás. ¡Mira! Mira, ahí está. ¡Puedes quedarte, Alice! ¿Lo ves? ¡No tienes que irte a ninguna parte! ¡Mira! Ese pobre idiota de Bennett... Tengo ganas de darle un beso.

Alice dejó el libro y miró a Fred fijamente.

—Preferiría que me besaras a mí.

Y eso fue lo que él hizo.

Cuarenta minutos después, yacían tumbados sobre el suelo de la biblioteca, encima de la chaqueta de Fred, jadeando y un tanto sorprendidos por lo que acababa de ocurrir. Él la miró, escudriñando su rostro, antes de coger su mano y llevársela a los labios.

—¿Fred?

—¿Sí, querida?

Alice esbozó lentamente una dulce sonrisa.

—Definitivamente, nunca había hecho esto —aseguró, con una voz melosa y rebosante de felicidad.

28

Del cuerpo de piel delicada y dulcemente ruborizada del ser amado, que nuestros instintos animales nos instan a desear, brota no solo la maravilla de una nueva vida corpórea, sino también la ampliación del horizonte de la compasión humana y el fulgor de la comprensión espiritual, algo que nunca se podría alcanzar en solitario.

DRA. MARIE STOPES, *Amor conyugal*

Sven y Margery se casaron a finales de octubre, un día soleado y frío en que la niebla se había levantado de las «hondonadas» al alba, los pájaros cantaban a voz en grito sobre la trascendencia del cielo azul y se peleaban ruidosamente en las ramas. Margery le había dicho a Sven que accedería a hacerlo, muy a su pesar, porque no quería que Sophia la estuviera regañando hasta el fin de sus días. Pero no quería contárselo a nadie, ni que él le diera «demasiada importancia».

Sven, que casi siempre solía complacer a Margery, rechazó rotundamente la propuesta.

—Si nos casamos, lo haremos en público, delante de todo el pueblo, con nuestra hija y todos nuestros amigos —dijo el hombre, cruzándose de brazos—. O eso, o no nos casamos.

Así que se casaron en la pequeña iglesia episcopaliana de Salt Lick, cuyo pastor era un poco menos puntilloso que otros en relación con los niños nacidos fuera del matrimonio, en presencia de todas las bibliotecarias, del señor y la señora Brady, Fred y un buen número de familias a las que llevaban libros. Después, ofrecieron una recepción en la casa de Fred y la señora Brady agasajó a los novios con una colcha nupcial hecha de retales que su grupo de confección de colchas había bordado y con otra más pequeña, a juego, para la cuna de Virginia. Margery, a pesar de parecer un poco incómoda con su vestido de color blanco roto (que Alice le había prestado y al que Sophia había agrandado las costuras), lucía una expresión entre orgullosa y avergonzada, y consiguió no volver a ponerse los pantalones de montar hasta el día siguiente, a pesar de que era evidente que no le hacía ninguna gracia. Comieron las viandas que habían llevado los vecinos (Margery no pretendía que acudiera tanta gente y se había quedado un poco desconcertada por el goteo interminable de invitados), además del cerdo que alguien había asado fuera. Sven parecía realmente feliz y les enseñaba a todos a Virginia, y hubo violines y unos buenos bailes. A las seis, cuando empezaba a anochecer, Alice abandonó la fiesta y logró encontrar a la novia, que estaba sentada a solas en los escalones de la biblioteca, mirando hacia una montaña cada vez más oscura.

—¿Te encuentras bien? —le preguntó, sentándose a su lado.

Margery no volvió la cabeza. Observó fijamente las copas de los árboles e inspiró con fuerza, antes de mirar a Alice.

—Se me hace un poco raro ser tan feliz —comentó Margery. Alice nunca la había visto tan perturbada.

La joven se quedó pensando y asintió.

—Te entiendo —dijo. Luego, le dio un codazo a su amiga—. Ya te acostumbrarás.

Al cabo de dos meses, después de que los Gustavsson adoptaran a un perro (un cachorrillo de ojos saltones que nadie quería, nada que ver con el sabueso de calidad que Sven había sugerido, aunque él estaba, por supuesto, encantado con él), Margery volvió a trabajar en la biblioteca. Dejaba a Virginia cuatro días por semana con Verna McCullough y su bebé, un niño bastante frágil y pecoso llamado Peter. Sven y Fred, con la ayuda de Jim Horner y un par de hombres más, habían levantado una cabañita cerca de la de Margery con dos habitaciones, una chimenea y un retrete exterior, y las hermanas McCullough se habían mudado a ella encantadas. Solo habían vuelto a su antigua casa a buscar una bolsa de yute con alguna ropa, dos sartenes y al perro feroz. «El resto apestaba a nuestro padre», había comentado Verna, y nunca más había vuelto a hablar del tema.

Verna había empezado a bajar al pueblo una vez por semana, sobre todo para comprar provisiones con su sueldo, pero también para echar un vistazo. La gente la saludaba llevándose la mano al sombrero o la dejaba en paz, y pronto su presencia dejó de llamar la atención. Neeta, su hermana, aún no salía mucho de casa, pero ambas mimaban a los bebés y disfrutaban socializando de vez en cuando. Con el tiempo, la gente que pasaba por Arnott's Ridge (que no era mucha) empezó a comentar que la cabaña destartalada había empezado a derrumbarse: primero las tablillas del tejado, luego la chimenea y, después, a medida que el viento se ensañaba con el revestimiento suelto, la casa en sí, ventana rota a ventana rota, hasta que la naturaleza medio se adueñó de ella y la maleza y las zarzas volvieron a anclarla al suelo, como prácticamente habían hecho con su dueño.

Frederick Guisler y Alice se casaron un mes después de Margery y Sven y, si alguien había reparado en la cantidad de tiempo que pasaban juntos a solas en la casa de Fred antes de estar legalmente unidos, a nadie le apeteció comentarlo. El primer matrimonio de Alice se anuló con discreción y poco alboroto, una vez que Fred le hubo explicado los entresijos al señor Van Cleve. Este, por una vez, en lugar de ponerse a gritar contrató a un abogado especializado en facilitar y acelerar aquel tipo de trámites. Y puede que lo sobornara un poco para garantizar la confidencialidad. La posibilidad de que el nombre de su hijo se asociara públicamente a la palabra «anulación» pareció aplacar su mal genio habitual y, después de esa reunión, apenas volvió a mencionar en público la biblioteca.

Como habían acordado, primero dejaron que Bennett volviera a casarse. Las bibliotecarias se sentían en deuda con él por la ayuda que les había prestado, e Izzy incluso asistió al enlace con sus padres y dijo que había sido precioso, dentro de lo que cabía, y que Peggy era una novia muy guapa y parecía muy contenta.

Alice casi ni se enteró. Era tan tremendamente feliz que la mayoría de los días no era capaz de controlarlo. Cada mañana, antes del amanecer, desenredaba sus largas extremidades a regañadientes de las de su marido, se tomaba el café que él insistía en prepararle y bajaba a abrir la biblioteca y encender la estufa, para que todo estuviera preparado cuando las demás llegaran. A pesar del frío y de aquellas horas intempestivas, casi siempre se la encontraban sonriendo. Aunque las amigas de Peggy van Cleve comentaban que Alice Guisler se había abandonado muchísimo desde que había empezado a trabajar en la biblioteca, que siempre iba despeinada y con un atuendo demasiado masculino (¡con lo refinada que era y lo bien vestida que solía ir cuando llegó!), Fred no podía estar más en desacuerdo. Estaba casado con la mujer más guapa del mundo y, cada noche, cuando ambos acababan de trabajar y guardaban los platos en su sitio, uno al lado del otro, él se aseguraba de rendirle homenaje. No era raro que las personas que pasaban por Split Creek negaran con la cabeza, divertidas, al escuchar los sonidos joviales y los jadeos que salían de la casa de detrás de la biblioteca, en la quietud de la noche. Al fin y al cabo, en Baileyville, en invierno, no había muchas cosas que hacer después de ponerse el sol.

Sophia y William volvieron a mudarse a Louisville. Ella les dijo a las otras mujeres que le daba pena dejar la biblioteca, pero que le habían ofrecido otro trabajo en la Biblioteca Pública Gratuita de Louisville (en la sección para gente de color) y, dado que su cabaña no había vuelto a ser la misma desde las inundaciones, y que las posibilidades de que William pudiera trabajar eran limitadas, habían supuesto que les iría mejor en la ciudad, sobre todo en una en la que había una gran cantidad de personas como ellos. Profesionales. Izzy se echó a llorar y a las demás no les sentó mucho mejor, pero no había forma de oponerse al sentido común y mucho menos a Sophia. Al cabo de un tiempo, cuando empezaron a llegar cartas suyas desde la ciudad, recibieron también la fotografía de su ascenso y la enmarcaron para ponerla en la pared, al lado de aquella en la que estaban todas juntas, y se sintieron un poco mejor. Aunque, la verdad sea dicha, las estanterías nunca volvieron a estar tan bien organizadas.

Kathleen, fiel a su palabra, no volvió a casarse, aunque no le faltaron hombres con intención de cortejarla, tras un período decente de tiempo. Ella les decía a las otras bibliotecarias que no tenía tiempo para aquello, que ya le bastaba con tener que lavar, limpiar la casa y cuidar a los niños, además de trabajar. Por otra parte, no había ningún hombre que le llegara a la suela de los zapatos a Garrett Bligh en todo el estado. Aunque reconocía, cuando la presionaban, que le había sorprendido un poco el aspecto de Jim Horner en la boda de Alice, tras haber recibido las atenciones de un barbero profesional y haberse puesto su mejor traje. Tenía una cara bastante agradable, después de haberse liberado de todo aquel pelo, y su aspecto general era mucho mejor que cuando llevaba el mono de trabajo sucio. Ella insistía en que no pensaba volver a casarse, pero, al cabo de unos meses, empezó a ser habitual verlos paseando por el pueblo con los niños e incluso en alguna feria local, en primavera. A sus hijas les venía bien tener una referencia femenina, a fin de cuentas, y si alguien los miraba de soslayo furtivamente, alzando las cejas, pues era su problema. Y Beth podía hacer el favor de dejar de mirarla así, muchas gracias.

La vida de Beth apenas cambió después del juicio. Siguió en casa con su padre y sus hermanos, quejándose amargamente de ellos en cada turno, fumando a escondidas y bebiendo en público hasta que, seis meses después, sorprendió a todos al anunciar que había ahorrado hasta el último penique que había ganado y que iba a marcharse en un transatlántico a ver el continente de la India. Al principio, se rieron de ella —al fin y al cabo, Beth estaba provista de un sentido del humor de lo más peculiar—, pero la muchacha sacó el billete de la alforja y se lo enseñó.

—¿Cómo es posible que hayas ahorrado tanto dinero? —preguntó Izzy, desconcertada—. Me dijiste que tu padre se quedaba con la mitad para los gastos de la casa.

Beth permaneció inusitadamente callada y luego tartamudeó una respuesta que tenía algo que ver con un trabajo extra y unos ahorros que eran solo suyos, además de añadir que no sabía por qué todo el mundo en aquel maldito pueblo tenía que meterse donde no le llamaban. Y cuando, un mes después de su partida, el sheriff descubrió un alambique abandonado al lado del establo desmoronado de los Johnson, rodeado de colillas de cigarros, decidieron que ambas cosas no podían estar relacionadas. O, al menos, eso fue lo que le dijeron a su padre.

Su primera carta llegó de un lugar llamado Surat, tenía el sello más sofisticado jamás visto y contenía una foto suya con un vestido largo bordado, de colores muy vivos, llamado «sari», y un pavo real bajo el brazo. Kathleen exclamó que no le sorprendería en absoluto que Beth acabara casándose con el virrey de la India, porque aquella muchacha era una caja de sorpresas. A lo que Margery respondió, con sequedad, que aquello seguro que les sorprendería a todas.

Izzy grabó un disco, con el permiso de su padre. En dos años, se convirtió en una de las cantantes más famosas de Kentucky. Era conocida por la pureza de su voz y por su inclinación a actuar con vestidos largos y sueltos. Grabó una canción sobre un asesinato en las montañas que se hizo popular en tres estados, e hizo un dueto sobre el escenario con Tex Lafayette, en un auditorio de Knoxville, que la dejó abrumada durante casi una semana. Y no solo porque él la cogiera de la mano en las notas más altas. La señora Brady dijo que, cuando su hija llegó al número cuatro en las listas de los gramófonos, había sido el momento de mayor orgullo en toda su vida. El segundo, admitió en privado, había sido cuando había recibido una carta de la señora Lena C. Nofcier, dos meses después del final del juicio, dándole las gracias por sus extraordinarios esfuerzos por mantener abierta la Biblioteca Itinerante de la WPA de Baileyville en aquellos momentos de crisis.

Nosotras, las mujeres, nos enfrentamos a numerosos retos inesperados cuando decidimos salirnos de lo que se consi-

deran nuestros límites habituales. Y usted, querida señora Brady, ha demostrado estar más que a la altura de cualquier reto que se le haya presentado. Espero poder hablar con usted de esto y de muchos otros temas de interés en persona, algún día.

La señora Nofcier aún no había llegado hasta Baileyville, pero la señora Brady estaba muy segura de que algún día lo haría.

La biblioteca abría cinco días por semana, su gestión corría a cargo de Alice y Margery y, durante esa época, las mujeres continuaron prestando todo tipo de novelas, manuales, libros de recetas y revistas. El recuerdo del juicio se desvaneció rápidamente, especialmente entre aquellos que se dieron cuenta de que, después de todo, les gustaría seguir pidiendo libros prestados, y la vida en Baileyville recuperó el ritmo habitual. Solo los hombres de la familia Van Cleve se esforzaban en evitar la biblioteca, iban a toda velocidad con sus coches por Split Creek y, la mayoría de las veces, daban un rodeo para no pasar por delante de ella.

Así que cuando, bien avanzado 1939, Peggy van Cleve se dejó caer por allí, fue toda una sorpresa. Margery la vio entretenerse delante de la biblioteca, como si estuviera rebuscando en el bolso algo de vital importancia, y luego la pilló mirando por la ventana para cerciorarse de que estaba ella sola. Y es que no era conocida por ser la más voraz de las lectoras.

Últimamente, entre Virginia, el perro, su marido y las múltiples distracciones que su casa parecía albergar, Margery O'Hare era una mujer muy ocupada. Pero esa noche dejaba de vez en cuando lo que estaba haciendo y sonreía para sus adentros, preguntándose si debía contarle a Alice Guisler que la nueva señora

Van Cleve había entrado en la biblioteca y que, después de varias evasivas y mucho teatro fingiendo que miraba títulos al azar en las estanterías, le había preguntado si era cierto el rumor de que tenían un libro para asesorar a las damas sobre ciertos asuntos delicados de alcoba. Y que Margery le había respondido, sin inmutarse, que por supuesto que sí. Al fin y al cabo, aquello era lo que había sucedido, ni más ni menos.

Seguía pensando en ello, y haciendo esfuerzos para no sonreír, cuando todas llegaron a la biblioteca al día siguiente.

EPÍLOGO

El programa de las Bibliotecas Itinerantes de la WPA se puso en práctica entre 1935 y 1943. En la época de máximo apogeo, sus bibliotecarias llevaban libros a más de cien mil personas que vivían en zonas rurales. Desde entonces, no ha habido ningún otro programa similar.

El este de Kentucky continúa siendo uno de los lugares más pobres —y hermosos— de Estados Unidos.

AGRADECIMIENTOS

*E*ste libro, más que ninguna otra cosa que yo haya escrito, es un acto de amor. Me enamoré de un lugar y de sus gentes y, luego, a medida que fue surgiendo la historia, hizo que el hecho de escribir se convirtiera en un placer inusual. Por ello, quiero dar las gracias a Barbara Napier y a toda la gente de Snug Hollow, en Irvine, Kentucky, especialmente a Olivia Knuckles, sin cuyas voces no habría encontrado las de mis heroínas. Vuestro espíritu y el de esa «hondonada» corre por este libro y estoy muy feliz de poder llamaros amigas.

Gracias a toda la gente de Whisper Valley Trails, en las montañas de Cumberland, que me permitieron recorrer a caballo el tipo de rutas que habrían hecho esas mujeres, y a todo aquel a quien detuve para preguntar, sermonear y conversar durante mis viajes.

Más cerca de casa, me gustaría dar las gracias a mis editoras Louise Moore y Maxine Hitchcock de Penguin Michael Joseph, en el Reino Unido, a Pam Dorman de Pamela Dorman Books, de PRH, en Estados Unidos, y a Katharina Dornhoefer de Rowohlt, en Alemania. Ninguna de ellas puso objeciones cuando les dije que mi siguiente libro sería sobre un grupo de bibliotecarias itinerantes de la América rural durante la Depresión. Aunque sospecho que habrían querido hacerlo. Gracias también a todas por no dejar de ayudarme a mejorar mis libros —todas las historias son un esfuerzo conjunto— y por vuestra continua fe en ellos y en mí. Gracias a Clare Parker y a Louise Braverman, a Liz Smith, Claire Bush, Kate Stark y Lydia Hirt y a todos los equipos de cada editorial por vuestro increíble talento a la hora de ayudarme a acercar estas historias a la gente. A una escala más amplia, quiero dar las gracias a Tom Weldon y Brian Tart y, en Alemania, a Anoukh Foerg.

Gracias como siempre a Sheila Crowley, de Curtis Brown, por ser animadora, gurú de las ventas, negociadora empedernida y apoyo emocional, todo en una. Y a Claire Nozieres, Katie McGowan y Enrichetta Frezzato por su visión global a una escala bastante espectacular. Gracias también a Bob Bookman, de Bob Bookman Management, a Jonny Geller y a Nick Marston por encargarse de poner en funcionamiento este motor en todo tipo de medios. Sois los mejores.

Muchísimas gracias a Alison Owen, de Monumental Pictures, por «ver» esta historia cuando no era más que un simple argumento y por tu continuo entusiasmo, y a Ol Parker por lo mismo y por ayudarme a dar forma a escenas claves y hacer que resultara divertido. Estoy deseando ver qué hacéis con ello.

Un sentido agradecimiento a Cathy Runciman por su labor de chófer por Kentucky y Tennessee y por hacerme reír tanto que casi nos salimos de la carretera más de una vez. Nuestra amistad también ha quedado incorporada en estas páginas.

Gracias también a Maddy Wickham, Damian Barr, Alex Heminsley, Monica Lewinsky, Thea Sharrock, Sarah Phelps y Caitlin Moran. Todos sabéis la razón.

Mi gratitud como siempre a Jackie Tearne, Claire Roweth y Leon Kirk por todo el respaldo logístico y práctico, sin el cual no habría podido superar cada semana y, mucho menos, seguir viviendo. Os lo agradezco muchísimo.

Estoy en deuda con la Oficina de Turismo de Kentucky por sus consejos y doy las gracias a todos los que me habéis ayudado en los condados de Lee y Estill. Y a Green Park, por resultar una fuente de inspiración inesperada.

Y por último, pero no por ello menos importante, doy las gracias como siempre a mi familia: a Jim Moyes, a Lizzie Sanders y a Brian Sanders. Y, sobre todo, a Charles, a Saskia, a Harry y a Lockie.

CRÉDITOS DE LAS CITAS

Página 147: extracto de © Chad Montrie, *Journal of Appalachian Studies*, vol. 11, n.º. 1/2, «The Environment and Environmental Activism in Appalachia» (primavera/otoño 2005), pp. 64-82.

Páginas 195, 491: extractos de Dra. Marie Stopes, *Married Love [Amor conyugal]* © Galton Institute London.

Páginas 209, 229, 253: extractos de © *WPA Guide to Kentucky [Guía de Kentucky]*, F. K. Simon, 1939, pp. 284, 426, 424, University Press of Kentucky.

Página 303: extracto de © *Harlan Miners Speak: Report on Terrorism in the Kentucky Coal Fields*, Members of the National Committee for the Defense / John C. Hennen, 2008, Introducción, University Press of Kentucky.

Página 319: extracto de William Faulkner, *Mientras agonizo*, © 1930 y © renovado en 1958 por William Faulkner. Usado gracias al permiso de Random House, un sello y división de Penguin Random House LLC. Todos los derechos reservados.

Jojo Moyes es autora de novelas que han recibido maravillosas críticas e incluyen *bestseller*s como *Uno más uno*, *La chica que dejaste atrás*, *París para uno* y *La última carta de amor*. En 2014, su libro *Yo antes de ti* se convirtió en un fenómeno internacional, ocupando el número 1 de las listas en nueve países y alcanzando los 13 millones de ejemplares vendidos. Su éxito motivó una adaptación cinematográfica e impulsó a Moyes a escribir la continuación de la historia en las novelas *Después de ti* y *Sigo siendo yo*.